책벌레의 하극상

사서가 되기 위해서라면 뭐든지 할 수 있어

제 5 부 여신의 화신 I

카즈키 미야
miya kazuki

길찾기

<table>
<tr><td>등
장
인
물</td><td>4
부
줄
거
리</td><td>귀족원에서 로제마인은 최우수생이자 문제아로 활동한다. 축복으로 마술구의 주인이 되거나, 대영지와 디터를 겨루거나, 왕족의 연애 상담에 끼어들고 검은 마물을 퇴치한 후 채집장소를 회복 시키는 등……. 그런 와중에 중앙 기사단장으로부터 페르디난드의 출생의 비밀을 듣게되고, 갑작스레 떨어진 왕명을 따라 페르디난드는 아렌스바흐로 떠나게 되었다.</td></tr>
</table>

로제마인

주인공. 조금은 성장해서 9세 정도로 보이지만 내용물은 변하지 않았다. 귀족원에서 책을 읽기 위해서 수단과 방법을 가리지 않는다. 귀족원 3학년생.

에렌페스트 영주 일족

질베스타

로제마인을 양녀로 받아들인 에렌페스트의 아우브. 로제마인의 양아버지.

플로렌치아

질베스타의 아내. 후보생 세 명의 어머니. 로제마인에게는 양어머니가 된다.

빌프리트

질베스타의 장남. 로제마인의 오빠로 귀족원 3학년생.

샤를로테

질베스타의 장녀. 로제마인의 여동생으로 귀족원 2학년생이 되었다.

멜키오르

질베스타의 차남. 로제마인의 남동생

보니파티우스

질베스타의 숙부이자 칼스테드의 아버지. 로제마인에게는 할아버지가 된다

페르디난드

에렌페스트의 영주 일족. 왕명을 따라 아렌스바흐로 이동했다

리카르다
수석 시종. 세 보호자의 어린 시절을 꿰고 있는 상급 귀족.

리젤레타
견습 시종으로 중급 귀족. 귀족원 6학년생. 안게리카의 여동생.

브륀힐데
견습 시종으로 상급 귀족. 귀족원 5학년생.

로데리히
견습 문관으로 중급 귀족. 귀족원 3학년생. 이름을 바쳤다.

필리느
견습 문관으로 하급 귀족. 귀족원 3학년생.

레오노레
견습 호위 기사로 상급 귀족. 귀족원 6학년생.

유디트
견습 호위 기사로 중급 귀족. 귀족원 4학년생.

테오도르
견습 호위 기사로 중급 귀족. 귀족원 1학년생. 유디트의 남동생.

하르트무트 ⸱⸱⸱⸱⸱	상급 문관으로 새로운 신관장. 오틸리에의 장남
코르넬리우스 ⸱⸱⸱⸱⸱	상급 호위기사. 칼스테드의 장남.
안게리카 ⸱⸱⸱⸱⸱	중급 호위기사. 리젤레타의 언니.
다 무 엘 ⸱⸱⸱⸱⸱	하급 호위기사.
오틸리에 ⸱⸱⸱⸱⸱	상급 시종. 하르트무트의 어머니.

로제마인의 측근

에렌페스트 기숙사

힐 쉬 르 ⸱⸱⸱⸱⸱	에렌페스트의 사감. 문관 코스의 교사.	마티아스 ⸱⸱⸱⸱⸱	견습 호위기사로 중급 귀족. 귀족원 5학년생. 구 베로니카 파.
이그나츠 ⸱⸱⸱⸱⸱	빌프리트의 견습 문관으로 상급 귀족. 귀족원 4학년생.	라우렌츠 ⸱⸱⸱⸱⸱	견습 호위기사로 중급 귀족. 귀족원 4학년생. 구 베로니카 파.
알렉시스 ⸱⸱⸱⸱⸱	빌프리트의 호위기사로 상급 귀족. 귀족원 6학년생.	뮤리엘라 ⸱⸱⸱⸱⸱	견습 문관으로 중급 귀족. 귀족원 5학년생. 구 베로니카 파.
마리안네 ⸱⸱⸱⸱⸱	샤를로테의 견습 문관으로 상급 귀족. 귀족원 4학년생.	그레티아 ⸱⸱⸱⸱⸱	견습 시종으로 중급 귀족. 귀족원 4학년생. 구 베로니카 파.
루 돌 프 ⸱⸱⸱⸱⸱	샤를로테의 견습 호위기사로 중급 귀족. 귀족원 6학년생.	바르톨트 ⸱⸱⸱⸱⸱	견습 문관으로 중급 귀족. 귀족원 5학년생. 구 베로니카 파.
나탈리에 ⸱⸱⸱⸱⸱	샤를로테의 견습 호위기사로 상급 귀족. 귀족원 5학년생.	카산드라 ⸱⸱⸱⸱⸱	견습 시종으로 중급 귀족. 귀족원 4학년생. 구 베로니카 파.

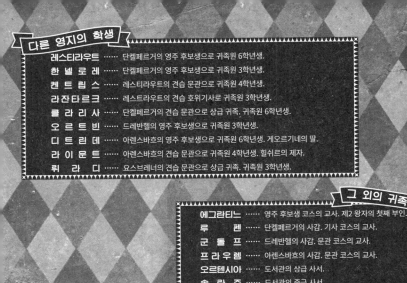

다른 영지의 학생

레스티라우트	⋯⋯	단켈페르거의 영주 후보생으로 귀족원 6학년생.
한넬로레	⋯⋯	단켈페르거의 영주 후보생으로 귀족원 3학년생.
켄트립스	⋯⋯	레스티라우트의 견습 문관으로 귀족원 4학년생.
라잔타르크	⋯⋯	레스티라우트의 견습 호위기사로 귀족원 3학년생.
클라리사	⋯⋯	단켈페르거의 견습 문관으로 상급 귀족. 귀족원 6학년생.
오르트빈	⋯⋯	드레반헬의 영주 후보생으로 귀족원 3학년생.
디트린데	⋯⋯	아렌스바흐의 영주 후보생으로 귀족원 6학년생. 게오르기네의 딸.
라이문트	⋯⋯	아렌스바흐의 견습 문관으로 귀족원 4학년생. 힐쉬르의 제자.
뤼라디	⋯⋯	요스브레너의 견습 문관으로 상급 귀족. 귀족원 3학년생.

그 외의 귀족원 관계자

에그란티느	⋯⋯	영주 후보생 코스의 교사. 제2 왕자의 첫째 부인.
루펜	⋯⋯	단켈페르거의 사감. 기사 코스의 교사.
군돌프	⋯⋯	드레반헬의 사감. 문관 코스의 교사.
프라우렐름	⋯⋯	아렌스바흐의 사감. 문관 코스의 교사.
오르텐시아	⋯⋯	도서관의 상급 사서.
솔랑쥬	⋯⋯	도서관의 중급 사서.
슈바르츠	⋯⋯	도서관의 마술구.
바이스	⋯⋯	도서관의 마술구.

다른 영지의 귀족

지기스발트	⋯⋯	중앙의 제1 왕자.
아나스타지우스	⋯⋯	중앙의 제2 왕자.
힐데브란트	⋯⋯	중앙의 제3 왕자.
라오블루트	⋯⋯	중앙 기사단장.
오스빈	⋯⋯	아나스타지우스의 수석 시종.
아르투르	⋯⋯	힐데브란트의 수석 시종.

코르돌라	⋯⋯	한넬로레의 수석 시종.
아돌피네	⋯⋯	드레반헬의 영주 일족.
게오르기네	⋯⋯	아렌스바흐의 첫째 부인. 질베스타의 누나.
레티치아	⋯⋯	아렌스바흐의 영주 후보생.

에렌페스트의 귀족

칼스테드	⋯⋯	기사단장에 로제마인의 귀족으로서의 아버님.
엘비라	⋯⋯	칼스테드의 첫째 부인. 로제마인의 어머님.
에크하르트	⋯⋯	페르디난드의 호위기사. 칼스테드의 장남.
유스톡스	⋯⋯	페르디난드의 시종 겸 문관. 리카르다의 아들.
베로니카	⋯⋯	질베스타의 어머니. 현재 유폐 중.
가브리엘레	⋯⋯	베로니카의 어머니. 원래는 아렌스바흐의 영주 일족.

그 외

투리	⋯⋯	마인의 언니로 머리 장식 장인.
프리다	⋯⋯	상업길드장의 손녀.
빌마	⋯⋯	신전의 고아원 담당이자 화가.

로제마인의 전속

푸고	⋯⋯	전속 요리인.
엘라	⋯⋯	전속 요리인.
로지나	⋯⋯	로제마인의 전속 악사.

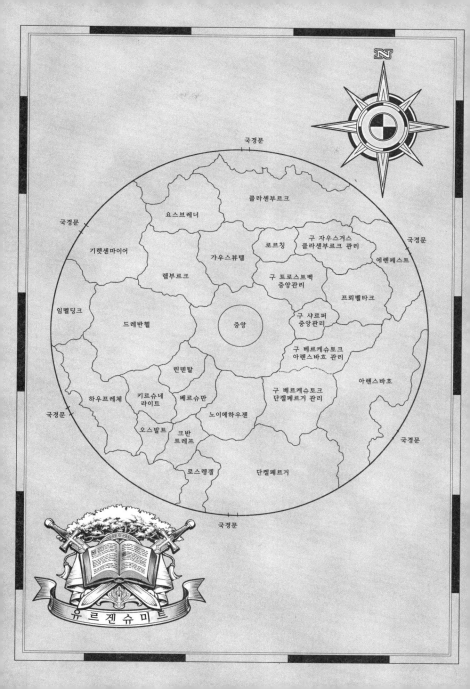

제5부 **여신의 화신 I**

일러스트 시이나 유우　**지도제작** 후지시로 요　**번역** 김 봄
디자인 백진화　**편집** 정성학 김일철　**교정** 오세찬　**마케팅** 이수빈

제 5 부

여신의 화신 I

프롤로그

　세례를 받은 힐데브란트의 데뷔 무대는 봄의 끝자락에 열리는 영주 회의에서 치러진다. 귀족은 겨울 사교계에서 치르나, 왕족은 모든 영지의 영주 부부와 그 측근들이 집결한 귀족원 강당에서 치른다. 모두의 앞에 서서 억지로 외운 기나긴 인사를 한 후, 신들께 음악을 봉납하는 것이다.

　"힐데브란트, 음악을 봉납할 차례다."

　"네, 아버님."

　페슈필 연주를 무사히 끝낸 힐데브란트는 슬그머니 숨을 뱉으며 긴장을 풀었다. 귀족의 자제라면 누구나 거쳐야 하는 일임을 알지만, 평가하는 듯한 대중의 시선 앞에서 연주하려니 은근히 긴장되었다.

　"그럼 이 자리에서 중대 발표를 하겠다."

　힐데브란트가 긴장을 풀고 있을 때 부친인 왕의 입에서 그의 약혼이 발표되었다. 상대는 만난 적도 들어본 적도 없는 아렌스바흐 영주 후보생, 레티치아라고 했다. 사전에 모친에게 듣긴 했지만, 놀란 눈으로 쳐다보는 영주들을 향해 미소를 유지한 채 고개를 끄덕이려면 감정을 억눌러야만 했다.

　'아우브의 배우자가 된다는 건 즉 나는 왕족이 아니게 된다는 말이야.'

　힐데브란트는 자신이 신하가 되는 교육을 받으며 자랐다는 것을 이해하고 있었다. 그러나 은연중에 중앙에서 왕족으로서 아내를 맞이하고, 이복형인 아나스타지우스처럼 왕족으로서 보좌하게 될 것이라고 생각했었다. 가본 적도 없는 땅에 아우브의 데릴사위로 가게 될 줄은 꿈에도 생각지 못했다.

성인이 되면 완전히 평범한 귀족이 된다. 자신을 둘러싼 환경이 완전히 달라져 버린다는 게 대체 어떠한 것인지 가히 상상할 수가 없었다. 모르기에 더더욱 오싹하고 두려웠다.

"약혼 축하드립니다. 이제 아렌스바흐도 안정되겠군요."

"데뷔하시는 날에 약혼 발표라니 놀랐지 뭡니까. 감축드립니다."

많은 사람이 입을 모아 축하의 말을 꺼냈지만, 힐데브란트에겐 무엇이 경사스럽다는 건지 알 수 없었다. 그저 이 자리에서 무조건 웃으라는 신신당부를 들은 터라 불만은 삭히고, 웃으며 그 말을 들을 뿐이다.

'나도 결혼 상대는 스스로 정하고 싶었는데.'

지금 중앙에서는 아나스타지우스와 에그란티느의 뜨거운 구혼 이야기가 빛의 여신에게 바치는 곡과 함께 사람들 입을 타고 나돌았다. 친밀한 두 사람의 모습을 볼 때마다, 왕족의 전속 악사들이 두 사람의 사랑을 노래하는 것을 들을 때마다, 사랑하는 사람과 이어지는 것이 얼마나 좋은 것인가를 생각했다.

두 사람의 사랑 이야기에서 파생된 수많은 곡을 들으면서 힐데브란트의 모친도 자신이 원하는 결혼을 쟁취하기 위해 어떻게 했는지 유쾌하게 떠들었다. 그런 얘기를 듣고 있노라면 아버지의 일방적인 명령으로 일생을 함께할 배우자가 정해지는 것이 아니라, 아주 작은 선택의 여지라도 있었으면 얼마나 좋았을까 생각하지 않을 수 없었다.

'내가 선택할 수 있었다면…….'

그렇게 생각한 순간 힐데브란트의 뇌리에 떠오른 건 찰랑이는 밤하늘 색 머리칼과 활자를 좇느라 아래를 향한 긴 속눈썹, 책장을 넘길 때마다 유유히 움직이는 흰 손가락, 도서관 마술구인 슈바르츠와 바이스의 주인이며 책을 끔찍이 사랑하는 에렌페스트의 영주 후보생, 로제마인이었다. 하지만 그녀는 이미 빌프리트라는 약혼자가 있다.

'부모에게 약혼자가 정해진 로제마인도 나와 같은 기분이겠지.'

왕명을 거역할 수 없다는 건 힐데브란트도 잘 안다. 그것을 거스르는 방법을 배우지도 못했다. 그러나 침울해지는 것만큼은 막을 수 없었다.

웃음 가면을 쓴 채 방에 돌아와, 사교장에 가려고 차려입은 화려한 옷에서 평상복으로 갈아입자, 저절로 긴장이 풀어졌다. 대신 미소가 사라지고 불만스러운 얼굴이 떠올랐다.

"굉장히 침울해 보이시네요, 힐데브란트 왕자님. 하지만 왕명인데 어쩌겠습니까."

그런 뻔한 소리는 듣고 싶지 않았다. 힐데브란트는 수석 시종인 아르투르를 불만 가득한 눈초리로 쏘아보았다. 왕족답게 굴라고 귀에 딱지가 않도록 들었다. 시키는 대로 웃으면서 귀족들을 대응했다. 그러니 지금만큼은 하고 싶은 대로 하고 싶었다.

"아르투르, 난 당분간 비밀의 방에서 지낼 거예요."

"알겠습니다. 저녁 식사 때 불러드리겠습니다."

그로부터 며칠 뒤, 중앙 기사단인 라오블루트가 면담 요청을 해 왔다. 왕의 전언이 있다는 내용이어서 아무와도 만나고 싶지 않았던 힐데브란트도 거절할 수 없었다.

"약혼을 축하드립니다."

"감사합니다, 라오블루트."

"……그런데 전혀 기뻐 보이지 않는군요."

라오블루트가 쓰게 웃자, 뺨에 난 상처가 살짝 일그러졌다. 그와는 어릴 적부터 알던 사이고, 그동안 방에 틀어박혀 있었던 탓에 감정이 얼굴에 드러나 버린 모양이다. 힐데브란트는 자세를 바로하고 표정을 고쳤다. 왕족답게 굴려고 애쓰는 그를 보고 씩 웃은 라오블루트는 작은 상자를 내밀었다.

"우울한 왕자님께 이걸 드리지요. 조금은 기분이 풀릴 겁니다."

그는 상자를 열면 뭐가 튀어나오거나, 정해진 순서대로 움직여야 열리는 상자 등 재미있는 완구를 가져다주곤 했다. 힐데브란트는 미소를 띠며 뒤에서 대기 중인 아르투르를 뒤돌아보았다. 시종인 그는 라오블루트가 내민 상자를 건네받아 위험한 물건이 아닌지 확인한 후 힐데브란트에게 넘겨주었다.

"고맙습니다, 기사단장님."

"우울해하는 왕자님은 보고 싶지 않아서 말이죠."

힐데브란트를 보면서 웃는 그의 말에 동의하듯 아르투르도 가볍게 고개를 끄덕였다.

"그럼 왕자님. 본론에 들어가도 되겠습니까?"

라오블루트가 자세를 바로하고 왕의 말을 전했다. 로제마인에게서 구르트리스하이트에 관한 정보를 캐오라는 내용이었다. 에렌페스트의 페르디난드가 귀족원 도서관에 있었던 점, 두 사람이 옛날 사서의 자료를 뒤졌다는 점으로 미루어 보아 그 도서관에 무언가 있음이 틀림없다고 확신한 듯했다.

"로제마인 님은 왕족의 마술구를 탈취한 영주 후보생이며, 그 흑막은 바로 페르디난드 님입니다."

"라오블루트. 로제마인은 어쩌다 우연히 마술구의 관리인이 되었을 뿐입니다. 선의로 슈바르츠와 바이스에게 마력을 주고 있는 거고요."

책을 끔찍이 사랑하는 로제마인은 도서관에 지내는 시간을 무엇보다 행복해하고, 슈바르츠와 바이스도 그런 그녀를 사랑한다. 도서관 마술구가 작동하지 않으면 사서인 솔랑쥬가 곤란해지는 데다 도서관 이용이 불편해지니까 마력을 넣고 있다고 했었다.

"……선의만으로 마력을 공급하는 사람은 없습니다. 만약 로제마인 님의 선의였다고 쳐도 그 배후의 의도가 다른 경우는 왕왕 있지요. 페르디난드 님은 경계해야 마땅합니다."

힐데브란트는 납득하며 고개를 끄덕였다. 로제마인의 선의까지는 주장할 수 있어도 그 배후자의 의도까지는 모르기 때문이었다. 사려 깊은 아이는 어른에게 이용당하기도 한다. 그래서 왕족과 영주 후보생에겐 측근이 항시 붙어있는 셈이다.

"어찌됐건 아렌스바흐의 요청도 있고 해서 페르디난드 님을 에렌페스트로부터 떼어내는 데는 성공했습니다. 로제마인 님의 행동들이 선의였는지는 곧 알게 되겠지요."

"그렇군요. 그렇다면 다행이네요."

힐데브란트는 그녀의 선의를 일절 의심치 않았다. 그녀의 눈동자에 비치는 건 오로지 책 하나임을 알고 있으니까. 도서관에 있을 때 그 금색 눈동자는 책만을 담았고, 활자만을 좇았다. 왕족인 자신이 있든 말든 고개도 들지 않았다. 뒤에서 조종하던 인물이 떨어져나갔다면 그녀가 의심받을 일도 더는 없으리라.

"올해 그쪽에 상급 귀족 사서가 파견될 겁니다. 그 사서에게 관리자의 권리를 흔쾌히 넘겨준다면 로제마인 님을 향한 의심도 풀리겠죠. 선의의 협력자라면 관리자 자리에 집착하지 않을 테니까요."

"그 상급 귀족이 여성이면 다행인데……."

힐데브란트가 협력자가 된 경위에는 '공주님'이라고 불리는 것은 싫었다는 이유도 있었다. 왕명으로 '공주님'이라 불려야 하는 사람이 조금 불쌍해졌다. 그런 그의 중얼거림에 라오블루트가 깜짝 놀라며 눈을 끔뻑였다.

"꼭 여성이었으면 한다는 아나스타지우스 왕자님의 강한 요청이 있어 그러기로 했는데, 왕자님도 여성이길 원하십니까?"

"난 그냥 남성이 슈바르츠와 바이스에게 공주님이라고 불리면 불쌍하다고 생각했을 뿐인데요……."

아나스타지우스가 왜 귀족원 사서로 여성을 강조했는지 몰라 고개를 갸웃거리는 힐데브란트에게 라오블루트가 귓속말하듯 귀띔했다.

"에그란티느 님 주변에 되도록 여자만 남기려고 그러시는 겁니다. 실은 영주 후보생 코스의 교사로 에그란티느 님을 귀족원에 파견해서 로제마인 님에게서 정보를 캐내는 데 도움을 받기로 했지요. 왕자님도 로제마인 님과 친분이 있으시지요? 왕족과 도서관의 관계나 열리지 않는 서고에 관해 아무쪼록 정보를 얻어와 주셨으면 합니다."

"로제마인도 자세히 모르니까 나한테 물어본 거예요. 그리고 내가 귀족원 내를 돌아다닐 수 있는 건 학생들이 사교를 시작하기 전까지여서 접촉할 기회도 거의 없을 겁니다."

올해부터 3학년인 로제마인은 전공 수업에도 들어간다. 작년처럼 만나기 쉽지 않을 거라는 말을 아르투르에게 듣고 실망했던 날도 그리 오래되지 않았다.

"작년엔 몰랐어도 올해 알게 된 사실도 있지 않겠습니까. 그래서 왕자님의 활동 기간과 영역도 늘렸습니다. 약혼도 정해졌으니까요."

장래가 정해졌으니 귀족원 내를 좀 활보해도 문제가 없다는 것이다. 자유롭게 움직일 수 있는 기간과 영역이 넓어졌다지만, 솔직히 그런 이유를 들으면 전혀 기쁘지 않았다.

'뒤늦게 로제마인과 친해질 시간을 늘려준다고 해봤자 다 부질없어요.'

실망 섞인 한숨을 속으로 삭히는 그를 지긋이 바라보던 라오블루트가 마술구 하나를 꺼냈다.

"왕자님, 이걸 비밀의 방에 들고 들어가셔서 혼자 들으십시오. 왕족 기밀이라 합니다. 딱 한 번 재생되는 마술구라 뚜껑을 닫아버리면 그걸로 끝이니 한 마디도 놓치지 말고 들으셔야 합니다."

"이것도 아버님이 보내신 건가요?"

라오블루트는 싱긋 웃더니 마술구를 두고 방을 나갔다. 힐데브란트는 라오블루트가 두고 간 마술구와 완구를 번갈아보았다. 설교나 듣고 싶지 않은 왕명이 들어있을 것 같아 내용을 듣기 꺼려졌다. 그런 생각 때문인지 자연스레 마술구보다 완구 쪽으로 손이 뻗어나갔다.

"힐데브란트 왕자님. 중요한 이야기부터 먼저 확인하시지요."

쐐기를 박는 아르투르의 말에 힐데브란트는 완구를 집고 싶은 마음을 억누르고 마술구를 손에 들었다.

"그럼 왕족 기밀이라는 걸 듣고 올게요."

"알겠습니다. 하나도 빠뜨리지 않게 조심하십시오."

힐데브란트는 비밀의 방에 들어가 장의자에 앉아 마술구 뚜껑을 열

어서 노란 마석부분에 손을 갖다 댔다. 마력이 빨려나가자 목소리가 흘러나왔다.

"지금부터 하는 말은 약혼으로 낙심하신 왕자님께 드리는 조언입니다."

마술구에서 흘러나온 목소리의 주인은 부친이 아닌 라오블루트였다. 깜짝 놀라 저도 모르게 손이 뺐다. 그 순간 목소리도 끊겼다.

계속 들어야 하나 잠시 고민한 힐데브란트는 다시 한번 마석으로 손을 뻗었다.

"아렌스바흐로 가지 않는 길을 선택하고 싶으시다면 계속 들으십시오. 그러나 왕명을 순순히 받아들이시겠다면 뚜껑을 닫으시면 됩니다."

힐데브란트는 다시 마석에서 손을 떼고, 무심코 상담할 상대를 찾았다. 당연히 혼자뿐인 비밀의 방에 물어볼 상대가 있을 턱이 없었다. 있다 한들, 왕명으로 정해진 약혼을 거스르는 행동을 해야 하나 말아야 하나 라는 상담을 할 수도 없을 테지만.

심장이 쿵쿵 소리내기 시작했다. '그대로 뚜껑을 덮어야 한다'라는 마음속 목소리를 들으며 그는 다시 한번 자문했다.

'왕명에 따라 아렌스바흐로 가야 하는가…….'

"난…… 가고 싶지 않아."

목소리를 내어 자신을 타이른 힐데브란트는 다시 마석을 만졌다.

"왕명을 거둘 수 있는 건 왕명뿐. 그리고 왕이 되면 아우브가 될 수 없다. 그건 알고 계시겠지요. 그러니 아렌스바흐에 가고 싶지 않으시다면 왕자님께서 왕이 되시는 방법밖엔 없습니다."

"내가 왕이……?"

그가 멍하니 있는 와중에도 라오블루트의 낮은 목소리는 멈추지 않고 흘러나왔다. '왕이 되어라'라고 속삭인다.

"현왕이 가지지 못한, 진정한 왕의 증표인 구르트리스하이트를 찾으시는 겁니다. 그걸 손에 쥔 자는 누구도 비난할 수 없는 정당한 왕이 될 수 있습니다. 이것은 구르트리스하이트가 없어 온갖 고초를 겪고 계시는 현왕을 구하는 길이기도 합니다."

부친의 이복형, 다음 왕으로 내정되었던 2왕자는 석연치 않은 죽음을 맞았고, 1왕자와 3왕자가 경쟁할 땐 이미 구르트리스하이트가 사라져 있었다고 한다. 아버님은 그것만 있었다면 그런 진흙탕 싸움은 하지 않았을 것이라 하셨다. 구르트리스하이트만 있었더라면 왕의 교육도 받지 못하고, 왕의 의무도 완벽히 해내지 못하는 상태에서 자신이 왕이 되지는 않았을 거라며 몹시 지친 얼굴로 말씀하시던 모습을 힐데브란트는 기억하고 있었다.

"······구르트리스하이트를 손에 넣어 진정한 왕이 되면 아버님도 구하고, 나도 아렌스바흐에 가지 않을 수 있는 건가요?"

"힐데브란트 왕자님께서 왕이 되신다면 현재 내려온 왕명을 철회하고, 원하시는 여성과 혼인하실 수도 있지요."

그것은 지독하게 달콤한 유혹이었다. 아버님을 구하고, 아버님이 내린 명령을 철회할 수도 있다면 자신뿐만 아니라 원치 않은 정략적 약혼으로부터 로제마인을 구할 수도 있지 않을까.

모두에게 좋은 길이 아닐까 하는 생각과 동시에 그런 자신을 말리는 마음속 목소리가 들려왔다. 신하로서의 교육을 받아온 자신이 왕위를 노리다니 분수에도 맞지 않은 소리다. 원해서는 안 된다고 따끔하게 훈계하는 목소리와, 겨우 찾아온 절호의 기회를 포기할 거냐며 살살 꼬드기는 목소리가 힐데브란트의 머릿속에서 충돌한다.

"……나 같은 3왕자가 왕위를 원해도 되는 겁니까?"

그렇게 물었지만, 제 역할을 끝낸 마술구는 아무 대답이 없었다.

"안색이 나빠 보이는구나, 힐데브란트. 고민거리라도 있니?"

"어머님."

세례식을 계기로 별궁을 하사받은 이후로 힐데브란트는 모친과 얼굴을 마주할 일이 줄었다. 그런데 오랜만의 저녁자리에서 침울한 얼굴을 보이고 만 모양이다.

'왕족답지 않은 태도를 보였다고 질책하시려나.'

저도 모르게 몸에 힘이 들어갔지만, 평소엔 항상 엄격하시던 어머님은 살짝 미소를 띠었다. '세례를 받고나면 더 이상 어리광은 못 받아줘요.'라고 하셨던 어머님이 자신과 시선을 맞추고 천천히 머리와 뺨을 쓰다듬었다.

"고민이 있으면 이 어미에게 털어놓으렴. 지금은 이렇게 떨어져 지내게 되어 얼굴 볼 시간이 줄었지만 이 어미는 널 항상 걱정하고 있단다."

그 말만으로도 힐데브란트는 옛날처럼 응석부리던 시절로 돌아간 듯했다. 그는 자신의 모친을 올려다보았다. 자신과 같은 색채의 앞머리가 살랑이고, 빨간 눈동자가 자신의 입에서 말이 나오길 기다리고 있다.

'전부 다 말하지 말고 조금만 상담하면 되지 않을까.'

어머님이라면 자신을 지지해줄 것 같은 느낌이 들었다. 왜냐하면 그녀는 왕족과 혼인하기 위해 온갖 수단을 동원하면서까지 가족이 가져온 혼담을 깨고, 자신이 바라는 혼담을 쟁취한 사람이니까.

'어머님이라면 스스로 배우자를 정하고 싶은 마음을 이해해주실

거야.'

힐데브란트는 모친을 올려다본 채 입을 열었다.

"……어머님, 제겐 지금 원하는 것이 있습니다. 손에 넣을 수 있을지도 확실치 않고, 철없는 소리라는 건 제 자신이 가장 잘 알고 있어요. 모두가 절 말리겠지요. 그런데도 갖고 싶은 걸 원해도 괜찮을까요?"

그의 말을 듣고 빨간 눈동자를 동그랗게 뜬 모친이 기쁜 듯이 웃었다.

"네가 그 사람 피를 많이 물려받았다는 생각은 했지만, 너도 단켈페르거 남자구나."

그녀는 아들을 자신의 무릎 위에 앉혀 상냥하게 머리카락을 쓸어주며 말을 이었다.

"원하는 것을 쟁취하기 위해 노력을 거듭하고 힘을 길러 끝까지 도전하는 것이 단켈페르거의 긍지란다."

"힐데브란트 왕자님은 단켈페르거 사람이 아니라 왕족이십니다."

뒤에 있던 아르투르의 한숨 섞인 반론을, 모친은 미소 한 번으로 눌러버리고, 자장가 같은 부드러운 목소리로 아들에게 말했다.

"힐데브란트, 자신의 주장을 관철하는 건 쉬운 일이 아니란다."

"예."

"먼저 주위 사람에게 큰 혜택이 있어야 한단다. 네가 원하는 바를 이루는 것이 그들에게도 이롭다면 네가 어떤 어려운 부탁을 한다 해도 그들은 기꺼이 도와줄 거란다."

주변 반대를 막으려면 쌍방에 득이 되는 상황을 만들어야 한다고 모친은 말했다. 그러기 위해서라면 수단과 방법을 가리지 않아야 한다고 조언했다.

"주변 사람을 아군으로 만들려면 어떻게 해야 하는지 깊이 고민하고 잘 배우거라. 그리고 쟁취할 수 있는 힘을 기르렴. 포기하지 말고 이 수단 저 수단을 쓰며 계속 도전하렴. 단켈페르거의 남자인 너라면 해낼 수 있단다."

기합을 넣어주려는 양 모친이 그의 양 뺨을 가볍게 토닥였다. 자신의 뒤를 밀어주는 듯한 모친의 강인한 미소에 이끌려 힐데브란트도 힘차게 고개를 끄덕였다.

"최선을 다하겠습니다."

'구르트리스하이트를 손에 넣겠습니다. 반드시 이 두 약혼을 파기하고 로제마인에게 구혼하겠어요.'

굳은 결심을 가슴에 품고 힐데브란트는 귀족원에 왔다. 로제마인과는 거의 1년 만에 친목회에서 만났다. 소강당제일 안쪽에 앉은 힐데브란트의 자리로, 조금 키가 자란 로제마인이 빌프리트와 샤를로테의 사이에 끼인 채 인사하러 왔다.

'저 반짝이는 건, 뭐지?'

기억 속 아름다운 밤하늘 색 머리칼에 낯선 물건이 흔들리고 있었다. 로제마인이 걸을 때마다 빛을 반사해 존재감을 과시하며 흔들리는 건 무지개색 마석이 무려 다섯 개나 달린 머리 장식이었다. 에렌페스트를 시작으로 유행한 꽃 장식에 더해, 무지개색 마석이 달린 장식까지 찰랑거린다. 작년에는 착용하지 않았으니 보호자에게 선물 받은 건 아닐 터였다.

'설마 빌프리트가 선물한 거야?'

그렇게 생각한 순간, 이상하게 가슴 안쪽이 불쾌하게 찌릿했다. 정말 그렇다면 힐데브란트는 그녀에게 구혼할 때 저것보다 더 많은 마석을 선물해야 한다.

당연하단 듯이 로제마인의 손을 잡고 인사를 마친 빌프리트가 자리를 떴다. 언젠가 반드시 저 자리에 자신이 서고 말리라.

'구르트리스하이트와 무지개색 마석⋯⋯.'

높은 목표를 바라보며, 힐데브란트는 테이블 아래로 주먹을 부르쥐었다.

구 베로니카 파 아이들

페르디난드가 떠나고 닷새도 되지 않아 겨울 사교계가 시작되었다. 그리고 귀족원에 출발하기 전까지 나는 닷새 정도를 어린이 방에서 지냈다. 감장에 젖어 있을 여유는 없었다. 정확하게 말하면 상실감과 울고 싶은 마음이 드러나지 않게 최대한 바쁘게 지내려고 했다. 겨울 숙청이 다가올수록 상층부의 얼굴은 굳어져만 갔고, 관례대로 연좌 제도를 시행해야 한다는 소리도 있었다. 죄 없는 아이들을 구해 달라고 부탁한 건 나다. 질베스타에게 비난의 화살이 가지 않도록, 그리고 아이들이 연좌를 무사히 피할 수 있도록 정신없이 움직였다.

"빌프리트 님, 로제마인 님. 이렇게 부모와 파벌에 상관없이 말씀드릴 기회가 오기를 애타게 기다리고 있었습니다."

귀족원에 도착한 내가 다목적 홀에 들어가자, 구 베로니카 파의 중급 견습 기사인 마티아스가 나섰다. 진보라색 곱슬머리를 뒤로 묶은 그는 견습 기사답게 민첩한 움직임으로 우리 앞에 무릎을 꿇었다. 그 안색은 창백했다. 굳게 각오한 듯한 벽안이 나와 빌프리트를 똑바로 응시한다.

"에렌페스트에 불화를 초래하는 혼돈의 여신에 관해 긴히 드릴 말씀이 있습니다."

그는 에렌페스트의 귀족으로서 영주 일족과 직접 대면하고 싶었던 모양이었다. 우리가 '이름을 바치면 부모의 영향에서 벗어날 수 있고 연좌를 적용하지 않겠다.'라는 영주의 방침을 전하자, 그는 구 베로니카 파 아이들의 귀에도 들릴만한 목소리로 말했다.

"게오르기네 님께서 아렌스바흐로 돌아가시는 길에 저희 저택에 들르셨습니다."

그의 부친인 기베 게를라흐를 포함한 귀족과 게오르기네의 밀회, 그리고 그들의 일부 계획에 관한 밀고였다.

기베 게를라흐를 궁지에 몰아넣을 귀중한 증언이다. 나와 빌프리트는 자세한 이야기를 들은 뒤 곧바로 서한을 써서 질베스타에게 보냈다. 그러자 다음 날, 우리보다 하루 늦게 귀족원에 도착한 샤를로테가 답장을 가져왔다.

"이걸 오라버니와 언니와 함께 읽으라면서 아버님께서 주셨어요."

식후에 영주 후보생과 각자의 측근들만 따로 모여 서한을 읽었다. 구 베로니카 파 아이들의 밀고로 숙청 계획을 수정하고 시급히 움직이게 되었다고 한다.

"이쪽 일은 이쪽에 맡겨라. 너희가 할 일은 귀족원의 기숙사 내에 있는 구 베로니카 파 아이들을 감시하고 설득하는 것이지, 숙청이 아니다……라고 하시네요."

"그렇다면 마티아스와 라우렌츠를 불러서 다 같이 얘기해 봐야겠군."

빌프리트의 제안에 샤를로테가 노기를 띠었다.

"오라버니, 그건 너무 위험해요……."

"아니. 그 둘은 우리가 도착하길 기다렸다가 가족을 버리게 되더라도 에렌페스트에 도움이 되는 일을 하고 싶다고 선언했어. 구 베로니카 파 아이들을 포섭해서 한 명이라도 살리려면 녀석들의 협력이 반드시 있어야 해."

"나도 빌프리트 오라버니의 말에 찬성이에요. 모른 척할 수도 있었는데 그런 중요한 증언을 우리에게 해줬어요. 우리를 해칠 것 같진 않아요."

호위 기사를 충분히 배치하고, 두 사람에게 가까이 가지 않기로 샤를로테와 약속하고, 마티아스와 라우렌츠를 불러들였다. 귀족원 기숙사가 조금이라도 편한 곳으로 만들기 위해 구 베로니카 파 아이들의 처우를 두고 상담했다.

"우선은 저희가 중심이 되어 누가 어떤 죄를 저질렀고, 어디까지 연좌에 해당하는지, 연좌 처벌을 받게 되었을 때 이름을 바쳐 면피할지, 아니면 가족과 함께 벌을 받을지 등등 여러 방면으로 얘기해 보겠습니다."

죄와 처벌의 무게에 따라 이름을 바치지 않아도 되는 아이도 있겠으나, 숙청이 끝나 보고가 들어왔을 때 혼란에 빠지지 않게 조금이라도 앞날의 방향을 정해두고 싶다고 마티아스가 설명했다.

"얘기한 후에도 가족과 함께 처벌을 받겠다는 아이는 에렌페스트로 송환하겠습니다. 그들이 귀족원에 있으면 모두의 안전이 위협을 받을 테니까요."

둘 사이에서는 어느 정도 이야기가 정리되었는지, 라우렌츠가 마티아스를 힐끗 곁눈질한 뒤 말을 덧붙였다. 둘의 설명에 내가 고개를 끄덕이자, 마티아스가 나를 안심시키려는 듯 부드럽게 웃었다.

"아버님과 게오르기네 님의 계획을 아는 학생은 없습니다. 제 아버님은 경계심이 강한 분이라 이름을 바치지 않은 사람에게는 그것이 비록 아들일지라도 자세히 공유하지 않습니다."

"하지만 계획의 구체적인 내용을 모르는 것과 자포자기하는 것은 별개의 문제입니다. 누군가 영주 후보생을 공격이라도 하는 날엔 다른 아이들이 구제 받을 길이 사라지니까요. 그것만큼은 무슨 일이 있어도 피하고 싶습니다."

그러니 설득하는 역할은 구 베로니카 파의 중심인 자신들이 맡겠다고 두 사람은 말했다.

"아우브께선 우리 영주 후보생에게도 설득을 맡기셨는데……."

상대편이 자신을 못 미더워한다고 느꼈는지, 아니면 경계하는 것인지, 샤를로테의 얼굴에 그늘이 졌다.

"샤를로테 공주님, 마티아스와 라우렌츠에게 맡겨 보세요."

지금까지 가만히 내 뒤에 서 있던 리카르다가 샤를로테를 타일렀다.

"의도하지 않더라도 사람은 혼란에 빠지면 어떤 행동을 취할지 스스로도 알 수 없는 법입니다. 조금 진정될 때까지 그들과 거리를 두는 편이 공주님뿐만 아니라 그들을 지킬 수 있어요."

부모와 친족이 숙청된다. 복수에 사로잡혀 무슨 짓을 저지르거나, 어떠한 계기로 미쳐버리는 자가 나올지도 모른다. 관례대로라면 연좌로 처벌받아야 할 아이를 이름을 바친다는 명목으로 예외적 면책을 주려는 것이다. 그럼에도 불만을 품은 사람이 나온다면 역시 몽땅 처벌했어야 마땅하다며 원성이 높아질지도 모른다.

"관례를 깨는 것을 탐탁지 않아 하는 귀족이 많으니 빈틈을 보이지 않아야 합니다."

리카르다의 말에 마티아스와 라우렌츠는 고개를 크게 끄덕였고, 우리의 호위 기사들은 다시 한번 기합을 넣듯이 자세를 바로잡았다.

"그들의 처우가 정해질 때까지는 식사 시간도 따로 잡도록 하시지요. 설득만이 그들을 구하는 수단이 아니에요.”

리카르다의 조언에 따라 당분간 영주 후보생은 다른 학생들과 별도로 식사를 하게 되었다.

그다음 날, 1학년의 이동이 전부 끝난 후, 다시 기숙사 아이들을 모두 모아 이야기를 나눴다. 구 베로니카 파가 저지른 일, 그리고 올해 겨울 안에 숙청이 거행될 예정이라는 것을.

“아우브께선 최대한 많은 생명을 구하고 싶어 하시고, 그건 우리도 마찬가지예요.”

“관례를 깨는 상황이라 반드시 이름을 바쳐야 하지만, 그만한 대우는 해줄 생각이다. 스스로 어떻게 살지 곰곰이 생각해 보길 바란다.”

구 베로니카 파 아이들은 샤를로테와 빌프리트의 말을 가만히 듣고 있었다. 마티아스와 라우렌츠는 그들의 앞에 서서 이야기 도중에 이성을 잃거나 폭주하는 아이를 막을 태세를 취했다.

“……여러분도 할 말은 많을 거고, 가족과 친족을 잃게 된 분노를 우리에게 터트리고 싶기도 하겠죠. 하지만 그런 안일한 행동 때문에 살아남을 수 있는 사람이 목숨을 잃을 수 있어요.”

“로제마인 님. 그게 무슨 의미인가요?”

구 베로니카 파 아이들의 시선이 일제히 내게로 쏠렸다.

“숙청이 거행되면 세례를 받아 어린이 방에 있는 아이들은 성의 일각에서, 그리고 세례를 받지 않은 어린아이들은 고아원에서 내 측근들이 보호하기로 했어요.”

믿을 수 없다는 듯이 몇 명이 고개를 들어 나를 보았다. 그 나이대의 동생이 있는 아이들이리라.

"세례 전 아이들까지……?"

"로제마인 님, 그럼 고아원에 들어간 제 남동생은 귀족으로 세례를 받을 수 있습니까?"

라우렌츠가 놀라움에 소리쳤다. 그에게 세례를 받지 않은 어린 남동생이 있는 모양이었다. 나는 라우렌츠를 본 후, 시선을 떨궜다.

"고아원에서 교육을 받고, 성적 우수자로 인정받을 것. 그리고 복수심 등 사상에 문제가 없고, 아우브를 섬길 의사가 있는 아이라면 신전장이나 아우브가 후견인이 되어 귀족의 세례를 받게 해서 성 기숙사에서 살게 할 계획은 있어요. 다만, 관례를 완전히 무시하게 되는 경우라 범죄자의 자식을 귀족으로 살려두면 안 된다는 비판의 목소리는 여전히 커요."

특히 베로니카와 그 파벌들에 발등이 찍혔던 귀족은 이번 기회에 뿌리를 뽑으려고 단단히 벼르고 있었다. 그래도 어린아이들은 최대한 보호하고 싶었다.

"관례대로라면 세례 전 아이들은 구할 수 없는 목숨이에요. 다시 말해 여러분의 선택으로 그들의 생사가 좌우된다고 할 수 있어요. 그러니 여러분이 형과 누나로서 그들이 살아갈 길을 보여주었으면 해요."

이렇게 숙청에 관해 설명했지만, 당연지사 구 베로니카 아이들은 가족에게 편지도 보내지 못하는 처지다. 완전히 귀족원에 격리된 채 공포와 불안과 절망에 빠져 있을 아이들과 조금 더 대화를 나누기 위해 마티아스와 라우렌츠가 아이들을 회의실로 데려갔다. 그 모습을 지켜보며 나는 로데리히를 불러 명령했다.

"로데리히. 구 베로니카 파였지만 이름을 바쳐 영주 일족의 측근이 된 당신이라면 설득하기 수월할 거예요. 마티아스와 라우렌츠를 도와 설득하고, 거기서 정해진 내용을 내게 알려줘요."

로데리히의 도움을 받지 않으면 우리 영주 후보생은 그들의 처신이 정해지기 전까지 접촉이 금지되어 있어 정보를 얻을 방도가 없다.

"가능하면 가족 구성원도 물어오세요. 세례 전 아이들이 몇이나 있는지, 미리 파악하면 구출이 쉬워질지도 몰라요."

"알겠습니다."

다목적 홀을 나가는 로데리히를 배웅한 뒤, 나는 유디트와 그 뒤에 서 있는 테오도르에게로 시선을 돌렸다.

"이런 상황에서 나를 호위해줘야 하는 거예요. 귀족원에 입학하자마자 정신없겠지만 잘 부탁해요, 테오도르."

유디트의 남동생, 테오도르는 귀족원 한정 호위 기사다. 그는 졸업 후에는 기베 쾰른베르거를 섬기고 싶다고 했다. 귀족원에 도착하자마자 숙청 얘기를 전해들은, 유디트를 빼닮은 앳된 얼굴이 딱딱하게 굳어 있었다.

"걱정 마요. 테오도르가 할 일은 최대한 빨리 수업을 끝내서 로제마인 님을 따라 도서관과 연구실을 다니면 돼요. 학년이 올라갈수록 수업을 통과하는 데 시간이 걸리니까 1학년인 테오도르가 도와줘야 해요. 로제마인 님은 페르디난드 님과 예습을 했기 때문에 올해도 전 수업을 한 번 만에 합격해 버릴지도 모르거든요."

레오노레가 환영과 위로의 말을 건네면서 테오도르에게 바로 일거리를 던졌다. 올해는 레오노레와 유디트, 테오도르, 셋이서 나를 호위해야 해서 각자 맡을 일이 많다고 한다. 느닷없이 업무를 맡게 된 테오도르가 곤란한 기색을 띤 짙은 보라색 눈을 유디트에게로 돌렸다.

"누님은 호위 기사다운 일보다 지옥 같은 훈련이 더 많다고 했는데,

갑자기 어깨가 무거워지네요."

그 말에 유디트는 "테오도르, 너……." 하고 정색하며 중얼거렸고, 레오노레는 뭔가를 떠올리듯 허공을 보았다.

"……그건 로제마인 님이 귀환하실 때가 되어서야 유디트가 겨우 수업을 통과하니까 그럴 걸요? 필연적으로 호위할 시간이 적어서 그래요."

"아, 그렇구나. 누님이 꼴등으로 수업을 통과해서 그렇단 말이군요?"

"레오노레! 테오도르! 이제 그만해! 올해는 나도 로제마인 님의 호위 기사답게 노력할 거라구!"

울먹이는 유디트를 바라보며 레오노레가 키득거렸다.

"딱히 유디트가 수업을 늦게 통과한 건 아니에요. 높은 성적을 남기려고 했을 뿐이지. 그리고 장거리 공격에서 유디트를 따라갈 사람은 기숙사 내에 아무도 없어요. 귀족원 안에서도 상위일걸요. 보니파티우스 님도 칭찬하실 정도예요."

"네?! 누님이요?"

가족과 함께 사는 테오도르는 기사 기숙사에 들어간 유디트의 활약과 능력을 정확히 모르는 듯했다. 레오노레의 말에 눈이 휘둥그레졌다.

"지금까지는 로제마인 님 주위에 안게리카와 코르넬리우스처럼 실기에 특화한 호위 기사만 있어서 유디트의 실력이 눈에 띄지 않았던 거예요. 작년에도 필기는 일찍 통과했는걸요. 동생한테 좋은 모습 보이려면 올해도 열심히 해야겠네요."

누나가 되어서 질 수 없다며 유디트가 의욕에 다지는 것이 느껴졌다. 샤를로테와 멜키오르에게 좋은 언니와 누나가 되기 위해 안간힘을 쓰는 내게는 그 마음이 십분 이해되었다.

'그래, 그래. 남동생한테 지면 안 되지. 힘내라, 누나여.'

"그리고 테오도르. 임무 중에는 유디트를 누님이라고 부르지 말고 이름으로 불러요. 호령하거나 말을 걸 때 누구를 부르는지 헷갈리면 안 되거든요. 같은 측근끼리는 동료니까 서로의 이름을 부르면 돼요. 나도 레오노레라고 불러요."

"알겠어요, 레오노레."

테오도르는 어색하게 몇 번 "유디트." 하고 웅얼거렸고, 유디트도 "남동생에게 이름으로 불리니까 어색하네요."라고 중얼거렸다. 꼭 닮은 두 사람이 똑같이 고개를 갸우뚱하는 모습이 귀여워서 나는 피식 웃었다.

"나도 직무나 지위가 바뀔 때마다 낯설더라구요."

"로제마인 님은 언제, 어떻게 호칭이 바뀌었나요?"

홱 돌아본 유디트가 보라색 눈을 형형하게 빛내며 나를 보았다.

"영주의 양녀가 되었을 때가 가장 많이 바뀌었어요. 성에서 오빠들을 이름으로 부르고, 질베스타 님을 양아버님으로 불러야 할 때는 정말 당황스러웠죠. 유디트와 테오도르도 당분간은 어색하겠지만, 직장에서만 하면 되니까 금방 익숙해질 거예요."

나는 유디트에게 그렇게 말하며 속으로 덧붙였다.

'지금 생각하면 옛날 일이지만, 청색 견습무녀일 때 다무엘을 다무엘 님이라고 부른 적도 있다고.'

말해봤자 믿지 않을지도 모를 옛날 일을 떠올리며 나는 시선을 떨구었다.

"로제마인 님, 거의 분별이 끝났습니다."

구 베로니카 파 아이들이 연좌 처벌을 받게 되었을 때 누구에게 이름을 바칠지 대충 정한 모양이다. 로데리히가 보고하러 왔다. 우리는 회의실을 빌려 보고를 받았다. 열여섯 명 중 세 명이 내게 이름을 바치기로 했다고 한다.

"마티아스, 라우렌츠, 뮤리엘라는 부모가 게오르기네 님께 이름을 바쳐서 처벌이 확정입니다. 마티아스와 라우렌츠는 이름을 바치는 돌을 일찍 만들 거라고 합니다. 구 베로니카 파 아이들이 잘 따라올 수 있도록 앞장서겠다고 하네요."

나는 로데리히가 메모한 아이들의 희망처를 보고 꽤 편향되어 있다는 것을 알았다.

"견습 기사와 견습 시종 남학생은 거의 빌프리트 오라버니 쪽에 붙었고, 견습 기사와 견습 시종 여학생은 저를 희망하는 사람이 많네요. 견습 문관들은 아우브를 희망하고요."

"내게 이름을 바치고 싶다고 한 사람은 마티아스, 라우렌츠, 뮤리엘라, 이 세 사람이에요?"

뮤리엘라만 여자 견습 문관이고, 마티아스와 라우렌츠는 견습 기사다.

"가능하면 여자 견습 시종이 들어왔으면 했는데⋯⋯."

올해는 리젤레타가, 내년에는 브륀힐데가 졸업한다. 대신 베르티르데가 입학하지만, 그래도 견습 시종이 한둘은 더 필요했다. 하지만 나는 아이들에게 인기가 별로 없었다.

"부모가 없는 여학생은 아무래도 에렌페스트 내에서 혼인하기가 어렵다 보니 다른 영지로 시집갈 가능성이 큰 샤를로테 님을 희망하는 학생이 많다고 합니다."

샤를로테라면 그녀가 시집갈 때 동행하게 될 가능성도 크다. 오히려 이름을 바친 측근을 에렌페스트 내에 둘 수가 없다. 그렇게 다른 영지로 함께 되면 샤를로테가 뒷배가 되어주므로 범죄자의 가족으로 낙인찍힌 고향보다 좋은 혼처가 정해질 가능성이 큰 셈이다. 그래서 여자 견습 시종과 견습 기사는 샤를로테를 희망하는 사람이 많다고 한다.

"그렇다면 첩자가 될 상황을 우려해 웬만해서는 영지를 벗어나지 못하는 견습 문관이라면 날 희망할 법도 한데, 빌프리트 오라버니를 희망하는 사람이 많은 건 어째서죠?"

그러나 나의 의아함과 다르게 이 또한 나를 피해야 하는 큰 이유가 있었다.

"로제마인 님의 측근이 되면 신전에 가야 하니까요. 아직까지 신전을 기피하는 사람이 적지 않은 데다가 하르트무트 님이 워낙 엄격하기로 유명해서……."

"하르트무트가 엄격해요? 페르디난드 님에 비하면 정말 상냥한데요. 정성껏 잘 가르쳐주시는데."

필린느가 고개를 갸웃거리며 그렇게 말하자 로데리히가 쓰게 웃었다.

"페르디난드 님과 비교하면 당연히 그렇겠지만, 쓸모가 없다고 판단한 사람을 가차 없이 끊어내는 점은 거의 비슷해요. 가족도 없고, 이름을 바쳐서 속박된 상태인데, 문관 중에 가장 신분이 높은 하르트무트에게 밉보이면 그때부터 지옥이죠."

그러나 신전에 출입하진 않을 수 없고, 또 인쇄에 관련한 일도 하르트무트에게 맡긴 상태다. 하르트무트와 잘 해나가지 못하는 사람이면 아마 나의 문관이 되기 어려우리라.

"그런 이유로 마음으로는 로제마인 님께 이름을 바치고 싶어도 앞날을 생각하면 주저하게 되는 점이 많다고 합니다. 몸도 약하시고요."

로데리히가 곤란한 듯이 웃었다. 이름을 바치면 자신의 목숨을 맡기는 셈인데, 나는 언제 죽을지 모를 만큼 허약해서 주인으로 삼기가 두렵다는 말이었다. 주인이 이름을 반환하기 전에 사망하면 그 사람 역시 죽게 되니까.

"그리고 로제마인 님은 봉납식 때문에 사교장에도 나오지 않으시고, 건강이 나빠 도중에 빠질 때가 많아서 도무지 견습 시종 입장으로는……."

"바셴."

갑자기 로데리히가 물 덩어리에 휩싸였다. 어째서인지 리젤레타가 슈타프를 쥐고 있었다. 모두가 상황 파악을 못하고 눈만 끔뻑이는 와중에도 그녀 혼자 방긋 웃었다.

"로데리히의 입가에 기름이 묻어 있어서 잠깐 바셴을 썼습니다."

"내가 쓰려고 했는데. 그런데 내 눈에는 아직 덜 지워진 것 같네요. 로데리히는 얼굴 좀 씻고 와야겠어요. 제가 잠깐 데리고 나가겠습니다."

미소를 짓는 브륀힐데가 리젤레타의 말에 동의하면서 황색 눈을 가늘게 뜨며 로데리히를 끌고 퇴실했다. 그 과정이 어찌나 빠른지, 말릴 새도 없이 보고해야 할 로데리히를 강제로 퇴실시켜 버렸다. 무슨 상황인지 몰라 나는 리젤레타를 올려다보았다.

"어, 저기, 리젤레타……."

"차를 새로 끓여오겠습니다, 로제마인 님. 잠시만 기다려주세요."

리젤레타도 웃으며 날래게 자리를 떴다. 나는 주변을 둘러보았다. 필린느와 유디트가 동시에 한숨을 쉬는 것이 보였다.

"지금 무슨 일이 일어난 건지 두 사람은 알겠어요?"

그러나 두 사람이 얼굴을 마주보기도 전에 레오노레가 불쑥 끼어들었다.

"아무 일도 아닙니다. 리젤레타와 브륀힐데가 말했듯이 로데리히의 입가가 좀 지저분해서요."

'그렇게 더럽지 않았던 것 같은데. 더는 묻지 않는 편이 좋겠지?'

나는 묻기를 단념했다. 얼마 지나지 않아 바셴을 맞았는데도 달라진 구석이 없어 보이는 로데리히가 조금 시무룩한 기색으로 브륀힐데와 함께 돌아왔다.

"이제 됐습니다. 그럼 이어서 로제마인 님께 보고하세요."

브륀힐데에게 살짝 등 떠밀려 내 앞에 선 로데리히는 마음을 다시 잡듯이 허리를 꼿꼿이 세우며 웃었다.

"대단히 죄송했습니다. 이어서 보고하겠습니다. 로제마인 님은 저를 측근으로서 동등하게 대해주셨습니다. 마티아스와 라우렌츠도 저처럼 대우받는 모습을 본다면 다른 구 베로니카 파 아이들도 이름을 바칠 용기가 생길 테고, 다른 영주 일족도 노골적으로 태도를 바꾸지 않을 거라 확신하니 앞장서서 이름을 바치겠다고 합니다."

이름을 바친 후에도 부당한 대우를 받는 일이 없도록 내 측근의 대우를 기준으로 삼겠다고 한다.

"뮤리엘라는 엘비라 님을 굉장히 존경하고 있습니다. 지금까지 파벌과 가족 때문에 입 밖에 꺼내지 못했지만, 로제마인 님께 이름을 바치면 공개적으로 존경심을 드러내도 혼나지도 않을뿐더러, 엘비라 님의 책을 누구보다도 빨리 읽을 수 있다며 기대된다고 합니다."

로데리히의 말에 뮤리엘라가 누구인지 바로 눈치챘다. 기숙사의 도서 코너에 설치한 책장에 새로운 책이 비치되는 날을 가장 애타게 기다리는 분홍 머리 여자아이다. 안달이 난 기색으로 기다리고 있다가, 내가 새 책을 가져오면 녹색 눈동자를 반짝이며 제일 먼저 엘비라의 신간부터 집어 들었던 그 아이가 분명했다. 부모가 구 베로니카 파여서 라이제강 계 귀족의 책을 사주지 않는다고 불평하는 걸 들은 것 같기도 하다.

"뮤리엘라는 가능하다면 엘비라 님께 이름을 바치고 싶었지만, 영주 일족에 한해서만 주인으로 삼을 수 있기에 가장 엘비라 님과 가까운 로제마인 님께 이름을 바치고 싶다고 합니다."

"……어머님을 주인 후보로 넣을 수 없을지 물어 볼게요."

목숨을 바치는 셈이니 가능한 한 요청을 들어주고 싶었다. 질베스타에게 질문서를 보낸 결과, 귀족원에 있는 동안에는 내 측근으로 지내다가 뮤리엘라가 귀족원을 졸업할 때 다시 이름을 반환하여 새롭게 엘비라에게 이름을 바친다면 상관없다는 회신을 받았다. 인쇄업에 종사할 문관을 늘리는 것이 급선무다. 내 측근으로 있는 동안 인쇄업을 철저히 가르친 뒤 엘비라의 부하로 넣으려는 의도도 있는 듯했다.

"그리고 로제마인 님께는 그레티아의 일로 상담을 드리고 싶습니다."

"무슨 일 있어요?"

"그레티아는 견습 시종 4학년인데, 귀족원의 생활과 보호자를 생각하면 로제마인 님께 이름을 바치고 싶지만 무척 고민이 된다고 합니다."

그레티아는 내성적이고 소심해서 남자아이들에게 자주 놀림을 당한다고 한다. 그래서 보호자를 절실히 원하고 있는데, 로데리히의 대우를 보니 내게 이름을 바쳐도 되겠다고 생각한 모양이었다.

"섬세하고 꼼꼼해서 주인의 방과 생활을 꾸리는 능력이 뛰어난데, 성격상 남들과 적극적으로 교류하는 것을 힘들어해서 상위 영지나 왕족과 어울리는 로제마인 님의 시종으로 해 나갈 자신이 없다고 합니다."

"……그건 좀 곤란하네요."

나는 리젤레타와 브륀힐데에게로 시선을 돌렸다. 브륀힐데가 잠시 고민하듯 손으로 턱을 괴었다.

"그레티아는 성적이 우수한 견습 시종입니다. 리젤레타가 졸업해도 내년에 베르티르데가 입학하니 외향적 타입과 내향적 타입으로 서로 약한 점을 메꾸면 괜찮지 않을까요?"

브륀힐데와 그 여동생 베르티르데에게는 상급 귀족으로서 상위 영지와의 인맥 관리와 중앙과의 중간역할에 큰 기대를 걸고 있다. 현재 베르티르데는 엘비라에게 상위 귀족용 사교 교육을 철저히 받고 있다고 한다. 그러니 리젤레타처럼 내향적 업무에 특화한 시종도 필요하다고 한다.

"저도 중급 귀족이라 상급 영지나 중앙의 협상은 브륀힐데에게 맡기고 있어요. 그레티아는 자신이 없다고 하지만, 지금까지 그녀를 지켜본 바로 중급과 하급 귀족을 상대로 썩 잘하니 괜찮을 겁니다."

"맞아요. 리젤레타의 말처럼 다과회나 영지 대항전 때 하는 솜씨를 보면 충분히 할 수 있다고 봅니다. 내년까지는 저도 있으니까 그레티아를 측근으로 삼으셔도 문제가 없을 거예요. 제게 맡겨 주세요."

브륀힐데의 힘찬 황색 눈동자가 나를 똑바로 쳐다보았다.

어쨌거나 시종은 필요했다. 나는 그레티아를 최대한 내부 일을 맡을 시종으로 두기로 하고, 로데리히를 시켜 그렇게 전하게 했다.

에렌페스트에서 숙청이 언제 시작되고, 언제 끝날지 모른 채로 내일 진급식과 친목회가 열린다. 에렌페스트 기숙사의 이 어수선한 분위기를 다른 영지가 눈치채서는 안 되었다. 학생들에게 작년처럼 린샴과 머리 장식을 나누어 주고, 내일을 대비하기로 하였다.

친목회(3학년)

"영주 후보생 여러분, 진급식과 친목회가 내일인데, 작년에 이어 올해도 학생들의 이동이 전부 끝났다는 연락을 왜 내게 안 보내는 거죠?"

영주 후보생과 측근들끼리 저녁을 먹고 있을 때, 힐쉬르가 잔뜩 성이 난 기색으로 찾아왔다. 그걸 보고 빌프리트와 이그나츠가 얼굴을 마주 보더니 아차! 하는 표정을 지었다. 나 역시도 구 베로니카 파 아이들 대응에 정신이 없어 사감에게 연락한다는 걸 까맣게 잊고 있었다.

"그건 정말 미안하게 됐군. 하지만 이쪽도 그럴 사정이……."

자리에서 일어나 사과하려던 빌프리트가 말끝을 흐렸다. 숙청 얘기를 꺼낼 수는 없었다. 힐쉬르의 눈썹이 꿈틀대는 것을 보고 나도 벌떡 일어났다.

"미처 연락을 못해 정말 죄송해요. 올해 연락 사항도 궁금하고, 저희도 따로 드릴 말씀이 있는데, 같이 식사하시겠어요?"

식사를 권하자, 힐쉬르는 테이블 위에 차려진 접시를 눈으로 훑은 뒤, 싱긋 웃었다. 일단은 맛있는 밥으로 그녀의 화를 피하는 데 성공한 모양이다.

"리카르다, 힐쉬르 선생님께 자리를 마련해 드리세요."

"알겠습니다, 공주님."

힐쉬르의 식사가 차려지는 동안, 힐쉬르에게 에렌페스트의 올해 순위와 진급식과 친목회에 관한 연락사항을 전해 들었다. 빌프리트의 측근 한 사람이 다목적 홀에 있는 아이들에게 이를 전하러 갔다.

"힐쉬르 선생님, 라이문트와 페르디난드 님한테서는 연락이 왔나요?"

"……페르디난드 님한테서는 겨울 끝자락에 딱 한 번 왔었어요. 가까운 시일에 아렌스바흐에 가게 되었다면서요. 그리고 로제마인 님을 부탁하더군요. 라이문트는 아직 연구실에 오지 않아서 다른 연락은 없었답니다."

귀족원 선생들도 영주 회의의 결과를 전달받아 페르디난드가 디트린데의 약혼자가 된 사실을 알고 있었다. 하지만 설마 준비 기간도 거의 없이 영지를 넘어가게 될 줄은 몰랐던 모양이다. 연락을 받았을 때 깜짝 놀랐다며 힐쉬르가 말했다.

"베로니카 님이 그토록 연을 맺고 싶어 했던 아렌스바흐에, 그녀가 가장 멀리하던 페르디난드 님이 데릴사위로 가다니, 세상일이 참 아이러니하네요."

한숨 섞인 그 말에 내 입꼬리에 아주 살짝 미소가 걸렸다. 에렌페스트에서는 페르디난드와 친밀한 사람 외에 모두 축하 분위기였고, 아렌스바흐와 강한 유대가 생겼다며 기뻐하는 귀족도 적지 않았다. 거짓 미소로 귀족을 대했던 페르디난드가 아렌스바흐에 가기를 꺼려했을 것을 알고 있는 힐쉬르의 존재가 무척이나 고마웠다.

"힐쉬르 선생님, 저, 페르디난드 님의 저택을 양도받았는데, 도서관으로 써도 된다는 허가를 받았거든요. 그래서 올해는 연구실에서 라이문트와 함께 제 도서관에 둘 마술구를 만들고 싶어요."

"하긴 로제마인 님은 페르디난드 님의 피후견인이었죠. ……그럼 연구 자료도 넘겨받았나요? 아니면 페르디난드 님이 가지고 갔나요?"

힐쉬르의 가장 큰 관심사는 연구 자료의 행방인 듯했다. 나는 페르디난드가 떠나기 전 꾸리던 짐들을 떠올렸다. 급하게 준비하느라 거의가 생활필수품이었다. 중요한 물건은 나중에 따로 보낼 거고, 거기서는 연구할 시간도 없다고 했던 것 같다.

"지금은 거의 에렌페스트에 남아 있을 거예요. 성결식을 치르기 전까지는 객실에서 지낸다면서요? 그래서 정식 부부가 되서 방을 배정받으면 그때 남기고간 짐을 보내려고요."

"페르디난드 님이 남기고간 자료, 귀족원에 안 가져왔죠?"

"……가져올 생각을 전혀 못했어요."

사실 그 말을 듣고서야 힐쉬르를 꼬실 때 미끼로 쓸 자료집을 준비하지 않았음을 떠올렸다. 작년에는 준비해준 물건만 가져오면 되었지만, 보호자가 빠진 올해는 스스로 준비해야 했었다.

'페르디난드 님이 얼마나 용의주도했는지 새삼 깨달았어.'

사감에게 도착 연락을 하는 것조차 잊어버린 나는 도무지 거기까지 생각이 미치지 못했다. 올해도 힐쉬르에게 부탁하고 싶은 일이 생기면 어떤 수를 써야 할까?

"그런데 왜 다른 학생들과 식사 시간이 다르죠?"

힐쉬르가 식당을 둘러보며 물었다. 빌프리트와 샤를로테가 대답을 망설이며 곤란한 표정을 지었다. 에렌페스트의 정황을 모르는 상황에서 숙청 정보를 흘릴 수 없었다. 어디에서 어떻게 새어나가 숙청대상을 놓치게 될지 아무도 모르기 때문이다.

"지금은 거리를 두는 것이 좋다고 판단했기 때문이에요. 조만간 다시 함께 식사할 거예요."

"……에렌페스트에 무슨 일이 있나요?"

"전부 끝나면, 말씀드릴게요."

씽긋 웃은 채 나는 힐쉬르의 보라색 눈동자를 지그시 바라보았다. 더 물어봐도 대답해줄 마음 없습니다, 라는 의사는 전해진 모양이다.

"그렇군요. 그럼 모든 일이 끝나고 로제마인 님께서 연구실을 방문하실 날을 기대하고 있겠습니다. 그때까지 다사다난하겠지만, 부디 건강 챙기시고요."

"예?"

유레베에서 잠들고 난 후로 스스로도 조금씩 몸이 건강해지는 느낌을 받았다. 게다가 좀 쉬라는 얘길 들을 만큼 몸 상태가 나쁘지도 않았다. 눈을 깜빡이는 나를 보며 힐쉬르는 어처구니없다는 표정을 지었다.

"기숙사 분위기가 꼭 예전처럼 날카로워진 것 같더군요. 최근 들어 다 함께 앞으로 나아가려던 활력과 일체감이 전혀 느껴지지 않아요. 그건 에렌페스트의 성녀가 지금처럼 불안한 표정을 하고 있기 때문이 아닐까요?"

힐쉬르의 지적에 나는 내 뺨을 눌렀다. 표정이 불안하다니. 나는 지금 분명 웃고 있는데. 고개를 갸웃거리는 내 뺨에 힐쉬르의 손이 닿았다. 맞닿은 피부를 타고 온기가 스며드는 듯했다.

"애쓰는 건 좋지만, 당신다운 모습을 잃으면 안 되죠."

조용히 그렇게 말한 힐쉬르는 자신의 연구실로 돌아갔다. 내 머릿속은 물음표로 가득했다. 그 말의 의미를 알 수가 없었다.

'나다운 게 뭐지?'

진급식과 친목회가 열리는 날이 왔다. 세 점 종에 맞춰 입장할 수 있게 몸단장을 하고, 망토와 브로치를 반듯하게 달았다. 머리 장식과 무지개색 마석이 달린 비녀까지 꽂으면 출발이다.

기수를 타고 2층으로 내려가서 남성 측근인 로데리히와 테오도르와 합류했다. 측근이 모두 모이자, 브륀힐데가 모두를 쭉 둘러보았다.

"로제마인 님, 친목회에 동행할 호위 기사는 레오노레, 유디트, 테오도르, 시종으로는 저, 문관으로는 로데리히가 참여할 예정인데 괜찮으시겠습니까?"

"네, 브륀힐데. 충분해요."

신분을 따지면 이 인원이 전부였다. 상급 귀족 측근이 얼마나 부족한지 뼈저리게 실감했다.

1층으로 내려가는 도중, 샤를로테가 1학년들에게 무어라 말하는 소리가 들려왔다.

"망토와 브로치가 없으면 기숙사로 돌아오지 못하니까 조심하세요. 다들 문제없죠? 잠깐, 구 베로니카 파 아이들은 아직 멀었나요? 마리안네, 루돌프. 상황 좀 보고 오세요."

샤를로테의 명령을 받은 측근, 마리안네와 루돌프와 스쳐 지나며 나는 1층에 내려왔다. 모두의 머리에 장식이 꽂혀 있었다. 올해 1학년생에게도 머리 장식을 선물했지만, 상급생은 자비로 산 장신구를 꽂고 있는 사람이 많아서 작년처럼 모두가 똑같진 않았다.

사실 나도 작년에 썼던 머리 장식이 아니었다. 장식을 세 개나 꽂을 수도 없고, 그렇다고 페르디난드에게 선물 받은 보호구를 뺄 수도 없어서 투리가 만든 화려한 장신구와 무지개색 마석이 달린 비녀 두 개로 머리를 꾸몄다.

기수 사용이 허용된 곳은 기숙사 내에 한해서다. 나는 기수를 회수하고, 빌프리트의 모습을 찾았다.

"왜 그래, 로제마인?"

나는 빌프리트를 향해 머리를 살짝 움직였다. 찰랑이는 무지개색 마석이 달린 비녀를 툭 건드렸다.

"페르디난드 님께서 주신 이 보호구 말인데요. 빌프리트 오라버니가 선물한 거로 말을 맞추는 편이 좋을 것 같아요."

"왜?"

"브륀힐데에게 들었는데, 페르디난드 님이 디트린데 님께 선물한 마석보다 저한테 준 마석의 품질이 더 좋다고 해서요."

내가 보기엔 둘 다 비슷한 무지개색 마석이고, 페르디난드가 달고 다니라고 신신당부했기에 큰 의미를 두지 않지만, 주변 사람들은 그렇게 받아들이지 않는다고 한다. 브륀힐데나 리카르다에게 이래저래 설명을 들은 결과, 약혼녀에게 선물한 다이아몬드 반지보다 더 비싼 다이아몬드가 다섯 개나 박히고 보호구까지 딸린 목걸이를 내게 준 것이나 마찬가지임을 이해했다. 약혼 마석과는 용도가 다르니 선물하면 안 되는 물건은 아니다. 하지만 약혼녀가 이를 알게 되면 큰일이 난다는 것이다.

"약혼녀인 디트린데 님이 아시면 기분이 상할 거예요."

"난 여자가 아니라서 잘 모르겠지만, 네가 그렇다면 그렇겠지."

"그걸 모르시면 안 됩니다!"

빌프리트의 시종이 머리를 싸맨다. 나와 빌프리트가 서로 이쪽으로 무뎌서 다행인 걸까, 아닌 걸까. 어느 쪽일까.

"이 머리 장식만 달지 않으면 디트린데 님을 자극할 일도 없지만, 우리 기숙사 사정도 있고, 다른 영지의 위험도 있어서 페르디난드 님이 주신 보호구를 뺄 수가 없었어요."

"하긴 그러네. 위험이 있을 거라는 판단하에 숙부님이 네게 준 보호구니까. 실제로 임멜딩크의 상급 귀족에게 공격받은 적도 있고."

하르트무트를 노린 것이었다고 해도 내가 공격받은 건 사실이다. 그리고 그 뒤에는 습격이 있었다. 무슨 일이 일어날지 모르는 마당에 보호구는 하나라도 더 있는 편이 좋았다.

"그래서 무지개색 마석은 보호자인 영주 부부, 아버님, 후견인, 약혼자인 빌프리트 오라버니가 각자 준비해 주었고, 디자인은 페르디난드 님이 한 것으로 해두고 싶어요."

그렇게 말을 맞추면 디트린데 님의 머리 장식을 본 사람들이 페르디난드 님의 센스를 의심했을 때 반론할 수 있지 않겠냐고 브륀힐데가 말했었다.

"페르디난드 님의 센스만 지켜내면 되고, 굳이 디트린데 님을 자극해서 좋을 것 없잖아요. 약혼한 사이인데 고향에 있는 피후견인보다도 소홀하다고 느끼면 아렌스바흐에 계시는 페르디난드 님께 불이익이 갈 것 같거든요."

"하긴 숙부님은 주변 걱정만 하고 본인 일은 뒷전인 분이시지."

빌프리트가 가볍게 한숨을 내쉬고는 소매를 살짝 걷었다. 그곳에는 보호구 두 개가 흔들리고 있었다. 각각 물리 공격과 마력 공격을 막는 것이었다. 페르디난드가 샤를로테와 질베스타, 플로렌치아에게도 보호구를 남기고 갔던 모양이다.

"알겠어. 그 머리 장식은 모두 함께 준비해줬고, 디자인은 숙부님이 한 것으로 하자."

빌프리트가 고개를 끄덕일 때 위쪽에서 우당탕탕 넘어지는 소리가 났다. 뭔가가 날뛰는 소리였다.

"레오노레!"

"나탈리에!"

"알렉시스!"

호명된 호위 기사들이 날쌔게 계단을 올라갔고, 다른 견습 기사들은 일제히 방어 태세를 갖췄다. 쿵쿵거리던 소음은 금방 멎었다. 얼마 안 있어 라우렌츠가 슈타프를 변형한 빛의 띠로 칭칭 포박한 1학년 남학생을 끌고 계단을 내려왔다.

"라우렌츠, 이게 무슨 일이에요?"

"예상은 했었지만, 친목회를 이용해서 다른 영지 경유로 가족에게 기밀을 유출하려고 한 녀석이 있었습니다."

라우렌츠가 종이 한 장을 꺼냈다. 거기에는 '게오르기네 님께 이름을 바친 사람과 나쁜 짓을 한 사람을 붙잡아 처분하려는 움직임이 있습니다. 아버님 어머님은 무슨 짓 안 저지르셨죠? 두 분을 다시 뵐 수 있는 거죠?'라는 비통함이 느껴지는 내용이 적혀 있었다.

가족을 심려하는 심정이 느껴져 가슴이 찌릿하고 아렸다. 마음 같아서는 당장 집에 돌려보내서 가족을 만나게 해주고 싶었다. 하지만 숙청을 거행하는 측에 속한 내가 해줄 수 있는 말은 전혀 없었다. 나는 어금니를 악물었다.

"라우렌츠, 걔를 어쩔 셈이죠?"

내가 묻자, 라우렌치는 미소를 지었다.

"구 베로니카 파는 전원 오늘 진급식과 친목회에 불참하겠습니다. 현재 에렌페스트에서 유행병이 도져서 며칠 안정을 취해야 하는 아이들이 많다고, 마티아스가 힐쉬르 선생님께 전해달라고 하더군요."

"라우렌츠, 그건……."

내 질문에 대한 대답이 아니야, 라고 말하려는 것을 빌프리트가 내 팔을 잡아당겨 말렸다.

"구 베로니카 파의 설득은 둘에게 맡기기로 했잖아. 처벌을 피할 길을 알려줬는데도 다른 영지와 용의자에게 정보를 흘리려고 했다는 걸 아버님과 상층부에서 알면 어떻게 되겠어. 애들 살리고 싶으면 가만히 있어."

"빌프리트 오라버니……."

"몇 명은 이렇게 나올 줄 알았잖아. 이럴 때 어떻게 해야 하는지, 알지?"

빌프리트의 진녹색 눈동자가 포박당한 아이와 나를 번갈아 보았다. 아이들이 가족을 구하겠다고 폭주할 기미를 보이면 예외 없이 관례대로 전원 처벌하거나, 혹은 못 본 척 덮거나 둘 중 하나다.

"……나 역시 가족들을 생각하는 마음에 실수를 저질렀고, 로제마인의 자비로 용서받았다. 그러니 나도 네 실수를 용서하마. 하지만 두 번은 없어."

"나도 최대한 많은 아이를 구하고 싶으니까 이번엔 못 본 거로 할게요. 라우렌츠, 구 베로니카 파 아이들을 잘 부탁해요."

"자, 가자. 다른 영지 녀석들이 눈치채지 못하게 표정과 자세 단단히 해."

빌프리트의 호령으로 문이 열리고, 모두가 기숙사에서 나오기 시작했다. 구 베로니카 파 아이들이 빠진 탓에 올해 에렌페스트의 참가 학생은 현저히 적었다. 세 점 종도 울리지 않았는데 기숙사를 나가기 전부터 피곤했다.

"공주님, 괜찮으세요?"

"가족을 생각하는 그들의 마음이 너무 이해가 돼서 보고 있기가 괴로워요."

"상황을 받아들이기 어렵겠지만 자기 목숨을 포기하지는 않았으면 좋겠네요."

그렇게 말하며 내게 내민 샤를로테의 손을 잡고 기숙사를 나왔다. 꽉 쥐어진 손이 따뜻했다.

문 위의 번호는 8로 바뀌어 있었다. 위치도 작년보다 강당에 더 가까워졌다. 강당에 서는 위치도 바뀌어 있었는데, 에렌페스트는 꽤 앞줄이었다. 우르르 줄지어 걷는 와중에 주변의 숙덕거림이 들리는 듯했지만, 출발 전에 일어난 일과 귀족원에 체류하는 동안 구 베로니카 파 아이들을 설득하지 못했을 시에 벌어질 일들이 머릿속에 가득 차서 거의 귀에 들어오지 않았다. 귀족답게 우아한 미소만 지은 채, 나는 작년과 거의 똑같은 높은 분의 연설을 듣고 시간이 지나가기만을 기다렸다.

멍하니 있는 사이 진급식이 끝나고, 친목회를 위해 하급 귀족, 중급 귀족, 상급 귀족, 그리고 영주 후보생과 동행할 측근으로 나뉘었다. 강당을 나온 우리는 측근과 함께 소강당으로 향했다.

"8위 에렌페스트의 빌프리트 님, 로제마인 님, 샤를로테 님 입장하십니다."

안으로 들어가자, 정면에는 힐데브란트가 앉아 있었다. 올해도 왕족으로서 귀족원에 머물게 된 모양이다. 싱긋 웃어 보이자, 그 역시 미소를 돌려주었다. 왕족과 엮이지 말라는 당부가 있었지만, 인사 정도는 문제없지 않을까.

모두가 모이자, 예년대로 인사 절차가 진행되었다. 정면에 앉아 있는 힐데브란트에게 인사하고, 자신들 영지보다 순위가 높은 영지의 영주 후보생에게 인사하며 돈다. 하위 후보생이 인사하러 오는 것도 작년과 똑같다. 클라센부르크 다음에 단켈페르거, 드레반헬에 이어 7위까지 인사하면 다음은 우리 차례다.

"올해도 시간의 여신 드레팡아의 실이 엮이어 이렇게 다시 만나 뵙게 되니 기쁘기 그지없습니다."

빌프리트가 대표로 인사를 했다. 나는 빌프리트와 샤를로테의 사이에 끼어 있었다. 왕족에겐 되도록 나를 접근시키지 말라는 당부 때문인지, 두 사람의 얼굴에 긴장의 빛이 돌았다.

반대로 힐데브란트의 밝은 보라색 눈동자는 싱글싱글 기쁜 듯 접혀 있었다. 행복에 가득 찬 미소를 보고 있자니, 이상하게 그가 무척 부러워지기 시작했다. 행복해서 좋겠다, 라는 생각이 드는 것이다. 작년에는 누군가의 웃는 얼굴을 봐도 부럽다고 느낀 적이 없었는데, 왜 이런 기분이 들까. 내심 의아해하며 나는 힐데브란트에게 미소를 보냈다.

"로제마인, 올해도 도서관에서 만날 날을 기다리고 있겠습니다."

"황송합니다."

이 상황에서 '나 엄청 야단맞았으니까 거리 좀 둘게요'라거나 '연구실에 처박혀 있을 거라서 미안'이라는 말을 꺼낼 수는 없었다. 나는 웃으며 무난하게 대답하고, 빌프리트와 샤를로테의 손을 잡고 그 자리에서 벗어났다. 다음은 클라센부르크다.

올해 클라센부르크에는 영주 후보생이 없었다. 처음 보는 상급 귀족의 대표와 빌프리트가 인사를 나누었다. 클라센부르크의 상급 귀족은 자기네 영지 상인이 민폐를 끼친 일을 사과하며 앞으로도 부디 잘 지냈으면 한다고 부탁했다.

'미안해서 어쩌지. 거래처를 더 늘릴 수가 없을 텐데.'

평민촌은 지금도 한계라서 별 도리가 없었다. 오히려 페르디난드의 결혼을 계기로 아렌스바흐가 거래를 뚫으려고 작업을 걸어올 수 있다는 예측까지 나오는 실정이다.

'하지만 이번 숙청으로 영지 내의 마력이 감소할 게 눈에 훤한데, 그레첼을 엔트비켈른으로 교역 도시처럼 새로 정비할 수도 없고, 어째야 하나.'

"레스티라우트 님, 한넬로레 님. 올해도 시간의 여신 드레팡아의 실이 엮이어 이렇게 다시 만나 뵙게 되어 기쁘기 그지없습니다."

단켈페르거 영지 테이블에는 레스티라우트와 한넬로레가 앉아 있었다. 한넬로레의 미소를 보니 조금 기분이 좋아졌다.

"건강해 보여서 기뻐요, 한넬로레 님."

"저도 로제마인 님의 건강한 모습을 보니 안심되네요. 아까 루펜 선생님한테 에렌페스트에서 유행병이 번져서 결석자가 많다는 얘기를 들었거든요."

병약한 나는 틀림없이 몸져누웠을 줄 알았던 모양이다. 샤를로테가 한 발짝 걸어 나와 싱긋 미소 지었다.

"이미 언니는 한 번 앓다가 일어난걸요. 당분간은 괜찮을 거예요. 그것보다 머리 장식은 언제 납품할까요? 올해는 언니가 봉납식 때문에 귀환하지 않아도 되어서 사교 시즌에 드릴 수 있어요."

일부러 유행병 얘기에서 화제를 돌린 샤를로테가 웃으며 이야기를 주도했다. 훌륭한 솜씨에 속으로 손뼉을 치면서 나는 주문자인 레스티라우트에게로 시선을 돌렸다.

"주문하신 머리 장식은 단켈페르거의 식물로 디자인한 거죠? 센스가 뛰어나다며 머리 장식 장인이 놀라더라구요. 정말 멋지게 완성되었답니다."

"훗, 당연하지. 에렌페스트 같은 시골 촌구석에도 꽤 볼 줄 아는 사람이 있었군."

마치 본인이 칭찬받은 듯 레스티라우트의 입꼬리가 올라갔다. 설마 하는 마음으로 나는 누구의 디자인인지 물어보았다.

"오라버니가 디자인한 거예요. 오라버니는 그림에 조예가 깊어서 옛날부터 그런 걸 잘 그리셨거든요."

"의외네요."

슈바르츠와 바이스의 권리를 내놓으라며 타 영지 사람들까지 줄줄이 끌고 쳐들어왔던 모습에서는 도무지 상상하기 어려운 능력이다.

"그 무지개색 마석 장신구도 썩 나쁘진 않네. 그건 누가 준 거지?"

"보호자분들이 마석을 준비해 주시고, 페르디난드 님이 디자인해 준 걸 빌프리트 오라버니에게 선물로 받았어요. 페르디난드 님의 디자인도 멋있지 않나요?"

"좀 자세히 보게 뒤로 돌아 봐."

그의 말대로 내가 몸을 돌리려고 하자, 한넬로레가 펄쩍 뛰며 자기 오빠의 망토를 잡아당겼다.

"오라버니! 아무리 머리 장식이 예쁘대도 그렇게 보면 실례예요!"

시키는 대로 몸을 돌리려고 했던 나도 멈칫했다. 위험하다, 위험해. 숙녀답지 않은 실수를 범할 뻔했다.

"정말 미안해요, 로제마인 님. 그럼 사교 시즌에 머리 장식을 납품받고, 책도 교환하도록 해요. 올해도 새 책이 나왔죠? 에렌페스트의 책을 정말 고대하고 있어요."

"아, 그래. 단켈페르거의 역사서가 책으로 나온다고 들었는데, 그건 완성되었나?"

책벌레인 한넬로레는 그렇다 치고, 레스티라우트까지 책을 기대하고 있을 줄은 몰랐다. 흥미로 반짝이는 붉은 눈동자가 이쪽을 쳐다본다. 책을 기대하는 두 사람의 반응에 기분이 좋아진 나는 고개를 끄덕였다.

"단켈페르거의 역사가 너무나 방대해서 한 권에 모두 담을 수 없었어요. 그래서 여러 권으로 출간할 예정입니다. 올해는 그 1편의 견본을 보여드릴 거예요. 견본에 문제가 없으면 다음 영주 회의 이후에 판매하게 될 거고요."

"그렇군. 그럼 다과회 날을 기다리고 있겠다."

'오잉? 레스티라우트 님도 다과회에 참석하려고?'

여태껏 에렌페스트와 동석하고 싶지 않다며 거부해놓고 갑자기 무슨 바람이 분 걸까. 여우에게 홀린 기분으로 나는 드레반헬의 자리로 걸음을 옮겼다.

드레반헬과의 인사는 오르트빈과 친한 빌프리트에게 일임했다.

"아쉽게도 올해는 유행병 때문에 당분간 결석자가 나올 거야. 전원 첫날 합격은 어렵게 되었어."

"그건 아쉽겠네. 하지만 우리 둘의 대결은 유효하잖아?"

"물론이고말고."

둘은 사이좋은 라이벌답게 약속을 했다. 무지개색 마석 머리 장식에 관한 질문을 받았지만, 단켈페르거에 했던 말과 똑같이 회답했다.

기렛센마이어와 하우프레체에도 인사를 끝내면 다음은 아렌스바흐다.

"디트린데 님. 올해도 시간의 여신 드레팡아의 실이 엮이어 이렇게 다시 만나 뵙게 되어 기쁘기 그지없습니다."

디트린데는 기분이 상당히 좋은 편인지, 페르디난드가 어떻게 지내는지 술술 알려 주었다.

"귀족원에 가는 날 위해 항상 상냥하게 웃으며 열심히 집무를 보고 계신답니다."

'그거, 가짜로 웃는 거야.'

속으로 그렇게 대꾸하면서도 슬금슬금 걱정되기 시작했다. 수면과 식사도 팽개치고 약에만 의존하고 있진 않을까. 수업이 시작되면 라이문트를 통해 한번 확인 편지를 보내야겠다 싶었다.

"겨울 사교계의 시작 연회에서 페르디난드 님이 페슈필을 연주해 주신 거 있죠. 신곡이라면서 나를 위해 아주 정렬적인 연가를 불러주셨답니다. 조만간 다과회에서 악사에게 연주를 시킬 생각이에요."

'내가 추천한 「아군 만들기」 작전을 써 줘서 다행이긴 한데, 연가? 그 페르디난드 님이 연가라니.'

솔직히 말해 페르디난드가 남의 환심을 사려고 연가까지 동원할 줄은 꿈에도 몰랐다. 굳이 내가 '아군 만드는 법'을 알려줄 필요도 없었던 걸까?

페르디난드가 얼마나 다정한지 끝도 없이 떠들던 디트린데를 멍하니 바라보던 빌프리트가 내 어깨를 쿡 찔렀다.

"……로제마인, 저거 숙부님 얘기 맞아?"

"아주 딴 사람 얘기 같지만 맞아요. 거기서 무리하고 계시는 것 같네요."

디트린데는 매년 하던 사촌모임을 열겠다고 선언하더니, 올해 처음으로 나까지 초대했다. 그때 머리 장식을 납품 받고, 페르디난드의 신곡도 들려주겠다고 했다. 어떤 곡으로 완성되었을지 아주 기대가 되었다.

그렇게 우리는 7위 영지에 인사하고 자리로 돌아갔다. 우리 자리로 인사하러 온 임멜딩크의 영주 후보생에게는 작년 영지 대항전에서 자기네 상급 귀족이 저지른 일로 사과를 받았다. 그 일은 중앙의 요청을 거절하는 이유로도 써먹었고, 무지개색 마석의 보호구를 꼭 사용해야 하는 명분이 되어주었다. 분명 임멜딩크 쪽이 꽤나 고생했을 터였다. 어쩌면 그 이유 때문에 영지 순위가 떨어진 걸까. 원한을 더 사고 싶지 않았기에 나는 웃으며 사과를 받아들였다.

첫 수업 합격

친목회가 끝나고 기숙사로 돌아왔다. 소강당을 나와서 걷는 와중에도 내 머릿속에는 구 베로니카 파 아이들 생각으로 가득했다. 가족을 만나게 해 주고 싶지만 턱없는 바람이고, 숙청은 피할 수 없는 일이다. 무슨 뾰족한 수가 없을까. 과연 내가 뭘 할 수 있을까.

"로제마인 님!"

"어머, 라이문트."

힐쉬르 연구실이 있는 문관 코스 전문동 방향에서 라이문트가 연보라색 망토를 펄럭이며 다가왔다. 아렌스바흐 귀족의 등장에 주변 견습 기사들이 경계하더니 스스슥 소리를 내며 영주 후보생을 보호하는 태세를 취했다.

깜짝 놀란 듯 라이문트가 눈을 크게 뜨더니, 거리를 둔 채 내게 말했다.

"로제마인 님, 페르디난드 님께서 전언을 부탁하셨는데, 들으시겠습니까?"

"설마 무슨 일이 생겼어요?!"

"아뇨, 이 마술구를 보여드리러 갔는데 갑자기 전언을 녹음하셔서……."

그렇게 말하며 라이문트가 마술구를 꺼냈다. 녹음 마술구를 소형화한 것인 듯했다. 페르디난드는 더 작게 만들라며 퇴짜를 놓더니만 그때 우리에게 남길 전언을 녹음했다고 한다.

"들을래요. 듣고 싶어요."

내가 솔깃해하자, 라이문트는 고개를 끄덕이며 마석 부분을 어루만졌다.

「로제마인, 나다.」

마술구에서 흘러나온 건 틀림없는 페르디난드의 목소리였다. 아렌스바흐로 떠난 지 얼마 되지도 않았는데, 무척이나 반가웠다. 그러나 그 찡하게 스며든 반가움은 이어서 나온 뒷말에 날아가 버렸다.

「내가 떠나자마자 공부에 손 놓고 있는 건 아니겠지.」

'망했다! 공부엔 손도 못 댔는데!'

「최우수를 따겠다고 약속한 그대도 그렇고, 에렌페스트 전체 성적이 작년보다 떨어지기만 해 봐라. 혼날 줄 알아라.」

히익! 하고 내가 손으로 뺨을 감싸자, 마술구에서 들려오는 목소리가 아주 조금 부드러워졌다.

「성적을 올리라는 얘기가 아니다. 떨어뜨리지 말라는 소리지. 작년처럼만 해라. 어려운 건 없지 않은가.」

"작년처럼만⋯⋯. 그렇군요. 그렇게 들으니 왠지 할 수 있을 것 같아요."

주먹을 불끈 쥐는 내 뒤에서 샤를로테가 중얼거렸다.

"언니는 최우수를 따서 더 올릴 성적도 없지 않나⋯⋯."

"쉿! 본인이 하겠다는데 모른척해, 샤를로테."

'핫! 듣고 보니 더 올릴 성적이 없잖아! 나, 속은 거야?!'

내가 째려봐도 마술구에서는 계속해서 페르디난드의 목소리가 흘러나왔다.

「빌프리트, 샤를로테. 그대들도 마찬가지다. 내가 준 보호 마술구에 상응하는 성적을 기대하마. 에렌페스트 전원이 첫날 합격했다는 기쁜 소식을 영지 대항전에서 듣게 되길 기대하겠다.」

"젠장!"

"맙소사……."

그 말로 인해 작년에 전원 첫날 합격을 해내지 못한 샤를로테가 넘어야 할 장벽이 더 높아졌다. 무겁게 짓눌러오는 부담감에 그녀가 몸을 파들파들 떨었다. 내가 샤를로테를 달래려고 손을 뻗은 순간, 「아, 그렇지. 로제마인.」 하고 페르디난드의 목소리가 나를 불렀다.

'불길하게 왜 상냥하게 부르고 난리야!'

꼭 이상한 요구를 꺼낼 때 나오는 특유의 부드러운 목소리다. 나는 샤를로테에게서 라이문트의 손에 들린 마술구로 시선을 옮겼다.

「성적이 떨어지면 아우브 에렌페스트에게 말해서 그대에게 넘겨준 도서관을 회수할 거다. 자기관리도 못하는 녀석이 도서관 관리를 제대로 할 턱이 없지.」

"안 돼에! 그것만은 안 돼요, 페르디난드 님!"

나도 모르게 마술구에 매달렸지만, 녹음만 한 마술구가 타협에 응해줄 리 만무했다. 과제를 내주는 사람도 없고, 숙청 같은 우울한 일이 일어나니 기분이 저조해서 공부는커녕 책도 읽지 못했다. 개인 도서관만이 유일한 마음의 지주였는데, 그걸 빼앗긴다면 농담이 아니라 죽어버릴 지도 몰랐다.

"아~, 페르디난드 님의 전언은 여기까지입니다. ……저한테도 더 개량하라는 과제를 내셨는데, 스승님의 과제는 그게 누구든 어렵네요. 로제마인 님도 힘내십시오."

라이문트는 뭐라고 말해야 좋을지 모르는 표정으로 자신의 손에 들

린 마술구와 나를 번갈아보며 그렇게 말하고, 도망치듯 자리를 떴다.

"어, 어어, 어쩔 거야, 로제마인. 생각해 보니까 귀족원에 오고 난 후로 공부엔 손도 못 댔다고."

"저도요, 언니."

두 사람 모두 숙청에 정신이 팔려 성적 향상 위원회의 일을 깡그리 잊고 있었다. 질베스타가 숙청에 관한 일은 전부 맡기라고 했는데도, 귀족원에서 해야 할 일에 손도 대지 못했다. 영지 대항전에서 페르디난드를 만나면 그 즉시 엄청난 불호령이 떨어질 것임이 틀림없다.

'그러면 그 자리에서 양아버님과 페르디난드 님이 내 도서관을 뺏어 갈 거야!'

"이렇게 고민할 때가 아니에요. 도서관을 지키려면 전력을 다해야 해요!"

내가 주먹을 불끈 쥐며 의욕을 다지자, 빌프리트가 허옇게 뜬 얼굴로 나를 보았다.

"……자, 잠깐만, 로제마인. 네가 그러니까 엄청 불길한 예감이 들어."

"괜찮아요, 오라버니. 불길한 예감 따위 내가 다 날려드릴게요."

"아니! 그게 아니라! 악몽이 다시 시작될 것 같다고!"

머리를 싸매는 빌프리트의 어깨를 톡톡 두드리며 나는 안심시키듯 미소를 지었다.

"이번에는 모두 1년 동안 공부했으니까 복습만 잘 하면 돼요."

"……그, 그렇겠지? 도서관이 걸려 있는 건 똑같지만 그때와는 상황이 다르지."

빌프리트가 주먹으로 손바닥을 툭 두드리며 "게다가 극약을 쓰는 법을 잘 아시는 숙부님의 지시야."라고 자신을 타이르며 연신 고개를 끄덕인다. 극약이 뭔지 잘 모르겠지만 나중에 물어보기로 했다.

"우선은 모두가 첫날에 합격해야 해요. 합격만이라면 어렵지 않잖아요."

"맞아요. 1년간 철저하게 공부한걸요. 지금부터 다 같이 노력하면 합격할 수 있어요."

리젤레타가 싱글싱글 웃으며 나를 지지해 주었다. 그러자 브륀힐데가, 페르디난드가 이런 억지요구를 하는 이유를 알려주었다.

"우리 영지의 순위가 떨어지면 일시적인 것이었다며 비웃음을 사게 돼요. 가뜩이나 중영지에서 대영지로 가셨는데, 성결식도 치르기 전에 고향의 순위가 떨어지면 레티치아 님의 교육을 담당하실 페르디난드 님의 입지가 좁아질 겁니다."

그런 말을 듣고 나니 더더욱 성적을 떨어뜨리지 말아야겠다는 확신이 들었다.

"무슨 일이 있어도 성적을 유지해야 해요. 합시다. 아직 시간은 있어요."

"좋아, 얼른 돌아가서 다 같이 공부하자."

영주 후보생과 그 측근들은 조급한 걸음으로 중앙동 복도를 지나 8번 문을 열어젖혔다.

빌프리트가 다목적 홀로 뛰어 들어가 "내일 시험은 죽어도 전원 합격해야 해. 각자 필기도구 들고 이곳으로 집합!" 하고 호령하는 것을 보면서 나는 기수에 올라탔다.

"레오노레, 로데리히. 구 베로니카 파 아이들에게도 필기구 들고 다목적 홀로 모이라고 해 줘요."

"……알겠습니다."

레오노레가 굳은 표정으로 고개를 끄덕이는 걸 보고, 나는 레서 버스로 계단을 올라갔다. 유디트와 필린느가 열어준 방 안으로 그대로 들어갔다.

"리카르다, 필기구를 챙겨 주세요. 지금부터 다목적 홀에서 공부할 거예요."

"네, 바로 준비하겠습니다. ……그런데 공주님, 왜 이렇게 갑자기요?"

"페르디난드 님이 에렌페스트의 성적이 떨어지면 제 도서관을 뺏어가겠다고 협박했어요."

나는 준비물을 챙겨주는 리카르다에게 라이문트가 가져온 녹음 마술구 얘기를 해주었다.

"세상에 줬다 빼앗는 게 어딨어. 리카르다도 너무하다 생각되지 않아요?"

"영지를 떠나고도 공주님께 과제를 내어주시다니. 제가 보기엔 페르디난드 님다운 배려심이라는 생각이 드는데요?"

"이런 배려 필요 없어요!"

내가 발끈하자, 리카르다가 "입은 화내고 있지만 얼굴은 웃고 계시네요."라며 키득키득 웃으며 필기구를 건네준다.

"페르디난드 님이라면 성적이 떨어졌을 때 벌을 주듯이 과제를 달성했을 땐 포상을 주시겠죠. 열심히 공부하세요, 공주님."

"그럼 페르디난드 님이 깜짝 놀랄 만큼 좋은 성적을 거둬서 내 도서관에 필요한 마술구를 선물 받겠어요."

'도서관을 지켜내고, 포상까지 뽑아내고 말겠어!'

나는 필기구를 품에 안고, 다시 레서 버스에 올랐다. 다목적 홀에 도착해 기수를 회수하자, 측근들이 영주 후보생 수강자의 공부 자리를 만들어주었다. 샤를로테는 2학년 테이블에 자리를 잡았기에 올해는 빌프리트와 둘 뿐이다.

"영주 후보생 코스는 우리 둘 뿐이네요. 빌프리트 오라버니, 여기서 공부해요."

"……음. 난 이거 먼저 읽을 거니까 너 먼저 공부 시작해."

공부가 썩 내키지 않는 얼굴의 빌프리트가 품에 안은 목패로 시선을 떨어뜨렸다. 의아했지만 나는 홀에 모인 아이들에게 말했다.

"작년에 팀을 나눈 것을 참고해서 자리에 앉으세요. 1학년생은 저 테이블이에요."

그때 필기구를 든 구 베로니카 파 아이들이 당황한 얼굴로 다목적 홀에 들어왔다. 문 앞에서 멈춰선 채 홀 내를 두리번거린다.

"늦었잖아요! 빨리 자리에 앉아요."

"영지 성적이 떨어지면 큰일 나. 내일 수업 첫날 전원 합격한다."

나와 빌프리트가 소리치자, 한 아이가 날카로운 눈동자로 우리를 노려보았다.

"가족이 죽을지도 모르는 이 상황에 공부가 손에 잡히겠습니까?"

그 말에 홀 안의 공기가 얼어붙었다. 기합을 잔뜩 넣었던 빌프리트와 나의 시선이 바닥으로 떨어졌다. 그 순간, 한 걸음 앞으로 나온 레오노레의 슈타프에서 빛의 띠가 날아갔고, 그 아이의 몸을 포박했다. 그는 온몸이 칭칭 감겨 그 자리에 풀썩 쓰러졌다.

"뭐야?!"

"레오노레, 갑자기 왜 그래요?!"

"본인들 입장을 전혀 이해하지 못하고 있지 않습니까. 마티아스와 라우렌츠는 대체 애들을 어떻게 설득한 거죠?"

레오노레의 남색 눈동자가 지금껏 보지 못한 복잡한 색을 띠었다. 그러자 마티아스가 화들짝 놀란 표정으로 레오노레의 주인인 내게 제발 말려달라고 호소하는 눈빛을 보냈다.

"로제마인 님께선 억울한 학생을 구해주겠다고 하셨잖습니까……."

그러나 내가 말릴 새도 없이 레오노레가 입을 열었다.

"맞아요, 마티아스. 죄를 짓지 않은 학생을 제발 살려달라고 아우브께 청원을 드리셨죠. 세례를 받지 않은 아이들은 처벌 대상 밖이라는 말이 나오자, 이번엔 고아원에 환경을 마련해서 그들을 수용할 수 있도록 하셨고요."

레오노레는 웃고 있었지만, 눈 색깔이 바뀔 정도로 격정이 폭발한 듯했고, 그것은 갈수록 들끓었다.

"아직 세례식 이전이던 로제마인 님의 유괴 미수, 독으로 2년간 잠들게 하고, 이번엔 또 암살 미수……. 그들이 영주 일족의 목숨을 몇 번째 노린 건 줄 알아요? 일족 전체를 뭉개버려도 시원찮을 판이에요. 관례대로 처벌해 버리면 이렇게 고민할 필요도 없었겠죠. 그런데도 로제마인 님은 어떻게든 죄 없는 아이들을 구하려고 아등바등하고, 고뇌하고, 속앓이를 하고 계신다고요."

'평소에 자기주장을 하지 않고 조용해서 잊고 있었는데, 레오노레도 라이제강 계 귀족이 맞구나!'

구 베로니카 파 아이들이 있듯이, 이곳에는 라이제강 계 자녀들도 있다. 라이제강 계 자녀들은 상급 귀족이 많고, 대체로 영주 일족의 측근이라서 우리의 명령을 따라 구 베로니카 파 아이들을 구하려고 힘을 보태주고 있었다. 하지만 내심 관례를 깨는 이 일에 불만이 없지 않았던 모양이다.

구 베로니카 파 아이들의 심정만 살피느라, 측근들이 어떤 심경으로 내 곁을 지켰을지 생각하지 못했다는 사실에, 하늘이 무너지는 것 같았다.

'아아아아, 주인 실격이야!'

"연좌 처벌을 피하는 데 불만이 있는 사람은 이렇게 해서 에렌페스트에 송환할 겁니다. 본래 이게 맞는 취급이죠."

레오노레가 '설득 포기'라고 쓴 종이를 그 아이의 머리 위로 던졌다. 평소 차분하고 잘 화내지 않는 레오노레의 분노하는 모습에 모두가 침을 꼴깍 삼켰다. 그런 가운데, "그러면 안 돼요, 레오노레." 하고 미끄러지듯 우아한 발걸음으로 브륀힐데가 나섰다.

"나 말리지 말아요, 브륀힐데. 처분 받아 마땅한 자들을 위해 영주 일족이 모두 고뇌하고, 관례를 깼다고 주변 귀족들에게 들들 볶이는데, 얘들은 구해준다는 데도 자기 불만만 꺼내잖아요. 나 더는 못 참아요!"

"말리려는 게 아니에요. 전이 마법진으로 보낼 땐 마력으로 포박해 봤자 의미가 없어요. 이 포승줄을 써야죠."

브륀힐데가 슥 하고 손을 들자, 리젤레타가 굵은 줄을 꺼내더니, 팽팽하게 잡아당겼다. 평소의 진지한 얼굴로 잡혀 있는 아이를 내려다보았다.

"오랜만에 로제마인 님이 기분 좋게 기숙사를 결집해서 분발하려고 하시는데 방해물은 필요 없습니다. 주인의 정신 건강을 위해 시종으로서 당신을 처리하겠어요."

'그렇게까지 안 해줘도 돼! 난 건강해! 몸도 마음도 말짱하다고!'

"리젤레타의 말이 백 번 맞아요! 얼른 처리하죠? 자비로운 영주 일족들께서 가뜩이나 영지 경영 때문에 골머리인데, 범죄자의 혈족을 수십 명이나 살려두겠다고 하셨어요. 영지에 도움이 되기는커녕 고마워할 줄도 모르는 범죄자 혈족에게 먹일 식량 따위 라이제강엔 없거든요."

'아차차, 깜빡했지만 브륀힐데도 라이제강 계였지! 미치겠네! 내 측근들이 폭주하고 있어요! 누가 좀 말려줘요!'

허둥대며 주변을 두리번거렸지만, 이런 상황을 기가 막히게 잘 정리해주는 하르트무트와 코르넬리우스는 이 자리에 없었다. 내가 주인답게 말려야겠다 싶어 자리에서 일어나려고 할 때, 빌프리트와 샤를로테의 측근이 나섰다.

나는 기대를 걸며 그들을 올려다봤다. 그런데 그들의 손에도 슈타프가 쥐어져 있는 것이었다.

"구 베로니카 파 아이들 때문에 하얀 탑에 가신 빌프리트 님껜 지워지지 않는 오점이 남았습니다. 그 오점을 조금이라도 씻으려고 밤낮 없이 얼마나 노력하시는지 압니까?"

빌프리트의 견습 기사인 알렉시스가 구 베로니카 파 아이들을 쭉 쳐다보자, 이 일에 관여한 듯한 아이 몇 명이 슬그머니 시선을 피했다.

"샤를로테 님은 세례식이 열리는 날, 베로니카 파 귀족에게 납치당했고, 구출하러 가신 로제마인 님이 독 때문에 긴 잠에 빠진 일을 두고, 자신의 책임이라며 여태껏 가슴 아파하고 계세요. 그 이후로 적게나마 로제마인 님을 대신하려고 안쓰러울 정도로 노력하고 계신다고요."

나탈리에의 말에 깜짝 놀란 시선들이 샤를로테에게로 쏠렸다. 이곳에 있는 세 영주 후보생 모두가 구 베로니카 파로부터 불이익을 당한 적이 있었다.

"너희 구 베로니카 파가 영주 일족에게 저지른 짓들을 돌이켜보고서도 불만이 있고, 첫날 합격할 노력조차 보일 마음이 없다면 관례대로 처벌받아도 우린 전혀 상관없어. 본인들이 얼마나 특별대우를 받고 있는지 모르지? 너희를 구하고 싶어 하는 건 영주 일족뿐이야. 다른 귀족들은 모두 관례를 깨는 걸 탐탁지 않게 생각하고 있어."

이그나츠가 구 베로니카 파 아이들을 똑바로 노려보았다. 그 눈빛을 받는 아이들의 고개가 힘없이 수그러졌다.

"……아니. 사실은 그게, 자비를 베풀어주신 영주 일족께는 감사하고 있습니다. 하지만 우리를 생각해 주신다면 저희 부모님께도 자비를 내려주세요."

가족과 떨어지는 건 괴롭다. 레오노레에게 포박된 1학년생의 목소리에 나는 '그렇게 해줄 수 있는 거라면 당연히 해줬을 거야.' 하고 무심코 가슴언저리를 꾹 눌렀다. 그와 동시에 샤를로테가 자리에서 일어났다. 남색 눈동자로 모두를 둘러보면서 똑 부러지게 말했다.

"그런 황당한 부탁을 하면 우리도 곤란해요. 죄를 저지른 건 당신들 가족이잖아요. 이미 저지른 죄를 심판받는 거라고요. 범죄에 가담하지 않았다면 처벌될 일은 없어요. 죄 없는 사람은 구원받겠지만, 범죄자는 대상 밖이에요. 우린 죄도 없는데 처벌받게 될 아이들이 안쓰러워서 살아남는 길을 제시했어요. 그러니 앞날을 선택하는 건 우리가 아니에요. 여러분이죠."

'우우, 샤를로테 멋있어. 이러면 내가 보호받는 것 같잖아.'

언니라면 보호받고 있을 것이 아니라 나서서 샤를로테를 지켜줘야 하는데 이건 거꾸로 되었다.

'이대로는 위험해.'

내가 자리에서 일어나자, 레오노레가 걱정하듯 손을 뻗었다. 나는 레오노레의 손을 누르며 "괜찮아요." 하고 웃어 보였다.

"우리가 구할 수 있는 건 여러분 가족이 아니라 여러분의 미래입니다. 이번 숙청으로 가족을 잃게 된다면 여러분은 오로지 자신의 힘으로 살아가야 해요. 그렇게 되었을 때 다음 비호자를 찾기 위해선 영지 성적이 강력한 무기가 될 거예요. 난 신전에서 자랄 때 그 얘기를 들었고, 페르디난드 님의 교육을 받으며 컸어요."

더 좋은 환경을 갖고 싶다면 교양을 익혀라, 공부해라, 라는 말을 귀에 박히도록 들었다. 엄격한 교육 덕분에 평민이었던 나는 빈데발트 백작에게 죽기는커녕 영주의 양녀가 되었다.

"그리고 만약 가족이 무죄거나 가벼운 처벌을 받았을 때의 경우도 잘 생각해 봐요. 당신 때문에 영지의 성적이 크게 떨어지면 가족을 보기 부끄럽지 않을까요? 우리를 믿지 못했느냐고 가족이 말하지 않을까요. 가벼운 처벌을 받아도 범죄자 가족인 건 마찬가지라 따가운 시선을 받게 되겠지만, 그때도 가족을 부양하기 위해 일을 하려면 좋은 성적은 필수예요."

구 베로니카 파가 당황한 듯 서로의 얼굴을 보는 가운데, 마티아스의 표정이 엄격해졌다.

"로제마인 님, 정보가 누설될까 걱정됩니다. 에렌페스트의 성적을 위해서라고는 하지만, 이들을 기숙사 밖으로 내보내는 건 찬성할 수 없습니다. 공부야 물론 중요합니다만……."

"걱정하지 마, 마티아스. 조금 전에 영지에서 소식이 왔어. 숙청은 거의 끝났다는군. 세세한 처벌 내용은 나중에 정해지겠지만, 내일 시험 때 다른 데로 정보를 흘려봤자 별 의미가 없어."

빌프리트가 목패를 가볍게 흔들었다. 경악에 빠진 모두의 시선이 목패에 집중되었다. 생각보다 빨랐다. 수뇌부가 속도를 낸 모양이다.

"숙청은 다 끝났다고 하네요. 자, 선택하세요. 지금부터 공부해서 내일 시험에 합격할지, 이렇게 포박된 채로 영지로 돌아갈지. 당신들의 선택을 존중할게요."

그 말만 하고, 나는 바로 구 베로니카 파 아이들로부터 시선을 돌려 자리로 돌아갔다. 페르디난드가 원하는 성적을 내려면 정말 시간이 부족했다.

"브륀힐데와 리젤레타도 본인의 공부를 하세요. 올해는 꼭 우수자가 돼야죠?"

"네. 올해가 절호의 기회예요."

영주 일족의 측근들이 얼른 몸을 돌려 공부를 시작하자, 마티아스와 라우렌츠도 바로 뒤를 이었다. 다른 학생들도 조용히 공부에 착수했다. 구 베로니카 파 아이들은 서로 눈치를 보다가 하나둘 공부하는 무리에 끼기 시작했다.

"이것 좀 풀어주세요! 저도 공부할게요!"

문 앞에 덩그러니 남겨진 건 레오노레에게 포박당한 소년이었다. 모두가 공부를 시작하자 도마 위에서 펄떡이는 생선처럼 발버둥을 쳤다.

"당신은 에렌페스트에 있는 가족에게 돌아가고 싶은 것 아니었어요?"

"저희 가족은 죄를 짓지 않았습니다! 그렇게 믿습니다!"

레오노레가 줄을 풀어주자, 그는 자신의 필기구를 안고 1학년생들이 모여 있는 테이블로 달려갔다.

새로운 사서

다음 날 열린 첫 수업에 에렌페스트 학생은 빠짐없이 출석했다.

"1학년은 전원 합격했습니다!"

첫 합격으로 흥분한 테오도르가 기쁜 보고를 올렸다. 그 보고에 기뻐하며 우리는 기숙사 모두와 점심을 먹었다. 브륀힐데에게 듣자 하니 5학년도 이론은 가뿐히 합격했다고 한다. 당연히 우리 3학년도 전부 합격했다.

"그런데 테오도르. 3학년은 전원 합격에 전부 만점이었답니다. 우후훗."

3학년은 공통 과목과 전문코스 과목이 있다. 오늘은 공통 이론 시험이었는데, 신들의 이름을 전부 기입하라는 문제였다. 카루타를 가지고 놀고, 성전 그림책을 읽으며 자란 우리에게 그 시험은 누워서 떡먹기였고, 시시할 정도였다.

"그거라면 지금의 저라도 만점을 받았을 거예요. 저도 빨리 3학년이 되고 싶어요."

테오도르의 투덜거림을 들으며 나는 유디트를 바라보았다.

"유디트, 4학년은 오후에 이론이죠?"

"네. 1년 동안 공부했으니 오늘 공통 이론은 전원 합격할 겁니다."

유디트의 믿음직스러운 미소를 본 테오도르가 "얼떨결에 실수나 하지 마." 하고 놀렸다. 그때 올도난츠가 날아왔다.

"로제마인 님, 솔랑쥬입니다. 중앙에서 새로운 사서가 파견 왔어요.

슈바르츠와 바이스에 등록을 해주셨으면 하는데, 괜찮으실까요?"

기쁨에 찬 솔랑쥬의 부드러운 목소리가 세 번 반복해서 울렸다. 중앙에서 사서를 보내주기를 솔랑쥬는 오래 전부터 염원했었다. 이젠 봄부터 가을까지 쓸쓸히 도서관에서 지내는 일도, 혼자 업무를 짊어지는 일도 없으리라.

식사를 돕는 리카르다를 올려다보자, 리카르다가 웃으며 고개를 끄덕였다.

"등록만 하는 거면 식후에 가보시지요. 슈바르츠와 바이스에 등록을 하지 않으면 사서분의 업무에 지장이 생기니까요. 단, 공주님께서 책을 읽으실 시간은 없습니다. 아시지요?"

"……아, 아주 잠깐도 안 될까요?"

힐데브란트와 한넬로레를 등록했을 때를 떠올리면 그리 많은 시간은 걸리지 않는다. 잠깐 책 읽을 짬은 있을 터였다. 내가 끈질기게 조르자, 리카르다가 한숨을 쉬었다.

"퇴실 신호가 나오면 묻지도 않고 책 덮을 거예요."

'아싸. 도서관 간다, 도서관!'

나는 올도난츠로 "식후에 갈게요."라고 솔랑쥬에게 답장한 후, 측근들에게 채비를 시켰다. 1학년인 테오도르가 신나 하며 배시시 웃었다.

"귀족원 도서관에는 처음 가는 거라 기대돼요."

"……저기, 테오도르는 아직 도서관 사용등록을 하기 전이라 오늘은 같이 못 가요."

도서관의 첫 방문을 기대하는 그 마음을 모르는 바는 아니지만, 테오도르는 동행할 수 없다. 등록이 먼저다. 내 설명에 테오도르가 실망한 표정으로 어깨를 축 떨궜다.

"그러면 측근 중에선 저 혼자만 여기 남는 건가요……."

"오늘 도서관에 가면 신입생 등록을 예약할 거예요. 등록할 때까지만 참아요."

주인답게, 상급생답게 달래고 있지만, 웃음을 참느라 안간힘을 써야했다.

'삐진 얼굴이 자기도 호위 기사인데…… 하고 투덜거리는 유디트랑어쩜 저렇게 닮았을까! 누가 남매 아니랄까 봐.'

붕어빵처럼 닮아 귀엽지만, 그걸 말하면 테오도르는 더 풀이 죽을 것같았다. 그런 생각에 억지로 웃음을 참고 있는데, 유디트가 연타를 날렸다.

"주인 앞에서 그렇게 삐진 표정 지으면 부끄럽지도 않니, 테오도르?"

평소 자주 삐지는 유디트가 누나 행세를 하며 집게손가락을 세워 주의하는 모습에 자제력이 끊어졌다. 나는 그만 웃음이 터졌고, 덩달아 다른 측근들도 박장대소했다.

"다, 다들 갑자기 왜 웃어요?"

놀라며 두리번거리는 두 사람의 모습이 어찌나 똑같은지, 웃음이 멈추지 않았다. 나는 입가를 틀어막으며 고상한 척 웃었다. 레오노레도 마찬가지로 키득키득 웃으며 지적했다.

"토라진 테오도르의 얼굴이 나도 호위기사인데, 하고 투덜거리는 유디트랑 똑같아서 그래요."

"하나도 안 똑같아요, 레오노레!"

두 사람의 목소리가 완벽하게 겹쳤고, 더욱 큰 웃음이 터져 나왔다.

모두의 웃음거리가 되어 뚱해 있는 테오도르를 두고, 우리는 도서관으로 출발했다. 측근들을 줄줄이 이끌고 걸어가는 중에 리젤레타가 조심스럽게 물어왔다.

"저, 로제마인 님. 새로운 사서가 파견되었다면 로제마인 님은 더 이상 슈바르츠와 바이스의 주인이 아니게 되나요?"

"그럴걸요? 슈바르츠와 바이스는 도서관 마술구이고, 과거에는 상급 사서가 주인이었으니까 중앙에서 파견된 상급 사서로 교체되는 게 당연하지 않을까요."

내가 도서관에서 쾌적하게 보낼 수 있도록, 도서관 운영이 수월하도록 마력을 공급해왔을 뿐, 슈바르츠와 바이스의 주인이 되고 싶었던 건 아니었다. 정식으로 상급 사서가 들어온 건 혼자 외롭게 도서관을 운영해 온 솔랑쥬에게도 잘된 일이다.

"본래 그래야 한다는 걸 알지만 아쉬워요."

리젤레타는 뺨을 괴며 정말 아쉬운 듯 슬그머니 한숨을 내쉬었다. 평소 자신의 감정을 잘 드러내지 않는 그녀로서는 드문 일이었다.

"주인이 교체되면 새로운 주인이 새 의상을 만들어주겠지요? 힘들게 만든 옷을 못 입히게 되겠네요."

에렌페스트에서는 조끼와 앞치마에 보호구 마법진을 수놓았기에 나머지는 얼마든지 바꿔 입힐 수 있었다. 리젤레타는 그 둘을 위해 새 원피스와 바지를 만들었던 모양이었다.

"리젤레타는 스밀을 정말 좋아하는군요."

유디트와 필린느가 감탄의 숨을 내뱉자, 리젤레타가 "스밀도 정말 좋아하지만, 에렌페스트의 새로운 염색법을 퍼트리기 위해서이기도 해요."라며 뺨을 붉혔다.

"그렇게 실망할 것 없어요. 관리자 변경부터 새 옷을 만들기까지 시간이 걸리니까. 페르디난드 님께 도움을 받은 우리도 1년은 걸렸잖아요. 솔랑쥬 선생님과 새로 온 사서 분께 양해를 구하면 올해는 새 의상을 입혀도 괜찮을 거예요."

중앙이라면 에렌페스트보다 더 빨리 의상을 준비할 수도 있겠지만, 리젤레타가 졸업하는 올해 안에 완성하지는 못하지 않을까?

'슈바르츠와 바이스에게 매일 마력을 공급하면서 자수에 쓸 실과 옷감을 마력으로 물들이는 게 얼마나 힘든데.'

"로제마인 님, 바쁘신 와중에 여기까지 와 주셔서 감사하게 생각합니다."

열람실 앞에는 솔랑쥬와 슈바르츠와 바이스가 마중 나와 있었다. 여기에 오니 귀족원에 왔다는 실감이 났다. 우리는 귀족의 장황한 인사를 나누고, 집무실로 자리를 옮겼다.

"상급 사서가 중앙에서 파견된 건 기쁜 일이지만, 슈바르츠와 바이스를 건들지 못하면 업무에 지장이 있겠지요. 그리고 상급 사서가 파견되었으니 최대한 빨리 둘의 주인을 변경해야 되겠다고 생각했답니다."

수업으로 마력을 소비해야 하는 학생에게 전적으로 의지하는 상황이 솔랑쥬의 마음에 계속 걸렸던 모양이다. 내가 바라지도 않았던 주인의 자리를 둘러싸고 단켈페르거와 디터 경기를 벌이게 된 일도 괴로웠다고 한다.

"그리고 로제마인 님은 올해부터 영주 후보생 코스와 문관 코스를 수강하시잖아요? 코스 두 개를 동시에 수료하려면 마력 소비도 클 텐데 올해 안에 사서가 파견되어 얼마나 다행인지 모릅니다."

기쁜 듯 파란 눈을 휜 솔랑쥬는 나를 진정으로 걱정해주고 있었다.

그 마음이 전해져와 가슴이 따뜻해졌다.

"저야말로 줄곧 혼자서 도서관에서 지냈던 솔랑쥬 선생님께 함께 일할 동료가 생겨서 다행이라고 생각해요."

"네. 수다 상대가 있는 것만으로 기분이 이렇게 다르네요. 새로운 상급 사서는 여성분이고, 책을 좋아하는 분이라서 로제마인 님과도 분명 친해질 겁니다."

"너무 기대되어요. 여성이시면 슈바르츠와 바이스에게 공주님이라고 불려도 별 문제없겠고요."

책을 좋아한다는 상급 사서는 과연 어떤 사람일까, 하고 들뜬 기분으로 솔랑쥬의 집무실로 가니, 안에는 깜짝 놀랄 만큼 사람들이 득시글했다.

"……솔랑쥬 선생님, 사서가 한 사람이 아니었어요?"

"파견 온 상급 사서는 한 사람이지만, 왕족의 마술구에 새로 등록을 해야 하는지라 왕족이 증인으로 서야 합니다. 로제마인 님이 특별한 케이스였던 거예요."

후훗 하고 그리운 듯 웃으며 지적하는 솔랑쥬의 말에 나는 슬그머니 시선을 피했다. 도서관에 등록했다는 기쁨에 신에게 빌어 축복을 방출했더니만 마술구의 주인이 되어 버렸다니. 어이가 없어 웃음이 나올 지경이다. 내가 한 짓이지만 다시 생각해 봐도 말도 안 되는 상황에 고개가 갸웃거려진다.

'그나저나 등록을 변경하는 데까지 투입되어야 하다니, 왕족도 고생이 많구나. 아니면 이럴 때를 대비해서 귀족원에 왕족이 필요한 건가?'

"로제마인."

"로제마인 님, 오랜만이에요."

문이 열리자, 나의 도착을 눈치챈 모양이다. 왕족의 측근들이 벽 쪽으로 붙어 길을 터주었다. 증인으로 입회한 왕족은 힐데브란트뿐만이 아니었다. 에그란티느의 모습도 보였다. 사서의 집무실에 생각지도 못한 인물과 조우한 나는 놀라서 눈이 휘둥그레졌다.

"에그란티느 님, 귀족원엔 어쩐 일이세요?"

"후훗, 놀랐어요? 사실은 영주 후보생 코스 강사를 맡게 되었거든요. 로제마인 님과 앞으로 수업에서 종종 마주치게 됐어요."

지금까지 영주 후보생 코스를 담당했던 선생은 연세가 높으신 왕족의 방계로, 슬슬 은퇴하고 싶다고 왕에게 호소했다고 한다. 그래서 그 자리에 에그란티느가 지목되었다.

'왕자님과 결혼한 공주님이 학교 선생님이 되다니, 사랑 이야기의 현실은 참 기상천외하네.'

설마 귀족원에서 선생이 된 에그란티느와 재회할 줄은 상상도 못했다. 깜짝 놀라기도 했지만, 프라우렘 같은 선생만 늘어나면 성가셨을 텐데, 친분이 있는 사람이 교사라서 솔직히 기쁘기도 했다.

"로제마인 님, 소개할게요. 이쪽이 상급 사서로 귀족원에 파견된 오르텐시아예요."

에그란티느가 자신의 옆에 서 있는 40대 가량의 여성을 소개해 주었다. 옅은 물빛 머리카락이 인상적이며 에그란티느처럼 점잖은 분위기를 풍기는 여성이었다. 나이로 보아 육아를 어느 정도 끝내고 문관 업무에 복귀한 것 아닐까. 솔랑쥬와 잘 맞을 것 같은 느낌에 안도했다.

"로제마인, 사실은 나만 참가해도 괜찮은데, 에그란티느 님께서 꼭 동석하고 싶다고 부탁하셔서요."

힐데브란트가 '혼자서도 맡은 바를 해낼 수 있었는데 말이죠.'라며 하소연했다. 딱히 힐데브란트가 일을 못 한다고 생각하지는 않았는데, 일전에 '왕족으로서 자각이 부족하다'라는 평가를 질베스타에게 들은 적이 있다. 어쩌면 에그란티느는 힐데브란트의 감시역을 겸하고 있는 걸지도 모른다.

"오르텐시아는 클라센부르크 출신인데, 중앙으로 이적했어요. 저와 조금 친분이 있어서 소개해 드리려고 오늘 동석하게 해달라고 부탁했죠. 로제마인 님을 뵙고 싶기도 했고……."

장난기 가득히 미소 짓는 에그란티느와 조용히 웃는 오르텐시아는 외모만 다를 뿐, 풍기는 분위기가 아주 비슷했다. 돌이켜 보면 사감인 프림베르도 비슷한 분위기였다. 클라센부르크 출신 여성은 대체로 나긋나긋한 사람이 많은 걸까?

'그나저나 에그란티느 님은 결혼하고 행복해져서 그런가, 더 미인이 되셨네.'

"로제마인 님, 생명의 신 에이비리베의 엄격한 선별을 통한 특별한 만남에 축복을 기도함을 허가해주십시오."

넋을 잃고 에그란티느를 쳐다보는 사이, 어느새 오르텐시아가 앞에서 무릎을 꿇고 첫 인사를 건넸다. 화들짝 놀란 나는 얼른 자세를 바로하고 회답했다.

"허가합니다."

"오르텐시아라고 합니다. 부디 잘 부탁드립니다."

축복의 빛이 날아와 인사가 끝나자, 오르텐시아는 바로 일어나 솔랑쥬를 돌아보았다.

"서두르지 않으면 로제마인 님이 오후 수업에 늦으시겠어요. 솔랑쥬,

관리자 변경은 어떻게 하면 되나요?"

"전임자가 지명해서 슈바르츠와 바이스의 접촉 허가를 내린 후, 이마에 박힌 마석을 만져 마력을 등록하면 주인이 됩니다."

힐데브란트와 한넬로레를 협력자로 등록했을 때와 같은 방식이다.

"로제마인 님, 등록 변경을 부탁드려도 될까요?"

점잖게 웃는 오르텐시아의 말에 순간 공기에 긴장감이 서렸다. 주변 시선이 일제히 내게 집중되었다. 입회한 두 왕족과 각자의 측근들. 예상 밖의 인원수다. 왕족의 마술구 등록이 이렇게 주목받을 만큼 호들갑스러운 일인 줄 몰랐다.

'그러고 보니 왕족의 마술구의 주인이 되는 게 명예로운 일이라고 누가 그랬는데?'

쏟아지는 시선에 불편함을 느끼며 나는 슈바르츠와 바이스를 불렀다. 물론 다른 사람들은 만지지 말라고 주의하는 것도 잊지 않았다.

"슈바르츠, 바이스. 오르텐시아 선생님께 접촉 허가를 내리고 새로운 주인으로 등록할게요."

"오르텐시아, 허락한다."

"등록한다."

오르텐시아가 손을 뻗어 슈바르츠와 바이스의 마석을 건드렸다. 이로써 등록 변경은 끝났다. 이 상황을 지켜보던 힐데브란트가 의아하다는 듯이 고개를 갸웃거렸다.

"솔랑쥬, 내가 협력자로 등록했을 때와 방법이 똑같은데, 정말 관리자가 변경된 건가요?"

"아닙니다. 현재 로제마인 님께서 슈바르츠와 바이스에게 공급하는 양보다 웃도는 마력의 양을 오르텐시아가 공급해야 관리자로 변경되어요. 며칠 전에 마석으로 마력을 공급했으니 시간이 조금 걸릴지도 모르 겠네요."

그렇게 말하며 솔랑쥬는 봄부터 가을 사이에 쓰라고 줬던 커다란 마 석을 "정말 감사했습니다."라고 하며 돌려주었다. 나는 그것을 리카르 다에게 건네서 챙기도록 했다.

"그 마석은 뭔가요?"

"봄부터 가을 사이에 슈바르츠와 바이스의 작동이 멈추지 않게 로제 마인 님께서 마력을 공급하라고 빌려주신 마석이랍니다."

솔랑쥬의 설명에 주변 사람 모두가 눈을 부릅뜨고 경악한 표정을 지 었다.

"저렇게 큰 마석을 마력 공급용으로 빌려줬다고요? 봄부터 가을 사 이에 작동이 멈추더라도 큰 문제가 없을 텐데……."

힐데브란트의 말에 나는 고개가 갸웃했다. 도서관이 가장 바쁜 시 기는 학생이 있는 겨울이긴 하다. 하지만 봄부터 가을 사이에도 할 일 은 있고, 솔랑쥬가 외로움을 덜 타려면 슈바르츠와 바이스는 꼭 있어야 했다.

"슈바르츠와 바이스가 움직이지 않으면 도서관 운영에 큰 차질이 생 겨요. 책 읽기 좋은 환경을 위해 도서관에 마력을 쓰는 건데, 당연히 해 야죠."

"당연한, 건가요?"

"그럼요. 자신의 소중한 것을 위해 마력을 쓰는 게 그리 놀랄만한 일 은 아닌 것 같은데……."

"로제마인 님은 책을 향한 애착이 대단하시거든요."

도서관에 지낼 때의 나를 제일 잘 아는 솔랑쥬가 웃으며 "덕분에 큰 도움을 받았지만요."라고 말했다.

"아참, 로제마인 님. 관리자를 변경하고 안정될 때까지는 슈바르츠와 바이스에게 마력 공급을 하지 않게 조심해 주세요. 로제마인 님께서 마력을 줘 버리면 관리자가 변경되지 않을 수도 있어서요."

도서 위원 활동을 잠시 쉬어줬으면 좋겠다는 말을 듣고야 말았다. 하지만 관리자를 변경하지 못하면 상황이 복잡해진다. 나는 고개를 끄덕여 수락했다.

"여기 오면 버릇처럼 만질 것 같으니까 당분간은 출입을 자제할게요."

"예?"

내 측근들을 포함해 주변 사람들이 눈을 끔뻑이는 가운데, 솔랑쥬만 생글생글 웃으며 고개를 끄덕인다.

"그럼요. 로제마인 님은 코스를 두 개나 따셔야 하니 학생답게 공부에 전념하셔야지요."

"어머. 제가 예습을 얼마나 완벽하게 했는데요."

내가 의기양양하게 말하자, 솔랑쥬가 "역시 로제마인 님. 믿음직스럽네요."라며 칭찬해주었다. 힐데브란트가 얼이 나간 얼굴로 "책을 참을 수 있어요?"라고 중얼거린다.

"참긴요. 못 참아요. 사실은 염원하던 개인 도서관을 손에 넣었거든요."

"예에?!"

"그래서 올해는 귀족원 도서관을 참고로 개인 도서관에 도움이 될 만한 마술구를 연구하려고요. 여러 자료를 읽을 거니까 독서를 안 하는 건 아니네요. 제 도서관에 충실하도록 노력할게요."

우후훗, 하고 자랑스럽게 웃자, 솔랑쥬가 "그거 정말 멋지네요." 하고 자기 일처럼 기뻐해 주었다.

　"작년부터 고민하셨던, 적은 마력으로 작동하는 마술구 연구에 착수하시는군요. 완성되면 제게도 보여주세요. 이 도서관에 도입할 수 있을지도 모르잖아요?"

　상급 사서로 오르텐시아가 들어왔는데도, 솔랑쥬는 저마력 마술구를 원해하는 듯 했다. 어째서인지 이유를 몰라 고개를 갸웃하는 내게 솔랑쥬가 옛날 도서관에 관해 알려주었다.

　"예전에는 상급 사서가 셋, 중급 사서가 둘. 더 많았던 시절도 있었죠. 둘이서는 작동할 수 있는 마술구가 한정적입니다. 그러니 부디 협력자 여러분께서 앞으로도 부담이 없는 한해서 마력을 공급해 주시면 큰 도움이 될 거예요. 로제마인 님은 관리자 권한이 전환된 이후여야겠지만……."

　도서 위원이 완전히 해산되는 일은 없나 보다. 조금 안도했다.

　"또 도와드릴 테니까 관리자가 완전히 변경되면 불러주세요. 아, 그리고 신입생 등록을 예약할게요."

　혼자 기다리고 있을 테오도르의 모습을 떠올리며 그렇게 말하자, 솔랑쥬가 목패를 꺼내 뭔가를 쓰기 시작했다.

　"올해도 로제마인 님이 첫 번째네요. 알겠습니다. 일정이 정해지면 편지를 보내도록 하지요. ……그건 그렇고 올해도 책벌레 다과회를 여시나요?"

　"책벌레 다과회요?"

　솔랑쥬의 말에 반응한 건 오르텐시아다.

　"예. 다과회에 각자 책을 지참해서 교환한답니다. 혼자 도서관에 있는 시간이 긴 저에겐 매우 고대되는 시간이랍니다. 두 가지 코스를 수료하셔야 하고, 관리자 변경도 있으니 올해는 어려울 수 있겠네요."

느닷없이 몰려와서 했던 다과회였는데, 솔랑쥬는 내심 기대했던 모양이다. 그렇게 말해주니 무슨 일이 있어도 열어야겠다고 다짐했다.

"올해도 신작이 나왔거든요. 작년보다 시기는 늦어지겠지만, 학생이 몰리기 전에 수업을 끝낸다면 꼭 열고 싶어요."

"로제마인 님, 그때 저도 꼭 초대해주실 수 있으신가요. 추천해드리고 싶은 책이 있거든요."

오르텐시아의 말에 나는 눈을 번뜩였다. 클라센부르크 출신의 중앙 귀족이 추천하는 책이라니. 내가 모르는 책일 가능성이 컸다.

"최대한 빨리 수업을 끝내도록 최선을 다할게요."

"로제마인, 나도 다과회에 참가하고 싶어요."

힐데브란트도 웃으며 참가 의사를 보였다. 작년에 참가했으니 올해도 참가하고 싶은 마음은 이해가 되었다. 하지만 곤란했다.

'큰일났네. 왕족이나 중앙하고는 절대 엮이지 말라고 했는데, 어쩌지?'

힐데브란트의 뒤에서 아르투르가 언짢은 표정을 짓는 것이 보였고, 에그란티느가 곤란한 기색으로 미소를 지으며 "왕족이 그렇게 떼를 쓰면 보기에 좋지 않습니다." 하고 힐데브란트를 좋게 타일렀다.

"작년에 로제마인 님이 본인이 개최한 다과회에서 쓰러지셨잖아요. 왕족을 초대한 자리에서 기절했으니 분명 아우브 에렌페스트로부터 꾸지람을 들으셨을 거예요."

"로제마인, 그게 정말인가요?"

힐데브란트가 어찌할 바를 몰라 하며 나를 보았다. 괜찮다며 달래는

건 쉽지만, 주변의 신신당부도 있고, 무엇이 실수에 해당하는지 완벽히
이해하지 못한 상황이라 웬만하면 접촉을 피하고 싶었다.

그렇다고 여기서 그렇다고 인정해 버리면 '힐데브란트 왕자가 동석
했기 때문에 혼났어요.'라고 고백하는 셈이 된다. 어떻게 대답해야 좋
을까?

"그러니 로제마인 님이 아우브에게 혼나지 않으려면 우리가 초대하
는 편이 좋아요. 몸 상태가 좋을 때 또 차 한 잔해요, 로제마인 님."

"네, 에그란티느 님."

졸업 전 다과회에서 날 두둔했던 비호자 입장이 바뀌지 않은 것에 나
는 안심하고 에그란티느가 내민 구원의 손을 덥석 잡았다.

'역시 에그란티느 님이야!'

그 뒤 나는 열람실에서 책을 읽을 새도 없이 오후 수업을 들으러 가
야했다. 배웅하려는지 슈바르츠와 바이스가 뒤뚱거리며 따라온다. 도
서관 출구로 가려고 할 때, 슈바르츠와 바이스가 열람실 문을 가리켰다.

"공주님, 기도한다."

"할버님, 기다린다."

그러고 보니 작년에도 같은 소리를 들었고, 2층에 있는 메스티오노
라에게 기도를 바쳤던 일을 떠올렸다. '할버님'에게는 1년에 한 번만
마력을 공급하면 되는 걸까? 그 이후로 언급이 없어서 까맣게 잊고 있
었다.

'그런데 마력 공급을 중지하기로 했는데.'

관리자 변경이 끝나면 새로운 공주님인 오르텐시아가 공급하겠지.

"슈바르츠, 바이스. 이제 마력 공급은 오르텐시아의 일이니까 오르텐

시아 사서님께 부탁하세요. 관리자가 바뀌면 그때 도와주러 올게요."

나는 버릇처럼 슈바르츠와 바이스의 이마를 쓰다듬어 버렸고, 본의 아니게 약간의 마력을 주고 말았다.

'아이고, 이래선 평생 관리자 변경을 못 하겠네. 올해는 힐쉬르 선생님 연구실에 얌전히 박혀 있어야지.'

실기 신들의 가호

　오후 실기는 신의 가호를 얻는 것이었다. 타고난 적성에 더해 신들의 가호를 받으면 그만큼 해당 속성의 마술 운용이 수월해진다. 그래서 신의 가호를 얻는 수업은 전문 코스로 나뉘는 3학년의 가장 초반에 치르는 중요한 실기인 셈이다.

　이 실기는 귀족원의 강당 안쪽에 있는 신들의 제단 앞에서 한명씩 치른다. 계급에 관계없이 신들의 이름을 전부 외워 신학 이론을 합격한 학생부터 강당에 모인다. 전원 합격한 에렌페스트의 3학년은 오늘 모두 강당에 집합한다.

　"로제마인 님과 함께 실기를 받는 건 처음이네요."

　도서관에서 강당으로 가는 길에 필린느가 기쁜 듯 살짝 웃었다. 지금까지는 계급별로 나뉘어 실기를 치렀기에 함께였던 적이 없었다. 그런 일로 좋아하다니 귀엽네, 하고 흐뭇한 기분에 젖어 있을 때 필린느가 뒤적이며 서자판을 꺼냈다.

　"하르트무트가 로제마인 님이 어떻게 신들의 가호를 얻으시는지 기록해 오라고 시켰거든요."

　"수많은 권속의 가호를 받으셔도 빠짐없이 기록할 수 있게 필린느와 분담하기로 했습니다."

　로데리히도 자랑스럽다는 듯 서자판을 꺼내들었다.

　'하르트무트 바보! 둘한테 대체 뭘 부탁한 거야?!'

　"그런 걸 뭣 하러 기록해요. 쓸데없는 걸 시킨 하르트무트를 따끔하게 혼낼게요."

하르트무트가 무엇을 기대하는지 모르겠지만, 어느 신의 가호를 받든 보통은 자신만 알고 있으면 된다. 측근 문관이 분담하면서까지 기록할 일은 아니었다.

강당에는 함께 실기를 받을 학생들이 집합해 있었다. 언뜻 보기에 드레반헬의 에메랄드그린과 에렌페스트의 밝은 황토색 망토가 대부분이었다. 그 외의 색깔은 전부 합쳐도 한 손으로 꼽을 정도밖에 없었다. 스무 명 남짓일까. 역시 신들의 이름을 전부 암기하기란 쉽지 않은 모양이었다.

에렌페스트 학생들이 모여 있는 곳으로 다가가자, 오르트빈과 대화하는 빌프리트의 모습이 보였다. "유행병 때문에 첫날 합격이 어렵다던 건 뭐였냐?"라고 하는 것이 들렸다.

"미안. 본의 아니게 속인 게 되어 버렸네. 하지만 우리도 어쩔 수 없는 사정이 있었어. 앞으로도 에렌페스트는 전력을 다해 앞설 거야."

변명하면서 도발을 능숙하게 거는 빌프리트를 속으로 응원했지만, 남자의 우정에 끼고 싶지는 않았다. 나는 다가가려던 걸음을 멈추고, 강당 안을 둘러보았다. 파란 망토를 두른 한넬로레가 혼자 멀거니 서 서 있었다. 보아 하니 단켈페르거의 3학년 중에 첫날 합격한 건 그녀 혼자였다.

'역시 책벌레 동료, 한넬로레 님이야!'

"한넬로레 님, 잘 지내셨나요?"

웃으며 다가가 인사를 건네자, 한넬로레가 이쪽을 돌아보고 방긋 웃었다.

"로제마인 님, 안녕하셨나요? 에렌페스트 분들은 이곳에 다 모여 계시네요. 어쩜 훌륭해라. 전 신들의 이름을 전부 외우느라 정말 힘들었는데."

"저도 고생했어요."

"어머, 로제마인 님도요?"

의외라는 듯 한넬로레가 눈을 끔뻑이며 나를 보았다.

"전 세례식과 거의 동시에 신전장으로 취임했는데, 어떤 의식에서나 신들의 이름이 나오고, 성전은 신들의 이름으로 빽빽해서 외우느라 정말 힘들었거든요. 그만큼 귀족원 수업이 조금 편했지만."

"세례를 받는 나이 때부터 신전장이었다니……."

한넬로레의 표정이 어두워졌다. 단켈페르거에서도 신전의 지위가 낮아서이리라. 그런 곳에 로제마인 님을 넣다니, 라는 슬픈 표정을 지었다.

'아, 바로 정정하지 않으면 양아버님이 아주 못된 아우브가 되겠는데?'

우선은 가까운 부분부터 오해를 풀어야겠다. 나는 서둘러 말을 덧붙였다.

"다른 영지의 신전은 어떤지 잘 모르겠지만, 에렌페스트의 신전은 아주 편하고 좋은 곳이에요. 아우브도 방문하시고, 관리직은 아니지만 빌프리트 오라버니와 샤를로테도 의식을 도와주고 있어요. 그리고 대영지 영애와 약혼하신 페르디난드 님도 신전을 떠나기 싫어하셨죠."

"아우브도 출입하시고, 페르디난드 님도 신전을 떠나기 싫어하셨다고요? ……정말이에요?"

한넬로레가 못 믿겠다는 듯 놀란 얼굴로 나를 보았다. 청색 신관으로 변장해 기원식까지 동행한 영주와, 신전 내 공방에 틀어박혀 연구하길 좋아하는 페르디난드이니 거짓말은 하나도 없다. 한넬로레는 놀란 얼굴을 한 채 필린느와 로데리히에게로 시선을 돌렸다. 필린느도 웃으며 고개를 끄덕였다.

"저와 로데리히도 로제마인 님의 측근이 되고나서 신전에 가게 되었는데, 구석구석 깨끗이 청소되어 있고, 식사도 맛있었답니다. 그리고 신전 시종들은 귀족 못지않은 교육을 받아 예의가 발라요."

"페르디난드 님께서 아렌스바흐로 가셔서 지금은 하르트무트가 새로운 신관장님이 되었는데, 아주 좋아하면서 신전에 다니고 있습니다."

로데리히가 하르트무트의 이름을 꺼낸 순간, 나는 클라리사에게 편지를 전해달라던 그의 부탁이 생각났다. 날을 잡고 만나서 하르트무트가 신전에 들어간 경위를 내가 직접 설명해줘야만 했다. 정말 숙청 때문에 해야 할 온갖 일들을 내팽개치고 있는 느낌이다.

"단켈페르거의 클라리사는 하르트무트의 약혼녀예요. 신전에 대한 인식이 다른 영지와 많이 다른 것 같으니 자세한 이야기는 클라리사에게 재차 설명할게요."

"아, 네. 클라리사에게 그렇게 전할게요."

미소를 유지하는 한넬로레였지만, 눈을 깜빡이는 횟수가 많았다. 왠지 큰 혼란에 빠진 듯했다. 나는 가볍게 인사하고 한넬로레에게서 멀어졌다.

'이거로 단켈페르거만이라도 양아버님의 나쁜 소문이 조금 잠잠해지면 좋을 텐데.'

한넬로레에게서 멀어진 나는 필린느와 로데리히에게 신들의 이름을 다시 확인하도록 했다.

"신학 시험에 합격하지 못하면 가호를 받는 실기도 못하게 되니까 신들의 이름은 반드시 외워둬요. 하르트무트의 지시는 됐으니까 두 사람도 이젠 자기 일에 집중하세요."

귀족의 적성은 태어날 때부터 타고난다. 태어난 계절의 적성은 날 때부터 가지고 있고, 두 번째 적성은 부모의 영향을 받기 때문에 형제간에 비슷한 적성을 가지는 경우가 많다.

마력의 양은 마력을 수용하는 크기에 따라 변화한다. 임신 중인 모친이 잉태 중의 아이에게 쏟는 마력의 양에 따라 그릇의 크기가 달라지므로, 형제끼리도 차이가 나오기 마련이다. 이 그릇은 몸의 성장과 함께 커지며, 성장기에 마력 압축을 얼마나 해내느냐에 따라 마력의 양에 차이가 생긴다.

"신의 가호를 얻느냐 못 얻느냐로 마술의 재능과 사용할 수 있는 마력의 양에 큰 변화가 생겨요. 적성이 적다고 불평하기 전에 두 사람 다 지금부터라도 가호를 받을 수 있게 열심히 기도해 두세요. 알겠죠?"

내가 두 사람에게 그렇게 말할 때, 오르트빈과 대화를 끝낸 빌프리트가 이쪽에 와서는 고개를 갸웃거렸다.

"자신의 행실로 신의 가호를 받아 속성을 늘릴 수 있다는 말은 들었지만, 수업 중에 적성이 아닌 다른 가호를 받을 수 있다는 얘기는 처음 듣는데?"

솔직히 말하면 나는 귀족원의 내부 정보에는 무뎠기에 그건 몰랐던 사실이었다.

"하지만 참고서에 속성을 늘릴 수 있다는 내용이 있으니까 가능하지 않을까요? ……뭐, 적성이 있는데도 신의 가호를 못 받는 경우도 있지만요."

"뭐?! 적성이 있는데 가호를 못 받았다고?! 그건 금시초문이야."

빌프리트의 표정이 경악으로 물들었다. 굳이 떠벌릴 얘기는 아니기에 입 밖에 내지 않았지만, 적성의 가호를 받지 못한 안게리카는 금시초문 수준의 레어였던 모양이다.

"……사실 안게리카가 그랬어요. 바람의 적성이 있는데 신들의 가호를 받지 못했다고 들었거든요. 지혜의 여신 메스티오노라와 예술의 여신 퀸스질의 가호를 받지 못한 건 이해가 되는데, 비신(飛信)의 여신 오르도스넬리와 질풍의 여신 슈타이펠리제의 가호는 얻었을 것 같은데 이상하죠?"

바람의 여신 슈첼리아가 수호와 전달을 관장하는 속도의 상징이니 당연히 권속에도 속도에 특화한 여신이 속해 있다. 가벼움과 스피드에 특화한 전투 방식을 쓰는 안게리카가 바람 속성의 모든 신에게 가호를 받지 못할 줄은 몰랐지만, 현실은 그렇지 않았다. 자기 주변에 가호를 받지 못한 존재가 있다는 사실에 필린느의 얼굴이 새파래졌다.

"적성이 있는 신들에게도 가호를 받지 못하면, 저 어쩌죠?"

"그런 걱정은 하지 않아도 돼요."

적성이 하나 밖에 없는데, 하고 불안에 떠는 필린느의 말을 키득키득 웃어넘긴 사람은 수업을 하러 강당에 들어온 힐쉬르였다.

"힐쉬르 선생님, 어떻게 그렇게 확신할 수 있죠?"

"안게리카가 왜 바람의 가호를 받지 못했는지, 그 이유를 알고 있으니까요. 그 아이의 보충수업을 맡은 건 사감인 나였거든요."

겨울 내에 합격하지 못해 보충수업 대상으로 봄까지 귀족원에 남는 학생은 사감이 책임을 지고 돌봐야 한다고 한다. 힐쉬르는 한숨을 쉬면서 "정말 힘들었었죠." 하고 머리를 저었다.

"힐쉬르 선생님, 안게리카가 왜 가호를 못 받았어요?"

"신들의 이름을 기억하지 못해서요."

"네?"

'말도 안 돼. 신들의 이름을 전부 외우는 신학 시험에 합격하면 바로 실기 아냐? 이 선생님이 대체 무슨 말을 하는 거지?'

"다른 학생들처럼 안게리카도 보충 수업을 받고 시험에 합격하고, 곧바로 실기를 치렀죠. 그런데 처음부터 대충 외웠던 건지, 시험이 끝나서 안심한 건지, 아니면 기도문을 외우느라 기력을 다 써버린 건지 모르겠지만 마법진 위에서 멀뚱히 고개만 갸웃거리고 있는 거예요."

'으아, 마법진 위에서 이를 어쩌나, 포즈를 취하고 있는 안게리카의 모습이 눈에 아른거려.'

거기다 마법진 옆에서 머리를 싸매는 힐쉬르의 모습도 눈앞에 떠올랐다. '안게리카 성적 올리기 부대'가 몇이나 붙어도 힘들었던 안게리카를 힐쉬르 혼자 상대했으니 꽤나 고역스러웠으리라.

"그 실패로 유추해 본다면, 실기 때 신들의 이름을 정확하게 말하지 못하면 가호를 못 받을 수 있겠네."

"이름조차 제대로 못 외운 자에겐 신들도 가호를 주지 않겠다는 뜻이겠죠. 그래도 로제마인 님이 귀족원에 와주신 덕분에 안게리카가 무사히 졸업해서 제가 얼마나 안심한지 몰라요."

그렇게 말하며 힐쉬르는 수업 설명을 하러 앞쪽으로 향했다. 이번 수업을 담당할 선생은 힐쉬르와 군돌프였다. 에렌페스트와 드레반헬의 합격자가 많아서일까.

"아~, 오늘은 인원이 적구먼. 좀 더 앞쪽에 모여 앉도록."

힐쉬르의 연구 동료이며 라이벌이기도 한 노선생 군돌프의 지시에 모두가 강당 앞쪽으로 모였다. 그런데도 평소의 습관 때문인가. 자연스레 영지 순번대로 앉아 버렸다. 이렇게 보니 전원 합격한 에렌페스트가 이상해 보일 정도였다.

"그걸 이쪽으로 가져와줘요."

하인으로 보이는 차림새의 사람이 힐쉬르의 마술구를 옮겨왔다. 작년 수업에서도 사용한 영사 마술구다. 설치를 마친 힐쉬르가 휙 몸을 돌렸다.

"그럼 신들께 가호를 받는 의식에 관해 설명하겠습니다."

힐쉬르의 설명을 정리하면 먼저 기도문을 외워야 한다. 외운 사람부터 순서대로 의식을 치른다. 의식에 집중할 수 있도록 한 명씩 제단이 있는 심층의 방으로 들어가기 때문에 다른 학생은 기다리는 동안 내일 수업을 예습해도 된다. 그리고 의식이 끝난 사람부터 퇴실해도 된다고 한다.

"이것이 기도문입니다."

힐쉬르가 영사 마술구로 기도문을 띄웠다. 어떤 문장을 외워야 하나 경계하고 있던 나는 하얀 천에 비춰진 문장을 본 순간 어깨에 힘이 탁 풀렸다.

'평소에 쓰는 기도와 별반 다르지 않네.'

"나는 세상을 창조한 신들에게 기도와 감사를 바치는 자, 높고 정정한 천공을 관장하는 최고신은 어둠과 빛의 부부신, 넓고 호호막막한 대지를 관장하는 다섯 대신, 물의 여신 플류트레네, 불의 신 라이덴샤프트, 바람의 여신 슈첼리아, 흙의 여신 게두르리히, 생명의 신 에이비리베. 살아있는 모든 생명에 은혜를 내려주신 신들에게 경의를 표하며, 고

귀한 신력의 은혜에 보답할지어라."

봉납식과 주추에 마력을 공급할 때 쓰는 기도에서는 권속의 이름이 생략되어 있는데, 거기에 모든 권속의 이름과 마지막에 '나의 기도가 적합하다고 생각하신다면 거룩한 가호를 내려주소서'라는 기도만 붙이면 되었다.

"의외로 간단하네요."

"마력을 공급할 때 쓰는 말이랑 비슷하네. 하지만 엄청 쉽다고 하긴 어렵지 않나? 이걸 한 자도 틀리지 않고 말해야 하잖아."

빌프리트의 말대로 주변을 둘러보니 모두가 중얼중얼하며 기도문을 외우는 것이 눈에 들어왔다. 의외로 마력 공급을 하고 있을 대영지 영주 일족인 한넬로레와 오르트빈마저도 복잡한 얼굴로 영사의 마술구를 빤히 보고 있었다.

"힐쉬르 선생님, 다 외웠어요."

내가 자리에서 일어나자, 주변 시선이 일제히 내게 쏠렸다. 힐쉬르가 어이없다는 얼굴로 한숨을 쉬었다.

"로제마인 님, 아무리 그래도 이건 너무 빠른데요?"

"하지만 전 신전장인걸요. 조금 추가된 내용은 있지만 평소에 신전에서 외던 기도문과 거의 비슷해서요."

"그래요?"

조금이라도 신전의 이미지가 좋아지길 바라며 눈만 끔뻑이는 주변을 향해 나는 웃으며 고개를 끄덕였다.

"그리고 주추의 마술에 마력을 공급할 때 외는 기도문과도 비슷하니까 영주 후보생이 빠른 건 당연하지 않을까요?"

"마력 공급 때 외는 기도문? 그런 건 없어. 난생 처음 들어보는데."

오르트빈의 말에 한넬로레가 동의하듯 고개를 끄덕이는 것이 보였다. 나와 빌프리트는 무심코 얼굴을 마주보았다.

"에렌페스트에서는 아우브부터 나와 여동생까지 같은 기도문을 외면서 마력을 공급하고 있어. 단켈페르거와 드레반헬에서는 안 그래?"

"성인인 영주 일족이 많아서 우리가 마력을 공급해본 적은 많지 않지만, 공급 마법진에 손만 대고 마력을 흘려보내면 돼. 기도문을 외운 적은 없어."

"거기까지 하세요."

힐쉬르가 손뼉을 치며 가열되려는 오르트빈과 빌프리트의 대화를 끊었다.

"어쩌면 긴 역사 속에서 그 과정이 사라진 걸지도 모르죠. 연구 가치의 여부에 관한 논의는 이 실기가 끝나고 합시다. 우선은 기도문부터 외우세요."

'아무도 연구 가치에 대해 얘기를 꺼내지 않았는데요.'

내가 고개를 갸웃거리자, 힐쉬르와 군돌프가 씨익 웃었다. 뭔가 불길한 예감을 느낄 때 힐쉬르가 내게 손짓했다.

"자, 로제마인 님. 안으로 들어갑시다."

군돌프에게 강당 감독을 맡기고, 힐쉬르는 강당 안쪽으로 이어지는 입구로 향했다. 나는 힐쉬르를 따라 제단이 있는 심층의 방에 들어갔다.

그곳의 제단은 신전 예배실에 설치된 제단보다 크기는 더 크지만 구조는 똑같았다. 신의 동상 외에도 봉납식에서 쓰는 것과 비슷한 빨간 카펫이 깔려 있다. 꽃과 향 등 공물도 준비되어 있었다. 작은 성배가 없는 것만 빼면 봉납식과 거의 동일했다.

눈에 띄게 다른 건 딱 하나였다. 제단 앞에 전 속성의 마법진이 새겨진 커다란 카펫이 깔려 있는 것이었다. 아마 저기서 기도를 올리면 붉은 카펫을 타고 제단으로 마력이 흘러가는 방식이리라.

"마법진 중앙에서 무릎을 꿇고 기도를 올리면 되는 거죠?"

"예. 설명을 생략해도 되니 편하네요."

나는 봉납식 때처럼 마법진 중앙에서 제단을 향해 섰다. 거대한 제단을 한 번 올려다본 뒤, 무릎을 꿇었다. 마법진 위에 손을 얹고, 천천히 마력을 흘려보냈다.

"나는 세상을 창조한 신들에게 기도와 감사를 바치는 자."

그리고 마음을 담아 최고신과 다섯 기둥의 대신의 이름을 외자, 순서대로 마법진에 빛이 떠오르더니 각 속성의 표시가 그려진 곳에서 귀색의 빛기둥이 솟아올랐다.

"모든 속성에 빛이…… 설마……."

힐쉬르의 놀라움 서린 중얼거림마저 들릴 정도로 조용한 방이다. 마법진에 마력을 흘려보내며 권속의 이름을 하나하나 또박또박 입 밖에 꺼냈다. 그 이름의 절반정도에 반응이 있었다. 그때마다 조금씩 작은 빛이 늘어났고, 각 속성의 기둥이 점차 높게 솟았다.

모든 신들의 이름을 왼 나는 마지막 문장을 입에 담았다.

"나의 기도가 적합하다고 생각하신다면 거룩한 가호를 내려주소서."

그러자 머리 위로 일곱 색깔 빛기둥이 떠오르더니 춤추듯 빙글빙글 돌며 빛의 소용돌이가 되었다. 그 순간, 내 머리 위로 쏟아져 내렸다. 고스란히 빛줄기가 되어 붉은 천을 타고 제단을 올라가, 각 귀색의 빛이 신상에 흡수되었다.

그 아름답고 신비로운 광경을 바라보는 그때, 갑자기 쿠궁 하는 소리를 내며 신상들이 움직이기 시작했다. 마치 봉납 가무라도 추듯, 천천히 돌며 단상 위에서 좌우로 나뉘었다.

"어? ······으아아?! 힐쉬르 선생님, 이게 대체 뭐예요?"

내가 힐쉬르를 돌아보자, 그녀는 놀란 건지 아닌 건지 모를 얼굴로 제단을 올려다보고 있었다.

"페르디난드 님 때와 완전히 똑같아요. 설마설마했는데, 정말 이렇게 될 줄이야······."

"페르디난드 님 때도 이랬어요?"

"예. 귀족원에 전해지는 불가사의 전설 중 하나가 이것이 아니냐며 흥미롭게 올려다보셨죠. 그 이후로 불가사의한 전설을 연구하게 되었던 거예요."

'페르디난드 님도 힐쉬르 선생님도 어쩜 그렇게 여유로울 수 있지?'

이런 이상 사태에 연굿거리를 생각할 수 있는 저 여유로움이 부럽다.

"이제 곧 끝날 거예요."

힐쉬르가 제단을 가리켰다. 정중앙을 지나갈 수 있게 신상이 길을 만들고 있는 것으로밖에 보이지 않았다. 제일 위에 서 있는 최고신인 부부신이 좌우로 나뉘자, 모자이크 무늬의 벽에 출입구 같은 뻥 뚫린 구멍이 나타났다.

"로제마인 님, 다녀오세요."

"어디를······요?"

"당연히 최고신이 부르는 멀고도 높은 곳이죠."

그 표현은 사후 세계를 뜻하지 않는가. 불길한 소리 좀 하지 않았으면 좋겠다.

"빨리 가지 않으면 저 구멍이 닫히지 않아서 다음 사람이 곤란해져요. 기수를 타도 되니까 어서 가세요."

나는 힐쉬르에게 등 떠밀리듯이 기수를 소환해, 최고신이 있는 최상단으로 향했다. 이 긴 계단을 스스로 올라갈 체력 따위 내게는 없었다.

최고신이 있는 최상단에 도착해 기수에서 내렸다. 평소 제단에 서 있을 때 부부신은 꼭 사이좋게 손을 잡고 있는 것처럼 보였었는데, 최고신이 좌우로 마주보고 있으니 마치 둘의 손이 저쪽으로 가라고 가리키는 듯했다.

네모나게 열린 구멍을 보니, 마치 공급의 방으로 들어갈 때와 같았다. 기름막이라도 두른 듯 입구가 어른거려서 그 너머에 무엇이 있는지 전혀 알 수 없었다. 처음 공급의 방에 들어갔을 때처럼 긴장하면서 나는 발을 내딛었다.

"……드, 들어갈게요."

기름막을 친 듯한 입구로 들어간 순간, 경치가 일변했다. 나는 새하얀 돌바닥 위에 서 있었다. 하얀 바닥이 원형으로 되어 있고, 정중앙에 바닥과 같은 재질로 만든 조각 같은 거대한 흰 나무가 있었다. 천장으로 쭉 뻗은 줄기에서 넓게 뻗어 나간 나뭇가지. 그 나뭇잎 사이로 햇빛이 들이비치는 광경이 왠지 낯설지 않았다.

"여긴……."

내가 '신의 뜻'을 채취했던 하얀 광장이었다. 이미 슈타프를 얻은 마당에 새로운 건 딱히 없었다. 그저 하얀 나무가 이전과 변함없이 가지를 뻗고 있을 뿐이다.

"……어쩌면 옛날 교육 과정에선 졸업 직전에 슈타프와 가호를 받았으니까 가호를 받는 김에 슈타프도 여기서 얻은 걸지도 몰라."

본래는 성인이 되어 성장이 멈추기 전까지 신의 마음에 닿고자 공부와 기도에 힘쓴 후에 가호와 슈타프를 받은 것이 아닐까.

"난 이미 가지고 있으니까 상관은 없지만. 그럼 페르디난드 님은 3학년 때 여기서 슈타프를 가지게 된 건가?"

잠시 하얀 광장을 바라보았지만, 아무 일도 일어나지 않았다. 나는 하얀 광장을 뒤로하고 기름막이 친 입구를 지나 제단으로 돌아왔다. 내가 '신의 뜻'을 취득했을 때도 이렇게 제단으로 돌아왔다면 도중에 쓰러지지 않았을 텐데, 하는 아쉬움이 적잖이 있었다.

'그땐 엄청난 거리를 걸었었는데.'

제단 위에서 내려다보니 이쪽을 올려다보는 힐쉬르와 마법진이 보였다.

'저 마법진을 메모해두면 영지에서 안게리카의 의식을 한 번 더 치를 수 있을까?'

속도를 관장하는 여신의 이름만 외운다든가, 자신이 원하는 가호의 신 이름만 부른다든가, 방법을 찾아보면 안게리카도 바람의 가호를 받을 수 있지 않을까. 그렇게 생각한 나는 서자판을 꺼내서 마법진을 베껴 그린 후 계단을 내려갔다.

내가 마법진에서 나감과 동시에 구멍이 닫히더니 신상도 천천히 움직여 제 위치로 돌아갔다.

"이상한 광경이네요. 이건 의식을 치른 사람들에게 똑같이 일어나는 일은 아니지요?"

"내가 아는 한 페르디난드 님과 로제마인 님뿐이에요. 정말이지 두 사람은 그냥 넘어가질 않는군요."

전혀 놀라지 않아 보이는 힐쉬르에게 듣고 싶지 않은 말이다.

"자, 로제마인 님. 페르디난드 님은 끝끝내 말해주지 않았지만, 저 안에 뭐가 있었는지 내게 알려줘요."

기도를 바친 자만이 제단에 올라갈 수 있는지, 페르디난드 때도 힐쉬르는 제단에 올라가지 못해 억울했다고 한다. 하물며 페르디난드는 다녀와서는 완전히 입을 닫고 아예 말을 꺼내지 않았다고 한다. 흥미진진한 눈으로 응시해오는 보라색 눈동자를, 나는 발끈해서 노려보았다.

"페르디난드 님이 선생님께 말하지 않는 편이 좋겠다고 판단한 일을 제가 술술 불 것 같으세요? 먼저 페르디난드 님께 상담해보고요."

'사라지는 잉크가 나설 차례군. 수업 첫날 째인데 기회가 너무 빨리 온 거 아냐?'

페르디난드에게 편지를 쓰기로 결심한 나를 바라보며 힐쉬르는 "페르디난드 님은 이상한 데서 고집을 부린단 말이에요." 하고 아쉬운 듯 중얼거렸다.

모두의 의식과 음악

"로제마인 님, 어느 신의 가호를 받으셨습니까?"

내가 강당으로 돌아오자, 로데리히가 들뜬 기색으로 서자판을 꺼내 들었다. 하지만 과연 그 서자판에 다 쓸 수 있을지나 모르겠다. 게다가 주변에 주목받는 건 사양하고 싶었다. 모처럼 집중하고 있던 필린느가 고개를 획 들고 서자판을 꺼내는 것을 보고, 나는 고개를 저었다.

"로데리히, 필린느. 두 사람 다 기도문을 다 외웠으면 의식부터 다녀 와요."

"아, 아직 덜 외웠습니다."

"자기 일에 집중하세요. 난 내일부터 있을 이론 수업을 공부할 테 니까."

리카르다와 호위 기사들이 마중오기 전까지 기숙사로 돌아갈 수 없 다. 나는 공부하면서 다른 학생들의 의식이 끝날 때까지 기다리기로 했 다. 사실은 가호를 받으면 마술을 쓸 때 소비 마력이 적어진다고 들었 기에 잠깐 시험해보고 싶었다. 하지만 모두가 기도문을 열심히 암기하 는 상황에서 그럴 수도 없었다. 수업 방해가 되어 버린다.

"다 외웠다. 다녀올게."

"빌프리트 오라버니, 회복약은 챙겨가요?"

"그래."

벌떡 일어나, 내 다음으로 의식을 하러 간 건 빌프리트였다. 역시 마 력 공급 때 기도문을 써본 덕분에 외우는 속도가 빨랐다. 긴장한 기색으로 힐쉬르와 함께 심층의 방으로 들어가는 그를 바라보았다. 에렌페스트에서 두 사람 째 시도자가 나오자, 다른 영지 학생들이 더욱 열을 내며 집중하는 듯했다.

"나 해냈어, 로제마인!"

잠시 뒤 빌프리트가 화색을 띠며 심층의 방에서 나왔다. 흥분해서 뛰지 않게 아주 조심하는 듯했지만 그래도 상당히 빠른 걸음이었다.

"전부 다 해서 열두 신에게 가호를 받았어. 힐쉬르 선생님도 놀라더라고."

"열두 신에게요?"

"정말 많은 권속에게 가호를 받아냈구나, 빌프리트."

주변이 술렁이기 시작했다. 빌프리트의 속성은 여섯 가지. 안게리카처럼 신들의 이름을 실수할 걱정은 없었기에 웬만큼 가호를 받을 것으로 예상은 했지만, 열두 신의 가호는 주변이 깜짝 놀랄 정도로 많았다.

"로제마인, 넌 어땠어? 너도 권속의 가호 많이 받았지?"

'대충 마흔 명의 신에게 가호를 받았다고 말하면 안 되겠지? 그냥 가만히 있자.'

의기양양해진 빌프리트를 실망시킬 필요도 없을뿐더러 열두 명으로 수런거리는 분위기에 폭탄을 떨어뜨리고 싶지도 않았다. 안게리카를 흉내낸 미소로 얼버무리고, 나는 고개를 갸웃거렸다.

"저도 여러 권속의 가호를 받긴 했는데, 그게 그렇게 드문 일이에요? 교과서나 참고서에도 각자의 행실에 따라 가호를 받을 수 있다고 쓰여 있잖아요. 실제로도 나와 빌프리트 오라버니가 둘 다 여러 권속에게 가호를 받았고요. 그것만 봐도 흔한 결과인 것 같은데요."

가호 의식이 시작되고 두 사람 째 시도가 끝났다. 둘 모두 복수의 가호를 받았으니 특별한 것도 아니지 않은가. 내 말에 한넬로레가 곤란한 미소를 띠었다.

"보통은 속성 수만큼 가호를 받아요. 견습 기사나 단켈페르거의 학생이 불의 권속에게 여러 가호를 받는 건 흔하지만, 빌프리트 님처럼 무(武)에 특화하지 않은 영주 후보생이 여러 권속의 가호를 받는 건 흔히 없는 일이고, 또 아주 훌륭한 결과예요."

'단켈페르거는 전투 계열 권속의 가호를 받는 학생이 많구나. 왠지 납득이 가.'

문관인 클라리사도 전투 능력이 높다고 들었다. 역시 단켈페르거. 어쩌면 한넬로레도 전투 계열 권속의 가호를 받게 되지 않을까?

"다음 차례 도전할 분, 계신가요?"

"……제가 가겠습니다."

"힐쉬르, 오르트빈과는 내가 들어갈 테니 교대하세."

이번에는 오르트빈과 군돌프가 심층의 방으로 들어갔다. 나와 빌프리트가 여러 권속의 가호를 받자, 기대감이 커졌는지 오르트빈의 눈이 반짝였다. 하지만 그는 자신의 속성 수와 크게 다르지 않은 가호밖에 받지 못했다. 약간 실망한 얼굴로 돌아왔다.

"권속의 가호를 많이 받지 못했어."

오르트빈뿐만 아니라 다른 학생들도 속성 수를 넘는 가호를 받지 못한 채 의식이 끝났다. 여러 권속의 가호를 받는 것이 흔하지 않음이 점차 증명되는 가운데, 한넬로레가 굉장히 미묘한 표정으로 심층의 방에서 나왔다.

"한넬로레 님도 못 받으셨어요?"

"아뇨, 받았어요. 시간의 여신 드레반헬과 무용의 신 앙리프에게요."

"정말 잘됐네요! 그런데 왜 그런 표정이세요?"

기쁘기는커녕 상당히 곤혹스러운 표정이었다. 내 지적에 한넬로레가 화들짝 놀라며 주변을 두리번거렸다. 연분홍색과 보라색의 중간쯤으로 보이는 양 갈래 머리카락이 귀 옆에서 흔들렸다.

"무, 물론 기쁘죠. 기쁜데, 왜 내가 가호를 받은 건지 몰라서…… . 드레팡아와 앙리프의 마음에 들 만한 일을 한 기억이 없거든요."

참 이상하죠, 라고 말하며 한넬로레는 강당을 나갔다.

"빌프리트 님, 로제마인 님. 먼저 가 보겠습니다."

연청색 망토를 두른 프뢰벨타크의 상급 귀족이 우리에게 인사를 하고 퇴실하자, 강당에는 에렌페스트 학생들만 남았다. 중급 귀족과 하급 귀족은 계급 눈치를 보며 사양하느라 필연적으로 마지막까지 남아야 했다. 나머지 학생들 역시 계급 순으로 의식을 받았고, 다른 학생들처럼 속성 수만큼의 가호를 받고 돌아왔다.

"이제 로데리히와 필린느만 남았네요. 로데리히, 다녀와요."

"전 필린느의 결과가 궁금하니 다음 차례에 하겠습니다."

"그럼 제가 먼저 다녀올게요."

로데리히의 말에 필린느가 일어났다. 허리춤에 찬 회복약을 꽉 쥔 그녀의 얼굴에 긴장감이 서렸다.

"필린느. 마음을 담아 기도하면 잘될 거예요."

고개를 끄덕이고 심층의 방에 들어가는 필린느를 우리는 가만히 지켜보았다.

잠시 후 필린느가 의식을 마치고 나왔다. 기쁜 내색을 감추지 못하는 얼굴로 총총거리며 달려왔다. 볼은 상기되고, 새순 같은 눈동자를 반짝이며 흥분한 기색으로 입을 열었다.

"로제마인 님, 저, 바람의 속성이 늘었어요! 지혜의 여신 메스티오노라의 가호를 받았다고요! 신에게 기도를!"

이젠 자연스럽게 기쁨의 기도가 나오게 됐을 정도로 신전에 매일같이 드나드는 필린느에겐 신전의 습관이 몸에 밴 듯했다. 무심코 웃어버린 나와 다르게 주변은 모두가 경악에 빠져 눈을 크게 떴다.

"뭐?! 적성 외의 속성이 늘었다고요?!"

"대체 어떻게 한 거야?"

속성이 늘었다는 보고에 로데리히가 벌떡 일어나 잡아먹을 듯 필린느에게 물었다.

"그건 저도 모르겠어요. 다만, 로제마인 님의 말씀처럼 회복약을 쓰면서 마법진을 마력으로 완전히 채우고 기도를 올린 게 다예요."

속성이 늘었다는 필린느의 희한한 보고에 흥분한 건 에렌페스트 학생뿐만이 아니었다. 감독관으로 자리를 지키던 군돌프가 눈을 번뜩이며 다가왔다.

"더 자세히 말해 보게. 필린느라고 했나? 하급 귀족인가? 그럼 원래지닌 적성은 하나였고? 무슨 속성이었나."

연달아 날아오는 질문 공세에 필린느는 몹시 당황했고, 의식에 들어가기 전에 뭔가를 물어보려던 로데리히는 곤란한 표정을 지었다. 군돌프 역시 그런 주변 분위기를 알아챈 듯했지만, 흥미로운 대상 앞에서는 눈치 없는 사람이 되는 모양이다. 그가 심층의 방을 가리켰다.

"아, 거기 남학생. 어서 심층의 방에 들어가게나."

군돌프의 재촉에 로데리히는 이야기를 듣고 싶은 듯 연신 뒤를 돌아보며 심층의 방으로 향했다. 우리는 로데리히의 뒷모습을 지켜봤지만, 군돌프는 인자한 노인의 미소를 띠며 얼른 다시 질문을 던졌다.

"그래서 자네의 적성은 뭔가?"

"흐, 흙입니다."

"흙 속성이 있었는데 새로 바람의 속성이 생긴 셈이로군. 흠흠. 지혜의 여신 메스티오노라의 가호를 받았다면 자네의 지적 활동을 인정받았다는 뜻인데. 어떤 활동을 했는지 알려줄 수 있겠나."

지적 활동이 활발한 드레반헬에서조차 지혜의 여신 메스티오노라의 가호를 받은 사람이 거의 드물었다. 불 권속의 가호를 받기 쉬운 단켈페르거처럼 드레반헬에서는 바람 권속의 가호를 받는 자를 늘리고 싶어 한다는 것이다.

"군돌프 선생님, 마음은 이해하지만, 로데리히가 의식을 끝나기 전에 모든 질문을 끝내주세요. 로데리히가 돌아오면 저희도 기숙사로 돌아가야 하거든요."

질문을 끝낼 기미가 없는 군돌프에게 쐐기를 박자, 질문 공세의 표적이 되었던 필린느가 안도의 한숨을 쉬었다.

"제가 한 지적 활동이라면 로제마인 님을 위해 이야기를 모은 것 말인가요? 아니면 사본을 만든 것 때문일까요? 현대어로 번역하려고 열심히 공부한 것 때문일 수도 있고, 어쩌면 신전에서 페르디난드 님의 집무를 도와서 그런 걸지도 몰라요."

필린느가 생각나는 대로 하나하나 열거하자, 군돌프는 흠흠 하고 고개를 끄덕이며 얘기를 들었다. 그렇게 예를 들으니 그녀가 얼마나 노력했는지가 느껴졌다.

"하지만 로제마인 님께 팔 이야기를 모으거나 집필한 건 드레반헬 학생들도 마찬가지고, 저보다 더 열심히 연구한 사람도 있는데 왜……."

군돌프는 어떤 행동이 가호를 얻는 계기가 되었는지 알고 싶은 눈치였지만, 그 정도의 지적 활동은 드레반헬에서도 하고 있는 일이었다. 필린느의 활동과 별반 다르지 않은 셈이다. 군돌프가 계속 질문을 이어가려고 할 때 마침 로데리히가 돌아왔다.

"로제마인 님, 끝났습니다."

그렇게 말한 로데리히는 웃고는 있었지만, 눈동자는 흔들리고 행동도 어딘가 엉거주춤했다. 출발 전에만 해도 그렇게 궁금해하던 필린느의 속성 얘기에도 끼어들지 않았고, 어떻게든 떨어져 있고 싶어 하는 낌새였다.

"로데리히, 의식 중에 무슨 일 있었어요? 설마 실패한 건 아니죠?"

골똘히 생각에 잠긴 로데리히를 보고, 나는 최악의 사태를 예상하며 질문했다. 그 순간, 모두의 시선이 그에게 집중되었다. 로데리히는 "아닙니다! 의식은 성공했어요." 하고 허둥대며 고개를 저었다. 그리고 곧 혹스러운 표정으로 강당에 남은 모두의 얼굴을 둘러보았다.

"성공하긴 했어요. 그것도 좀 과할 정도로요. ……이유는 모르겠는데, 모든 속성의 가호를 받았습니다."

"모든 속성이요? 엄청나네요. 로데리히, 잘하셨어요."

나도 놀랐지만, 그보다 더 놀란 건 귀족의 상식을 아는 군돌프였다.

"권속의 가호로 전 속성이 됐단 말인가?! 그런 말도 안 되는 일이……."

"……군돌프 선생님, 이건 흔하지 않은 일이죠?"

"가호를 받고 전 속성이 되는 얘기는 들어본 적이 없소이다."

이미 필린느의 속성이 늘었기에 로데리히도 똑같은 결과가 나왔다고 해서 그리 놀랄 건 없었지만, 전 속성이 되는 경우는 있을 수 없는 일이라고 한다.

"어째서지? 어떻게 했기에 그런 일이……."

군돌프의 시선이 로데리히에게 꽂혔다. 로데리히는 쩔쩔매며 겨우 대답했다.

"저도 잘 모르겠습니다. 그게, 마법진에 마력을 흘려보내니까 모든 속성의 기호가 빛났어요. 마치 원래부터 제가 전 속성이었던 것처럼요……."

세례식에서 적성 판정받은 바람과 흙에 비하면 빛의 높이가 절반 아래였지만, 틀림없이 모든 속성이 빛났다고 했다. 전 속성이지만 그리 질이 좋은 편은 아닌 듯했다.

"세례식에서는 아니었던 겐가?"

"네. 바람과 흙에 적성이 있다는 말만 들었습니다."

"세례식 이후로 지금까지 크게 변한 건?"

"……잘 모르겠어요."

"분명 이유가 있을 게다. 그렇지 않고서야 적성이 두 가지밖에 없는 자가 전 속성이 될 리가 없어."

"고작 저 따위가 전 속성이 되다니 이상합니다. 하지만 어째서 그렇게 됐는지 정말 모르겠어요."

점점 집요해지는 군돌프의 추궁에 로데리히가 무척 난처한 얼굴로 고개를 푹 숙였다.

"로데리히, 너무 자신을 낮추지 마세요. 특별히 가호를 주신 신들께 실례예요."

나는 주인으로서 로데리히를 지키듯 군돌프를 마주했다.

"군돌프 선생님, 전 속성의 가호를 받은 건 축하할 일이지, 그렇게 몰아세울 일은 아니에요. 추궁보다 축하한다는 말이 먼저 아닐까요? 특이한 사태라 흥분되는 건 이해하지만, 그렇게 따지듯이 물으면 위축되잖아요. 오늘은 여기까지 하셨으면 좋겠어요."

"……로제마인 님 말씀이 맞구려."

군돌프가 천천히 숨을 뱉으며 어깨를 축 떨구고는, 속성이 늘어난 로데리히와 필린느에게 축하의 말을 건넸다.

"흔하지 않은 결과지만, 마력 운용이 쉬워질 뿐, 일상생활에 큰 변화는 없을 거예요. 우쭐해서 나태해지면 신들이 가호를 뺏어갈 지도 몰라요. 두 사람 모두 지금까지의 노력을 인정받은 거라고 생각하고, 기숙사로 돌아가 내일 이론 공부를 하는 거예요. 알겠죠?"

"네, 로제마인 님."

로데리히는 조금 밝아진 얼굴로 고개를 끄덕였다. 깔끔한 마무리였다, 하고 가슴을 쓸어내리는데, 심층의 방 정리를 끝냈는지 힐쉬르가 강당에 나와 보라색 눈을 번뜩이며 나를 노려보았다.

"로제마인 님. 이 놀라운 사태를 그리 간단히 넘어가려고 하면 곤란하죠."

"아, 힐쉬르 선생님."

"말씀처럼 축하할 일이지만, 이건 엄청난 사태이기도 해요. 적성이 두 가지뿐인 학생이 가호로 인해 전 속성이 되었다는 사실이 퍼지면 큰 소란이 벌어질 겁니다. 여러분, 이 일은 반드시 함구하세요."

적성의 가호밖에 받지 못한 학생들과 군돌프의 흥분한 반응을 보아하니, 그 말마따나 혼란의 불씨가 될 만한 사태다. 강당에 남아 있는 건 모두 에렌페스트의 학생들이다. 우리는 이 일을 발설하지 않기로 약속했다.

"속성을 늘리는 일에 관해서는 우리 쪽에서도 조사해보지요. 자세한 얘기를 하고 싶으니 내일 저녁 함께 하시죠."

"알겠어요."

'속성이 늘어서 좋겠네, 로 끝내주면 안 되나. 귀찮아죽겠어. 하아.'

기숙사로 돌아와도 로데리히의 전 속성에 관한 얘기는 비밀이다. 빌프리트가 여러 권속으로부터 가호를 받은 일, 필린느의 속성이 늘어난 얘기로 저녁자리가 시끌시끌했다. 로데리히는 대화에 끼지 못해 답답한 얼굴로 오로지 식사에만 집중했다. 사실은 자랑하고 싶어 입이 근질근질하리라.

다음 날 열린 공통 이론도 전원 합격하고, 오후 수업은 음악이다. 올해도 음악 선생이 신곡을 연주해달라고 부탁할 것 같았기에 로지나와 준비했다. 굳이 시키지 않으면 아껴놓을 생각이다.

"자, 이게 올해의 과제곡이에요."

올해도 과제곡과 자유곡을 연주해야 하는지, 과제곡이 발표되었다. 그걸 보고 나는 가볍게 숨을 내뱉었다.

'2년 전쯤에 연습했던 곡이네. 오랜만이다. ……근데, 페르디난드 님은 대체 레벨을 얼마나 올린 거야? 로지나도 계속 연습만 시켜놓고 이 정도면 충분하단 말 한 번 안 해주고. 내 음악 선생은 둘 다 마귀라니까.'

과제곡을 복습하고 있는데, 아렌스바흐의 상급 귀족이 어딘가 귀에 익은 곡을 연주하기 시작했다. 편곡되어 바로 알아채기 어렵지만, 페르디난드에게 내가 선물해준 곡이었다.

'저거, 게두르리히에게 바치는 연가, 아니었나?'

페르디난드가 겨울 사교계에서 연주한 것을 계기로 아렌스바흐에서 유행하게 됐으리라. 분명 새로운 곡을 연주해 달라는 청을 지겹도록 받았을 터였다. 에렌페스트와 달리 아렌스바흐에서는 함부로 거절도 못 하고 몇 번이나 페슈필을 켜지 않았을까?

어떻게 편곡했을지 궁금해서 귀를 기울이는데, 아렌스바흐의 상급 귀족이 우쭐거리며 웃었다.

"이건 페르디난드 님께서 작곡하신 우리 아렌스바흐 영지의 신곡입니다. 에렌페스트의 신곡도, 로제마인 님의 곡도 아니에요."

'음, 주선율을 준 건 나지만… 그래, 그냥 너희 거 해라.'

분명 벌레 씹은 표정을 가식적인 미소로 감추고, 아군을 만들려고 애쓰고 있을 페르디난드의 노력을 망치고 싶진 않았다.

"제가 페르디난드 님의 곡을 정말 좋아한답니다. 한번 신곡을 들려주시면 안 될까요? 아렌스바흐 분이 연주해주지 않으면 못 듣는 귀한 기회인걸요."

"저도 아직 연습 중이지만, 그래도 괜찮으시다면……."

내가 아렌스바흐의 곡임을 인정하자, 그녀가 안심하듯 한번 숨을 내뱉었다. 페슈필을 들고 자세를 취하더니 노래를 부르며 연주하기 시작했다.

'이거, 연가가 아니라 고향을 그리워하는 노래잖아?'

겨울의 밀월이 지나, 멀리 떠나게 된 게두르리히를 그리워하는 노래다. 이 노래를 아렌스바흐에서 불렀더니 귀족원으로 떠난 약혼녀를 그리워하는 노래로 탈바꿈하였다. 페르디난드가 떠나기 전에 건넨 말과 약속을 아는 사람이라면 향수에 젖은 가사임을 바로 눈치챘겠지만, 보통은 연가로 오해할 가능성이 충분했다.

'음~. 오해하게 놔두면 되는 거겠지?'

머릿속에서 '날 속이다니!' 하고 소리치는 디트린데에게 '멋대로 착각한 건 그쪽이다'라며 시치미 뗀 얼굴로 받아치는 페르디난드의 모습이 떠올랐다. 만약 그런 일이 생긴다면 페르디난드의 입지가 나빠질 게 뻔했다. 어떻게든 디트린데를 띄워줘서 그가 좋은 대우를 받게 해야 했다.

'적어도 성결식이 끝나 배우자로 확정되기 전까지!'

하위 중영지 출신의 데릴사위다. 결혼하기 전까지 외부인에 불과한 그의 처우는 디트린데와 게오르기네의 손에 달려있는 셈이다. 조금이나마 마음 편히 지낼 수 있게 온힘을 다해 돕고 싶었다.

내가 그렇게 결심한 직후, 빌프리트가 고개를 갸웃거리는 것이 눈에 들어왔다. 후렴구 부분에서 귀에 익은 느낌을 받은 듯했다.

"숙부님의 곡이겠지만 이건 로⋯⋯."

괜한 소리를 꺼내려는 빌프리트의 어깨를 두드리고, 나는 싱긋 웃으며 발언을 막았다. '쓸데없는 말 마세요.'라는 내 마음의 소리가 통한 걸까. 빌프리트가 고개를 끄덕인다.

나는 연주를 끝낸 그녀에게 고마움을 표했다.

"들려줘서 정말 고마워요. 너무 훌륭한 곡이었다고 작곡하신 페르디난드 님께 전해 주세요. 그리고 페르디난드 님께서 다른 곡을 작곡하시게 되면 제게 또 들려주세요."

일단은 작곡자가 페르디난드임이 모두의 기억에 남도록 나는 이름을 누차 반복했다. 꼭 유세차에 탄 당원이 된 것 같다.

'페르디난드 님, 페르디난드 님을 잘 부탁드립니다. 페르디난드 님께 안온한 생활을! 보다 좋은 대우를 간절히 부탁드리겠습니다.'

사실은 아렌스바흐 귀족 모두에게 그렇게 소리치며 유세하고 싶다. 아마 당사자는 끔찍하다는 눈초리로 쳐다보겠지만.

그런 생각을 하고 있을 때, 연주를 끝낸 영애가 나를 보더니 입가에 교활한 미소를 띠었다.

"로제마인 님, 올해는 신곡을 발표하지 않으세요? 설마 페르디난드 님이 안 계시면 곡을 못 만드시는 건 아니신지? 제가 로제마인 님의 신곡을 얼마나 기대하고 있는데요."

그런 식으로 도발하는데 안 받아줄 수 없었다. 페르디난드가 본인이 없어도 에렌페스트는 문제가 없다는 걸 보여야 한다고 강조하기도 했고 말이다.

'첫날 합격도 남았고. 페르디난드 님, 진짜 사악해.'

"그렇게 기대해주시니 영광인데요? 이왕 이렇게 된 거 자유곡으로 연주해 볼게요."

싱긋 미소를 돌려준 나는 개인 페슈필을 들고 선생에게 다가가 채점을 부탁했다. 그리고 의자에 앉아 페슈필을 잡고 자세를 취했다.

천천히 숨을 들이마신 후 띠링 하고 현을 튕겼다. 올해 과제곡은 연가로 분류되는 곡이다. 에스코트 상대를 찾기 위해 움직이기 시작하는 우리 나이대는 꼭 알아야 하는 곡이라고 한다. 이미 약혼자가 정해져 있는 내겐 해당되지 않지만 말이다. 하지만 2년 전쯤에 연습했던 곡이라 별 탈 없이 연주를 끝냈다.

자유곡은 바람의 여신 슈첼리아에게 바치는 곡이다. 우리의 소중한 사람을 지켜달라는 소망이 가사에 담겨 있다. 아렌스바흐로 떠난 페르디난드는 물론이고, 숙청으로 가족을 잃게 될 아이들을 위한 곡이기도 했다.

연주하면서 노래를 부르자, 반지가 마력을 빨아들이는 것이 느껴졌다. 마력이 축복이 되어 빛이 넘치기 시작했다. 슈첼리아의 귀색인 노란빛이다. 데뷔 무대 때와 비슷한 상황에 놀란 나는 마력의 흐름을 막으려고 했다.

'어라? 멈추질 않잖아.'

평소라면 막을 수 있는 마력의 흐름이 멈추질 않았다. 어떡해, 하고 속으로 절규하면서도 첫날 합격을 놓칠 수 없었기에 연주를 계속했다.

축복은 멈추지 않고 흘러나왔다. 연주가 끝날 때까지.

지금까지와 다른 건 마력이 멈추지 않는 것과 마력이 빠져나가는 느낌이 전혀 없는 것이다.

'설마 이게 어제 의식의 성과인가?!'

입이 쩍 벌어진 모두의 얼굴이 스치듯 시야에 들어온 순간, 도망치고 싶어졌다. 음악 선생이 아연실색하며 나를 보았다.

"로제마인 님, 이건 대체…….."

"……이건, 바람의 여신의 축복이에요. 어제 받은 의식 때문에 축복이 날뛰나 봐요. 오호호."

웃어넘겨도 되는 상황인지 아닌지 모르겠지만, 일단 웃고 봤다. 이대로는 큰일이다. 마력 조절을 다시 연습하지 않으면 시도 때도 없이 마력을 뿜어대게 생겼다. 소비 마력의 효율이 터무니없이 높아지는 바람에 내 의지대로 마력을 조절하지 못해 멋대로 마력이 넘치게 되다니, 전혀 예상치 못한 일이다. 보호자가 없어진 나는 속으로 절규했다.

'이럴 땐 어떻게 해야 해요, 페르디난드 님?!'

나는 음악 수업에 합격한 후 올도난츠로 리카르다를 불러 도망치듯 기숙사로 돌아왔다.

"리카르다, 나 어떡해요?! 마력을 멈추고 싶은데 예전처럼 안 돼요. 신들의 가호를 받는 의식 때문인 것 같은데……."

내가 추측을 섞으며 사정을 설명하자, 리카르다가 난처한 표정을 지었다.

"대단히 죄송하지만, 전 그 상황을 개선할 방법을 모르겠네요. 저희 세대에는 신들의 가호를 받는 의식 후에 슈타프를 취득했던지라……."

졸업 직전에 슈타프를 취득했던 옛날 교육 과정에는 그만한 이유가 있는 듯했다. 축복을 억누르거나 마력의 흐름을 제어하는 방법이 생각나지 않아 나는 머리를 싸맸다.

"페르디난드 님은 3학년 때 슈타프를 취득했던 세대지만, 그때도 가호의 의식 후였거든요. 슈타프를 취득한 후에 신들의 가호가 늘어나거나 마력 효율이 크게 높아지는 경우는 없었을 거예요."

페르디난드에게 물어봐도 소용없을 거라는 얘기에 눈물이 핑 돌았다.

'아아아아! 교육 과정을 멋대로 바꾼 사람 누구야?!'

"오늘 저녁에 힐쉬르 선생님이 오실 테니 그때 상담해보시는 게 어떨까요?"

"……그럴게요."

힐쉬르와 가호 상담

저녁시간에 맞춰 힐쉬르가 기숙사에 왔다. 그녀는 두통을 느끼는 표정이었지만, 그녀를 맞이하는 내 머리도 지끈거렸다.

"선생님, 어제 의식 때문에 마력 제어가 힘들어졌어요. 마력이 소비되는 느낌은 별로 없는데, 음악 실기 때 축복을 멈출 수가 없었다고요. 어떻게 해야 되죠?"

"나야 모르죠. 축복을 쏟아내도 크게 곤란한 사람이 없으면 마음대로 흘러나오게 두면 되는 것 아닌가요. 자세한 건 페르디난드 님께 물어보시죠."

마력이 차고 넘치는 사람의 고민 따위 해결해줄 수 없다, 라며 딱 잘라 거절당하고 말았다.

"빌프리트 님, 대화는 식사 후에 해도 되겠습니까?"

"음. 혼란을 피해 당사자끼리 대화할 수 있게 시종을 시켜 방을 마련해두었습니다. 식후에 그쪽으로 이동하시죠."

다른 기숙사에서는 흔한 광경이지만, 에렌페스트에서는 하늘의 별 따기인 사감과의 식사 시간이 시작되었다. 이게 대체 무슨 일인가, 하고 모두가 힐쉬르의 눈치를 살폈다.

힐쉬르는 가호의 의식에서 에렌페스트 3학년이 저지른 일에 관해선 일절 언급하지 않는 대신 이틀 연속 첫날 합격을 이룬 기숙사생들을 칭찬해주었다.

"에렌페스트의 이론 성적은 정말 훌륭해요. 지금도 계속 합격하고 있지요? 해마다 성적을 올리다니, 선생들 사이에서도 평가가 높답니다."

이론뿐 아니라 로제마인 식 마력 압축을 배워 마력을 키운 학생도 확실히 늘어난 덕분에 전체 실기 성적도 매년 오르고 있다고 한다.

"안게리카와 코르넬리우스, 하르트무트가 졸업하면 특히 실기 성적이 대폭 떨어질 줄 알았는데, 레오노레, 마티아스, 라우렌츠와 같은 후배들이 성적을 올리고 있고, 영주 후보생 세 사람도 훌륭하니까요. 올해도 정말 기대가 됩니다."

최근 들어 첫날 합격을 휩쓰는 에렌페스트의 활약에 익숙해졌는지, 주변에서도 그다지 놀라지 않는 눈치였다. 첫날 전원이 합격해도 '그럴 줄 알았다' 정도의 반응이었다. 그래서 선생들 사이에서 평가가 오르고 있다든가, 매년 전체 성적이 오른다든가, 제삼자의 평가가 솔직히 기뻤다.

"페르디난드 님이 우리를 들볶고 계시니까요. 첫날 합격하려고 뼈를 깎는 심정으로 시험을 치르고 있다고요."

그리고 지금은 목표에 집중하지 않으면 정신적으로 흔들릴 아이들이 많다. 그날 이후 숙청에 관한 속보는 없다. 하지만 그 정보를 힐쉬르에게 공개할 생각도 아직은 없다.

에렌페스트 기숙사에서는 점점 익숙한 맛이 되어가는 식사를, 힐쉬르는 황홀하게 음미하며 맛을 보았다. 영주 회의에서 조금씩 레시피를 팔고 있지만, 역시 레시피만 보고 재현하내기가 여간 쉽지 않은 모양이다. 다른 영지에서는 레시피를 겨우 재현해내는 정도일 뿐, 새로운 맛을 만들어내는 수준에는 아직 미치지 못한 듯했다.

"시간문제겠지만요. 제 요리사도 레시피 없이 새로운 요리를 만들어내기까지 몇 년이나 걸렸는걸요."

제일 중요한 건 지금까지 배워온 상식을 뒤집는 조리법과 손질법을 얼마나 충실히 따르느냐다. 그 다음에 각 영지의 특산물을 살려서 그 지역 사람의 입맛에 맞추는 '어디서부터 이렇게 달라진 거지?' 하고 고개를 갸웃거릴만한 대개조가 시작될 터였다.

'…물론 그 사이에 우리는 또 새로운 맛을 만들어내야겠지만.'

"로제마인 님, 이 디저트는 뭐죠?"

"에렌페스트에서는 '무스'라고 부르는 디저트예요."

꿀을 뿌린 요구르트무스를 스펀지케이크 사이에 펴 바른 고난도 디저트다. 덧붙이자면 이 무스가 올해 포상으로 내건 레시피다. 오트마르 상회에서 젤라틴 제조를 시작한 덕분에 공개하게 된 레시피인 셈이다.

'이탈리안 레스토랑에서 노력하는 프리다를 위해 나는 젤라틴 보급에 협력해야지.'

딱히 프리다가 '귀족들에게 젤라틴 요리를 퍼트려 달라'라며 젤라틴을 가득 줬기 때문만은 아니다. 맛있는 요리가 유행하길 바라는 순수한 마음에서다.

이곳 사람들이 푸딩이나 젤리 같은 물컹한 식감을 썩 좋아하지 않는다는 건 이미 경험으로 깨달았다. 그래서 코르데 무스타르트를 포상 레시피로 공개하는 것으로 해서 작년 포상과의 조합을 보여주었다.

그러나 오늘 선보인 케이크는 중앙 귀족의 반응을 보고자 특별히 준비하도록 했다. 스펀지케이크는 여전히 실패율이 높아서 대량으로 만들어야 하는 큰 다과회에서 선보이기는 어렵다. 왕족이 주최하는 소규모 다과회에 가져갈 예정이다.

"식감은 좀 낯설겠지만, 꿀과 요구르트로 익숙한 맛을 내봤어요. 어때요?"

산미가 강한 요구르트 맛이 달콤한 꿀 무스와 어우러져 부드러워진다. 무스도 얇게 썬 스펀지케이크 사이에 발려져 있어서 식감도 그렇게 이상하지 않으리라.

"확실히 처음 느껴보는 식감이네요. 입속에서 사르르 녹는 게 정말 맛있어요."

"……왕족에게 내놔도 괜찮을까요?"

"지금보다 조금 더 화려하게 꾸미면 금상첨화겠지만, 맛은 괜찮을 것 같네요."

힐쉬르에게 합격을 받았으니, 디자인은 조금 더 고민해봐야겠다. 코르데와 루토레베의 빨간 잼을 바르면 하양과 빨강으로 겨울다움이 물씬 느껴지는 디저트가 되지 않을까?

다과회 시식을 겸한 디저트 시식이 끝나고, 우리는 방을 옮겼다. 이번 대화의 주체는 당사자와 영주에게 보고 의무가 있는 영주 후보생뿐이다. 속성이 늘어난 필린느와 로데리히, 영주 후보생인 나, 빌프리트, 샤를로테, 그리고 사감인 힐쉬르가 이번 회의의 당사자였다. 여섯 명의 자리가 준비되고, 시종들이 차를 내오자, 힐쉬르가 시종과 호위 기사를 잠깐 뒤로 물러나도록 지시를 내렸다.

"측근들을 내보내지 않는 대신 도청방지 마술구를 쓰도록 하겠습니다. 이걸 기동하세요, 로제마인 님."

"예? ……제가요?"

범위를 지정하는 타입의 도청방지 마술구를 넘겨받은 나는 무심코 힐쉬르를 쳐다보았다. 보통 이런 마술구는 가져온 사람이 마력으로 기동하기 때문이다.

"로제마인 님께선 한곡 연주하는 내내 축복을 방출할 만큼 마력이 남아돌잖아요. 목숨이 위험할 정도로 마력이 적었으면 축복이 멋대로 흘러나올 리가 없지요. 넘치니까 그런 겁니다."

힐쉬르의 말에 나는 범위를 지정하는 도청방지 마술구에 마력을 흘려보내고, 지시받은 자리에 올려두러 갔다. 역시 소비 마력이 확연히 줄어들었다. 마력을 사용하고 있다는 느낌이 거의 없었다.

'꼭 유레베에서 깬 뒤로 세세한 제어를 못하게 되었을 때와 느낌이 비슷해. 차라리 올해 봉납식도 하고, 겨울의 주인 토벌에도 협력해서 마력을 쏟아낼 걸 그랬나?'

한숨을 내쉬며 마술구를 설치하고 자리에 앉았다. 힐쉬르가 자리에 있는 모두를 둘러보았다.

"그럼 상황 설명부터 시작할까요? 가호를 받는 의식에 참가하지 않은 샤를로테 님도 계시니까요. 그리고 군돌프에게 듣긴 했지만, 전 의식을 감독하느라 강당에서 여러분이 어떤 대화를 나눴는지 모르거든요."

힐쉬르가 샤를로테에게 어제 의식에 있었던 일들을 설명했다. 내 의식에 관한 내용만 쏙 빼고 말이다. 세 사람의 의식이 평범하지 않다면 내 의식은 그보다 더 심한 이상사태일 터다. 나는 잠시 상황을 관찰했다. 힐쉬르는 마치 내 의식을 없었던 일로 만들려고 하는 듯했다.

"필린느가 속성을 늘리고 강당으로 돌아왔을 때 군돌프와 어떤 얘기를 나눴죠?"

우리는 강당에서 나눴던 대화를 떠올리며 꺼냈고, 서로의 말을 보충했다. 대강의 설명을 끝내자, 샤를로테가 의아하단 듯이 고개를 갸웃거렸다.

"신들의 가호를 받는 의식에서 권속의 가호를 받는 게 그렇게 놀랄 일인가요……."

샤를로테의 의견은 우리의 의견이기도 했다. 로데리히처럼 갑자기 전 속성이 된 경우를 제외하면 크게 놀랄 일은 아니었다. 우리의 의견을 들은 힐쉬르가 한숨 섞인 목소리로 "전투 계열 권속의 가호를 받은 견습 기사나 단켈페르거를 제외하고 지극히 평범한 귀족의 경우를 설명해 드려야겠네요."라고 말했다.

"보통은 각자 적성을 가진 속성의 대신으로부터 가호를 받습니다. 사감이 고의로 숨기지 않는 한, 십여 년 가까이 전투 계열 외의 권속으로부터 가호를 받은 학생은 없었어요."

희귀한 일인 줄은 알았지만, 그렇게까지 드문 일일 줄이야. 무심코 눈을 끔뻑이며 서로의 얼굴을 마주 보는 우리에게 힐쉬르는 계속해서 설명을 이었다.

"과거에도 여러 권속의 가호를 받는 건 왕족이나 영주 후보생이 대부분이고, 중급 귀족이나 하급 귀족이 권속의 가호를 받는 건 극히 드물어요. 아마 백 년은 거슬러 올라가야 있을까 말까 할 정도로요."

"필린느와 로데리히가 굉장한 거네요."

"……감탄할 때가 아니라 지금이 얼마나 특이한 사태인지 이해해주셨으면 합니다만."

힐쉬르가 째려보자 나는 고개를 끄덕였다. 물론이다. 원인은 모르겠지만 이상하다는 건 이해하고 있다. 그리고 '일부러 사실을 숨기는 사감'이 눈앞에 있다는 것도.

"단켈페르거 출신이거나 견습 기사라면 전투 계열의 권속에게 가호를 받긴 해요. 왜 그런지 이유는 모르겠지만, 거기에 속하지 않은 사람이 가호를 받는 경우는 거의 없어요. 하지만 전례가 아예 없진 않거든요. 만약 빌프리트 님께서 수많은 권속의 가호를 받았다고 하면 다들 놀라며 칭찬하겠지만 그걸로 끝이겠죠."

힐쉬르는 "단켈페르거의 한넬로레 님도 여러 권속의 가호를 받았으니까요."라고 말했다.

"단, 필린느의 경우는 달라요. 필린느는 하급 귀족이고, 바람의 속성도, 슈첼리아의 가호도 없이 권속인 지혜의 여신 메스티오노라의 가호만으로 속성을 늘렸어요. 이건 희소가치가 있는 발견이에요. 전 속성을 얻은 로데리히는 말할 것도 없고요."

필린느와 로데리히의 표정이 어두워졌다. 속성이 늘었다고 좋아라 했더니, 일이 이렇게까지 클 줄은 생각지도 못했을 테니까.

"힐쉬르 선생님, 전 어떤데요?"

수많은 권속의 가호를 받고, 신들의 동상까지 움직인 내 경우는 얼마나 드문 경우일까? 내 질문에 힐쉬르가 손을 휘휘 저었다.

"로제마인 님한테 비현실적인 일이 일어나는 게 하루 이틀도 아니니 그냥 넘어가죠."

"넘어가다니?! 가장 큰 문제로 이어질 수 있는 문제를 어떻게 그냥 놔둬?!"

그 자리에서 벌떡 일어난 건 빌프리트였다. 귀족원에서 내가 문제를 일으킬 때마다 가장 휘둘리는 사람이 본인이라서 그런지 필사적이었다. 하지만 힐쉬르는 그 주장을 가볍게 흘러 넘기며 완전히 포기한 얼굴로 싱긋 웃었다.

"페르디난드 님께 물어서 비슷한 사람끼리 해결하도록 하는 게 제일 이에요. 비슷한 상황을 이해하는 분이 계시니까, 로제마인 님의 뒤처리는 제 관할이 아닙니다."

"에렌페스트의 사감인데 그건 너무해요!"

좀 도와주세요, 하고 내가 호소하자, 힐쉬르의 미소가 더욱 깊어졌다.

"거절합니다. 진지하게 대응해봤자 이쪽만 손해 보는 경험은 이미 페르디난드 님 때 이미 겪었거든요. 페르디난드 님의 부탁도 있어서 귀찮은 사건이 일어나도 은폐에는 협력해줄 생각이고, 수업 때도 최대한 편의를 봐주겠지만, 뒤처리는 스스로 알아서 하시길."

'페르디난드 님 때문에 힐쉬르 선생님이 나까지 손 났잖아! 억울해!'

내가 한탄하든 말든 힐쉬르는 말을 이었다.

"내가 걱정하는 건 처음부터 예외였던 로제마인 님이 아니라, 그 주변에 로제마인 님의 영향이 미치기 시작한다는 점이에요."

그렇게 말하며 필린느와 로데리히를 번갈아 바라보았다.

"어제 가호의 의식을 한 에렌페스트 학생은 여덟 명이었습니다. 그중 네 명은 평범하게 적성 수만큼 가호를 받았고, 별 탈 없이 의식을 끝냈어요. 이상사태가 일어난 건 로제마인 님, 빌프리트 님, 필린느, 로데리히예요. 공통점을 모르겠어요?"

힐쉬르의 질문에 나는 필사적으로 공통점을 찾아보았다. 성별도 나뉘고, 신분도 다르다. 뭐가 있을까?

"⋯⋯전혀 모르겠어. 에렌페스트 사람이라는 것 말고 다른 공통점이 있나?"

"로제마인 님 본인, 로제마인 님의 측근, 그리고 로제마인 님의 약혼자. 전부 로제마인 님과 관련이 있는 사람들뿐이잖아요."

"아하, 듣고 보니 그러네!"

빌프리트가 깨달은 표정으로 손뼉을 짝 하고 쳤지만, 나는 솔직히 부정하고 싶었다.

"다짜고짜 제 탓으로 돌리지 마세요!"

하지만 내 의견에 동의하는 사람은 없었다. 어째서인지 샤를로테와 필린느까지 힐쉬르의 그 말도 안 되는 가정에 납득하고 있었다.

"에렌페스트에 예상 밖의 변화가 일어나면 그 중심에는 항상 로제마인 님이 있어요. 그래서 이렇게 나도 그런 확신을 한 거죠."

"윽……."

되받아치지 못하고 입을 다물자, 힐쉬르가 진지한 표정으로 나를 바라보았다.

"신들의 가호를 받을 때 다른 귀족이 하지 않는 뭔가를 한 게 분명해요. 짚이는 거 없어요?"

"짚이는 거라면, 있죠."

내가 대답하자, 주변이 일제히 몸을 내밀며 눈을 부릅떴다.

"있어?!"

"응? 예? 샤를로테 말고 다 알면서 왜 그래요? 강당에서 얘기했잖아요. 오히려 힐쉬르 선생님이랑 군돌프 선생님이 왜 모르는지 이해가 안 가네요. 참고서에도 다 나와 있는데."

"대체 신들의 가호를 받으려고 뭘 한 거죠?"

잡아먹을 기세로 힐쉬르가 몸을 내밀자, 나는 움찔하고 몸을 뒤로 뺐다.

"기도했죠. 신전장이니까 일상적으로 신들께 기도를 올리고, 마력 봉납도 하고 있잖아요."

그렇게 말하며 나는 그곳에 있는 모두의 얼굴을 둘러보았다.

"필린느와 로데리히는 내 측근이라서 신전에 드나들며 매일 같이 기도하고 있고요. 내가 신구 만드는 법을 가르쳐준 후로 하르트무트와 내 측근들 모두가 신구를 만지면 뜻하지 않게 마력을 봉납하게 되었어요."

마력 소비가 워낙 커서 전투용으로는 맞지 않는다고 하면서도 하르트무트와 코르넬리우스는 에이비리베의 검을 소환할 수 있게 되었다. 반면에 다무엘은 마력 부족으로 검의 형태를 유지하지 못해 침울해 했었다.

"……에렌페스트의 신전은 정말 많이 변했군요. 제가 알던 신전과 너무 달라요."

"여러모로 힘을 쏟고 있답니다."

후홋, 하고 의기양양하게 말한 나는 빌프리트와 샤를로테에게로 시선을 돌렸다.

"빌프리트 오라버니와 샤를로테도 직할지를 돌며 제사를 돕고, 기원식과 수확제를 치르면서 기도를 올리고 있어요. 그리고 에렌페스트에서는 주춧의 마력에 공급할 때 영주 일족이 신들에게 기도를 바치는데, 다른 영지는 안 그러죠?"

"하긴 그런 말씀을 하셨죠."

힐쉬르는 눈을 여러 번 끔벅이며 고개를 끄덕였다.

"신들에게 기도를 바치면 가호를 받는다는 얘기는 참고서에도, 성전에도 나와 있어. 신전을 기피하는 다른 영지 귀족은 정성을 다해 기도하지 않으니까 가호를 못 받는 게 당연하지 않을까요?"

신들의 이름을 외우지 못한 안게리카가 가호를 받지 못했듯이, 진지하게 기도하지 않는 자가 가호를 받는 경우 역시 극히 적으리라.

"우리가 잘못 이해했군요. 참고서에 '신에게 기도를 올려라'라는 말은 가호를 받기 위한 의식 방법이 아니라 생활 속 습관이었어야 한다는 뜻이었어요."

힐쉬르는 하아 하고 피곤한 듯 한숨을 쉬었다.

"예. 어제 제게 가호를 준 권속의 신들은 대부분 기도를 올린 적 있는 신들이었고, 한 번도 기도를 올린 적이 없는 신들에겐 가호가 없었어요."

그렇게 말하며 나는 슬며시 뺨을 괬다.

"한넬로레 님께서 평상시에 드레팡아와 앙리프에게 기도를 올리는지, 견습 기사나 단켈페르거가 전투를 벌이기 전에 기도를 올리는지 물어보면 조금 더 확신이 서겠네요."

여러 권속의 가호를 받은 자가 가장 많은 단켈페르거에 물어봐야겠다고 말한 힐쉬르가 순간 표정을 굳혔다.

"빌프리트 님과 필린느의 경우는 이해했습니다. 필린느는 신에게 기도를 올리는 신전에서 지적 활동을 했으니 메스티오노라의 가호를 빌어온 거겠죠. 하지만 로데리히의 전 속성을 설명하기엔 아직 부족하군요. 거기에 대해서 짚이는 게 있나요?"

힐쉬르의 말에 로데리히가 주먹을 꽉 쥐며 고개를 숙였다.

"짚이는 게 없진 않습니다. 하지만 말해도 되는 것인지 저로서는 판단이 서지 않습니다. 아우브께 상의를 드린 뒤에 대답하겠습니다."

"……어제 상의를 못 드린 걸 보면 아우브께서 많이 바쁘신가 보죠?"

힐쉬르가 영주 후보생을 순서대로 보면서 그렇게 물었다. 그랬다. 질베스타라면 지금쯤 구 베로니카 파의 숙청과 처벌 문제로 머리가 터질 만큼 바쁠 터였다. 하물며 주전력이었던 페르디난드까지 빠졌으니 오죽하겠는가.

"겨울 사교계 시즌에 안 바쁜 아우브가 어디 있어요."

"잠깐이라도 여유가 있다면 얘기를 좀 나누고 싶네요."

굳이 따지자면 아우브를 피하는 것 같았던 힐쉬르가 '얘기하고 싶다'라고 말을 꺼낼 줄 몰랐던 나는 "네?" 하고 눈을 끔뻑였다.

"무슨 얘기를요?"

그러나 힐쉬르는 내 질문에는 대답 않고 빌프리트에게로 시선을 옮겼다.

"신들의 가호가 늘면 어떻게 되지요? 빌프리트 님. 대답해 보세요."

"소비 마력이 적어지고, 그 속성의 마술을 다루기가 쉬워집니다."

"정답이에요. 그럼 필린느. 마력의 사용 범위가 늘면 어떻게 되죠?"

"큰 마술을 사용할 수 있게 되거나, 혹은 마술을 오래 쓸 수 있게 됩니다."

힐쉬르는 "정답이에요."라고 말한 뒤 나를 빤히 쳐다보았다.

"로제마인 님은 마력 압축 방법을 고안했다고 하셨죠. 현재 에렌페스트 학생의 절반 정도가 다른 영지보다 효과적으로 마력을 키우고 있어요. 심지어 올해는 가호를 늘리는 방법까지 발견했습니다. 로제마인 님의 말씀이 사실이라면 앞으로 에렌페스트의 학생만 여러 권속의 가호를 받게 되겠지요."

마력 압축으로 마력 자체를 키우고, 가호를 늘림으로써 효율적으로 다룰 수 있게 된다. 잘만 하면 이전보다 수배에 가까운 마술을 쓸 수 있게 되는 셈이다.

"권속의 가호를 늘릴 수 있다는 건 유르겐슈미트 전체를 통틀어 엄청난 발견이에요. 전 로제마인 님의 올해 연구 성과로 영주 대항전 때 가호를 늘리는 방법을 발표하시기를 추천해요."

"……마력이나 가호를 늘리는 방법은 비밀로 해야 하는 것 아닌가요?"

힐쉬르는 "원래라면 그렇죠."라고 긍정하더니, 보라색 눈을 번뜩였다.

"……여러분은 지금 에렌페스트가 다른 영지의 눈에 어떻게 비치는지 알고 있나요?"

영주 회의가 끝난 후에 들었던 보고를 우리가 설명하자, 힐쉬르는 "자기한테 불리한 사실을 숨기는 아우브는 아니군요." 하고 조그맣게 중얼거렸다.

"솔직히 말하면 중립을 지켜 정변의 피해도 거의 받지 않아 놓고, 자령지의 성적을 비약적으로 올리고, 잇달아 유행을 선도해 상위 영지를 잠식해가는 에렌페스트를 좋게 보고 있지 않아요. 더군다나 아우브 에렌페스트에겐 별별 소문이 많습니다. 그 수가 상승하는 성적에 비례하듯이 최근 수년 사이에 급격히 늘었어요."

힐쉬르는 타 영지가 가진 에렌페스트의 인상이 영주 회의의 보고로 알게 된 내용보다 훨씬 심각하다고 얘기해주었다.

"마력뿐만 아니라 가호까지 독점하듯이 늘렸다는 것이 알려지면 마력 부족이 심각한 중앙에서도 탐탁지 않게 볼 거예요. 그건 알고 있죠? 그러니 가호를 얻는 방법을 발표해서 주변의 불만을 누그러뜨려 보면 어떨까요? 중앙에 크게 공헌하는 셈이니 일석이조죠."

"그건 나 혼자 정할 일이 아닌 것 같아요. 아우브와 상담해 봐야겠어요."

"그럼요. 찬찬히 의논하면서 고민해 보세요."

힐쉬르는 살짝 안심한 듯 숨을 내뱉은 후, 나를 불렀다.

"로제마인 님, 당신은 페르디난드 님의 애제자라 큰 주목을 받고 있어요."

중앙에서는 성녀 전설의 대부분을 페르디난드가 조작해 만들었다고 생각하는 사람이 많다고 한다. 그가 떠난 지금, 그들은 페르디난드가 내게 뭔가 중요한 정보를 주고 갔을 거라고 의심한다는 것이다.

"로제마인 님을 떠보고 싶어 하는 사람은 수두룩한데, 당신은 사교 자리에 거의 얼굴을 내밀지 않죠. 얻을 수 있는 정보가 거의 없으니 애가 타는 거예요. 저도 여러 번 불려가서 끈질긴 질문을 받아야했어요. 페르디난드 님과 로제마인 님, 두 사람에 관해서……."

그 자리에 있는 모두가 꿀꺽 마른침을 삼켰다.

"영주 후보생 코스의 교사로 온 에그란티느 님은, 로제마인 님과 가장 사이가 좋은 왕족이라는 이유 때문에 선택되었어요."

"에그란티느 님이요?"

"그녀는 이제 클라센부르크의 영주 일족이 아닌, 아나스타지우스 왕자와 혼인한 중앙 왕족이에요. 유르겐슈미트를 위해 왕의 명령을 불복하지 못하는 입장이 된 거죠. 최대한 조심하세요. 일을 숨겨줄 수는 있지만, 뒤처리는 못 해드리니까."

그런 뒷사정을 알면서도 전혀 변함이 없는 힐쉬르의 자세에 나는 그 의심 많은 페르디난드가 왜 그녀를 신뢰했는지 이해가 되었다.

"……도서관도 되도록 가지 마세요. 새로 온 상급 사서 오르텐시아는 중앙 기사단장의 첫째 부인이니까. 로제마인 님과 페르디난드 님께 관심이 많을 거예요."

중앙 기사단장인 라오블루트는 페르디난드를 '아달지자의 열매'라

말한 사람이다. 오르텐시아의 부드러운 미소 뒤에 예리한 안광을 번뜩이는 라오블루트가 노려보는 듯한 느낌에 나는 양 주먹을 꼭 쥐었다.

영주 후보생의 첫 수업

힐쉬르와 대화를 끝낸 뒤, 모두를 방에서 내보낸 나는 전 속성에 관해서 로데리히와 얘기를 하려고 방에 남았다. 리카르다에게 넘겨받은 도청 방지 마술구를 로데리히에게 건넸다. 그가 그것을 손에 쥐는 것을 확인하고 나는 입을 열었다.

"로데리히는 어떻게 전 속성을 받았는지, 짚이는 게 있죠?"

"힐쉬르 선생님이 로제마인 님의 관계자라는 말을 꺼내셨을 때 깨달았습니다. 이름을 바쳤기 때문입니다."

로데리히는 자신의 심장 부근을 손으로 꾹 누르며 그때를 떠올리듯 허공을 응시했다.

"이름을 바칠 때 전 로제마인 님의 마력에 속박되었습니다. 그때 이 마력이 제 목숨을 좌지우지할 수 있다는 것을 실감했습니다. 그래서 가호를 받을 때 로제마인 님의 마력이 거기에 영향을 끼친 게 아닌가 싶어요. ……로제마인 님은 전 속성이시지요?"

확신에 찬 로데리히의 눈을 보니 숨길 수도 없었다. 나는 고개를 끄덕였다.

"완전히 내 영향을 받은 거네요. ……그럼 페르디난드 님과 게오르기네 님께 이름을 바친 사람들도 로데리히처럼 주인의 영향을 받고 속성이 늘어났을까요?"

"……지금에 와서 생각해 보면 조합이 조금 쉬워졌었어요. 아주 미세한 차이여서 그냥 그날 몸 상태가 좋아서 그랬겠거니, 하는 정도였습니다. 하지만 에크하르트 님처럼 기사로 싸우시는 분이라면 저보다 더 민감하게 주인에게 영향 받은 마력의 효과를 느꼈을지도 모릅니다."

지금은 가호의 의식으로 늘어난 속성의 대신(大神)에게까지 가호를 받은 터라 소비 마력이 적어진 것이 똑똑히 느껴진다고 했다.

"유스톡스 님은 가호의 의식이 끝난 후에 슈타프를 취득하고 이름을 바쳤기 때문에 저만큼 영향이 크지 않았을 겁니다. 그리고 이건 제 개인적인 의견인데, 이름을 바친 후에 속성 수가 늘어났다는 사실은 공표하지 않는 게 좋을 것 같아요."

로데리히는 그렇게 말한 뒤 시선을 땅에 떨구었다.

"이유를 말해줄래요?"

"이름을 바치는 건 주인에게 자신의 충성심을 보이고, 목숨을 포함한 자신의 모든 것을 바치는 의식입니다. 속성을 늘릴 목적으로 행해져서는 안 됩니다."

가족을 버리면서까지 나를 모시기로 결심한 로데리히는 속성의 증가를 노리는 이들 때문에 이름을 바치는 것이 유행해버리면 자신의 충성심이 더럽혀지는 것 같아 싫다며 조그맣게 중얼거렸다. 나는 천천히 고개를 끄덕였다.

"나도 그렇게 안일한 목적으로 이름을 바치려는 자의 목숨은 받지 않을 거예요."

"하지만 지금 에렌페스트에선 구 베로니카 파 아이들에게 살고 싶으면 이름을 바치라고 강요하고 있어요. 이건 비정상적입니다."

"……그러네요."

"살기 위해 무조건 이름을 바쳐야 한다면 속성의 증가를 노리는 많은 이들이 로제마인 님을 선택하려고 하겠지요. 그건 로제마인 님도 바라지 않으시잖습니까.”

나는 꼼꼼하게 비교한 끝에 나를 선택해 준 네 사람이기에 이름은 받아들이기로 했다. 하지만 다른 이들이 속성 때문에 이제와 주인을 바꾸겠다고 나오면 곤란하다.

“이름을 바치면 속성이 늘어난다는 사실을 공표했을 때 가장 걱정되는 건 구 베로니카 파 아이들을 향한 반감이 더 커져서, 역시나 연좌로 처벌해야 한다고 주장하는 귀족이 늘어나는 것이에요. 이름을 바쳐 목숨을 건진 것도 모자라 영주 일족 못지않은 속성을 손에 넣게 되었다는 것이 알려지면 연좌 면죄를 받기 위한 벌이라는 의미가 옅어지니까요.”

구 베로니카 파는 중급과 하급 귀족이 많다. 아렌스바흐의 혈족을 거둬서 상급 귀족에 가까워진 중급 귀족도 있기는 하지만, 적성은 하나부터 셋까지가 대부분이었다. 그랬던 구 베로니카 파가 영주 일족 못지않은 많은 속성을 갖게 되고, 이름을 바침으로써 마력 압축 방법까지 배울 수 있게 된다면 다른 귀족들에겐 썩 유쾌하지 않을 터이다.

“하지만 여러 명의 이름을 받기로 한 이상, 완전히 숨기긴 어렵겠죠. 필히 양아버님과 상의해야겠어요. 당신이 전 속성을 받은 건 선생님들에겐 알려져 버렸지만, 그렇다고 떠벌리진 말아요.”

그러고 우리는 주말까지 계속해서 공통 이론과 실기를 첫날에 합격했다. 강당이나 소강당에 갈 때마다 “페슈필을 연주하면서 엄청난 축복을 내렸다면서요?” “그렇게 굉장한 규모는 처음 봤대요.”라며 손가락질을 받고 입방아에 올랐지만, 실제로 목격한 증인들이 많았기에 부정할 수도 없는 노릇이었다. 잠잠해질 때까지 방치하는 수밖에 없었다.

나는 단켈페르거의 클라리사에게 면담을 예약하는 편지를 쓰고, 힐쉬르와 대화의 장을 마련하기 위해 에렌페스트에 보고서를 보내며 시간을 보냈다. 페르디난드에게도 편지를 썼지만, 라이문트가 기숙사에서 나오질 않는 탓에 전달하지 못한 채 있었다.

첫 흙의 날에 1학년들은 슈타프를 취득하려고 방에서 나오지 않았고, 다른 학년은 각자 수업에 쓸 재료를 찾으러 채집터에 갔다. 작년까지만 해도 기숙사에 도착하면 바로 갔었는데, 올해는 숙청 얘기로 가지 못했던 2, 3학년까지 포함해 다 같이 약초를 베러 갔다. 약초가 눈에 띄게 줄었기에 나는 축복이 흘러나오지 않게 남아도는 마력을 마구 방출했다.

'이거면 되겠지.'

그렇게 별 탈 없이 시간은 흘렀고, 새로운 한주가 시작되었다. 첫 전공 코스를 듣는 날이다. 나는 아침을 먹으러 식당에 갔다. 2층에서 로데리히가 기다리고 있었는데, 테오도르가 보이지 않았다.

"아직 완전히 흡수하지 못했나 보네요."

"오후에는 나올 겁니다."

1학년이 '신의 뜻'을 흡수하기까지는 개인차가 있다. 나는 남학생 방이 이어진 2층 복도를 슬쩍 보았다. 빨리 슈타프를 제 것으로 만들어서 무기로 쓰고 싶다며 의욕을 보이던 테오도르의 모습을 떠올리며 "힘내." 하고 조그맣게 응원했다.

아침을 먹으면 다함께 다목적 홀에서 공부에 들어간다. 이건 필기시험이 끝날 때까지 계속될 예정이다. 1학년과 2학년은 과목이 적어서 지난주에 모든 공부가 끝나 버렸다. 올해 가장 빠른 팀은 1학년과 2학년으로 일찌감치 결정되었다. 모든 필기에서 전원 첫날 합격을 따내어 작년의 설욕을 이뤄낸 샤를로테는 안도하는 눈치였다. 그 위의 학년인 전공 팀은 각자 고득점을 따려고 애쓰는 중이다. 올해는 특히나 시종 팀의 의욕이 대단했다.

'나도 힘내야지!'

"그나저나 영주 후보생의 전문동은 없네요."

문관, 시종, 기사는 각각 전문동이 있는데, 영주후보생은 없다. 괜스레 아쉬웠다. 내가 입술을 삐죽이자, 리카르다가 키득키득 웃었다.

"중앙동이 왕족과 영주 후보생의 전문동이랍니다. 중앙동의 일각이 교실이에요. 신분이 높은 학생은 이동을 많이 하지 않아도 되는 구조로 되어 있지요."

하긴 교실이 너무 멀면 지금의 내 몸으론 이동이 힘들다. 나는 진급식 때 설명을 들은 교실로 향했다.

"그럼 공부 잘 하고 오세요."

"페르디난드 님과 예습을 해놔서 문제없어요."

"……난 좀 불안한데. 숙부님과 로제마인의 예습 속도에는 도무지 따라갈 수가 없었어."

빌프리트가 그렇게 말하며 투덜거렸다. 신전에 매일 올 수는 없었고, 마력의 차이가 커서 마석을 물들이는 데 시간이 걸렸으니 별 수 있나.

"그래도 조금은 예습을 했고, 권속의 가호도 많이 받았으니 편하게 수업 받을 수 있을 거예요."

"그러면 다행인데……."

빌프리트와 함께 교실로 들어가자, 강당과 소강당과는 달리, 매우 다리가 낮은 책상이 쭉 늘어서 있었다. 페르디난드와 했던 예습과 비슷한 수업이라면 모형 상자를 만들어 연습할 테니 안을 잘 들여다볼 수 있게 일부러 낮은 책상을 놓은 것이리라.

'그래도 나한텐 좀 높지만.'

이 키 낮은 책상도 내게는 위에서 내려다보기 어려운 높이였다. 발판이 있어야 하지 않을까? 실내를 쭉 둘러보니, 교단에서 가장 가까운 곳에 발판이 마련된 책상이 있었다. 누가 봐도 내 책상이다.

'역시 에그란티느 님. 정말 자상하시다니까. 기쁘기도 하고, 도움받아서 편하긴 한데, 혼자 발판이라니 기분이 묘하네.'

가볍게 한숨을 내쉬며 실내를 돌아보았다. 당연한 말이지만, 이곳에는 영주 후보생밖에 없어 인원수가 굉장히 적었다. 지금까지는 신분에 따라 교실이 나뉘어도 대부분 상급 귀족도 함께여서 북적였었는데, 이 상태가 계속 이어진다고 생각하니 어딘가 허한 느낌이다.

"한넬로레 님, 안녕하세요."

"로제마인 님, 빌프리트 님. 안녕하신가요."

나는 곧장 한넬로레의 곁으로 갔다. 주말에 힐쉬르가 가호의 증가에 관해 물어보러 그녀에게 갔을 터였다. 어떤 얘기가 오갔는지 조금 궁금했다.

"힐쉬르 선생님이 단켈페르거 쪽에 질문하러 갔다고 들었는데, 한넬로레 님은 괜찮으셨어요? 그, 연구 얘기만 나오면 이성을 잃는 분이라 걱정했었거든요."

"로제마인 님의 가설이 맞는지 검증하고 싶다고 하셨어요. 나도 왜 여러 권속에게 가호를 받았는지 의아했었는데, 그 가설을 들으니 납득이 되더라구요."

한넬로레는 "덕분에 속이 후련해졌어요." 하고 기뻐했다.

"그 말은, 한넬로레 님도 매일 기도를 올리고 계셨던 말인가요?"

"······그게, 드레팡아의 가호를 받고 싶다는 생각을 늘 하고 있어서 코르툴라가 만들어준 보호구를 항상 차고 다니면서 기도했었어요."

한넬로레가 소매를 살짝 걷자, 그 손목에 내가 차고 있는 것과 비슷한 팔찌 형태의 보호구가 있었다. 약간 큼지막한 마석에는 시간의 여신 드레팡아의 표시가 새겨져 있었다.

"그럼 무용의 신 앙리프에게도 항상 기도를 올렸었어요?"

"그쪽은 저기, 기도를 올리고 있다는 자각이 거의 없었는데요······. 단켈페르거는 무(武)를 으뜸으로 여기는 기질이 있는데, 디터 시합 전엔 옛 전가(戰歌)를 부르며 춤을 추고, 이기면 전투 계 신들에게 마력을 봉납하는 의식을 하기도 해요. 영지 대항전에서 이겼을 때는 나도 오라버니와 함께 마력을 봉납했었어요. 오라버니도 앙리프의 가호를 받은 걸 보면 역시 그 의식의 영향을 받은 거겠죠."

'시합 전에 노래하고 춤을 춘다고? 럭비 시합 때 보는 하카 퍼포먼스 같은 건가? 왠지 납득이 되네.'

단켈페르거만 특별하게 전투 계열 권속의 가호를 받는 이유가 명백해졌다. 그토록 열을 올리는 디터 시합 전후에 기도를 할 정도면 진지할 테니 가호도 받을 만하리라.

"루펜 선생님이 그 풍습을 견습 기사 코스에 다소 도입하신 것 같은데, 착실하게 기도를 올린 견습 기사라면 전투 계열 권속의 가호를 받지 않았을까 싶어요."

기도하는 척 입모양만 뻐끔거리거나, 루펜이 시켜서 억지로 전가를 부른 사람이라면 가호를 받지 못했을 거라고 했다.

"빌프리트 님이 여러 권속의 가호를 받으신 건, 그만큼 매일 기도를 올렸기 때문이겠네요."

"영지가 마력 부족에 시달리고 있어서 세례를 받은 영주 후보생은 무조건 의식에 참여해 영지를 돌아야 하는데, 결과적으로 잘된 거지, 뭐."

빌프리트의 말에 웃으며 고개를 끄덕이던 한넬로레가 문득 뭔가 깨달은 듯 나를 보았다. 그리고 주저주저하며 입을 열었다.

"……그럼 신전장이라서 매일 기도를 올리시는 로제마인 님은 얼마나 많은 신에게 가호를 받았나요? 분명 음악 시간 때 의식 때문에 축복이 멋대로 튀어나온다고 하셨잖아요."

"그, 그건, 저기……."

옆에서 엿듣고 있었는지, 다른 영주 후보생들의 시선이 내게 쏠렸다. 여기서 대뜸 솔직하게 숫자를 밝히면 큰 소동이 벌어지리란 건 안 봐도 뻔했다.

"정확한 숫자는 비밀이에요. ……공공연하게 밝힐 일이 아니라서요."

한넬로레가 주변을 빙 둘러보더니 "공개하지 못할 정도로 많다는 말이군요."라며 고개를 끄덕이며 납득한 그때, 에그란티느가 조수들을 이끌고 교실에 들어왔다. 조수는 커다란 상자를 안고 있었다.

에그란티느의 등장에 놀란 소리를 지르며 모두가 후다닥 자리에 앉았다. 나는 발판이 있는 제일 앞자리로 향했다. 빌프리트의 자리와 조금 거리가 있지만, 한넬로레의 옆이다. 조금 기뻤다.

"옆자리네요, 로제마인 님."

"네, 잘 부탁해요."

눈앞의 교단에 선 에그란티느는 교사지만 왕족의 지위를 강조한 차림새였고, 헤어스타일도 복잡했다. 검은색 망토가 지금 그녀의 위치를 똑똑히 보여주고 있었다.

'에그란티느 님은 정말 내 정보를 얻으려고 교사가 된 걸까?'

힐쉬르의 말이 뇌리에 떠오르자 급속도로 우울해졌다. 그녀가 날 의심하고 내게서 정보를 얻으려는 계획에 가담한 탓도 있지만, 나를 가장 우울하게 하는 건 왕족에게 의심받고 있다는 점이었다. 나는 왕족에 관한 엄청난 정보를 가지고 있다. 성전에 떠올랐던 '왕이 되기 위한 절차'에 관한 내용이다. 스스로에게도, 주변에도 위험을 초래하는 정보라서 입 밖에 꺼낼 생각은 죽어도 없지만 말이다.

"오랜만이네요. 이런 식으로 만나게 됐지만, 여러분과 함께 할 수 있게 되어 기쁩니다."

우울한 내 기분과는 반대로 에그란티느는 오늘도 아름다웠다. 춤추듯 우아한 발걸음으로 모두의 앞에 서서 방긋 미소를 지었다. 귀족다운 장황한 인사말을 꺼내고, 방계 왕족 할머니 선생과 교대하게 된 이유를 설명했다. 왕이 영주 후보생 중 최우수였던 에그란티느라면 앞으로 성장할 학생들을 잘 이끌어줄 선생으로 적합하다고 판단했다는 것이다.

"이렇게 임명되었으니, 여러분이 훌륭한 영주 후보생으로 성장할 수 있게 열심히 이끌어드릴게요."

인사를 끝낸 에그란티느가 조수들에게 눈짓했다. 그러자 조수들이 분담하여 상자를 나눠주기 시작했고, 배분을 끝내자 빠르게 교실을 빠져나갔다. 그들은 수업 내용을 들을 수 없기 때문이다. 영주 후보생 외에는 입실 금지라던 페르디난드의 말이 떠올랐다.

"이건 주추 마술의 간이 모형이라고 보면 됩니다."

에그란티느의 목소리에 모두가 자기 앞에 놓인 상자를 보았다. 위에서 내려다보면 60센티 정도의 정사각형 상자 안에 사막처럼 부드러운 모래가 들어가 있는 것이 보인다. 정중앙에는 유리구슬만 한 색색의 마석이 박힌 지름 10센티 정도의 마술구가 있다.

'꽤 크네.'

페르디난드와의 예습 때 썼던 것의 두 배에 가까운 크기다. 어디가 다른 걸까, 하고 내가 요기조기 살펴보는 사이 수업 설명이 시작되었다.

"이 수업에서는 주추 마술을 다루는 방법을 연습할 겁니다."

각자 받은 모형 상자를 자신의 영지라고 생각하고, 실제로 움직여보며 간단한 주추 마술을 연습한다고 한다. 페르디난드와 해본 것과 완전히 똑같았다.

'하긴 내용이 다르면 큰일나지.'

"이 모형 상자가 여러분께 주어진 영지이고, 그 중심에 있는 마술구는 주추의 마술을 본뜬 것이에요."

이 부드러운 모래는 마력의 고갈 상태를 뜻하는데, 마력이 조금씩 차면 풀이 자라는 비옥한 땅으로 변한다.

"먼저 슈타프를 소환해서, 그 모형 영지를 자신의 마력으로 물들여봅시다."

에그란티느가 싱긋 웃으며 그렇게 말했다. 우리는 시키는 대로 슈타프를 소환했다. 마력을 조절하는 데 슈타프만한 마술구가 없다. 슈타프의 끄트머리를 마석에 갖다 대고 마력을 흘려보냈다. 마술구에는 몇 개의 마석이 박혀 있는데, 모든 마석이 전부 이어져 있다. 마석 하나에 마력을 보내면 전부 물들일 수 있었다.

'자, 끝났… 에엑?!'

평소처럼 마석을 물들이는 기분으로 마력을 흘려보내는데, 갑자기 마술구뿐일까, 모형 상자의 상태가 이상해져가는 것을 깨닫고 서둘러 마력을 끊었다. 그런데 한번 나오기 시작한 마력은 바로 멈추지 않았다. 마치 부서진 수도꼭지에서 물이 똑똑 떨어지듯이 스멀스멀 흘러나갔다.

'어떡하지. 슈타프가 제대로 작동을 안 해. 마력 조절을 못 하겠어.'

"어머나, 얘기를 듣긴 했는데, 로제마인 님은 정말 우수하시네요."

"에그란티느 님……."

"로제마인 님, 에그란티느 선생님이라고 불러야죠. 후훗. …그나저나 이 단시간에 마술구뿐만 아니라 모형 전체를 물들이다니 놀라운데요……?"

사막처럼 건조한 모래가 깔려 있던 모형 상자 안에는 어느샌가 검은 흙과 군데군데 푸르스름한 싹이 터 있었다. 심지어 마력이 여전히 흘러나가고 있어 그 초록빛은 점점 더 늘어났다. 에그란티느는 "이걸 두 눈으로 직접 보니 정말 놀랍네요." 하고 점잖은 미소로 즐거운 듯 주황색 눈동자를 반짝거렸지만, 나는 울고 싶었다.

'감탄하는 얼굴로 보지 마요! 난 마력 조절도 못 하는 열등생이에요!'

모형 상자의 변화를 지켜보던 에그란티느가 고개를 갸웃거렸다.

"어쩌죠? 오늘 수업은 주추를 물들여서 영지를 마력으로 채우면 끝낼 예정이었는데, 로제마인 님은 곧 끝나겠네요. 바로 다음 단계로 넘어가겠어요? 아니면 다른 학생과 진도를 맞춰서 다음 수업 때 하겠어요?"

"……그냥 빨리 끝내고 싶어요. 이 수업 뒤에 마력 제어 연습을 해야 해서요. 그리고 수업이 끝나기 전에는 시종들이 데리러 오지 않아서 교실을 못 나가요."

그리하여 다음 과제를 받은 나는 결계와 경계문 제작에 필요한 설계도를 그리거나, 엔트비켈른에 필요한 금가루를 준비하게 되었다.

"다음 수업 때는 어둠의 신과 빛의 여신의 이름을 가르쳐드릴게요. 실제로 이것저것 연습해보죠."

"네."

예습할 때는 페르디난드가 그 이름을 가르쳐주지 않았다. 그래서 주문 부분을 '어둠의 신'이나 '빛의 여신'으로 대충 넘어가야했고, 엔트비켈른으로 형태를 만들어도 5분 만에 무너지고 말았다. 꿈꾸던 도서관 모형을 열심히 만들어놨더니 5분 만에 무너뜨린 나의 비애가 느껴지는가.

여담으로, 툴툴대는 내게 페르디난드는 '시간이 아깝다.'라며 꾸짖었고, 다음 과제 때는 도서관을 못 만들게 금지시켜 버렸다. 대신 내 방을 만들게 하였는데, 내가 책장을 잔뜩 집어넣으니까 이번에는 '도서관이랑 뭐가 다르냐.'라며 또 혼을 냈다.

그런 기억을 떠올리며 나는 과제를 하나둘 해치웠다.

'마석에 마력을 넣어서 금가루로 만드는 거야 식은 죽 먹기지.'

저품질 마석을 꽉 쥐어서 금분으로 바꾸는데, 옆에 있던 한넬로레가 슈타프로 모형 한가운데에 있는 마술구를 누른 채 멍하니 이쪽을 쳐다보고 있었다.

"로제마인 님은 어떻게 그렇게 쉽게 금가루로 바꾸는 거죠?"

"지금은 차라리 마력을 마구잡이로 쓰는 쪽이 더 편해요. 우리끼리 하는 얘기지만, 지금 완전 포화 상태라서 중간에 멈출 수가 없거든요. 자칫하면 축복이 터져 나갈지도 몰라요."

목소리를 한껏 낮춰 말하자, 눈이 휘둥그레진 한넬로레가 재미있다는 듯이 키득키득 웃었다.

"음악 수업 때처럼 축복이 터지면 모두의 모형이 로제마인 님의 마력으로 물들어버리겠어요.”

“……그렇게 되지 않게 조심하고 있는 거예요. 사실 슈바르츠와 바이스도 축복 때문에 제가 주인이 되어 버렸으니까요.”

지금 이 교실에서 축복이라도 터졌다간 모두의 모형 상자를 탈취하는 꼴이 된다. 그런 위험한 짓은 절대 하고 싶지 않았다. 내 대답에 한넬로레의 빨간 눈동자가 불안하게 흔들렸다. 그리고 곤란한 표정으로 조그맣게 웃었다.

“농담으로 한 말이었는데, 왠지 로제마인 님이라면 진짜 해 버릴 것 같아요.”

‘망했다!’

“호, 호호호, 호호. 저, 저도 농담이었어요.”

계속해서 마석을 금분으로 바꾸면서 일단 웃고 봤다. 이거로 대충 넘어가주지 않을까?

‘무, 무리겠지? 분위기가 완전 싸해졌잖아.’

어떡하지, 하고 도움의 손길을 구하며 안절부절못하고 있는데, 뒤편에서 쾌활한 빌프리트의 목소리가 들려왔다.

“에그란티느 선생님, 마술구를 다 물들였습니다. 역시 가호의 영향으로 마력 소비가 줄어서인지 다루기가 편했어요.”

울고 싶은 기분으로 뒤돌아보니, 빌프리트가 자랑스럽게 자신의 모형 상자를 보여주며 에그란티느에게 칭찬받는 것이 보였다. 그 모습은 타고난 우등생 그 자체였다.

‘나도 가호를 잔뜩 받았는데, 빌프리트 오라버니만 편해지다니 치사해!’

속으로 분풀이한 뒤 나는 가호를 내려준 신들에게 진심을 다해 빌었다.

　'신이시여, 부디 한넬로레 님이 절교하겠다는 말을 하지 않게 해주
소서!'

봉납가무(3학년)

점심 준비가 될 때까지 다목적 홀에서 기다려달라는 말에 나는 방을 나왔다. 소중한 책벌레 친구와 사이가 어색해진 충격에 힘없이 레서 버스를 타고 터덜터덜 계단을 내려갔다. 다목적 홀에서는 빌프리트와 샤를로테가 이미 책을 읽으며 기다리고 있었다.

"언니, 오후에 있는 봉납가무 연습에 같이 들어가네요."

나를 본 샤를로테가 고개를 들며 그렇게 말했다. 웃으며 고개를 끄덕인 순간, 끔찍한 것을 깨달았다. 단숨에 핏기가 싹 가셨다. 지금처럼 마력 제어가 되지 않는 상태에서 봉납가무를 했다간 축복이 튀어나갈 게 눈에 휜했다. 오전 수업 때 정떨어지게 만들었는데, 오후에마저 실수하면 한넬로레가 아예 날 피할지도 모른다.

'그건 싫어! 신한테 빌 게 아니라 뭔가 조치를 취해야 해!'

"오라버니, 샤를로테. 나, 마력 제어가 안 돼서 춤을 추면 축복이 튀어나갈 것 같은데, 어떻게 막을 방법 없을까요?"

내 말에 빌프리트와 샤를로테는 말할 것도 없이, 다목적 홀에 있는 모두가 진지하게 고민하기 시작했다. 그것도 그럴 것이, 내가 음악 수업 때 발사해 버린 축복을 받은 아이들은 주변의 이상한 눈초리 때문에 진땀을 흘렸다는 것이다. 기숙사 학생들에겐 더 이상 남의 일이 아닌 셈이다.

"……힐쉬르 선생님이 마력을 쓰면 된다고 했잖아."

빌프리트의 제안에 나는 고개를 저었다. 나라고 아예 손만 놓고 있진 않았다.

"어제 흙의 날에 채집터에서 마력을 썼었는데, 별로 의미가 없었어요."

"그렇군. 다짜고짜 축복을 내리길래 놀랐었는데, 다 마력을 줄이려고 그랬던 거였구나."

빌프리트가 가볍게 한숨을 내쉬자, 샤를로테가 남빛 눈동자를 빛내며 나를 보았다.

"그렇게 축복을 쏟아 부었는데도 의미가 없었다고요?!"

"응. 오전 수업에서 얘 혼자 과제를 거의 끝까지 해치웠는데도 끄떡 없더라. 게다가 옆자리였던 한넬로레 님이 경악실색해서 상처받았대. 자기랑 가호를 비슷하게 받았는데 나만 고생을 안 한다고 속으로 욕을 했다네."

샤를로테가 동정하는 눈빛으로 나를 보더니 잠시 생각에 잠겼다.

"그렇단 말은 마력을 더 써야 한다는 거군요? 그럼 오후 수업 전까지 빈 마석과 마술구에 남아도는 마력을 담아두고 싶다고 지금 바로 영지에 편지를 써서 보내면 식후쯤엔 빈 마석을 보내주지 않을까요? …… 곧 겨울의 주인을 토벌할 시기니까 기사단에도 도움도 될 테고요."

아주 잠깐, 샤를로테의 시선이 구 베로니카 파 아이들 쪽을 향했다. 숙청까지 했으니 영지에 마력이 부족할 테고, 라는 말을 삼킨 것을 알 수 있었다.

"겨울의 주인 토벌에 협력할 거면 약초를 보내는 게 어때? 채집터의 약초는 로제마인의 마력을 먹고 자라서 마력 함유량이 많잖아. 회복약 조제에 쓸 약초를 다 따 보내고, 다시 땅을 회복시키면 마력을 많이 사용할 수 있지 않을까?"

"점심시간에 끝낼 수 있는 일이 아니니까 오늘은 어렵겠지만, 좋은 생각인 것 같아요. 누이 좋고 매부 좋고."

나는 곧장 필린느에게 긴급히 편지를 쓰라고 지시했다. '가호가 넘쳐나서 마력 제어가 어려운 탓에 오후에 있을 봉납가무 연습 때 축복이 튀어나갈 것 같아요. 봉납식용이든 겨울의 주인 토벌용이든, 뭐든 받을게요. 빈 마석이나 마술구를 시급히 보내주세요'라고.

"로데리히, 긴급 사항이라고 전하고 에렌페스트에 보내주세요."

"알겠습니다."

빠른 걸음으로 홀을 나가는 로데리히의 뒷모습을 보고 있는데, 유디트가 조그만 목소리로 물었다.

"저기, 로제마인 님. 그렇게 마력이 남아돈다면 제 마석에도 마력을 넣어주시면 안 되나요?"

"안 될 게 뭐가 있어요. ……유디트 말고도 마력이 필요한 사람은 요청하세요! 봉납가무 연습 시간 전까지 무상으로 내 마력을 제공할게요. 제발요!"

다목적 홀이 술렁거렸다. 그러나 송구스러워서 영주 후보생에게 마력을 못 받겠다는 분위기가 풍겼다. 그런 와중에 레오노레가 허리춤에 찬 가죽 주머니에서 마석과 마술구를 꺼냈다.

"그럼 여기에 부탁드리겠습니다. 훈련 때 다 써 버려서 다시 채우려고 했었거든요."

"감사하게 생각합니다."

내가 예를 표하고 마력을 담기 시작하자, 빌프리트의 호위 기사인 알렉시스가 쭈뼛거리며 "제 마석도 부탁드려도 될까요?" 하고 물어왔다.

"그럼요. 알렉시스든 나탈리에든 마티아스든 라우렌츠든 다 해줄

게요."

내가 다목적 홀 안을 둘러보며 고개를 끄덕이자, 견습 기사들이 최소한의 호위만 남겨둔 채 마석과 마술구를 가지러 일제히 자기 방으로 달려갔다. 한발 늦게 견습 문관과 견습 시종들이 뒤를 이었다.

"공주님, 마력을 무상으로 퍼주다니 영주 후보생답지 않은 행동이에요."

"알아요. 하지만 난 절실하단 말이에요."

나는 내 호위 기사의 마석에 마력을 채우면서 입술을 삐죽거렸다. 나라고 좋아서 마력을 쏟아내는 것이겠는가. 언제 어디서 발생할지 모를 축복 테러를 막기 위해서란 말이다.

"그럼 잘 부탁드리겠습니다."

길게 줄을 선 마석은 큰 것부터 작은 것까지 다양했다. 나는 그중 마석 몇 개를 가리켰다.

"이렇게 작은 마석은 자칫하면 금가루가 되어 버릴 수 있어서 조심해야 해요."

내 말에 마석으로 쓰려고 내놓았던 학생들이 서둘러 마석을 도로 가져갔다. 하지만 금가루라는 말에 눈을 번뜩이며 되레 크기가 작은 마석을 꺼내놓는 견습 문관도 있었다. 눈앞의 테이블에는 수많은 마석이 줄을 이었다. 나는 손을 벋어 하나하나 마력을 흘려보냈다.

"감사합니다, 로제마인 님."

모두가 '고맙습니다' 하고 싱글벙글 웃으며 자신의 마석을 바라보거나, 금가루를 챙기는 그때, 식사 준비가 끝났음을 알리는 방울 소리가 울려 퍼졌다.

"나머지 마석들은 식후에 할게요."

식사를 끝낸 나는 계속해서 마력을 내보냈다. 수많은 가호가 붙은 탓에 체감되는 소비 마력이 극히 적었다.

"얼마나 더 써야 축복을 억누를 수 있을까요?"

"그걸 저희가 어떻게 알겠어요."

식후에는 에렌페스트에서 1차로 보낸 빈 마석들이 도착했다. 밤에 2차를 보내준다고 한다. 나는 당장에 마력을 채워서 돌려보냈다. 질베스타가 보내준 마석은 크기가 큰 것들이 많아, 꽤 많은 마력을 흡수해주었다.

"……이 정도면 될까요?"

"이만큼 해도 축복이 튀어나갈 것 같으면 합격을 받자마자 평소처럼 그냥 기절해서 덮어버리는 게 어때?"

빌프리트가 제안하자, 샤를로테도 이에 찬성했다.

"언니가 기절할 만큼 마력을 써서라도 모두에게 축복을 주고 싶었던 모양이다, 라고 하면 마력이 넘쳐서 그랬다는 인상은 조금은 덜하지 않을까요?"

"샤를로테 님, 쓰러지면서까지 축복을 내렸다고 하면 마력의 양이야 얼버무릴 수 있겠지만, 로제마인 님의 성녀 전설이 가속화하지 않을까요?"

성녀 전설이 가속화할 거라는 브륀힐데의 말에 내가 "그건 싫네요." 라고 하자, 샤를로테는 뺨을 괴며 고개를 갸우뚱했다.

"하지만 그 성녀 전설은 거의 기정사실화되었잖아요. 정확한 숫자를 말하지 못할 정도로 어마어마한 가호를 받고, 넘쳐나는 마력 때문에 언제 축복이 터질까 전전긍긍하고 있으니까요."

"윽……."

"눈들을 어디까지 속이고, 주변에 어떤 인상을 남길지가 중요해요. 넘쳐나는 마력으로 시도 때도 없이 기도와 축복을 내리는 건 이미 모르는 사람이 없는데, 무엇으로 부정하나요."

나는 성녀도 아니지만, 언행에 관해서는 샤를로테의 의견을 부정할 수 없었다.

"로제마인의 이미지 조작 계획은 나중에 얘기하기로 하고, 오후 연습부터 걱정하자. 이제 시간이 없어. 축복을 최대한 억누를 수 있게 숙부님이 준 보호구는 몽땅 차서 약간이라도 마력이 나오지 않게 해야 하지 않을까."

"그렇게 할게요."

나는 일단 방으로 돌아와 페르디난드에게 받은 보호구를 부랴부랴 전부 차고, 마석이 이어진 목걸이를 찼다. 겉으로는 많아 보이지 않지만, 소매 속, 옷 속엔 온통 보호구다.

"이 정도면 되겠지? 빌프리트 오라버니, 샤를로테. 유사시엔 나를 소강당에서 끌고나와 주세요."

봉납가무 연습장에는 영주 후보생만 있다. 이 일을 부탁할 수 있는 건 빌프리트와 샤를로테뿐이었다. 두 사람이 크게 고개를 끄덕이자 "저도 오늘은 문 밖에서 대기하고 있어야겠군요." 하고 리카르다도 떠맡아 주었다.

기합을 넣은 우리 셋은 소강당에 들어갔다. 봉납가무 연습에 이만큼 긴장하는 건 처음이다. 빌프리트는 오르트빈이 있는 곳으로 갔고, 샤를로테는 자신의 친구인 루친데에게 인사했다. 나는 루친데에게 인사한 후, 소강당 내부를 쭉 둘러보았다.

'아, 한넬로레 님 찾았다.'

그녀가 분위기가 싸해진 게 바로 오늘 오전이다. 인사해도 될지 어떨지 심히 고민되었다. 여기서 그녀가 날 피한다면 한동안 비밀의 방에 처박혀 나오기 싫을 정도로 우울해질 것 같았다. 혼자 끙끙 고민하는 그때 한넬로레와 눈이 마주쳤다. 그녀가 싱긋 웃으며 가볍게 손을 흔들었다.

'피하지 않아! 살았다! 신님, 사랑해요!'

신이 나서 한넬로레에게 인사하러 가려는 내 팔을 샤를로테가 덥석 잡았다.

"언니, 지금 좀 흥분하신 것 같은데, 괜찮아요?"

"괘, 괜찮고말고요."

'아차. 흥분하면 안 되지. 참자. 참자.'

내가 가슴을 누르며 심호흡하자, 루친데가 걱정스럽게 나를 내려다보았다.

"혹시 오늘 로제마인 님 몸이 어디 안 좋으신 거예요?"

"그렇지는 않은데, 봉납가무가 언니 몸에는 부담이 커요. 운동량도 많고 신에게 봉납하는 춤이라서 신전장인 언니는 본의 아니게 힘을 쓰게 된대요."

샤를로테는 걱정스럽게 그렇게 말하며 푹 한숨을 쉬었다. 이래두면 축복이 발사되어도 약간의 변명이 될 테고, 쓰러지는 척해도 문제가 없으리라. 아주 탄탄한 사전 준비다.

'역시 샤를로테! 내 여동생!'

마음속으로 샤를로테를 극찬하고 있는데, 한넬로레 쪽에서 먼저 내게 다가와 주었다. 한넬로레가 불안하게 힐끔거리며 눈치를 보고 있는 건 함께 이쪽으로 오고 있는 레스티라우트였다.

"안녕하세요, 로제마인 님."

할 말이 있어 보이는 그녀의 뉘앙스를 눈치챈 샤를로테와 루친데가 슬그머니 자리를 피했다. 나는 샤를로테와 레스티라우트를 바라보며 싱긋 웃었다.

"안녕하세요, 샤를로테 님, 레스티라우트 님. 무슨 하실 말씀 있으세요?"

"에렌페스트와 단켈페르거의 다과회는 언제쯤 열 생각이야? 주문한 머리 장식이 별로면 다른 물건을 준비해야 하니까 최대한 빨리 열었으면 하는데."

투리가 만든 머리 장식이 만족스럽지 않으면 다른 것으로 준비할 거라는 레스티라우트의 말에 나는 발끈했지만. 한넬로레가 뺨을 괸 채 고개를 저었다.

"오라버니, 에렌페스트의 머리 장식이 얼마나 훌륭할지 기대돼서 못 참겠다고 그냥 솔직하게 말씀하시지 그러세요."

"에렌페스트 같은 촌구석에서 얼마나 훌륭한 작품이 나올지 흥미는 있다만, 딱히 기대하지는 않아."

"로제마인 님은 수업마다 첫날에 합격해 버리니까 오늘 같이 마주칠 기회에 나보고 같이 가서 약속을 잡아달라고 부탁하셨잖아요."

콧방귀를 뀌며 아닌 척하는 레스티라우트의 말과 좋게 만회하려고 하는 한넬로레의 말 중 어느 쪽 말을 믿는지는 고민거리도 아니었다. 나는 한넬로레의 친구다.

"레스티라우트 님, 기대해주셔서 감사합니다. 하지만 올해 저는 견습 문관 코스를 밟을 예정이라 당분간은 사교에 나갈 시간이 없어요. ……
음, 열흘 후에 서로의 일정을 맞춰보면 어떨까요? 그쯤이면 일정이 어
느 정도 나올 거라서요.”

“여, 열흘 후? 그러지 뭐.”

레스티라우트가 고개를 끄덕이자, 한넬로레도 다행히 합의가 된 것
에 안심한 듯했다. 방긋 미소를 지었다. 그때 누군가의 목소리가 물 흐
르듯 우리 사이에 끼어들었다.

“어머, 레스티라우트 님도 에렌페스트에 머리 장식을 주문하셨어요?
저도 약혼자가 에렌페스트 사람이라 주문했거든요.”

호호호 하고 웃는 디트린데에게 레스티라우트가 발끈한 표정으로
입꼬리를 비틀었다.

“에렌페스트 같은 촌구석에서 어떤 게 나올지 확인해보고 싶었을 뿐
이야.”

“어머, 그래도 그걸 에스코트 상대에게 선물하실 거잖아요. 제가 받
은 선물처럼.”

‘아, 맞다. 여기서 디트린데 님의 머리 장식 디자인에 페르디난드 님
이 손대지 않았다는 걸 강조해야지!’

자신의 사명을 떠올린 나는 미소를 만들었다.

“디트린데 님께선 약혼자와 소통하기 위해 직접 에렌페스트에 발걸
음해주셨어요. 그날 직접 마음에 드는 장식을 골라주셨고요.”

“……약혼자가 고르지 않고?”

놀라는 듯한 레스티라우트의 말에 디트린데의 미소가 더욱 깊어
졌다.

“당연히 약혼자가 저를 위해 선물해주시는 거죠.”

"흐음⋯⋯. 그쪽 약혼자의 센스도 나쁘지는 않겠지만⋯⋯."

그렇게 뜸을 들이며 레스티라우트가 내 머리 장식과 디트린데를 쳐다보았다.

"그쪽 약혼자는 어떤 물건을 주문했는데?"

"아직 받기 전이라 실물이 어떤지는 아직 모르겠네요."

자신이 주문한 것이 아니라 약혼자가 선물하는 것임을 끝까지 강조하는 디트린데가 나를 힐끗 보았다. 네가 설명하라는 시선이었다. 나는 그녀의 머리 장식에 관해 설명을 시작했다.

"센티스 꽃 머리 장식 다섯 개요. 크기는 자그마한 편인데, 아돌피네 님의 머리 장식을 상상해보시면 가늠하기 쉬울 거예요. 다섯 개의 꽃이 빨강에서 하얀색으로 자연스럽게 변하는 게 가장 큰 특징이에요."

그 설명에 한넬로레가 깜짝 놀라며 눈을 끔뻑거렸고, 레스티라우트는 어이없는 표정을 지었다.

"⋯⋯졸업식에 쓰려고 다섯 개나 주문했다고?"

"제 약혼자가 나를 위해 가장 멋진 걸 선물해 주시려는 거겠죠. 어떤 머리 장식일지 벌써 기대되어 잠이 안 와요."

디트린데가 빨간 입술을 끌어올리며 미소를 지었다. 디트린데에게서 도무지 자기가 한 디자인이라는 꼬투리를 잡아내기가 쉽지 않았다. 하는 수 없이 나는 방향을 바꿔보기로 했다. 꽃 디자인 자체는 아돌피네에게 보낸 것과 비슷해서 나쁘지는 않다. 요는 디트린데가 촌스럽게 매치했을 때 '저쪽 센스가 나쁜 거다'라고 말할 수만 있으면 된다.

"꽃이 다섯 개라는 말에 놀라신 것 같은데, 절대 나쁘진 않아요. 꽃 색깔이 전부 달라서 어떻게 매치하느냐에 따라 청초하게 혹은 화려하게 보여줄 수 있고요. 개수를 조절하면 평상시에도 쓸 수 있고, 꾸며야 하는 자리에서도 쓸 수 있어요."

"그렇군. 상황에 맞춰 조합을 바꾸는 점이 재미있네."

레스티라우트가 그렇게 중얼거리며 생각에 잠겼다. 그 모습에 의기양양해진 디트린데가 미소를 지었다.

"그렇게 활용도가 높은 머리 장식이 좋다고 제안한 사람이 바로 저랍니다."

"디트린데 님의 요청에 맞춰드리려고 노력했어요. 정말 훌륭한 디자인인걸요."

내가 띄워주자, 디트린데는 만족스러운 미소로 연신 고개를 끄덕였다.

"그렇죠? 에렌페스트의 장인에게만 모든 걸 맡길 순 없잖아요. 나와 잘 어울리는 것을 가장 잘 아는 사람은 나니까."

'제안한 사람은 내 시종들이거든요? 뭐, 그냥 됐다. 일단 디자인은 디트린데가 했다는 말은 꺼내게 했으니까.'

"당신이 제안했다는 머리 장식이 어떤 것인지, 졸업식이 기대되는군."

"레스티라우트 님도 분명 제 머리 장식을 보면 깜짝 놀라실 거예요. 오호호……."

그런 대화를 나누는 사이, 선생들이 들어왔다. 그 무리 속에는 에그란티느의 모습도 있었다.

"오늘은 에그란티느 님이 시범을 보여주실 겁니다. 상급생은 물론이고, 하급생 여러분도 잘 보세요."

봉납가무 선생이 그렇게 말하자, 에그란티느가 싱긋 웃으며 검은 망토를 벗어 자신의 시종으로 보이는 여성에게 건넸다. 이미 춤이 시작된 것이 아닐까 착각할 정도로 물 흐르듯 우아한 몸짓으로 교실 중앙으로 자리를 옮기더니 슥 하고 무릎을 꿇었다.

가만히 숙였던 고개를 홱 드는 것을 시작으로 몸이 움직였다. 높고 정정한 천공을 향해 부드럽게 양팔을 뻗는다.

'……너무 아름다워!'

감탄의 한숨밖에 나오지 않았다. 나는 단 1초도 놓치지 않게 눈에 힘을 주고 에그란티느의 춤을 넋을 잃고 응시했다. 손가락의 움직임, 기나긴 소매의 나부낌, 모든 것이 완벽하다. 보고 있는 것만으로 행복감이 차올랐다.

에그란티느의 봉납가무에 넋이 빠져 있을 때, 언제 다가왔는지 올해 졸업식에서 빛의 여신 역할을 맡은 디트린데가 부러 한숨을 내쉬는 것이 보였다.

"악의는 없겠지만, 자신감이 참 대단하신가 봐요. 이미 졸업을 하신 분이 춤을 추다니. 마치 겨울의 신을 꼬드기는 혼돈의 여신처럼 보이지 않나요?"

'에그란티느 님의 시범을 쓸데없는 참견, 혹은 주제넘은 오지랖이라며 트집 잡을 시간이 있으면 그냥 잘 보고 자기 걸로 만들 생각이나 하지. 레스티라우트 님의 어둠의 신에 비하면 그쪽의 빛의 여신은 한참 멀었거든요?'

나는 에그란티느의 춤에서 눈을 떼지 않은 채 속으로 반박했다. 내 옆에서 시범을 보고 있던 샤를로테가 디트린데에게 싱긋 웃어 보였다.

"제가 입학할 땐 이미 졸업하셨던 에그란티느 선생님의 아름다운 춤을 볼 기회가 생겨 너무 기뻐요."

에그란티느의 시범이 끝나면 이번에는 우리가 연습할 차례다. 저학년은 견학이지만, 나머지는 학년끼리 나뉘어서 연습한다.

내가 3학년이 모인 곳으로 가자, 에그란티느가 싱긋 웃었다.

"1학년 때 훌륭한 춤을 보여주셨던 로제마인 님이 지금은 또 얼마나 굉장해졌을지 기대하고 있답니다."

"어깨가 너무 무거워요, 에그란티느 선생님."

기대한다는 말은 사실이리라. 에그란티느는 춤을 정말 사랑하니까. 심지어 내게서 약간의 정보라도 얻으려는 것도 사실인 듯했다. 그럴 의도가 없었다면 굳이 연습장까지 올 일이 없다.

'축복은 절대 안 돼.'

벽 옆에서 지켜보는 샤를로테와 눈이 마주쳤다. 샤를로테도 긴장한 면모로 손을 꼭 쥔 채 나를 빤히 바라보고 있었다. 서로를 보며 고개를 끄덕였다.

'긴장되네.'

축복을 억누르면서 봉납가무를 안전하게 끝내야 한다. 천천히 숨을 들이마시고, 나는 그 자리에 무릎을 꿇었다.

"나는 세상을 창조한 신들에게 기도와 감사를 바치는 자."

가장 순위가 높은 영지의 영주 후보생인 한넬로레가 제일 먼저 기도문을 읊었다. 그 말에 이어서 기도문을 읊어야 하는데, 절대 축복을 내면 안 되는 나는 소리 없이 입만 뻐끔거렸다.

'여기서 기도 자세.'

내게 봉납가무는 축복의 위험이 도사리는 춤이다. 나는 손가락 끝에 온 신경을 쏟아, 마력이 단 한 방울도 새어나오지 않게 조심조심 춤을 췄다. 이렇게 진지하게 춤춰본 적은 태어나서 처음이라고 자신 있게 말할 수 있을 정도로 진지했다.

움직임이 빨라지기 전 단계인데도 벌써 몸이 뜨겁고 땀이 송송 맺혔다. 호흡이 조금 힘들었다. 그냥 축복을 확 터트리면 차라리 편할 것 같았다. 하지만 더는 귀족원에서 눈에 띌 수는 없었다. 손을 뻗어 빙그르르 돌자, 머리카락과 함께 긴 소매가 나부꼈다.

'이제 조금만 참으면 돼.'

점점 빨라지는 움직임에 덩달아 호흡이 가팔라진다. 최대한 숨이 흐트러지지 않게 추는 것에 집중하고, 뜨거운 열이 되어 날뛰려는 마력을 완전히 몸속에 가두었다.

손끝이 공기를 가르고, 그 공기가 볼에 닿았을 때의 차가움을 느끼며 마지막으로 다시 무릎을 꿇는다. 이거로 끝났다. 이마에서 땀이 뚝 떨어졌지만, 축복은 나오지 않았다.

'해냈다! 나, 해냈어. 누가 좀 칭찬해주라!'

휴 하고 숨을 내뱉은 순간, 그때서야 눈치챘다.

'뭐야?! 내 몸에서 빛이 나잖아?!'

몸에 찬 모든 마석에 마력이 찬 탓일까. 목걸이며 팔찌 보호구며, 몸에 찬 모든 마석 보호구가 자기주장을 하듯 번쩍번쩍 빛을 뿜어댔다.

나도 모르게 휙 하고 몸을 옹송그려 마술구를 손으로 꾹 눌렀다. 그래도 빛은 사라지지 않았다.

'이거 들킨 거야? 망한 거야?'

자신이 어떤 상태인지 판단이 서지 않아 샤를로테를 쳐다봤다. 그 시선에 안색이 노래진 샤를로테가 헐레벌떡 내게 달려왔다.

"언니, 축복을 내리려고 대체 마력을 얼마나 쓰신 거예요. 이러다 또 쓰러지겠어요!"

"추, 축복을 하기엔 모자랐던 거죠?"

축복 안 나갔지? 하고 확인하니, 샤를로테가 고개를 끄덕했다.

"축복엔 미치지 못했지만, 언니의 진심만큼은 충분히 전해졌어요. 여기까지 하면 됐어요. 오라버니, 어서 언니를 기숙사에 데리고 가주세요."

"안 돼요, 샤를로테. 합격 여부가 아직……."

이 생고생을 했는데, 합격도 못하고 돌아갈 순 없었다. 내가 선생을 올려다보자, 선생도 그제야 정신을 차리고 입을 열었다.

"로제마인 님의 전신전령을 담은 춤은 잘 보았습니다. 물론 합격이니 얼른 가서 푹 쉬어요."

"감사합니다."

나는 주변이 얼빠진 얼굴로 나를 보고 있다는 것을 깨달았다. 이렇게 몸에서 번쩍번쩍 빛이 나는데, 주목을 안 받는 게 더 이상하지. 울고 싶었다.

"여러분, 소란을 피워 대단히 죄송합니다."

'얼마나 열심히 준비했는데, 망했어!'

샤를로테와 빌프리트가 부축을 해주었다. 나는 울고 싶은 마음과 열이 오른 몸으로 비틀비틀 소강당을 빠져나왔다.

"로제마인 공주님……. 제가 공주님을 모시고 돌아갈 테니 두 분은 연습하러 들어가세요."

마석의 상태로 상황을 파악한 리카르다가 그렇게 말하고 나를 기숙사로 데리고 가 주었다.

기숙사에는 2차로 보내준 빈 마석과 마술구가 도착해 있었다. 거기에 마력을 쏟아 부으니 열이 떨어져 한결 편해졌다.

"……이건 뭐예요?"

"아우브 에렌페스트께서 보내신 편지예요."

마석과 함께 질베스타가 힐쉬르와의 면담 일정을 지정한 편지가 도착해 있었다.

아우브와 힐쉬르의 면담

봉납가무 연습에서 어떻게든 축복을 참아내고 합격을 거머쥔 우리 였지만, 그 후 모두의 반응이 두려워서 식은땀이 다 났다. 수업에서 돌아온 빌프리트와 샤를로테를 얼른 회의실로 끌고 와 조심스레 물어보았다. 둘은 애매한 표정으로 슬쩍 숨을 내뱉었다.

"……축복은 어찌어찌 피했지만, 마석이 통째로 빛을 뿜어버렸으니 성녀라고 불려도 납득할 수밖에 없는 광경이었어요. 그렇죠, 오라버니?"

"응. 같이 춤췄던 나까지 느껴질 정도였어. 엄청 튀더라."

무려 빌프리트도 빛을 내뿜는 마석에 정신이 팔려 춤까지 멈추고 바라봤다고 한다. 모두가 빛나는 마석에 놀라 멍하니 쳐다본다는 건 알았지만, 춤까지 멈추고 보고 있었을 줄은 몰랐다.

'축복을 막느라고 필사적이었다구!'

"다, 다른 분들 반응은 어땠어요?"

"소강당 안에서는 전부 입을 꾹 다물고 있어서 각자의 반응이 어땠는지는 모르겠어. 네가 교실을 나간 뒤에 다시 분위기 잡고 연습했거든."

"다들 영주 후보생이라 표정과 속마음을 잘 숨겨서 그래요. 그 뒤에 주변 사람이나 각자의 아우브에게 어떤 식으로 보고를 했는지는 조금 더 지나면 알게 되겠죠."

빌프리트는 머리를 흔들었고, 샤를로테는 한숨을 쉬면서 그렇게 말했다. 다행히 봉납가무 연습은 영주 후보생만 하기 때문에 상급 귀족도 함께인 음악 실기 때와 달리 본 사람이 많지 않았다. 하지만 소강당에 있었던 모두가 영지의 최상위 사람들인 만큼 어떤 영향이 어떻게 나올지 지금 상황으로는 알 수가 없다고 한다.

"그렇군요. ……아, 그리고 에렌페스트에서 이걸 보냈어요. 이틀 후 저녁시간에 힐쉬르 선생님과 면담하러 양아버님이 오시겠대요. 힐쉬르 선생님껜 올도난츠로 연락해뒀어요."

내가 목패를 내밀며 그렇게 말하자, 빌프리트와 샤를로테가 불안한 표정으로 서로의 얼굴을 마주보았다.

"……그래. 아버님이 오신단 말이군."

"영지 대항전 때 신들의 가호에 관해 발표하려면 사전에 대화를 나눠야하니까요."

둘의 낯빛이 어두운 건 이날 숙청 결과에 관해서도 알게 되기 때문이 아닐까.

우리는 질베스타가 오기 전까지 구 베로니카 파 아이들까지 포함해서 다 함께 채집터에 가서 약초와 소재를 잔뜩 땄고, 그 자리를 축복으로 회복시켜두었다. 이 소재들을 넘김으로 해서 겨울의 주인 토벌에도 도움을 주고, 덩달아 기숙사가 잘 돌아가고 있음을 어필하고 싶었다.

"공주님, 전이의 방 담당기사로부터 연락이 왔어요. 곧 이동이 시작된다고 합니다."

리카르다의 말에 오후 실기를 서둘러 끝낸 나와, 이미 이론 수업을 끝낸 샤를로테가 동시에 고개를 들었다. 저녁시간보다 훨씬 이른 시간이었다.

"먼저 말을 맞추긴 해야죠. 리카르다, 회의실 준비는……."

"이미 잡아뒀습니다."

리카르다는 이론 수업이 끝나 기숙사에 있던 저학년 견습 시종들을 이끌고 회의실 준비를 마쳤다고 한다. 나는 다목적 홀에서 책을 읽느라 전혀 눈치채지 못했다.

전이의 방에 가자, 제일 먼저 호위 기사 세 사람이 도착해, 곧 도착할 주인을 기다렸다.

"어머님까지 오셨어요?!"

샤를로테가 깜짝 놀라며 큰 소리를 냈다. 전이 마법진으로 기숙사에 온 사람은 질베스타 혼자가 아니었던 것이다. 플로렌치아까지 올 줄은 몰랐던 나도 놀랐다. 플로렌치아는 샤를로테와 비슷한 색조의 눈동자로 우리를 보더니 손으로 뺨을 괴었다.

"힐쉬르 선생님과 영지에 관한 중요한 얘기를 나누는 자리에 내가 빠질 수 없지요."

"난 다른 일로 너무 바빠서 올해 보고서는 거의 플로렌치아가 확인했거든."

질베스타가 어깨를 으쓱했다. 마티아스의 진언으로 숙청 시기가 앞당겨지는 바람에 정신이 없었던 질베스타를 대신해 귀족원에서 보내는 보고서를 확인한 건 플로렌치아였다고 한다.

우리는 리카르다가 준비해둔 회의실로 이동했고, 힐쉬르와의 면담 전에 말을 맞추기로 했다. 시종들이 차를 준비하고, 한숨을 돌리는 사이, 실기를 끝낸 빌프리트가 들어왔다.

"늦어서 죄송합니다."

"이제 시작인걸요. 우리 아들이 열심히 하는 모습을 보니 마음이 참

든든하네요."

"어머님까지 오실 줄은 몰랐네요."

빌프리트의 말에 플로렌치아가 "어떻게 하나 같이 똑같은 소리를 하는지."라며 쿡쿡 웃었다.

"이동한 당일에 중대한 보고가 있었잖아요? 그 일로 질베스타 님과 기사단이 눈코 뜰 새 없이 바빴죠. 그래서 내가 여러분의 보고서를 읽게 됐는데, 어찌나 자주 보내는지, 적잖이 당황했답니다……."

3학년은 수업 첫날부터 내 주변인들만 어마어마한 양의 신의 가호를 받았다. 그것 때문에 나는 마력을 제어하지 못하게 되었고, 다음 날에는 음악 시간에 페슈필을 연주하다가 축복을 뿌렸다. 이때 힐쉬르로부터 면담 의뢰가 들어왔다. 지금까지 '특별히 논할 일은 없었습니다'라는 단 한 문장으로 끝내버린 사감의 면담을 말이다. 하물며 신들의 가호를 늘리는 방법을 공표하자는 상담까지 포함이었다.

이 시점에서 플로렌치아는 자신이 해결하기엔 벅차다고 판단하였고, 질베스타와 기사단장인 칼스테드, 그리고 엘비라에게 상의했다고 한다.

흙의 날에 채집터에 축복을 쏟아내는 방법으로 해결하겠다는 보고를 받고 한시름 놓았더니, 그 다음 주 오후에 '이대로는 봉납가무 연습 때 축복이 튀어나갈 우려가 있다'라며 급히 빈 마석을 대량으로 보내달라고 요청해왔다. 플로렌치아는 혼이 빠져나가는 줄 알았다고 한다.

"게다가 보낸 지 얼마 됐다고 마석에 마력을 채워 돌려보냈잖아요? 그날 오후에 기사단에 연락을 넣어 빈 마석을 또 모으고, 시종에겐 힐쉬르 선생과의 면담 시간을 만들게 하고, 문관에겐 목패를 쓰게 하느라 정신이 없었어요."

여러 준비를 하면서도 봉납가무의 결과를 걱정하고 있었더니 '축복은 막았는데, 마석들이 빛을 내서 주목을 받고 말았다'라는 보고가 왔다는 것이다.

'남의 입으로 들으니까 총체적 난국이구만.'

"신들의 가호를 얻는 방법을 공표하는 주제로 돌아가죠. 이에 대해 로제마인은 어떻게 생각하나요?"

"일부는 공표해도 된다고 생각해요. 웬만해서는 일절 간섭하지 않는 힐쉬르 선생님이 조언할 정도라면 에렌페스트의 상황이 정말 좋지 않은 거겠죠. 급격히 순위를 올린 몇 년 사이에 악평도 굉장히 늘었다고 하셨거든요."

영주 회의에 출석하는 영주 부부, 주변 소문을 주워 모으는 문관과 시종의 표정이 굳었다.

"상위 영지는 하위 영지에 베풂이 있어야 해요. 하지만 지금은 모든 영지가 마력 부족에 시달리고 있죠. 이때 가호로 인해 마력 소비가 효율적으로 줄어들고, 영지에 투입되는 마력이 늘어난다면 조금은 주변 관계도 좋아지지 않을까요?"

물론 영지를 위해 마력을 쓰려면 신전과의 관계 개선이 중요하다. 의식을 하려고 억지로나마 귀족들이 신전에 드나들게 되면 조금은 신전의 인식도 달라질 터다.

"프뢰벨타크는 에렌페스트를 흉내 낸 영주 후보생을 직할지로 보내게 된 이후로 수확이 늘었다고 했어요. 그렇다고 신전에 드나든다고 떠벌릴 수도 없는 분위기라서 주변엔 그 사실이 잘 알려지지 않았지만요."

프뢰벨타크 영주 후보생이었던 뤼디거가 신전의 의식에 참가해 땅을 마력으로 채웠다는 얘기를 친목회 때 듣긴 했지만, 다과회 같은 자리에서 굳이 언급할 만큼 화제성이 있는 얘기는 아니다. 적어도 나는 다과회에서 그런 화제를 들어보지 못했다.

"하긴. 남자만 모이는 자리에서도 뤼디거 님은 신전에 드나들며 의식을 한다든가, 에렌페스트에 감사한다는 말은 하지 않았던 것 같아."

"저도 하위 영지와 중영지와 다과회를 했었는데, 프뢰벨타크 귀족들에게 영주 후보생이 의식을 하러 직할지를 돌아다닌다는 얘기는 못 들었어요. 디트린데 님이 주최한 사촌들 모임에서 짧게 화제로 나온 정도가 다예요."

빌프리트와 샤를로테의 말에 질베스타와 플로렌치아도 서로 얼굴을 마주 보았다.

"영주 회의에서도 마찬가지였지. 가족 식사 자리에서 콘스탄체 누님이 고맙다는 말을 하긴 했지만, 모든 영주가 모인 자리에서는 신전 얘기는 단 한 마디도 꺼내지 않더군."

"순위상 중영지 밑바닥으로 떨어졌으니까 지금보다 더 상위 영지의 의심을 사기 싫었겠죠. 하지만 오라버니와 올케언니가 그쪽에서 발언해준다면 에렌페스트의 나쁜 소문은 웬만해선 불식할 수 있을 텐데 말이죠."

에렌페스트 영주 부부와 프뢰벨타크 영주 부부는 서로 남매 관계다. 관계가 깊은 만큼 나쁠 때든 좋을 때든 서로에게 큰 영향을 미친다. 지금까지 에렌페스트가 해왔듯이, 주변의 나쁜 소문에 휩쓸릴까 두려워 몸을 사리려는 건 하위 영지라면 당연한 일이다.

"그러니 가호를 얻는 방법을 공개해서 양아버님의 악평을 싹 지웠으면 해요. 물론 전부 공표할 필요는 없어요. 적당히 기본적인 부분만으로 충분할 거예요.”

“그렇군. 그럼 그 범위는 네 판단에 맡기마.”

“아우브 에렌페스트, 힐쉬르 선생님께서 오셨습니다.”

대략 의논을 끝냈을 무렵에 힐쉬르가 찾아왔다. 서로 마주 앉은 질베스타와 힐쉬르의 분위기가 심상치 않았다.

“그동안 격조했습니다, 아우브 에렌페스트.”

“영지 대항전 때도 잘 만나지 않으니 그럴 수밖에.”

둘의 딱딱한 표정을 풀어주려는 듯 플로렌치아가 미소를 지으며 둘의 대화에 끼어들었다.

“힐쉬르 선생님 쪽에서 면담을 요청해주셔서 얼마나 다행인지 모릅니다. 귀족원 원칙상 우리 쪽에서 손을 내밀 순 없으니까요.”

“그래. 고맙군. 그리고 만나면 제대로 사과하고 싶었다. 내 어머니의 일로 미안했네. 페르디난드가 말해주기 전까지 눈치채지 못한 스스로가 한심하게 느껴지더군.”

힐쉬르가 가볍게 숨을 뱉으며 고개를 저었다.

“사과는 이미 서한으로 충분합니다. 남들 앞에서 아우브가 쉽게 고개를 숙여서는 아니 됩니다, 질베스타 님.”

“하지만 에렌페스트를 떠난 페르디난드를 대신해 보조금을 지원하겠다고 했더니 에렌페스트의 지원 따위 필요 없다고 하지 않았나…….아직 용서할 마음이 없으니까 그런 게 아닌가?”

질베스타가 아쉬운 얼굴로 말하자, 힐쉬르는 싱긋 웃으며 고개를 저었다.

“사과는 받아도 지원은 받지 않겠습니다. 은폐는 해드려도 뒤처리는 하지 않듯이 앞으로도 금전 지원은 사양하겠습니다. 쥐똥만 한 돈으로는 갚지 못할 만큼 문제가 커질 것 같거든요. 지금까지 아무런 지원도 없었으면서 필요할 때만 도우면 본인들 유리하게 이용해먹을 수 있을 거라 생각했다면 오산이에요."

그렇게 말하면서 힐쉬르는 나를 보았다. 그 눈빛은 명백히 문제를 만드는 장본인을 보는 눈이었다. 질베스타도 그 시선을 좇아 나를 보고는 음, 하고 얼굴을 찌푸렸다.

"로제마인이 졸업한 후라면 어떤가?"

"글쎄요. 그건 그때 가서 생각해보죠."

'안 받는다면서?!'

"그럴 땐 제 신념은 절대 바뀌지 않아요, 라고 멋지게 거절해야 되는 것 아니에요?!"

"어머. 제 신념은 '모든 것은 연구를 위해서'랍니다, 로제마인 님."

보라색 눈동자를 번쩍이는 힐쉬르의 변함없는 모습에 내 어깨에 힘이 쪽 빠졌다. 질베스타가 크큭 웃으며 내 어깨를 가볍게 두드렸다.

"해마다 문제를 키우는 너도 힐쉬르 선생의 말이 이해가 되지?"

"예? 문제가 해마다 늘었었나요?"

매년 거르지 않고 보고를 하고 있지만, 문제가 갈수록 커지고 있다는 생각은 하지 못했다. 내 말에 주변이 어이없어하는 표정을 지었고, 빌프리트가 내 어깨를 덥석 잡았다.

"로제마인, 농담해? 네가 1학년일 땐 문제를 일으켜도 그냥 넘어갔지만, 2학년 땐 문제의 절반은 보호자 호출을 받았고, 3학년에 와서는 일주일 만에 사감 선생님이 면담을 신청했어. 네가 봐도 문제의 심각성이 점점 커지고 있는 것 같지 않아?"

빌프리트의 하소연을 듣고 보니 그럴지도 모르겠구나 하고 일단은 납득했다. 하지만 나도 할 말은 있었다.

"제가 문제를 일으키고 싶어서 일으킨 것도 아니고, 올해 일은 완전 불가항력이었다구요. 의식에서 많은 가호를 받은 건 제가 신전장으로 근무하고 있기 때문이고, 음악 실기 때 축복이 튀어나간 건 슈타프로 마력 제어가 되지 않았기 때문이고, 봉납가무 연습 때 주목받아 버린 건 축복을 막느라 노력한 결과잖아요. ……굳이 말하자면 이건 다 교육 과정을 멋대로 바꾼 사람 잘못이에요!"

내가 주먹을 불끈 쥐며 강하게 주장하자, 힐쉬르가 페르디난드처럼 관자놀이를 눌렀다.

"여긴 우리밖에 없지만, 그렇게 당당하게 왕을 비판하면 큰일 납니다."

"네? 그럼, 지금 제가 이렇게 고생하는 게 왕 때문이에요?!"

내가 힐쉬르를 돌아보자, 질베스타가 손을 휘휘 저었다.

"로제마인, 입을 열지 말라는 뜻이야."

"아, 네. 죄송합니다."

'그럼 속으로만 욕하죠. 왕은 똥멍청이야!'

힐쉬르에게 사과를 하고나면 저녁시간이다. 자세한 얘기는 식후에 다시 하기로 했다. 오늘은 영주 부부가 있어서 영주 일족과 그 외의 학생으로 식사 시간을 나누었다.

"이건 왕에 대한 비판이 아니라, 절실한 제 요청인데요……."

나는 그렇게 운을 떼고 힐쉬르를 보았다.

"저처럼 슈타프를 취득한 후에 마력의 흐름이나 소비 마력에 큰 변화가 생기면 마력 제어가 굉장히 어려워져요. 슈타프나 신들의 가호를 얻는 실기는 다시 옛날처럼 졸업 전으로 바꿔야 해요."

"로제마인 님과 같은 부작용은 처음이라 모든 교육 과정을 당장 바꿀 수 있을지는 모르겠군요."

그렇게 말한 힐쉬르는 곧바로 슈타프를 가지면 얻게 되는 장점을 들었다. 슈타프가 없으면 수업마다 마술구를 일일이 준비해야 하고, 마력 소비도 크다.

슈타프가 있으면 마력 소비도 효율적으로 줄고, 사용 범위도 넓어져서 미성년자도 영지에 도움이 된다. 귀족이 급감했을 때에는 슈타프 취득 시기를 앞당기면 큰 이점이 있다는 것이다. 특히 각지에서 청색 신관과 무녀 출신의 학생을 특례로 귀족원에 입학시키던 시기에는 그것이 무척 중요했다고 한다.

"하지만 앞으로는 달라요. 에렌페스트에선 마력 압축 방법도 바뀌었고, 행사나 기도로 얻게 되는 가호의 수가 달라지고 있어요. 성장기가 끝나기 전에 슈타프를 취득하면 분명 곤혹을 치르는 학생들이 늘어날 거라니까요."

가장 위험한 건 로데리히다. 내게 이름을 바친 영향으로 전 속성을 가져 버린 데다가 아직 한창 성장할 나이다. 마력의 성장에 따라 슈타프로 제어하지 못하게 될 우려가 있다.

"성장기가 끝나기 전까지 마력을 키우고, 가호를 받을 권속을 늘리면 더 품질 높은 슈타프를 가지게 될지도 모르잖아요. 한 사람이 가지는 슈타프는 오직 하나인데, 그것이 자신에게 맞지 않는 슈타프라면 평생 애먹지 않겠어요?"

아직 지금이라면 슈타프 없이 했던 옛 수업 자료가 남아 있을 거고,

방법을 아는 선생도 있으리라. 그러나 세대가 교체될수록 그러한 정보는 쉽게 잊힌다. 그 때에 가서는 되돌리고 싶어도 되돌리지 못하게 되어 버린다.

"전 슈타프를 갖기 전에 페르디난드 님에게 조합 방법을 배운 적이 있어서 슈타프 없이도 조합이 가능해요. 하지만 빌프리트 오라버니나 샤를로테, 문관인 하르트무트마저도 슈타프 없이는 조합을 못하죠. 당연히 조합에 필요한 마술구 제작법도 차차 잊혀질 거고요. 이건 꽤 큰 문제가 아닐까요?"

"……일단 그런 의견이 있었다는 것 정도는 왕족에게 전하도록 하지요."

요청이라는 이름의 비판으로 식사가 끝나면 또다시 회의실에서 의논이 시작된다. 주요 의제는 에렌페스트가 처한 상황 확인과 가호를 얻는 방법의 공표 여부다. 귀족원과 중앙에서 에렌페스트를 어떻게 평가하는지 힐쉬르가 설명했다. 생각보다 상황이 꽤 심각했다.

"길고 격렬한 싸움이었으니 승자든 패자든 피해가 컸어요. 그러니 피해가 거의 없었던 에렌페스트가 아니꼬워 보일 수밖에요."

에렌페스트 측의 견해로는 중앙이 시키는 대로 대부분 따랐고, 우리도 힘들다고 한소리 하고 싶은 마음은 굴뚝같지만, 주변 영지는 이보다 더 심각했다고 한다.

"무엇보다도 주변 영지와의 관계 개선을 우선시해달라고 부탁드리고 싶지만 걱정거리가 있어요."

"그게 뭐지?"

"중앙 기사단장이 페르디난드 님을 적대시하고 있는 것 같았습니다.”

힐쉬르가 걱정스럽게 슬쩍 숨을 내뱉었다. 에렌페스트가 아닌 페르디난드의 이름이 나오자, 모두의 표정이 험악해졌다.

“페르디난드와 중앙 기사단장 사이에 무슨 접점이 있었나?”

질베스타의 물음에 나는 입을 닫았다. 질베스타는 페르디난드가 아달지자의 열매라는 사실, 그것을 중앙 기사단장이 알고 있다는 사실을 모른다. 어쩌면 힐쉬르도 모를지도 모른다. 그녀는 “이유는 모릅니다.”라며 천천히 고개를 저었다.

“에렌페스트에 관해서 제게 떠보는 분들은 대개 유행이나 거래처 확대, 성적향상의 비밀, 소문의 사실 여부를 물어보는데, 기사단장은 페르디난드 님과 로제마인 님을 언급하면서 두 사람에 관한 질문만 끈질기게 해댔어요. 조심하는 편이 좋을 겁니다.”

나는 도서관에서 마주쳤던 기사단장을 떠올렸다. 페르디난드를 아달지자의 열매라고 부르면서 끝없이 의심하던 그 사람이 에렌페스트에서 떼어놓게끔 왕에게 진언을 올린 것이 아닐까. 하물며 지금은 자신의 첫째 부인을 귀족원 도서관에 투입시켜 내 정보를 캐내려 하고 있다.

“주변이 온통 적인 지금이야말로 신들의 가호를 얻는 방법을 공개하여 조금이라도 사교에 도움이 되도록 하여야 합니다. 이건 아나스타지우스 왕자께서 지시하신 것이기도 합니다.”

에렌페스트의 사교 방식은 하위 영지의 방식이라 지금의 순위에 적합하지 않다고 한다. 상위 영지다운 대처가 필요하다는 것이다.

“신전 의식을 거행할 때나 주추에 마력을 담을 때 외는 기도문은 에렌페스트의 독자적 방식이라더군요. 신전장인 로제마인 님의 연구 내용과도 부합하고, 잘만하면 이 발표로 에렌페스트의 평가를 끌어올릴 수 있습니다."

그런 조언에 나는 가슴을 쓸어내렸다. 그것을 본 힐쉬르의 표정이 딱딱하게 굳었다.

"하지만 지금 발표하면 주변 영지가 믿지 않을 수도 있겠죠. 단켈페르거에서 앙리프의 가호를 받는 학생이 많은 이유가 기도라는 걸 확인했으니, 그쪽 사감인 루펜을 공동 연구자로 삼는 건 어떨까요?"

연구의 일부 성과를 단켈페르거와 나누면 연구 자체의 신용도가 올라갈 거라고 했다.

"힐쉬르 선생, 많은 조언을 줘서 고맙군."

"……사람 말을 너무 쉽게 믿으시면 안 되죠. 자칫하면 연구의 공적을 통째로 단켈페르거에 뺏길 수도 있습니다. 당신은 학생이 아니라 아우브가 아니십니까. 중앙 귀족인 제 말을 그대로 들으시면 어떡합니까."

힐쉬르의 선생다운 지적에 질베스타가 멋쩍게 웃었다.

"페르디난드를 끝까지 감싸주고, 지금은 로제마인을 비호해주는 자네를, 두 사람의 가족인 내가 안 믿으면 어쩌란 말이지?"

그 말을 어이없다는 얼굴로 듣고 있던 힐쉬르가 온몸에 힘을 빼며 피식 웃었다.

"그런 점이 허술하단 말입니다. 하여튼 졸업한 후에도 당신은 하나도 바뀐 게 없군요. 뭐, 차라리 다행입니다. 플로렌치아 님, 질베스타 님을 부디 잘 부탁드립니다. 옛날부터 엉뚱한 짓만 저지르는 분이시니까."

질베스타의 학생시절 일화를 끄집어내기 시작한 힐쉬르를, 질베스타가 "그만해!" 하고 필사적으로 막았다. 누가 봐도 선생과 제자의 분위

기를 풍기는 두 사람을 빌프리트와 샤를로테가 새어나오는 웃음을 틀어막으며 지켜보았다.

"힐쉬르 선생님, 이 사람은 본인보다 더 엉뚱한 짓을 벌이는 아이들의 뒤처리에 애먹고 있답니다. 이미 선생님의 고충을 뼈저리게 느꼈을 거예요."

"플로렌치아……."

힐쉬르가 "플로렌치아 님한텐 약한 건 여전하시네요."라며 재미있다는 듯 웃더니, 갑자기 정색했다.

"가호의 의식으로 많은 가호를 받고, 언제 어디서든 축복을 내리는 마력의 양 등, 로제마인 님의 가치가 다른 영지의 영주 후보생의 눈에 보이는 형태로 드러났습니다. 이로써 빌프리트 님이 표적이 될 가능성도 높아졌어요. 상대가 사라지면 약혼은 저절로 깨지는 법이니까요."

화제가 예상치 못한 데로 튀자, 모두가 숨을 삼키며 빌프리트를 보았다. 그러나 정작 빌프리트는 "난 문제없어." 하고 웃으며 말했다.

"그럴 가능성이 있다는 건 숙부님한테 이미 들었고, 보호구도 받았거든. 내 몸 하나는 충분히 지킬 수 있어. 로제마인도 숙부님에게 보호구를 잔뜩 받았으니까 괜찮을 거야."

웃으며 그렇게 단언하는 빌프리트의 모습에 힐쉬르와 플로렌치아가 머리를 싸맸다.

"빌프리트, 약혼녀인 로제마인을 당신 힘으로 지켜낼 수 있어야 남자가 되는 거예요."

맞는 말씀입니다, 하고 고개를 끄덕인 힐쉬르는 질베스타에게로 시선을 돌렸다.

"자령의 보물을 지키는 건 영주의 역할이죠. 어떤 수완을 보여주실지 기대하고 있겠습니다, 질베스타 님."

의식 연구와 숙청 보고

힐쉬르가 떠난 뒤, 질베스타는 천천히 방 안을 둘러보며 한숨을 쉬었다.

"왕족의 조언도 있었다고 하니, 나는 단켈페르거와 함께 연구를 하는 편이 낫다고 보는데, 실제로 연구하는 건 귀족원에 다니는 너희들이다. 문관, 영주 후보생, 그리고 신전장인 로제마인이 중심이 되어 진행하게 되겠지. 로제마인은 어떻게 생각해?"

"글쎄요. ……에렌페스트의 신용과 호감도를 높이려고 다른 영지와 꼭 협력을 해야 한다면 전 단켈페르거와 하고 싶어요."

질베스타는 진녹색 눈으로 나를 응시했다.

"그 이유는? 연구라면 드레반헬 쪽이 주변의 신뢰도가 더 높지 않나?"

"제가 영주 후보생인 한넬로레 님과 친구잖아요. 친한 사람이 없는 영지보다 얘기도 잘 통하고요. 가장 큰 이유는 옛 의식을 계승하고 있는 영주 후보생과 견습 기사들이 여러 권속의 가호를 받고 있으니 연구 대상으로도 딱이거든요."

마술구나 마법진에 관한 연구라면 드레반헬과 협력하는 편이 주변 영지에 잘 먹힐지도 모른다. 하지만 이번 연구 내용은 신들의 가호에 관한 것이다. 드레반헬로는 샘플이 되지 않는다.

"게다가 단켈페르거에는 하르트무트의 약혼녀이면서 나의 측근이 되고 싶어 하는 클라리사가 있어요. 견습 문관인 그녀가 있으면 공동 연구에 도움이 될 테고, 성과가 좋으면 에렌페스트에 데려오기도 쉽잖아요."

하르트무트가 신관장이 되어 신전에 들어온 탓에 아마 클라리사의 친족은 약혼을 파기하고 싶을 거다. 하지만 공동 연구를 통해 신전의 인식이 다소 달라지고, 에렌페스트의 신전이 다른 영지의 신전과 다르다는 것을 이해해준다면 파기를 피할 수 있을지도 모른다.

"그리고 클라리사는 단켈페르거의 상급 귀족이에요. 하르트무트와 결혼해서 에렌페스트에 온다면 상위 영지의 사교 방식을 그녀에게서 배울 수도 있잖아요. 상위 영지의 방식을 원하는 우리 에렌페스트에 필요한 인재 아니겠어요?"

"오호라. 당장 필요한 인재군. 약혼 파기만큼은 피해야겠어."

왕족까지 지적했을 정도다. 에렌페스트는 최대한 빨리 상위 영지의 방식을 도입해야 한다. 그 방식을 알고 있는 사람은 상위 영지 사람뿐이다.

내 설명에 질베스타가 납득하며 고개를 끄덕이는데, 이번엔 플로렌치아가 자신의 문관에게 종이와 잉크를 준비하라 이른 뒤 나를 보았다.

"그럼 로제마인이 공개해도 된다고 생각하는 적당한 연구 내용과, 적당하지 않은 연구 내용이 뭔지 알려줘요."

"네. 우선 기도를 올리면 가호를 받을 확률이 높아지는 점. 하지만 진지하게 빌지 않으면 가호를 받을 수 없다는 점. 그리고 신들에게 마력을 봉납해야 한다는 점. 여기까지가 공개해도 상관없는 부분이고, 단켈페르거와 함께 연구로 가설을 증명해보고 싶어요."

단켈페르거에서 가호를 받은 견습 기사와 받지 못한 자를 비교하면 웬만큼 증명해낼 수 있을 듯했다.

"하지만 힐쉬르 선생님의 우려처럼 단켈페르거에 연구 성과를 빼앗기지 않으려면 에렌페스트의 독자적인 내용도 필요하다고 생각해요. 그러니 가호를 받는 의식을 치르는 동안, 마력이 적은 중급과 하급 귀족은 회복약을 써서라도 마력으로 마법진 전체를 채워야 한다는 점을 첨부할 거예요."

"회복약이요?"

플로렌치아가 의아하다는 듯이 눈을 깜빡였다. 영주 일족인 플로렌치아는 마력이 부족해서 마법진을 채우지 못한 적이 없는 탓이다.

"가호를 받을 때 쓰는 마법진은 크기도 크고 복잡하잖아요. 군돌프 선생님이 그러던데, 중급 이하의 귀족은 마법진 전체에 마력을 골고루 채우기가 어려워서 적성이 있는 부분 먼저 채운다고 해요. 기도에서 실수만 하지 않으면 대체로 받을 수 있는 대신의 가호는 확보할 수 있게요. 그러니까 회복약을 써서라도 마법진을 완전히 채우지 않으면 적성 외의 가호를 받지 못할 거라고 생각해요."

"그건 금시초문인데요."

플로렌치아는 눈을 동그랗게 뜨며 그렇게 말했다. 마력의 차이로 커리큘럼까지 나누고 있는 마당이다. 의식을 치를 때마저도 마력적인 의미로 하급 귀족은 여러 가지를 생략하고 있었다.

"주춧의 마술에 마력을 공급할 때 우린 기도문을 외잖아요? 그런데 다른 영지에서는 그러지 않는대요. 이것도 빌프리트 오라버니가 많은 가호를 받게 된 이유가 아닐까 싶어요. 프뢰벨타크에서는 어땠어요?"

"프뢰벨타크에서는 기도문을 외지 않아요. 에렌페스트에서 처음 마력 공급을 했을 때 조금 놀랐던 기억이 있네요."

에렌페스트는 원래 이렇게 한다, 라며 위에서 시키는 대로 기도문을 외고 마력 공급을 하게 되었다고 플로렌치아가 말했다.

"역시 마력을 공급할 때 기도하는 건 에렌페스트뿐이군요."

"우리도 옛날부터 그랬던 건 아니었어."

질베스타가 팔짱을 끼고, 미간을 찌푸린 채 그렇게 말했다.

"네?! 옛날부터 했던 게 아니에요?! 그럼 대체 언제부터 이랬는데요?"

"분명 콘스탄체 누님이 시집을 간 무렵부터 아버님이 시작하셨지. 내가 귀족원 2학년 때인가, 3학년 때인가…… 그쯤이었던 것 같기도 하고."

예상과 다르게 꽤 오래되지 않은 관습이었다. 상당히 놀랐다.

"그럼 기도를 하면서 마력 공급을 한 양아버님도 대신 외의 권속들에게 가호를 받으셨어요?"

"……그게 원인인지는 잘 모르겠지만, 받긴 했지."

"아버님은 어떤 신들에게 가호를 받으셨습니까?"

그러자 질베스타가 입을 꾹 닫고 시선을 피했다. 그런 질베스타를 본 플로렌치아가 놀리듯이 조그맣게 웃었다.

"질베스타 님, 애들이 묻잖아요. 알려주면 어때서요."

"……리베스크힐페와 글루크리테트다."

리베스크힐페는 장난을 좋아하는데, 드레팡아의 실을 훔쳐서 남녀를 맺어주는 인연의 여신이고, 글루크리테트는 시련을 넘으면 행복을 주는 시련의 신이다.

'귀족원 시절에 얻은 가호가 어떻게 다 연애 관련이냐. 분명 필린느가 메스티오노라에게 빌었던 것처럼 완전 애걸했나 봐.'

"그런데 로제마인. 밝힐 수 없는 연구 내용은 어떤 거죠?"

"기도나 봉납을 계속한다고 쳤을 때, 성인이 되어서도 가호가 늘어나는지를 조사하고 싶어요. 빈번하게 신전을 드나드는 제 측근들을 대상으로 알아보려고요."

귀족원에서 가호 받기에 실패한 안게리카도 구제하고, 다무엘의 가호가 늘었는지 아닌지도 상당히 궁금하던 참이다. 필린느의 가호가 늘어났듯이 신전에 출입하는 다른 사람도 늘었을 가능성이 농후했다.

"그리고 귀족원 외에 영지의 신전에서도 똑같이 가호를 받을 수 있는지 실험해보고 싶어요. 검증만 되면 다른 영지들보다 가호에 있어서는 우위에 설 수 있지 않을까요?"

영지 내에 성인도 가호를 받을 수 있다면 마력 부족 문제도 상당수 해결되지 않을까. 내가 모든 것을 공개할 생각이 없다고 하자, 질베스타가 의아한 표정으로 턱을 슥 문질렀다.

"에렌페스트에서 실험한다고 해도 마법진이 없는데…… 너, 설마 가지고 있어?"

"아직은 없지만 의식 때 서자판에 그려놔서 조만간 만들려구요."

서자판에 그린 마법진은 이미 종이에 옮겨놓았다. 그대로만 제작한다면 마법진 자체는 만들 수 있다. 에렌페스트에서 몰래 만드는 거라 굳이 눈속임용 문양도 필요 없으니 비교적 빨리 완성될 테고 말이다.

"마법진 중앙에 서면 눈속임용 문양이 많아서 마법진의 전체도를 파악하기 어렵지 않나? 더욱이 네 키라면 더 불가능할 텐데 그걸 어떻게 옮겨 그렸어?"

나는 제단 위에서 마법진을 내려다봤다. 게다가 내 눈에는 나의 마력으로 마법진이 빛을 내며 공중에 떠오른 것처럼 보였기 때문에 베껴 그리기가 쉬웠다. 보통은 그러기가 쉽지 않다고 한다. 가호의 의식에서 신상들이 스스로 움직여 길을 여는 현상이 매우 드물다는 건 힐쉬르의 말투로 알 수 있었다. 이건 페르디난드에게 상담한 후에 공개하는 편이 좋을 듯했다.

"로제마인, 어떻게 그린 거야?"

질베스타가 불숙 몸을 내밀었다. 나는 열심히 머리를 굴렸다. 페르디난드에게서 공개해도 좋다는 말이 떨어졌을 때를 대비해서 아예 거짓말도 아닌 진실을 살짝 섞어 얼버무리자.

"……시, 신께서 인도해주셨어요."

"뭐? 신들의 인도?"

"맞아요. 신이 제게 베껴 그리라고 속삭였어요."

나는 씨익 웃었다. 거짓말은 아니다. 신들께서 위로 올라오라고 길을 터준 거니까. 하지만 질베스타뿐만 아니라 측근들, 이 방에 있는 모두가 심히 수상쩍은 눈빛으로 쳐다보기에 얼른 화제를 바꿨다.

"그런데 숙청은 어떻게 됐나요?"

그 순간, 모두가 화들짝 놀라며 영주 부부를 쳐다보았다. 귀족원 학생들에게도 중요한 안건이다. 이에 관해 설명을 듣고 싶었다. 질베스타의 표정이 굳었다.

"이미 연락해서 알려줬듯이 숙청은 어느 정도 일단락되었다. 다른 영지의 첫째 부인에게 이름을 바쳐 충성을 맹세한 자, 그리고 부정을 저질러 에렌페스트에 불이익을 준 자를 제거했지. 그 외에는 일단 붙잡아서 심문하는 중이다."

마른침이 꼴깍 넘어가는 소리가 울려 퍼졌다. 질베스타의 말에 의하면 지금은 심문과 처분 결정 등 마지막 처리에 쫓기는 중이라고 한다. 그 일들을 처리하느라 기사단장인 칼스테드는 꼼짝달싹 못하는 상태라는 것이다.

"이름을 바친 것 때문에 처형된 자는 우선 기베 게를라흐와 그 가족. 그리고……."

질베스타의 입에서 게오르기네에게 이름을 바친 이유로 처형된 자들의 이름이 나왔다. 마티아스와 라우렌츠에게 이미 들었던 이름들이 대부분이었고, 그 숫자는 열에도 미치지 않았다. 부부나 친자 등 연좌제로 처형된 자들을 포함해도 실제로 처형된 자가 당초 예상보다 많지 않다는 사실에 나는 안도의 한숨을 내쉬었다. 그렇다면 살기 위해 꼭 이름을 바쳐야 하는 그들의 자식도 그렇게 많지 않으리라.

"따라서 귀족원 학생 중에 이름을 바치지 않으면 연좌 대상으로 처형될 학생은 마티아스, 라우렌츠, 뮤리엘라, 바르톨트, 카산드라, 다섯 명이다. 나머지는 당장은 어렵겠지만 가족의 품으로 돌아갈 수 있을 거야."

바르톨트는 빌프리트에게, 카산드라는 샤를로테에게 이름을 바칠 예정이다. 부모의 처분이 결정되고 보니, 내게 이름을 바칠 아이가 의외로 많다는 사실을 깨달았다.

"유감스럽게도 기베 게를라흐는 자폭했다. 보니파티우스가 누구보다 빠르게 슈타프로 생포하려고 했지만, 한발 늦어 버렸지. 증거로 쓸 만한 건 팔밖에 안 남았다더군. 지문과 가문의 문양, 그리고 남아 있던 마력으로 본인의 팔임을 판단했다."

마티아스의 가족인 건 알고 있다. 하지만 게오르기네의 충신이었고, 내 목숨을 호시탐탐 노리던 게를라흐가 죽었다는 소식에 나는 안도의 한숨을 뱉었다. 이로써 나와 내 주변에 도사리던 위험이 대폭 줄었다.

"너희가 귀족원에 있는 동안 잡은 자들의 심문과 처벌을 끝낼 예정이야. 벌금으로 해결된 자들은 이미 늦겨울에 자택으로 돌아갔을 거다. 노역죄 같은 무거운 형벌을 받게 될 자의 자식은 가족이 죗값을 다 치를 때까지 성 기숙사에 지내게 되겠지. 이건 고아원에서 보호하는 아이들에게도 적용될 거야."

마티아스의 진언으로 숙청이 앞당겨졌지만, 미리 상의한 대로 일은 착착 진행되고 있는 듯했다. 다시는 부모를 만나지 못할 수 있다는 생각에 불안에 떠는 대부분의 아이들은 비록 시간은 걸리겠지만 부모 곁으로 돌아가게 되었다.

"양아버님, 고아원에 들어간 아이는 몇 명이에요? 식료나 이부자리를 넣어주셨나요?"

"그래. 네가 고아원을 걱정한다는 걸 아주 잘 이해하는 모양이더군. 고아원 정보는 하르트무트가 보고서를 올려주고 있어."

질베스타가 시선을 움직이자, 한 문관이 서류더미를 건네주었다. 나는 그 서류더미를 빠르게 훑어보았다. 고아원에 새로 들어온 아이는 열일곱 명으로, 이름과 나이, 부모의 이름, 빌마의 소견이 쓰여 있었다. 역시 정신적으로 불안한 아이가 많은 듯했다. 하지만 귀족으로 자라서일까, 대여섯 살짜리 아이가 감정을 숨기려고 이를 악물고 견디거나, 눈물을 꾹 참는 모습을 자주 보인다고 한다.

가족을 그리워하며 우는 아이들의 모습이 떠올라 가슴이 메었다. 나는 가족과 헤어지는 슬픔을 누구보다도 잘 안다. 가족과 떨어져 울고 싶었던 과거가 생각나, 어금니를 꽉 깨물었다. 그때 샤를로테가 플로렌치아에게 어린이 방의 상황을 물었다.

"어머님, 어린이 방에 있는 아이들은 어떤가요?"

"위험한 상황인지라 일단 어린이 방 아이들을 모두 한곳에 모아서 숙청이 끝난 후에 각자의 가족이 데려가게 했어요. 이번 숙청은 그 규모가 워낙 커서 일부 문관과 시종도 투입된지라 안전을 위해서라도 아이들을 한곳에 모았는데, 결과적으론 다행이었죠."

그리고 원래라면 데리러 와야 할 가족이 붙잡히는 바람에 방에 남게 된 아이들에겐 숙청에 대해, 그리고 앞으로의 일에 대해 설명해주었다고 한다. 어린이 방에는 이름을 바쳐야지만 살아남을 수 있는 아이가 아주 소수였고, 그 아이들과 앞으로 어쩌고 싶은지 계속해서 대화를 나누었다고 한다.

"······양어머님. 니콜라우스는요?"

칼스테드의 둘째 부인인 트루델리데의 아들 니콜라우스는 얼굴을 마주친 적도 별로 없지만 나의 이복동생에 해당한다. 가끔 뭔가 할 말이 있는 듯한 시선을 던져오던 그가 신경이 쓰였었다.

"어린이 방에 있어요. 트루델리데의 처분이 확실히 정해지면 그 후에 어찌 할지는 칼스테드가 얘기하겠다고 하더군요. 다만, 숙청 책임자인 데다가 겨울 주인의 토벌도 앞두고 있어서 당분간은 어려울 거예요."

'분명 불안해하고 있겠지?'

혼자 불안을 견디고 있을 니콜라우스의 모습을 떠올리고 있을 때 빌프리트가 고개를 들었다.

"아이들의 신변은 예상대로 잘 보호되고 있군요. ······아버님, 게오르기네 님께 이름을 바친 자의 기억은 엿보셨습니까?"

"······몇 명은. 건질 건 없었지만."

기사단이 잡으러 갔을 땐 이미 기사단의 출동을 눈치 채고 몇이나 자폭해 버렸다고 한다. 죽여버리는 거라면 간단하지만, 게오르기네가 엮여 있다는 결정적 증거를 얻으려면 생포해야 했는데, 그것이 만만치 않았다고 한다.

"내 어머니에게 이름을 바친 자와 부정에 관여만 한 구 베로니카 파는 다소 저항은 했다만, 그나마 쉽게 잡혀준 편이지. 그런데 누님에게 이름을 바친 귀족은 기사단의 모습을 본 순간 자폭하거나, 보니파티우스가 좀 과하게 대해서 붙잡았을 때 멀쩡한 자가 없었어. 기억을 엿볼 머리가 성하지 않았거든."

죽어버리면 기억을 엿보는 데 제한이 생긴다. 내가 청색 견습무녀였을 무렵, 페르디난드는 내 기억을 엿볼 때 꼬치꼬치 지시를 내려서 보고 싶은 장면을 골라 봤지만, 이번 경우엔 그런 지시도 불가능하고, 시간이 경과될수록 기억이 급속도로 나빠진다고 한다.

"하물며 남아 있는 기억 중에도 증거로 쓸 만한 게 없더군. 누님이 게를라흐에 들리고, 누님의 말에 그들이 열광하며 흥분한 건 알겠는데, 누님이 무슨 말을 했는지 잘 들리지 않는다더군. 웃긴 게 마치 기억이 왜곡된 것처럼 하나같이 시야와 소리가 일그러져 있다는 거야."

"뭐라고요? 의도적으로 그렇게 할 수 있어요? 이름을 바친 사람의 기억을 엿보지 못하게 하는 법칙이 있다는 거예요?"

측근의 이름을 받은 이상, 그냥 넘어갈 수 없는 문제다. 내 의문에 질베스타가 씁쓸한 표정을 지었다.

"마티아스의 보고 중에 늦여름인데 난로에 불을 지피고 있고 달콤한 냄새가 풍겼다는 말을 기억해?"

"네. 그게 왜요?"

"약에 해박한 문관 하나가 토루크가 아니냐고 하더군. 기억을 혼탁하게 만들고, 환각을 보게 하는 위험한 식물이지. 에렌페스트에는 나지 않는데, 귀족원에서 위험 식물로 배운 적이 있다고 해. 그걸 사용했을 거라고 추측하고 있어."

그렇게 말한 질베스타는 피곤감 가득한 한숨을 내쉬었다.

"누님은 아주 용의주도한 사람이지. 자신에게까지 손을 뻗치지 못하게 아주 빈틈없이 손을 썼어. 그 집념과 목적을 달성해내고 마는 해박함에는 놀랄 따름이야."

이름을 바친 자신의 수하가 기사단 손에 잡히면 어떻게 될지 그녀는 알았다. 증거와 기억이 남지 않도록 사전에 철저히 손을 써둔 그 용의주도함에 나는 혀를 내둘렀다. 그 좋은 머리로 좀 더 건설적인 곳에 쓰지, 왜 다른 영지를 손에 넣으려고 저 발악일까, 하는 생각을 하지 않을 수가 없었다. 이 세상엔 더 멋진 일들이 가득한데 말이다.

'그래, 예를 들어 도서관을 짓는다든가, 온 세상의 이야기를 모은다든가, 책을 만든다든가.'

나는 게오르기네의 집념을 애석하게 생각하며 질베스타가 내뱉은 것과 비슷한 한숨을 쉬었다. 샤를로테는 싱긋 웃으며 영지에서 고생하는 아버지를 달래기 시작했다.

"아버님, 기억을 엿보는 데 성공해도 게오르기네 님이 연루되었다는 증거가 없었을지도 몰라요. 하지만 이번 일로 다른 영지 사람에게 이름을 바친 사람을 끊어냈잖아요. 이 정도 성과면 충분하지 않을까요? 마티아스의 진언이 없었다면 숙청에 실패했을 거예요."

"샤를로테……."

질베스타가 놀란 얼굴로 자신의 딸을 바라보았다. 미소를 돌려주는 샤를로테는 그녀의 어머니, 플로렌치아와 아주 닮았다.

"게오르기네 님도 더는 에렌페스트에서 마음대로 행동하지 못할 거예요. 기베 게를라흐도 처형되었으니 주추의 마술을 손에 넣고 싶어도 훔쳐 내줄 사람도 없고요. 그러니까 기운 내시고 에렌페스트 내부를 통일하는 방법을 고민해 봐요. 예?"

"……샤를로테 말이 맞구나. 누님이 조종하는 수하를 제거했지. 앞으로 우리 영지에서만큼은 로제마인의 몸은 안전해."

"맞아요. 언니를 몇 번이나 힘들게 한 사람을 없애셨잖아요. 전 그거로 충분해요."

샤를로테의 말에 질베스타뿐만 아니라 영주 부부와 동행한 호위 기사들의 표정도 부드러워졌다.

"기베 셋을 처형했으니 당분간은 각지에 마력이 부족해지겠지만, 마력이 넘치는 사람이 에렌페스트에 있어 다행이군. 시련의 신 글루크리테트께 기도와 감사를 안 드릴 수 없지."

질베스타가 나를 보고 그렇게 말하며 씩 웃었다. 팔을 척 움직이자, 기사 한 사람이 조심스럽게 마석이 가득 담긴 주머니를 가져왔다.

"이거면 당분간은 해결될 거다. 지금까지 쌓아둔 마력을 방출하고, 최대한 압축률을 낮춰. 그러면 체내를 도는 마력이 줄어서 마력 운용이 편해질 거야."

생각지도 못한 조언을 받게 되어 내가 눈만 끔뻑이는 동안 질베스타는 과거를 떠올리는 듯한 그리운 얼굴을 했다.

"페르디난드가 귀족원 1학년 때였지. 마력 압축을 배우더니 미친 듯이 압축해대는 거야. 녀석도 한계치를 넘은 마력을 주체 못해 쩔쩔매고 있었지. 그때 마력을 한 방에 많이 방출해서 압축률을 낮추는 방법으로 체내의 마력을 조절했을 거야. ……내 기억이 확실하다면."

마지막 뒷말 때문에 상당히 불안했지만, 귀중한 조언이다. 나는 마석이 가득 담긴 주머니를 웃으며 품에 끌어안았다.

"양아버님, 알려주셔서 감사하게 생각합니다. 바로 시도해볼게요."

영주 후보생의 수업 종료

축객령을 내려 질베스타와 둘이서만 독대를 하기엔 사람이 너무 많았다. 로데리히가 얘기한 이름을 바치는 것과 속성 증가에 관한 자세한 얘기는 나중에 하는 편이 좋아보였다. 이번에 이름을 바쳐야지만 목숨을 건지는 학생은 이미 모두 가호 의식을 끝냈다. 그러니 상담을 서두를 필요는 없었다. 귀족원이 끝난 후에 해도 늦지 않았다.

"내가 할 말은 여기까지다. 각자 자기 방으로 돌아가렴."

나는 내 방으로 돌아와 마석에 마력을 양껏 담으면서 체내의 압축률을 낮췄다. 지금까지 무의식적으로 압축을 해왔는데, 앞으로는 최대한 압축하지 않도록 조심해야 할 듯했다.

'마력을 압축해서 막무가내로 밀어 넣는 건 익숙한데, 얇고 넓게 펴는 건 집중하지 않으면 꽤 어렵네.'

마력을 담는 용기에 틈을 만들어서 조금이라도 많이 밀어 넣지 않으면 목숨이 왔다갔다했던 평민 때와 달리, 얇고 넓게 퍼트려서 용기에 남은 마력을 줄이면 제어가 쉬워지는 모양이다.

"……어라?"

멈추지 않고 마석에 마력을 방출하던 그때 갑자기 몸이 가벼워졌다고 할까, 안정된 감촉의 순간이 찾아왔다. 본능적으로 이것이 슈타프의 한계치임을 깨달은 나는 마석에 마력을 조금 더 흘려보냈다.

"응, 이거면 괜찮겠어."

'제발 괜찮으면 소원이 없겠다.'

다음 날, 아침을 먹은 뒤 학생들을 모두 다목적 홀에 불러 모았다. 숙청에 관한 자세한 얘기를 해주기 위해서였다. 다목적 홀에 모인 학생들 중엔 영주 부부가 기숙사를 방문했다는 사실을 모르는 사람이 없었다. 모두가 긴장한 표정이었다. 특히 구 베로니카 파 아이들의 표정은 딱딱하게 굳어 있었고, 개중에는 안색이 새파란 아이까지 있을 정도였다.

　"다들 아는 바와 같이 어젯밤 아우브께서 찾아와주셨다. 힐쉬르 선생님과 면담하기 위해서였지만, 동시에 숙청 얘기도 들을 수 있었지. 그 내용을 너희에게 말해주려고 해."

　빌프리트가 모두를 둘러보며 당당한 태도로 설명을 시작했다. 당초의 예정대로 다른 영지의 첫째 부인인 게오르기네에게 이름을 바친 자는 처형. 그리고 나머지는 참조인 조사, 겨우내 처분이 결정될 것임을 알렸다.

　"이름을 바쳐야 살 수 있는 학생은 마티아스, 라우렌츠, 뮤리엘라, 바르톨트, 카산드라, 이렇게 다섯. 나머지는 당장이라고 할 수는 없지만 가족의 곁으로 돌려보내줄 수 있을 것 같다."

　"……시간은 걸려도 다시 가족을 만날 수 있군요."

　다행이다, 하고 안도의 한숨을 내뱉은 건 레오노레에게 포박당했었던 1학년 남학생이었다. 그의 말에 다목적 홀 안에 안심하는 분위기가 채워져 갔다. 이름을 바칠 필요가 없다고 하니 긴장이 풀리는 것도 이해하고, 그 학생의 가족이 게오르기네에게 이름을 바치지 않아서 다행이라는 생각도 든다.

　하지만 가족을 잃고, 이름으로 속박당하게 되는 바르톨트와 카산드라의 얼굴은 핏기 하나 없었다. 둘은 누가 봐도 무리하게 미소를 짓고 있었다. 내가 걱정하자, 그들이 표정관리를 해야 한다는 것을 깨달았는지 슬그머니 시선을 피했다.

"고아원 아이들까지 포함해서 앞으로의 처신은 방금 설명한 대로다. 벌금으로 끝난 자는 귀족원이 끝날 시기에 자택으로 돌려보낼 예정이지만, 형벌이 무겁고 당분간 노역을 해야 하는 자의 자식은 가족의 노역이 끝날 때까지 성 기숙사에서 지내게 될 거야. 누가 어떤 처벌을 받을지 아직 명확히 정해지지 않은 부분도 있으니까 내가 말한 걸 잊지 말도록."

설명이 끝나자 가족을 다시는 못 만날지도 모른다는 생각에 계속 긴장하며 불안해하던 아이들에게서 불안이 사라진 자연스러운 미소가 흘러나오는 것이 보였다. 풀어지는 분위기에 안도하며 나는 내 측근들의 상태를 엿보았다. 크게 불안해하는 기색들은 없었다.

"로제마인 님."

마티아스와 라우렌츠가 내 이름을 부르며 다가오자, 레오노레를 포함한 호위들이 엄격한 얼굴로 슥 앞으로 나왔다. 브륀힐데와 리젤레타도 경계의 표정을 보이자, 순간 다목적 홀이 긴장감에 휩싸였다. 내 호위 기사들에게 가로막힌 두 사람은 그 자리에서 무릎을 꿇었다.

"전 돌을 준비해두었습니다. 이름을 받으실 때가 되면 언제든 불러주십시오."

"바로 받도록 하죠. 그래야 내 호위 기사들도 이렇게 경계하지 않을 테니까요. 리젤레타. 방을 준비해줘요. 내 측근이 입회인으로 서도 괜찮겠죠?"

"네!"

이미 한 번 로데리히의 이름을 받은 적이 있어 별다른 준비 없이 나는 이름을 받을 수가 있었다. 입회인으로 들어온 호위 기사들의 감시 속에서 마티아스와 라우렌츠를 한 사람씩 불러 차례로 이름을 받았다. 내 마력에 속박되는 순간, 두 사람 모두 상당히 괴로워했다.

"이제부터 마티아스와 라우렌츠는 나의 측근이에요. 앞으로 호위 기사로서 잘 부탁해요."

"목숨 바쳐 지켜드리겠습니다."

두 사람의 이름을 받고 다목적 홀로 돌아오자, 뮤리엘라가 부러운 시선을 마티아스와 라우렌츠에게 보냈다. 나와 꽤 떨어진 거리에서 아쉬운 듯한 한숨을 내뱉었다.

"저도 빨리 이름을 바치고 싶은데, 좋은 소재를 못 구했어요."

"로제마인 님께 허가를 받으면 다음 흙의 날에는 뮤리엘라의 소재를 구하러 함께 가주실 거예요."

마티아스와 라우렌츠의 말을 듣고 나는 곧바로 허가를 내렸다. 가족이 살아서 기쁜 학생들과 가족이 처형된 학생들은 함께 행동하기 어려울 터였다. 최대한 빨리 측근으로 넣어주고 싶었다.

"예, 그래야죠. ……레오노레. 그레티아를 불러주겠어요?"

"공주님, 잠깐만요. 그레티아를 불러서 무슨 말씀을 하시려고요?"

리카르다가 엄격한 표정으로 나를 보았다.

"예? 저기…… 이름을 바칠 필요는 없어졌지만, 아직 날 모실 마음이 있느냐고 물어보려고……."

내 말에 측근들이 바로 고개를 저었다.

"로제마인 님, 그레티아의 가족은 구 베로니카 파 사람입니다. 이름도 바치지 않고 로제마인 님을 모실 순 없습니다."

"그래요, 로제마인 님. 이름을 바친 학생을 옆에 두셔야 다들 로제마인 님의 안전을 걱정하지 않아요."

"아무런 보증 없이 구 베로니카 파인 그레티아를 측근으로 두면 주변 학생들 사이에서 괴롭혀지는 건 결국 그녀입니다."

모두가 뜯어 말려서 나는 고개가 수그러졌다.

"……적어도 테오도르처럼 귀족원에서만 데리고 다니는 건 어려울까요? 학생 측근이 없어서 곤란하잖아요."

성에서는 또 몰라도, 귀족원 내의 측근 부족은 심각한 상황이다. 내 말에 브륀힐데와 리젤레타가 복잡한 얼굴로 생각에 잠겼다. 후임 교육이 누구보다 절실한 두 사람이라면 이 상황을 가장 잘 이해할 거라 생각했다. 하지만 둘은 복잡한 표정을 지은 채 내 제안을 거부했다.

"귀족원의 측근은 나중에 로제마인 님과 가장 관계가 깊은 신하가 됩니다. 앞날을 생각하면 이름도 바치지 않은 그레티아를 측근으로 들이는 건 반대합니다."

모두의 반대에 나는 고개를 들 수가 없었다. 목숨이 걸려 있는 다섯 명이면 몰라도, 그레티아에겐 선택지가 있다. 이름을 바치라고 강요할 수는 없었다. 로데리히는 이름을 바치는 것을, 자신이 정한 주인에게 충성을 보이고, 목숨을 포함한 자신의 모든 것을 바치는 의식이라고 했다. 그만한 각오와 충심이 과연 그레티아에게 있을까?

"그레티아 쪽에서 이름을 바쳐 모시고 싶다는 의사를 보이지 않는 한 포기하세요."

"……네."

오늘 오전에는 영주 후보생의 수업이 있다. 지난 수업 때 만든 금가루와 마을 설계도 등의 짐을 가득 안은 측근들과 함께 교실로 향했다.

교실 앞에 다다르면 측근들과 헤어진다. 리카르다가 수업에 필요한 짐을 내게 하나씩 넘기며 불안한 표정을 지었다.

"공주님, 괜찮으세요? 금가루도 있는데……."

"괘, 괜찮아요. 내 짐인걸. 내가 들게요."

혼자서 진도를 엄청 뺀 결과가 이 어마어마한 짐들이다. 설계도부터 금가루, 이번에 쓸 마석 등 혼자 안고가기엔 벅찬 양이었다. 본래라면 준비물이라고 해봤자 몇 개가 없어서 영주 후보생이 짐에 파묻힐 사태가 벌어지진 않는다.

"로제마인, 나한테 넘겨. 누가 봐도 너 혼자선 무리야."

빌프리트가 내게서 마석이 든 주머니를 뺏어들더니, 리카르다의 손에 들린 금가루 주머니까지 들어 주었다.

"빌프리트 오라버니, 감사하게 생각합니다."

작은 모형 상자들이 쭉 놓인 책상 중에 나는 발판이 놓인 책상에 가서 손에 든 설계도를 상자 옆에 올려두었다. 빌프리트 오라버니가 금가루와 마석이 담긴 짐을 내려놓았다.

"안녕하세요, 로제마인 님, 빌프리트 님."

"안녕하세요, 한넬로레 님."

옆자리의 한넬로레와 인사하는 사이 빌프리트는 자기 친구에게 인사하러 자리를 떴다. 고맙다고 하고 빌프리트의 뒷모습을 바라보는데, 한넬로레가 키득키득 웃으며 흐뭇하게 나를 보았다.

"이렇게 짐을 다 옮겨주시고, 빌프리트 님은 정말 다정하신 분이네요. 멋진 약혼자를 두셔서 부러워요."

부럽게 쳐다보는 눈빛에 나는 무심코 고개를 젓고 말았다. 나와 빌프리트는 그런 눈으로 바라볼 관계가 아니니까.

"제 체격으로는 짐에 깔려 버릴까 봐 그래요. 레스티라우트 님도 한 넬로레 님이 곤란할 때 도와주시잖아요."

순간 먼 곳을 보고 있던 한넬로레가 다시 방긋 웃었다.

"예, 그럼요. 오라버니는 제가 곤란할 땐 시종을 불러주실 거예요."

'그건 자기 손으론 옮겨주지 않는단 말이야?'

"그것보다 로제마인 님께 물어보고 싶은 게 있어요. 요즘에 도서관 에는 안 가시나요? 어제 오후에 도서관에서 슈바르츠와 바이스에게 마력을 줬는데, 공주님이라고 불러서 깜짝 놀랐어요."

"네? 한넬로레 님께서요?!"

오르텐시아가 관리자가 되기 전에 한넬로레가 관리자가 되어 버린 모양이었다.

"그게, 도서관에 상급 사서가 새로 들어와서 슈바르츠와 바이스의 관리자를 변경했거든요. 그래서 제가 마력 공급을 하면 안 된대요."

"예? 예? ……그럼 전……."

"협력자 분들께는 앞으로도 도움을 받고 싶다고 솔랑쥬 선생님이 말 씀하시긴 했는데, 마력을 공급할 때 이야기 못 들으셨어요?"

사서가 둘이나 있다. 누군가 한 명은 열람실에 있었을 터였다. 관리 자가 바뀔 정도로 마력 공급을 여러 번 했다면 오르텐시아와도 마주쳤 을 테고, 솔랑쥬도 한마디 정도는 주의를 줬을 텐데.

"저는 슈바르츠와 바이스에게 마력만 주고, 책을 읽을 시간은 없어 서 바로 돌아오느라 열람실에 들어가지는 않았거든요. 새로 오신 사서 분으로 관리자를 변경하는 중이었다니……."

"단켈페르거는 아직 신입생 등록을 안 했어요?"

"오늘 점심시간에 한다고 들었어요."

'아이고, 타이밍이 나빴네!'

"어제 공주님이라고 불렸을 때 솔랑쥬 선생님한테 물어봐야겠다는 생각은 안 하셨어요?"

"로제마인 님이 마력을 주면 다시 돌아올 거라고 생각해서 이렇게 심각한 문제가 될 줄은 몰랐어요."

둘이서 '어쩌지?' 하고 머리를 싸맸다. 그러다 문득 의아해졌다. 한넬로레는 상위 영지의 영주 후보생이라 마력이 많은 편이지만, 오르텐시아 역시 중앙의 상급 사서다. 오르텐시아가 매일 마력을 주었다면 이렇게 쉽게 관리자가 한넬로레로 바뀔 리가 없다. 그래서 솔랑쥬도 협력자에게 마력 공급을 중단하라는 말을 하지 않은 것이다.

"도서관에 연락을 넣어서 대처 방법을 상의해야겠어요. 한넬로레 님께서 고의로 그러신 것도 아니고, 도서관 측도 협력자분들의 도움이 필요하다고 했으니까 크게 문제가 되지는 않을 거예요."

그렇게 대화하는 사이 에그란티느가 교실에 들어왔다. 그 모습을 보고, 등록자 변경은 왕족이 관여하는 안건이었음을 깨달았다. 게다가 오르텐시아는 중앙 기사단장의 첫째 부인. 도서관 측에 상의하기 전에 왕족인 에그란티느에게 한번 얘기해놓는 편이 좋을지도 모른다.

수업이 시작되고, 다른 학생들에게 지시를 내린 에그란티느는 혼자만 진도가 다른 내 앞에 다가왔다. 나는 큰맘 먹고 입을 열었다.

"저기, 에그란티느 선생님. 수업과 관계가 없는 질문이 있는데요. 도서관 마술구의 관리자를 변경하라고 한 건 왕족의 안건이었죠? 저에서 오르텐시아 선생님으로 변경할 때 입회인이 있어야 한다고 했으니까요……."

내 말에 옆자리에 앉아 있던 한넬로레의 어깨가 움찔 떨렸다. '왕족의 안건이라는 말은 처음 들어요!'라는 표정이었다.

"그런데 슈바르츠와 바이스의 지금 관리자가요……."

나는 한넬로레가 열람실에 들어가기 전에 마력을 공급한 점, 솔랑쥬가 협력자의 도움을 계속 받고 싶다고 한 점, 도서관 측의 설명을 받지 못한 한넬로레가 선의로 협력한다는 것이 의도치 않게 관리자가 되어 버렸다고 보고했다.

"어머, 한넬로레 님이 관리자가 되었어요?"

"죄송합니다. 일이 이렇게 될 줄은 몰랐어요……."

새파랗게 질린 한넬로레의 옆에서 나는 그녀를 응원했다.

"한넬로레 님이 일부러 그러신 건 아니에요."

"네. 그건 알아요. 로제마인 님뿐만 아니라 한넬로레 님도 도서관을 위해 마력을 제공해주셨던 거잖아요. 솔랑쥬 선생님이 협력자가 있어 기뻐하시던 이유를 이제 잘 알겠네요."

한넬로레의 사과에 에그란티느는 "매번 마력을 공급해줘서 고맙게 생각합니다." 하고 미소를 지었다. 왕족에게 질책을 받을까 오들오들 떨던 한넬로레의 어깨에서 힘이 쑥 빠지는 것이 보였다.

"에그란티느 선생님, 한넬로레 님의 얘기를 듣고 조금 걸리는 게 있는데, 오르텐시아 선생님은 마력이 적은 편인가요? 매일 슈바르츠와 바이스에게 마력을 줬다면 한넬로레 님이 아무리 유능한 영주 후보생이라고 해도 쉽게 관리자가 변경되지 않았을 텐데……."

"도서관 내에 마술구가 많으니, 슈바르츠와 바이스보다 중요한 마술구가 있었던 게 아닐까요?"

오르텐시아를 옹호하는 한넬로레의 말에 나는 으음, 하고 고개를 갸웃거렸다. 슈바르츠와 바이스는 도서관 업무에 상당히 중요한 존재다.

그 둘을 뒤로 미루는 건 어딘가 이상했다. 특히 왕족이 직접 관리자를 변경하라고 지시한 시기이니 무엇보다 먼저 마력을 공급해야 맞지 않을까?

"걱정해주어서 고맙네요, 로제마인 님, 한넬로레 님. 과거엔 상급 사서가 세 사람 이상은 있었다고 들었어요. 혼자 하기엔 한계가 있겠죠. 지금 상황이 어떤지 내 쪽에서도 도서관 사서에게 물어볼게요."

"잘 부탁드려요, 에그란티느 선생님. ……저기 혹시 이 얘기를 힐데브란트 왕자님한테도 해야 할까요?"

힐데브란트는 귀족원에 재학 중인 왕족이다. 관리자를 변경할 때도 '나 혼자 다 할 수 있는데.' 하고 투덜거렸었다.

"그건 내가 말해둘 테니 걱정 말아요."

나는 에그란티느에게 힐데브란트의 대응을 맡기기로 했다. 이로써 보호자들의 분부대로 왕족의 접촉을 최소한으로 막는 데 성공한 듯했다.

"여기서 에그란티느 선생님께 여쭤볼 수 있어 천만다행입니다. 왕족의 안건인 줄도 모른 채 도서관에 보고했다가 왕족의 호출이라도 받는 날엔 영지에 계시는 부모님들이 펄쩍 뛰셨을 거예요."

한넬로레의 예상을 들은 나는 그녀에게 굉장히 미안해졌다.

"수업에서 제일 자주 만나는데, 제가 한넬로레 님께 도서관 상황을 미처 알려드리질 못했네요. 죄송해요."

"아니에요, 저야말로 열람실에 가서 선생님들께 인사를 드렸어야 했어요."

"두 사람 모두 너무 자책하지 말아요. 협력자에게 연락을 소홀히 한 도서관 측의 과실이 크지요. 너무 걱정하지 않아도 괜찮아요."

우리 두 사람이 서로에게 사과하는 모습을 보고, 에그란티느가 쿡쿡 웃었다.

"저기, 에그란티느 선생님. 아직 시작하지 않은 일이긴 한데……."

그렇게 운을 뗀 나는 에그란티느에게 가호 의식을 연구하게 되었다고 밝혔다. 동시에 한넬로레에게는 단켈페르거의 협력이 필요하다는 말도 전했다.

"단켈페르거와 공동 연구요?"

두 사람의 눈이 동시에 휘둥그레졌다.

"네. 단켈페르거에는 여러 가호를 받은 견습 기사들이 많다고 들었어요. 에렌페스트가 아닌 다른 영지 상황을 알려면 단켈페르거의 협력이 꼭 필요해요. 조금이라도 많은 신에게 가호를 받는 것이 귀족에게 중요한 과제임을 왕족도 알고 계시는 모양이고요……."

에그란티느에게 시선을 보내면서 아나스타지우스의 지시가 있었음을 넌지시 풍기면서 한넬로레에게 싱긋 미소를 지어 보였다.

"루펜 선생님 쪽에서도 뭔가 말이 있을 거예요. 단켈페르거에서 오랜 세월 해온 풍습에 관해서 얘기를 듣고, 연구 자료로 정리해야 하니, 공동 연구라는 형태를 취하는 게 좋을 것 같아서요. 물론 아우브께도 상의드려야 할 테니 대답은 다과회 때 주셔도 돼요."

"알겠습니다. 아우브께 상의해볼게요."

왕족에게 상의할 안건을 끝내자, 나는 내가 꿈꾸는 도서관 설계도를 에그란티느에게 제출했다.

"로제마인 님, 이 설계도로 보아하니, 설마 마을 전체를 도서관으로 만드실 생각이세요?"

"맞아요. 이것이 제가 꿈꾸는 마을이에요."

내가 자신만만하게 대답하자, 에그란티느는 "아주 실용적이라고 할 수는 없지만." 하고 중얼거리며 어색하게 미소 지었다.

'에그란티느 님의 얼굴이 어린아이의 꿈을 망칠 수 없지, 하는 표정이야!'

나는 얼른 내가 만든 마을 설계도의 설명을 덧붙였다.

"실용적이에요. 구획 정리도 되어 있고, 가도나 선착장에서 오른쪽은 상업 구역이고요. 왼쪽은 공업구역이에요. 각지의 책을 수입해서 판매하는 상업 지역과 책을 만드는 공업 지역이 있고, 여기는 각지에서 도서관을 방문한 고객들을 위한 숙박 시설과 음식점이 이어진 관광 지역이고……."

"그럼 바로 만들어볼까요?"

'내 말을 웃으면서 끊었어!'

"로제마인 님은 이쪽으로 오세요."

나는 에그란티느를 따라 더 안쪽에 있는 방으로 갔다. 그곳은 마법진 하나가 덩그러니 있는 아주 작은 방이었다.

"이 마법진에 마력을 채우세요. 마력이 충분히 차면 어둠의 신과 빛의 여신의 이름을 받을 수 있어요."

"네? 최고신의 이름을요?"

다섯 기둥의 대신이나 권속신과 달리, 최고신에겐 부를 수 있는 이름이 없었다.

"최고신의 이름은 하나가 아니라는 말이 있어요. 아주 옛날에 이를 검증하려고 최고신의 이름을 받은 영주 후보생에게 물어보고 다니던 연구자는 빛과 어둠의 불꽃에 휩싸여 사라졌고, 최고신의 이름을 누설

한 영주 후보생은 그 이후 최고신의 이름을 불러도 축복과 가호를 받지 못해 제명당했다는 일화가 있어요."

'옴메나, 무서워!'

"로제마인 님도 다른 사람이 물어봐도 절대 입 밖에 내지 않도록 조심하세요. 전 나가 있을 테니 다 외우면 나오세요."

"알겠습니다."

에그란티느의 말에 나는 고개를 끄덕였다. 최고신의 이름에 관해서는 페르디난드도 과하게 신중했다. 집중 과외 때도 절대로 꺼내지 않았다. 왜 그런지 몰랐었는데, 그렇게 무서운 이유가 있었다니.

에그란티느가 방을 나가는 것을 확인하고, 나는 마법진 위에 무릎을 꿇었다. 마법진에 손을 짚고 평소처럼 기도 자세를 취했다.

"나는 세상을 창조한 신들에게 기도와 감사를 바치는 자."

기도를 올리며 마력을 마법진에 주입했다. 결코 크지 않은 마법진인데, 이상하게 넣어도 넣어도 채워질 기미가 보이지 않았다.

'이럴 줄 알았으면 이 수업 후에 마력을 줄일 걸. 이렇게 타이밍이 나쁘다니.'

나는 한손으로 허리춤을 더듬어 회복약을 손에 쥐었다. 배려가 들어간 회복약을 단숨에 털어 넣고, 계속해서 마력을 퍼부었다. 그 사이 머릿속에서 어떤 소리가 직접적으로 울렸다. 뇌리에 빛으로 써넣은 듯 최고신의 이름이 떠올랐다.

'어둠의 신은 시크잔트라하트, 빛의 여신은 페어슈프레디.'

길어서 항상 외우는 데 애를 먹었던 신들의 이름인데, 최고신에 관해서는 뇌에 새겨지듯 정확히 머릿속에 박혔다.

"높고 정정한 천공을 관장하는 최고신은 어둠의 신 시크잔트라하트,

빛의 여신 페어슈프레디.”

뇌리에 떠오른 최고신의 이름을 중얼거린 순간, 오른손에 갑자기 슈타프가 나타났다.

“꺅?!”

허공에 떠오른 슈타프에 마법진에서 떠오른 금색의 빛과 어둠의 검은 빛이 흡수되었다. 내 손에서 벗어나 허공에 떠오른 슈타프는 나와 이어져 있는지, 내 몸에 마력이 흘러들어오는 감각이 들었다. 마법진에 흘려 넣었던 내 마력인지, 불쾌감은 없었지만, 역류해오는 익숙지 않은 감각이 조금 거북했다.

‘이렇게 놀라운 체험을 하게 될 거라고 미리 귀띔 좀 주세요, 에그란티느 님!’

마음속으로 에그란티느에게 소리치는 사이, 모든 빛을 흡수한 모양이다. 마법진에서 뿜어 나오던 빛이 사라졌다.

“……이거로 끝이야?”

그렇게 중얼거린 직후에 이번에는 슈타프에서 금색 빛과 어둠의 검은색이 튀어나와 나선을 꼬아 그리며 높이 높이 치솟더니 천장에 빨려 들어가 사라졌다.

“으아아아앗!”

내 몸에 흘러들어왔던 마력은 물론이고, 몸속 마력까지 통째로 빼앗겼다. 급격한 마력 변화에 나는 무릎 꿇은 자세를 유지하지 못하고 바닥에 손을 짚었다. 마치 빈혈이라도 일어난 것처럼 눈앞이 핑 도는 감각에 나는 서둘러 허리춤에 있는 약주머니로 손을 뻗었다. 다시 배려가 들어간 회복약을 단숨에 들이켰다.

잠시 주저앉은 채 회복을 기다리는데, 문 너머에서 에그란티느의 격정스러운 목소리가 들려왔다.

"로제마인 님, 시간이 많이 지체되는 것 같은데, 괜찮으세요?"

"마력을 너무 많이 썼는지 회복약을 먹고 기다리는 중이에요. 움직일 수 있을 때까지 조금만 기다려주세요."

"못 움직이겠어요? 문을 열어도 될까요?"

에그란티느의 당황한 목소리가 들리자, 문 너머가 술렁이기 시작했다. 바닥에 주저앉아 움직이지 못하는 꼴을 모두에게 보일 수는 없었다. 영주 후보생으로서 보기 흉한 자세였다.

"안 돼요. 아주 잠깐이면 되니까 기다려주세요."

"로제마인, 나야. 쓰러졌어?"

"마력이 줄어서 그래요. 배려심이 들어간 회복약을 먹었으니까 금방 움직여질 거예요."

"……그거구나. 알았어."

뭔지 이해했다는 빌프리트의 목소리와 함께 문 너머에서 기척이 멀어졌다. 에그란티느에게 걱정하지 말라고 말해주는 듯했다.

"……이제 괜찮겠지?"

손발을 흔들어본 후, 천천히 몸을 일으켰다. 움직이는 데는 문제가 없었다. 치마에 묻은 먼지를 툭툭 털고, 엉클어진 머리카락을 손가락으로 빗은 뒤 방을 나갔다.

"로제마인 님, 몸은……."

"괜찮아요. 마력을 한꺼번에 써서 회복에 시간이 걸린 것뿐이에요. 그것보다 최고신의 이름을 외웠어요. 이젠 어떻게 하면 되나요?"

나는 남은 수업도 씩씩하게 들을 수 있다고 어필하며 웃었다. 에그란티느는 포기한 듯 가벼운 한숨을 내쉬고, 나의 모형 상자를 작은 방으로 옮겨주었다. 다른 학생이 최고신의 이름을 듣는 불상사가 생기지 않게 이쪽 방에서 해야 하는 모양이다.

"……그럼 엔트비켈른을 시작합시다. 이쪽이 마법진이에요. 엔트비켈른에는 모든 속성이 필요해요."

에그란티느가 설명해주었지만, 사실 다 아는 내용이다. 페르디난드의 집중 과외 때 머릿속에 때려박은 내용이었다. "스틸로." 하고 슈타프를 변형시킨 후, 마력으로 허공에 마법진을 그려서 거기에 금가루를 올린다. 마법진을 완성하면 주문을 외우면서 거기에 설계도를 넣으면 된다.

"마법진은 실수하지 않게 일단은 큼지막하게 그리세요. 그리고 건물 크기에 맞춰서 축소시키면 됩니다."

순서를 설명하고, 차례가 쓰인 종이를 건넨 후 에그란티느는 방을 나갔다.

나는 순서대로 엔트비켈른을 시작했다. 모형 상자 속 나의 이상적인 마을을 만들었다. 이렇게 보니 규모는 작지만 페르디난드가 작은 신전을 만들 때와 똑같아졌다.

"에그란티느 선생님, 완성했어요!"

"어머, 한 번에 성공했네요. 그럼 여기서 경계문을 만들어볼까요?"

에그란티느가 예시로 만든 모형 상자를 내 모형 상자에 딱 붙여서 경계문을 만드는 연습에 들어갔다. 경계문은 이웃나라 영주의 쌍방 허가가 있어야 만들 수 있는 것으로, 두 사람의 공동 작업 같은 느낌이었다. 양쪽에서 마법진으로 동시에 결계에 구멍을 만들어 고정하는 느낌이다.

"경계문은 항상 개방되어 있지만, 국경문은 왕과 아우브, 양측의 허가 없이는 개문하지 않아 평상시에는 닫혀 있습니다. 에렌페스트는 동쪽에 국경문이 있지요? 보신 적이 있나요?"

"아니요, 아직 없어요. 하지만 국경문에 접한 퀼른베르거를 내년 봄에 방문할 예정인데, 그때 한번 자세히 보려고요."

경계문도 별 탈 없이 만든 나는 일등으로 영주 후보생 수업을 통과했다.

군돌프 선생의 수업 합격

"로제마인 님은 굉장히 빨리 영주 후보생 수업을 통과하셨네요? 정말 놀랍습니다. 그럼 수업도 끝났으니 이제 다과회에 초대해도 괜찮겠지요?"

가뜩이나 왕족과 가까이 하지 말라고 귀가 따갑도록 들었는데 괜찮을 리가. 그리고 에그란티느와의 다과회보다 단켈페르거와의 다과회가 먼저다. 단켈페르거와 공동 연구 얘기도 해야 하고, 클라리사와 할 얘기도 있다.

"정말 죄송하지만, 이젠 문관 코스를 들어야 해서요. 당장은 어려워요."

"그렇군요. 그럼 문관 코스가 끝나면 그때 차 한 잔 해요."

그녀의 권유에 미소로 응하면서 나는 교실을 나왔다.

영주 후보생 코스를 끝냈으니 이제는 문관 코스로 돌격이다. 나는 방으로 돌아와 문관 코스의 담당 선생님에게 시험 예약을 신청했다. 영주 후보생 코스가 먼저였기에 문관 코스의 첫 수업에 출석하지 못했고, 나는 첫날 시험을 치르지 못했다. 그래서 개별로 시험날을 잡아야 했다.

'빨리 못 끝내면 단켈페르거의 다과회에 못 맞출 거야.'

올해 귀족원에서는 도서관 마술구에 집중하며 지낼 계획이었는데, 가호 연구로 바뀌어 버렸다. 생각보다 바빠질 듯하다. 최대한 빨리 수업을 끝내버리고 싶었다.

문관 코스는 마술구를 제작하거나 마법진에 관해 자세히 공부하거나 옛 문헌을 읽는 공통 수업 등, 취향에 맞춰 듣는 선택 수업이 있다. 거의 대부분 페르디난드와 예습한 내용이라서 웬만해서는 합격할 수 있을 거였다.

'제발 선생님 일정이 비어 있었으면!'

선생은 자기 시간이 없으면 개별 시험을 받아주지 않는다. 이럴 때 믿을 건 신밖에 없다. 다행히 빈 보람이 있었는지, 곧바로 군돌프에게서 답장이 왔다. 군돌프는 문관 코스 수업을 세 개나 담당하고 있기 때문에 한 번에 끝내버릴 생각이었다.

"시간을 내어 주셔서 감사하게 생각합니다, 군돌프 선생님."

"오, 로제마인 님. 들어오시게나."

나는 조합복을 입고, 실기에 쓸 조합 소재를 든 필린느와 로데리히와 함께 문관 전문동에 있는 군돌프의 연구실로 발을 들였다. 힐쉬르의 연구실도 어수선했지만, 이곳도 만만치 않게 물건들이 너저분하게 널려 있었다. 하물며 서류 책상은 더 엉망인데, 왜 모든 연구실이 조합할 때 쓰는 책상만 깨끗한 걸까?

"그럼 바로 조합부터 시작하실까요."

공통 실기 중에 마력을 나누는 수업이 있었는데, 문관 코스는 그보다 더 난도가 높았다. 마력을 속성마다 나누고, 그것을 다시 합쳐서 소재로 만드는 실기도 있었다. 질베스타의 조언으로 마력을 줄인 덕분에 내 슈타프로도 문제없이 조합할 수 있었다.

'양아버님, 양아버님 계신 방향으로 절을 하겠습니다!'

조합 냄비에 소재를 차례로 넣으며 내가 약을 만드는 과정을 군돌프는 턱수염을 쓸면서 가만히 지켜보았다. 비록 익숙한 조합이지만, 일대일 시험은 긴장되기 마련이었다.

"로제마인 님은 시간 단축 마법진까지 쓰시오?"

"전 몸이 허약해서 회복약은 필수예요. 잔뜩 만들어둬야 하는데 이 체격으로는 오랫동안 조합하기 어려워서 페르디난드 님이 가르쳐줬어요."

지금은 수업을 하나라도 많이 끝내고 싶었다. 이 조합 하나에만 낭비할 시간이 없었다. 시간 단축 마법진을 대활용해야 했다.

"약을 로제마인 님이 직접 만드는 게요?"

"네. 페르디난드 님이 자기가 먹을 약 정도는 스스로 만들 줄 알아야 한다고 가르쳐주셨거든요……. 덕분에 페르디난드 님이 없어도 불편할 일이 없어서 좋아요. 평생 보호자한테 맡길 수는 없잖아요."

내가 싱긋 웃자, 군돌프는 "그런 의미가 아니오."라며 미간을 찌푸렸다.

"약의 조합은 보통 측근 문관이 만드는 것이지. 영주 후보생에겐 약보다 중요한 것이 많지 않소?"

'뭣이라?! 약을 만드는 게 문관의 일이었어?! 금시초문이야!'

약 제조는 지금까지 페르디난드가 해왔다. '자기 약 정도는 자기가 만들어라!' 하고 주구장창 잔소리하기에 약은 원래 스스로 만드는 것인 줄로만 알았는데, 다른 영주 후보생들은 측근 문관에게 맡긴다는 것이다.

나는 필린느와 로데리히에게 약 제조를 맡길까 고민했지만, 얼마 안 가 고개를 저었다. 하르트무트라면 몰라도 저 둘에겐 무리다. 나는 바로 포기했다.

"페르디난드 님이 저를 위해 조합해준 약은 특제약이라서요. 소비 마력도 많고, 귀중한 소재가 쓰여서, 상급 문관이 겨우 만들까 말까할 정도로 어려워요."

"그게 어떤 약이오?"

"……당연히 조제법은 비밀이죠. 아, 완성했어요. 이거면 될까요?"

군돌프의 질문을 가볍게 넘긴 나는 완성된 약을 보여주었다. 군돌프는 슬쩍 보기만 하더니 고개를 끄덕이며 합격을 내려주었다.

"조합하는 움직임도 능숙하고, 시간 단축 마법진을 써도 끊김이 없는 안정적인 마력, 실수 요소가 전혀 없군. 그 기세로 다른 조합도 해보시게나."

"네!"

나는 조합을 소화하면서 군돌프와 수다를 떨었다. 그가 가장 흥미를 보인 건 가호의 의식이었는데, 여러 질문을 내게 던졌다.

"제가 다 대답해드릴 수는 없어요. 그 질문이라면 왕족의 지시에 따라 영지 대항전 때 발표하게 되었거든요. 한넬로레 님께 잠깐 여쭤보긴 했는데, 단켈페르거에서 허가가 떨어지면 합동으로 연구해서 발표하기로 했어요."

상위 영지의 권위를 내세워 군돌프의 질문을 차단했다.

"연구라면 드레반헬과 하는 편이 효과적이지 않소……?"

"마술구와 마법진 연구라면 드레반헬과 하는 편이 나았겠지만, 드레반헬에는 여러 가호를 받은 분이 안 계셔서 가호 연구에는……."

"흐음……. 그럼 공동으로 마술구 연구를 하는 건 어쩌시오?"

포기한 줄 알았더니, 완전히 포기하지 않은 듯하다. 연구실에 자주 오라며 군돌프가 꼬드겼지만, 나는 고개를 절레절레 저었다.

"전 힐쉬르 선생님의 연구실에 다니기로 해서요."

힐쉬르는 여러모로 은폐해줄 예정이고, 에렌페스트의 사감이라서 다른 영지에 연구 내용을 빼앗길 걱정이 없다. 무엇보다 페르디난드의 제자인 라이문트가 있어 연락을 취하기가 쉽고, 가호 연구와 도서관 마술구 제작을 동시에 진행할 수 있다. 나는 아직 녹음 마술구를 만들어 페르디난드에게 잔소리를 담아 보낼 계획을 포기하지 않았다.

"하지만 힐쉬르의 연구실은……. 아니, 연구비라면 내가 더 넉넉하고 소재의 품질도 좋소이다."

"그렇군요. 하지만 지금 제가 연구비에 궁하진 않아서요."

군돌프의 말을 헤아려보건대, 힐쉬르는 영지의 지원이 없어 연구비가 부족한 상황인 듯했다. 페르디난드가 도와줬다고는 했지만, 그녀라면 완전히 남에게 기대진 않았을 터였다. 연구실에 붙어 있게 되면 내쪽에서도 지원하는 편이 나을까?

'돈보다도 식사나 수면 시간 같이 생활을 개선해야 할 텐데 말이야.'

"로제마인 님의 기상천외한 발상들이 내 탐구심을 자극하는데, 참 아쉽구려."

아쉬운 표정으로 군돌프가 권유를 포기했다. 페르디난드에게 들었듯이, 물러날 줄 아는 그의 모습에 살짝 호감이 생겼다.

"제가 마술구 종이에 흥미가 있는데요. 그 연구를 시작할 만한 여유가 생기면 꼭 드레반헬과 함께 연구하고 싶어요."

"호오, 마술구 종이라……. 어떤 마수의 껍질이 적합한가, 뭐 그런 것 말인가?"

"아뇨, 마수의 껍질이 아닌 소재로 마술구의 종이를 만들어보는 연구예요."

군돌프의 눈이 번뜩였다. "그 연구는 꽤 흥미가 당기는구려." 하고 미소를 지었다.

"암. 그쪽 연구는 단켈페르거보다 드레반헬에 적합하지. 꼭 함께 연구합시다."

"아니, 제가 올해는 바빠서……."

내가 거절 이유를 대자 군돌프는 의아한 얼굴로 고개를 갸웃거렸다.

"에렌페스트에는 로제마인 님 말고도 문관이 있지 않소. 그쪽에 지시를 내리면 되는 것 아니오? 영주 후보생인 로제마인 님이 모든 연구를 어찌 한단 말이오."

왕족도 지시한 가호 연구면 몰라도, 라는 말에 나는 뒤통수를 맞은 사람처럼 군돌프를 바라보았다. 연구는 스스로 해야 하는 줄 알았는데, 남한테 통째로 떠맡겨도 되는 거였다니.

"영주 후보생에게 중요한 건 영지를 얼마나 크게 발전시키는가 하는 것. 문관 코스를 밟는 이상 스스로도 연구를 해야지요. 그러나 본인이 꼭 해야 하는 연구와, 다른 사람도 할 수 있는 연구를 나눠서 생각해야지. 그렇지 않으면 어느 연구든 진도가 나가겠소? 로제마인 님이 내는 착안점에는 흥미로운 것들이 많소. 연구 자체는 문관에게 시키고, 그 경과를 지켜보면서 지시를 내리거나, 결과를 어떻게 활용할지 고민하는 것이 영주 후보생의 역할이 아니겠소. 적어도 드레반헬에서는 그렇게 하고 있소이다."

영주 후보생이 전부 틀어잡고 있으면 다른 문관의 성장 기회를 빼앗는 격이라는 지적에 나는 나 자신이 페르디난드와 똑같은 행동을 하고 있었음을 깨달았다.

"종이 연구는 드레반헬과 같이 하시게나. 소재는 다양하게 제공할 자신이 있소."

"그거 멋지네요. 그런 점에선 에렌페스트는 아직 한참 멀었어요."

"오랜 기간 이곳에서 교사를 하고 있다 보니 조합 도구도 셀 수 없이 많다오."

조금 철 지난 연구도 가능하다는 말에 내 입꼬리가 올라갔다.

"그건 꼭 한번 보고 싶네요. 제가 옛날 교육 과정에 관심이 많거든요. 슈타프를 1학년 때 취득하지 않았던 무렵엔 어떤 수업을 했었는지."

"흠흠. 졸업 시기에 슈타프를 취득한 세대라면 교사 중에도 몇 없지."

"학생들 참고서는 있는데, 교사들이 썼던 자료는 도서관에도 없더라고요. 어떻게 수업을 진행했고, 어느 학년에서 어떤 학습을 어떻게 가르쳤는지. 교사의 시점으로 기록한 학습 지도 내용도 궁금해요."

"종이를 연구하는 틈틈이 얘기해줄 수는 있소만."

"정말인가요? 와, 기대되네요."

자연스럽게 유도당해 결국은 에렌페스트와 드레반헬에서 마술구 종이에 관한 연구를 진행하기로 하였다.

이리하여 나는 필기 하나와 조합 두 개의 합격을 거머쥐고, 군달프의 연구실을 뒤로했다.

"……이러이러해서 드레반헬과도 공동 연구를 진행하게 됐어요."

"그게 무슨 뚱딴지같은 소리야!"

기숙사에 돌아가 다목적 홀에서 오늘의 시험 결과를 보고했더니, 빌프리트가 버럭 화를 냈다. 눈을 부라리면 어쩌겠는가. 나도 왜 이렇게 됐는지 모르겠는걸. 종이 연구를 하고 싶다, 교사가 정리한 학습 지도 내용이 궁금하다, 그런 수다를 떨다 보니 어느새 공동 연구를 하게 되었을 뿐이다.

"빌프리트 오라버니와 샤를로테는 인쇄와 제지업 작업도 돕고 있잖아요. 종이 연구도 연장선이라고 생각하면 돼요. 에렌페스트의 마목으로 만든 종이가 어떤 마술구로 어떻게 쓰일지, 마술구로 쓰려면 어떻게 해야 할지……. 에렌페스트다운 연구 내용인 것 같은데, 어때요?"

나는 빌프리트와 샤를로테의 견습 문관들에게로 시선을 돌렸다. 이그나츠와 마리안네가 서로 얼굴을 마주 보았다.

"……로제마인, 넌 나와 샤를로테의 문관에게 연구를 시킬 작정이야?"

"예. 로데리히와 필린느는 이야기도 수집하고 집필하느라 바쁘고요. 여러 가호를 받은 중급, 하급 귀족이라서 신들의 가호를 연구할 때 꼭 필요해서 뺄 수가 없어요. 그리고 제지업과 인쇄업에는 나를 제외하고 빌프리트 오라버니와 샤를로테도 깊이 관여하고 있다는 것을 주위에 알릴 좋은 기회가 아닐까요?"

내가 모든 걸 독점하면 안 된다. 이복동생과 양녀에게 업무를 떠넘기는 영주라는 악평을 없애려면 친자식들의 노력과 업무 내용을 주변 눈에 보이는 형태로 발표하는 방법밖에 더 있겠는가.

"물론 다른 연구 중인 문관에게 이걸 하라고 강요하는 건 아니에요. 그저 제지업과 인쇄업은 에렌페스트의 핵심 사업이니까 영주 후보생의 측근에게 맡기는 편이 좋다는 말이죠."

"나와 샤를로테의 견습 문관이 거절하면 어쩔 건데."

빌프리트의 질문에 나는 아직 내게 이름을 바치지 않은 뮤리엘라를 쳐다보았다. 황홀한 표정으로 엘비라의 책을 읽고 있는 뮤리엘라가 보였다.

"뮤리엘라를 종이 연구의 중심 연구원으로 세워 구 베로니카 파 견습 문관에게 연구를 시킬 거예요. 그들은 이름을 바칠 필요가 없어져서 측근으로 못 넣게 됐어요. 하지만 핵심 사업 연구에 투입시켜서 영지에 필요한 인재로 만들면 그 아이들의 장래가 확 바뀔 거란 말이죠."

처형은 면했지만, 가족이 범죄자다. 귀족원 내에서라면 몰라도, 여태껏 자식에게까지 부모의 죄를 물었던 영지로 돌아가면 주변에 따가운 시선을 피할 수 없다. 눈에 보이는 형태로 그들의 공헌도를 보여준다면 언젠가 어른들의 대응도 조금은 바뀌지 않을까.

"흠……."

"오라버니와 샤를로테의 견습 문관을 중심으로 세울 거라면 바르톨트와 카산드라의 이름을 빠른 시일 내에 받아야겠죠. 영주 일족의 측근이 되어서 업무를 맡으면 다른 측근들과 동료 의식도 쌓이고, 파벌 관계를 잘 이용해서 구 베로니카 파 견습 문관들도 연구에 참여시킬 수 있다면 이상적일 텐데 말이에요."

내 말에 빌프리트가 옆에 서 있는 이그나츠를 쳐다보았다.

"넌 어떻게 생각해? 연구 중인 거 있어?"

"아니요. 졸업 연구로 뭘 할까 고민하는 중이지만, 아직 정하진 않았습니다. 빌프리트 님께도 도움이 될 테니 꼭 종이 연구에 절 넣어주십시오."

이그나츠의 대답에 빌프리트가 고개를 끄덕였다.

"알았어. 그럼 내 견습 문관인 이그나츠와 바르톨트를 중심으로 종이 연구를 시킬게."

"오라버니, 제 측근도 잊으면 안 되죠. 마리안네, 부탁해도 될까요?"

"물론입니다, 샤를로테 님."

마리안네가 웃으며 고개를 끄덕였다. 이로써 드레반헬과의 공동 연구도 토대가 마련되었다.

"연구를 진행하려면 이들의 이름을 받아야겠네."

"전 측근들이랑 흙의 날에 뮤리엘라가 이름 바칠 때 쓸 소재를 구하러 갈 건데요. 호위 기사인 바르톨트와 카산드라도 동행하면 어떨까요? 문관과 시종 둘 만으로는 적당한 소재를 손에 넣기가 좀 어렵거든요."

특히 지금 이름을 바칠 예정자들은 구 베로니카 파 학생들과도 거리가 벌어진 상태라 주인의 서포트가 필요하다는 조언도 해두었다.

"정말 언니는 관찰력이 대단하세요. ······나탈리에, 카산드라의 흙의 날 일정을 알아오세요. 그날 이름을 바칠 때 쓸 소재를 채집하러 가자고 불러주고요."

샤를로테의 호위 기사 나탈리에가 다목적 홀을 나가자, 빌프리트도 알렉시스를 바르톨트에게로 보냈다. 이걸로 혼자 누락될 학생이 생길 가능성은 방지할 수 있게 되었다.

내가 안도하는 그때, 그레티아가 유디트에게 말을 걸었다. 둘이서 조금 떨어진 곳에 가더니 뭔가 대화를 나눴다.

"저기, 로제마인 님."

그레티아에게 무슨 소리를 들었는지, 유디트가 조금 곤혹스러운 표정으로 내 앞에 섰다.

"뭔가요, 유디트?"

"그레티아도 이름을 바치고 싶다고 흙의 날에 자기도 데려가 달랍니다."

"······예? 하지만 그레티아의 가족은······."

처형을 면했다. 그녀는 영주 후보생에게 이름을 바칠 필요가 없어졌을 터인데.

"리카르다, 그레티아와 얘기를 좀 하고 싶은데 괜찮을까요?"

"호위 기사가 여러 명 있으니까요. 이야기만 하신다면 상관없습니다."

그레티아의 사정과 소재 채집

나는 리카르다가 마련해준 방에서 그레티아와 마주했다. 그녀는 유디트와 같은 4학년이라 나보다 한 살 연상이다. 유디트의 학년은 성적 향상 위원회가 만들어졌을 때 2학년 팀으로 뭉친 덕분에 초반부터 전문 코스로 나뉜 상급생보다 사이가 좋았다. 그래서인가, 유디트의 뒤에 그레티아가 애매하게 숨어 있었다. 그 쭈뼛거리는 행동은 어딘가 귀족스럽지가 않았다.

그레티아는 회색 머리카락을 항상 뒤로 땋아 묶고 다녔다. 리젤레타도 그렇지만, 잔머리 하나 없이 반듯하게 묶고 있고, 일부러 눈에 띄지 않으려고 그러는지 옷차림도 수수했다. 하지만 나이치고는 발육이 좋았다. 무엇보다 가슴 쪽에 저절로 시선이 갔다.

"그레티아."

"아, 네."

이름이 불려 앞으로 나오긴 했지만, 들은 대로 내성적이고 소심했다. 아무렇지 않은 척 서 있지만, 몸 앞에 다소곳이 모은 손끝과 대답하는 목소리가 떨리고 있었다.

"유디트에게 들었어요. 내게 이름을 바치고 싶다고요?"

"네. 제 이름을 받아주세요."

"이유를 들을 수 있을까요? 그레티아는 이름을 바칠 필요가 없잖아요."

그레티아는 흔들리는 눈동자로 마티아스와 라우렌츠를 보더니 시선을 깔았다.

"……비호자가 필요해서요."

"비호자요? 그건……."

굳이 이름을 안 바쳐도 되지 않나, 라고 말하려다가, 구 베로니카 파아이들은 이름을 바치지 않고서는 측근으로 넣는 걸 반대한다던 다른 측근들의 말을 떠올리고 입을 다물었다.

"지금이 아니면 안 돼요."

그레티아가 홱 고개를 들었다. 다급한 얼굴로 나를 보았다. 그래서인가, 평소에는 앞머리에 가려 보이지 않던 그녀의 청록색 눈동자가 잘 보였다.

"제겐 지금밖에 없어요."

"그레티아, 미안하지만 무슨 말인지 모르겠어요."

내가 그렇게 말하자, 그레티아는 입술을 꾹 다물고, 도청 방지 마술구를 꺼냈다.

"제 집안 사정을 다른 사람에게 알리고 싶지 않아서요."

나는 리카르다를 힐끗 보았다. 써도 될까? 라는 무언의 질문이 통한 모양이다. 리카르다가 "브륀힐데, 마술구에 문제가 없는지 확인한 후에 공주님께 전달하세요." 하고 지시했다.

내가 만질 물건에 매우 민감한 측근들은 독의 여부나 수상한 마법진이 설치되어 있지 않은지 확인한 후 내게 넘겨주었다. 확인하는 손길이 매우 능숙했다. 독을 확인하는 데 다들 참 많이 익숙해졌구나, 하고 내심 감탄했다.

내가 도청 방지 마술구를 쥐는 것을 보고, 그레티아가 입을 열었다. 그것은 그녀의 말대로 도청 방지 마술구 없이는 들을 수 없는 충격적인 고백이었다.

"전…… 신전의 아이예요."

"예?"

"청색 무녀와 청색 신관 사이에서 태어난 신전의 아이래요. 그렇게 들으며 자랐습니다."

나는 생각지도 못한 그녀의 고백에 멍한 머리로 이야기를 들었다. 숙청이 일어나 신전이 마력 부족에 시달리게 되기 전, 아직 청색 신관과 무녀가 많았던 시절의 이야기다. 청색 신관이라고 하면 마력이 적고 나이가 많은 인상밖에 없었는데, 그렇지 않은 시절도 있었던 모양이다.

그런 와중에 중급 귀족 출신인 청색 신관과 청색 무녀가 몰래 사랑을 키웠다. 아무리 본인들이 숨기려 해도 임신해버리면 눈에 띄기 마련이다.

"신전에 몸담고 있는 이상 결혼은 할 수 없대요. 그래서 제 생모는 각자의 친가로 돌아가면 결혼하고 싶다고 부탁했대요. 하지만 귀족도 아닌 청색 무녀의 말이 통할 리가 없었어요. 결국 친가로 끌려갔고, 가족들은 추문을 피하려고 그녀를 별채에 격리시켜버렸습니다. 그 후로 생모는 연인이었던 청색 신관과 평생 만나지 못했다고 들었어요."

그레티아는 별채에서 태어났고, 세례식까지 그곳에서 컸다고 한다. 홀몸으로 신전에서 살 때가 자유롭고 행복했다는 생모의 푸념을 들으면서.

"신전에 있으면 가족에게 지원도 받고, 영주님의 보조금도 나와요. 제사를 하러 각지를 돌면 청색 무녀라며 떠받들어주고, 돈과 물품을 잔뜩 챙겨주죠. 가족들이 별채로 사람을 보내 감시하는 것과 달리, 명령에 충실한 회색 신관과 회색 무녀가 시종으로 곁에 있었고, 나를 가지기 전까지 사랑하는 남성도 있어서 정말 행복했었대요."

숙청과 중앙의 이동 현상으로 귀족의 수가 부족해지자, 신전에 맡긴 아이들을 귀족 사회로 돌려보내는 움직임이 일었다. 그 전까지 하녀로 자라온 그레티아의 마력을 조사해갔다. 그 결과 그녀는 별채에서 나와, 정략결혼을 시키기 위해 생모의 오빠와 그 첫째부인의 딸로서 세례를 받았다고 한다.

"세례식에 참여한 사람이 친부모가 되지만, 전 세례가 끝난 뒤에도 부모에게 사랑을 받은 적이 없어요. 정략결혼의 말로서 부끄럽지 않게, 생모처럼 추문을 일으키지 말라는 소리를 들어왔어요. 형제들은 저를 신전의 아이라며 부르고, 머리카락 색이 아줌마 같다며 비웃고, 몸이 자라기 시작하고부터는 성숙한 몸을 가지고 놀리고, 뒤에서 계속 괴롭힘을 당하며 살아왔어요."

그레티아는 치마를 꼭 쥐었다. 나는 세례식으로 호적 세탁을 한 존재를 나 외에는 몰랐는데, 친자식과는 다르게 차별하는 모양이었다.

'친자식만큼 잘 돌봐주신 어머님이 정말 대단하셨던 거구나.'

방을 꾸며주고, 세례식 의상을 몇 벌이나 만들어주고, 상급 귀족의 딸로 부끄럽지 않게 교육도 해주었다. 오라버니들에게 시달린 적도 없고, 친족에게 항상 보호받았다. 영주의 양녀가 될 예정이라는 이유를 제쳐두더라도 사랑받았다고 생각한다.

"저희 집은 중급 귀족입니다. 파벌 내에서는 계획을 주도하는 쪽이 아니라, 실행을 강요받는 입장이죠. 그리고 가문의 입지를 안정시켜줄 결혼 상대도 정해져 있어요. 우리보다 조금 더 좋은 집안의 둘째 부인이나 셋째 부인으로요. 하지만 그게 싫다고 생각한 적은 없습니다."

대외적으로 '신전의 아이'라고 불리지는 않는다. 비록 정략결혼이지만 밖으로 나가면 평범한 귀족의 여식으로 대우받는다. 상대가 부모자식만큼 나이가 많지만 상관없다고 그레티아는 생각했었다고 한다.

"이름을 바치라는 강요는 제겐 신들이 내밀어주신 구원의 손길이나 다름없었어요. 저 집안과 인연을 끊고 스스로 주인을 선택할 수 있는 둘도 없는 기회였어요. 신전장이시고, 고아들에게 자애로운 에렌페스트의 성녀, 로제마인 님이시라면 신전의 아이라고 불려온 제 태생을 알아도, 스스럼없이 받아들여주실 거라고 생각했어요."

혹여 자신의 시종 능력이 부족한 건 아닐까 불안했지만 가사에 특화한 업무를 맡기겠다는 내 말에 매우 안심했다고 한다.

"그런데 제 부모가 처형을 피했어요. 숙청으로 처형당했더라면 슬픈 척 이름을 바칠 수 있었을 텐데. 문득 그런 생각이 들었어요."

가족이 숙청을 피해 기뻐하는 구 베로니카 파 아이들에게 웃어 보이면서도 그레티아는 혼자 절망감을 느꼈다고 한다.

"……저는 처형을 피한 제 아버님이 또 중죄를 저지를 거라고 확신해요. 계획을 세우고 명령하는 건 다른 사람이니까. 우린 그걸 거절할 수 없다면서 괴로워하시던 모습을 본 적이 있어요."

그레티아는 그렇게 말하며 한숨을 내쉬었다.

"중범죄의 딸을 아내로 맞으려는 분이 과연 얼마나 있을까요? 집안의 입지를 위해 정략결혼을 하면 제 처우는 어떻게 될까요? 좋은 대우를 해주는 집안에 시집갈 경우는 현저히 낮겠죠. 전 가족들에게 줄곧 무시받으며 살아서, 남의 표정을 읽고 최악의 사태를 상상하는 데는 일가견이 있어요. 그리고 슬프지만 그런 상상 중에서 제게 있어 가장 최악의 사태로 흘러갈 확률이 상당히 높아요."

그레티아는 이름을 바치기로 결심하고 기뻐했을 때 '가족이 처형을 피하면 최악의 사태가 된다'라고 생각했다. 실제로 그 말대로 되어 버렸다며 고개를 숙였다.

"그레티아, 이름을 바치면 주인의 손에 당신의 생사가 좌우되어요. 주인이 몰락하면 함께 몰락하는 것이죠. 물론 그런 일이 일어나지 않도록 조심하겠지만, 베로니카 님이 실각했듯이 내가 같은 길을 밟지 않을 거라는 보장은 없어요. 내가 당신의 비호자로 부족한 부분도 있겠죠. 그건 곰곰이 생각해봤어요?"

왠지 나를 과대평가하고 있다는 느낌이 들었다. 그리고 이름을 바쳐 가족에게 도망칠 생각만 하느라 단점을 전혀 고려하지 않은 듯한 느낌에 나는 그레티아에게 주의를 주었다.

"로데리히와 유디트에게 들었습니다. 로제마인 님은 평민인 전속 악사와 요리사의 처우까지도 신경 쓰고 계신다고요. 그리고 로데리히는 가족의 접근을 막아주셨지요. 전 제 선택이 맞는다고 확신합니다."

그레티아가 "견습 시종인걸요. 정보 수집은 확실히 했어요."라며 조그맣게 웃더니, 다시 진지한 표정을 지었다.

"가족의 감시에서 벗어난 지금밖에 기회가 없어요. ……로제마인 님께는 시종이 부족하다고 들었습니다. 저, 누구와도 결혼하지 말고 평생 모시라고 명령하셔도 받아들이겠습니다. 오히려 그러길 바라요. 부디 제 이름을 받아주세요."

그레티아의 청록색 눈동자는 진지했다. 정말 물러설 데가 없는, 절박한 감정이 전해져왔다.

"나도 이름을 받을 각오는 했었어요. 그레티아에게 그만한 각오가 있다면 이름을 받겠습니다."

"감사하게 생각합니다."

그레티아가 활짝 웃었다. 그레티아가 당당하게 고개를 들고 이렇게 웃으며 지낼 수 있게 주인으로서 노력해야겠구나, 라는 생각이 들었다.

나는 도청 방지 마술구를 그레티아에게 돌려주고, 그 자리에 있는 측근들에게 그레티아의 이름을 받게 되었음을 밝혔다.

"흙의 날에 뮤리엘라와 그레티아의 소재를 찾으러 갑시다."

"알겠습니다."

모두가 그렇게 말하자, 마티아스가 싱긋 웃었다.

"그럼 다목적 홀에 돌아가서 돌로 쓸 만큼 질 좋은 소재를 채집하는 방법을 설명하겠습니다. 효율이 높은 채집법을 알고 있거든요."

다목적 홀에 돌아가자, 빌프리트와 샤를로테가 걱정스러운 얼굴로 이쪽을 바라보았다. 씨익 웃은 나는 이름을 바치는 돌에 쓸 소재를 얻기 전 설명이 있다고 전했다.

"마티아스가 고품질 소재를 얻는 방법을 알고 있대요."

"아무래도 타니스베팔렌처럼 속성 수나 마력 함유량이 많은 소재를 내포한 마수가 많지는 않으니까요. 그런 마수는 너무 강력해서 문관과 시종이 상대하기 어렵습니다. 손은 좀 가겠지만, 확실히 손에 넣을 방법을 써야 하죠."

그 말마따나 타니스베팔렌과 같은 마수가 그 주변을 어슬렁거렸다가는 무섭다고 끝날 일이 아니다. 마티아스의 말에 나는 고개를 끄덕였다. 비법에 가까운 채집 방법을 배울 수 있다고 하자, 이름을 바칠 학생들뿐만 아니라 다른 학생들까지 이야기를 들으러 다가왔다.

"어떻게 하는데?"

빌프리트가 재촉하자, 마티아스가 설명하기 시작했다.

"우선 채집터에 가서 타이가네이메 열매를 자신의 마력으로 물들인 후에 땁니다. 그것을 마수에게 먹이면 마수가 타이가네이메 열매에 담긴 마력으로 거대화합니다. 그 마수를 쓰러뜨려서 마석을 얻는 겁니다. 로제마인 님이 1학년이실 때 단켈페르거와 디터 경기를 하실 때 마수를 거대화시키는 걸 보고 깨달은 방법입니다."

류엘 열매와 비슷한 효과가 있는 마목이 채집터에 있는 모양이다.

"다만 성가신 점은 타이가네이메 열매는 하나의 속성 밖에 마력을 받아들이지 못합니다. 자신이 가진 적성과 같은 수만큼의 열매를 물들여야 합니다."

마력의 속성을 나눠서 열매를 물들여야 하기 때문에 이 방법을 쓸 수 있는 건 속성 분리를 배운 3학년부터라고 한다. 다행히 이름을 바쳐야 하는 학생은 전부 3학년 이상이라 이번엔 문제가 없다.

"견습 기사를 상대하느라 힘이 빠진 마수에게 마력이 담긴 타이가네이메 열매를 먹이고, 거대화한 직후에 마력이 물들지 않은 순간을 노려 숨통을 끊어서 마석을 손에 넣는 겁니다."

"……그렇군. 손이 많이 가긴 하네. 나도 고품질 마석을 갖고 싶었는데 이번엔 보류하는 편이 좋겠어."

빌프리트가 포기를 선언하자, 레오노레가 살짝 미간을 찌푸리며 빌프리트와 샤를로테를 바라보았다.

"타이가네이메 열매를 물들이는 사이 방어도 해야 하고, 숨통이 간당간당할 때까지 마수의 힘을 빼려면 기사가 몇 명은 있어야겠네요. 빌프리트 님과 샤를로테 님께서는 호위 기사를 몇이나 빌려주실 수 있으십니까?"

"언니, 언니는 기숙사에 호위 기사를 몇 명 남겨두실 거예요?"

샤를로테가 나를 보았다. 흙의 날의 일정은 모른다. 나는 어쩔 건지 묻는 시선으로 레오노레를 쳐다보았다. 레오노레가 씨익 웃었다.

"저희는 전부 동행할 예정입니다. 주인인 로제마인 님도 함께이니까요."

"……난 처음 듣는데요."

"마티아스의 설명을 듣고 정한 거라서 저도 여기서 처음 말한 겁니다."

레오노레는 태연하게 그렇게 말하며 나도 가야 하는 이유를 설명했다.

"로제마인 님께서 동행하셔야 하는 이유는 몇 가지가 있어요. 첫째로 호위 기사를 분산시키고 싶지 않습니다. 둘째로 타이가네이메 열매를 마력으로 물들이는 데는 시간이 걸립니다. 그동안 로제마인 님께서는 슈첼리아의 방패로 방어를 해주셨으면 해요. 아무리 견습 기사가 있어도 네 사람을 항시 지키면서 마수를 잡기는 어려워서요."

하긴 내가 슈첼리아의 방패로 그 나무 주위를 에워싸면 견습 기사들은 이쪽에 개의치 않고 마수를 잡을 수 있고, 다른 이들은 열매를 물들이는 데 집중할 수 있다. 예전에 류엘 열매를 물들일 때, 류엘 열매에 달빛이 닿지 않는다는 이유로 슈첼리아의 방패를 못 쓰게 해서 엄청 고생했었다.

'첫해는 실패했었지.'

"그리고 이 인원수로 채집을 하면 채집 후에 축복을 내리셔야 할지도 모릅니다. 마지막으로 로제마인 님의 마력을 줄이려는 목적도 있어요. 슈첼리아의 방패를 장시간 사용하고, 채집터를 회복시키면 조금은 마력이 줄지 않을까요."

'응. 마지막 이유는 정말 중요하지.'

에렌페스트에서 보내준 마석도 슬슬 바닥을 보이고 있는 것을 떠올리고, 나는 크게 고개를 끄덕였다.

"언니의 방패 안에서 채집할 수 있다면 나도 같이 갈까?"

"샤를로테 님?"

"타이가네이메 열매는 내 마력으로 물들이기만 해도 충분히 귀한 소재잖아요."

"음. 나도 갈래. 마수에게 먹여서 마석까지 얻지는 못하더라도 타이가네이메 열매만이라도 가지면 좋지."

내 슈첼리아의 방패 속 안전권에서 마음껏 채집할 수 있고 축복으로 채집터를 회복시킨다고 하자, 조합 수업을 아직 시작하지 않은 1학년을 제외한 모든 기숙사 아이들이 동행하게 되었다.

"기수가 없어서 이동할 수도 없으니 1학년들은 기숙사에 남아 있어야겠네요. 내년을 기대하며 기다리세요."

"로제마인 님, 전 이미 기수를 소환할 수 있어요! 호위 기사이기도 하니까 제발 데리고 가주시면 안 되나요?!"

죽어도 따라갈 기세로 테오도르가 나를 보았다. 정말 유디트랑 똑같았다.

"아직 기수를 제대로 못 다루는데 방해가 되면 어쩌려고? 넌 그냥 여기 남아 있어."

유디트가 누나다운 얼굴로 뜯어말리는 걸 듣고 있자니, 웃음이 안 나올 수가 없었다. 유디트가 남겨지는 입장이었다면 울먹이며 '저도 데려가요' 하고 매달렸을 터였다. 그런 모습을 상상하며 나는 웃으며 허가를 내렸다.

"견습 기사는 많을수록 좋죠. 테오도르도 같이 가요."

"감사합니다!"

안도하며 내게 감사의 말을 꺼낸 테오도르가 기세등등하게 웃었다.

동행할 견습 기사도 확정되었으니, 이제는 레오노레와 알렉시스와 나탈리에를 중심으로 어떻게 슈첼리아의 방패를 쓸 것이며 어떻게 채집하고, 어떤 마수를 제거하고, 어떤 마수를 상대할지 구체적인 논의가 시작되었다.

사실상 견습 기사들의 회의나 다름없었다. 그 모습을 지켜보던 필린느가 손뼉을 짝 쳤다.

"도시락을 준비하면 어떨까요? 채집터에는 날씨도 따뜻하고, 로제마인 님의 방패도 있으니까 편하게 먹을 수 있지 않을까요?"

지금까지는 채집터에 마수가 빈번히 출몰해서 도시락 같은 것을 먹을 여유가 없었지만, 슈첼리아의 방패가 있으면 가능하지 않겠느냐며 필린느가 들뜬 미소로 제안했다. 샤를로테가 "어머, 멋지네요." 하고 탄성을 했다.

"전 키슈를 먹고 싶어요."

"따듯한 차도 준비해야겠네요, 샤를로테 님."

나와 샤를로테의 측근들 사이에서 도시락 준비가 결정되어 버린 순간, 흙의 날 채집은 단숨에 피크닉의 양상을 띠기 시작했다.

"미트파이도 괜찮겠어요."

"어머, 샌드위치가 더 먹기 편하지 않을까요?"

"윽. 나도 준비할 거야!"

신나게 계획을 세우는 나와 샤를로테의 측근을 지켜보던 빌프리트가 피크닉 참가를 표명하자, 순식간에 참가 인원이 늘어났다. 마치 채집이 아니라 기숙사 전체가 소풍이라도 가는 기세다. 그러자 1학년생들의 표정이 점차 원망의 빛을 띠었다. 기숙사에 남을 학생들을 위해 푸고와 엘라에게 맛있는 식사를 준비해달라고 부탁해야 할 듯하다.

"언니는 뭘 준비하실 거예요?"

'도시락 하면 주먹밥이지.'

속마음을 숨기면서 나는 "전부 맛있을 것 같아 고민되네요." 하고 대답했다.

그리고 흙의 날.

사전에 견습 기사 몇 명이 마수를 대강 처리한 후, 우리를 부르러 왔다. 다 함께 시끌벅적 떠들며 안전해진 채집터로 향했다. 자유자재로 크기를 바꿀 수 있는 내 레서 버스에 다 함께 먹을 도시락이 꽉 차있다.

타이가네이메 나무 주변에 슈첼리아의 방패를 치면 채집 개시다. 방패 밖에서는 견습 기사들이 마석용 마수를 상대했다. 내 곁은 테오도르가 지켰다.

"이 타이가네이메 열매를 쥐고 마력을 담으면 됩니다. 의식적으로 하나의 속성 마력을 쏟아야 합니다. 속성의 색으로 완전히 바뀔 때까지 계속 마력을 주입하세요."

모두가 타이가네이메 열매를 쥐고 마력을 흘려보냈다. 나도 똑같이 쥐어 보았다. 류엘 때처럼 타이가네이메 열매에도 마력을 거부하는 힘이 있었다. 하지만 단숨에 마력을 부어 넣어 타이가네이메 열매를 세 개나 물들였다. 아무리 그래도 여기서 모든 속성의 수만큼 열매를 물들일 수는 없었다.

"로제마인 님, 마력이 전혀 안 들어가요……."

세 개째를 완료한 나를 보며 뮤리엘라가 곤란한 듯 말했다. 과거에 나도 비슷한 질문을 했었는데, 하고 문득 옛 생각이 젖어든 나는 내 열매를 바라보며 피식 웃었다.

"마목도 살아있는 거라서 강하게 저항하는 거예요. 회복약을 먹으면서 느긋하게 물들일 수밖에 없어요."

세 개째를 채집하고 나니 피곤해졌다. 나는 레서 버스 안에서 쉬기로 했다. 유레베로 조금 건강해졌다고 무리를 하면 대번에 컨디션이 나빠진다. 하지만 마력의 압축률을 낮추고, 마력을 얇게 편 이후로 몸 상태가 조금 좋아진 느낌은 있었다.

'그러고 보니 마력이 한계치를 넘으면 몸에 좋지 않다고 했었나?'

이렇게 좋은 컨디션으로 귀족원 생활을 끝내면 얼마나 좋을까, 하고 생각하면서 나는 레서 버스 안에서 책을 읽었다. 밝게 내리쬐는 햇빛 속, 폭신한 의자를 살짝 뒤로 젖힌 채 책을 읽는다. 이 얼마나 우아한 휴일인가.

내가 한 일이라고는 책을 읽으며 방패를 유지하는 게 다였지만, 아이들도 어찌어찌 마석을 손에 넣었고, 다 함께 신나게 떠들며 먹은 도시락도 참 맛있었다.

즐거웠던 흙의 날이었다.

프라우렘 선생의 수업

문관의 수업은 담당 선생에게 시험 일정을 안내받아야 한다. 문관 코스 선생들에게 시험을 부탁하는 올도난츠를 보냈더니, 그 다음 주부터 하나둘 답장이 도착했다. 시종과 함께 시간을 조절하다가 문득 프라우렘의 연락이 아직 오지 않았다는 걸 깨달았다.

프라우렘은 지금까지 매년 에렌페스트를 눈엣가시처럼 여기며 방해 공작을 펼쳤다. 선생의 권한을 남용하며 '유감스럽지만 시간이 없어서 시험 일정을 못 잡겠다'라거나 '올도난츠도 연락을 받지 못했다'라는 식으로 나올지도 모른다는 예상은 했었다.

"올해는 무슨 방해를 해올까요?"

프라우렘이 생각해낼 법한 장난질에 대해 상담하자, 필린느가 곤란한 표정으로 뺨을 괴었다.

"시험 범위 밖에서 문제를 내도 로제마인 님은 합격할 거라는 건 작년에 깨달으셨을 테고, 마력의 크기며 가호의 양, 음악이나 봉납가무에서 보여준 축복으로 에렌페스트의 성녀라는 칭호는 기정사실화되었어요. 아니라고 하면 오히려 선생님만 욕먹을 테니, 어떻게 괴롭힐까 구상하는 선생님도 머리가 아프시겠어요."

어딘가 이상한 필린느의 의견에 브륀힐데가 씁쓸하게 웃으며 입을 열었다.

"로제마인 님의 생각처럼 만약 프라우렘 선생님이 개별 시험에 응해줄 마음이 없다고 해도, 최종 시험일에만 합격하면 되지 않나요? 프라우렘 선생님의 수업은 일단 뒤로 미루고, 사교나 연구부터 시작해도 괜찮을 것 같은데요."

"합격만 하면 거라면 그래도 상관은 없지요."

하지만 최종 시험일까지 수업을 통과하지 못했다는 이유로 영지의 평가가 떨어져서 페르디난드와 약속한 최우수를 받지 못하게 되면 일이 복잡해진다. 일단 '시험을 못 끝내면 힐쉬르 선생님의 연구실에 못 가고, 대영지와 공동 연구도 시작할 수 없어요. 뭔가 좋은 방법이 없을까요?'라고 힐쉬르에게 올도난츠를 보내두었다. 선생들의 네트워크에 기대를 걸었다.

아침을 먹은 후, 오전 수업 전까지 빌프리트와 샤를로테의 측근들과 함께 다목적 홀에서 드레반헬과 진행할 공동 연구의 큰 틀을 두고 논의했다.

"군돌프 선생님 수업 때 갑자기 질문 받으면 곤란하니까 공동 연구에 관해서 어느 정도 정해뒀으면 해요."

"로제마인, 견습 문관들과 상의하는 것도 중요하지만, 먼저 아버님께 상의해야 하지 않을까?"

"일단 매일 보내는 보고서에 오라버니와 샤를로테의 측근을 중심으로 드레반헬과 공동 연구를 하기로 했다는 내용은 썼어요. ……하지만 학생들이 귀족원에서 하는 연구 내용까지 아우브의 허가를 받을 필요는 없잖아요? 상담까지 할 내용은 아닌 것 같은데……."

귀족원 모든 학생을 살펴봐도 연구 주제를 두고 아우브에게 보고하거나 허가를 받는 사람은 없다. 내가 의아해하자, 빌프리트와 샤를로테가 서로를 마주 보았다.

"보통은 필요 없지만, 왠지 네가 가져온 안건이라는 것만으로도 일반 학생들의 연구와 다를 것 같단 말이야."

"종이 연구라면 에렌페스트의 핵심 산업과도 관계가 깊은 연구잖아요. 아버님과 어머님께 말해두는 편이 좋을 것 같아요, 언니."

두 사람의 설득에 나는 "일단 보고는 해놨으니 에렌페스트의 답장을 기다리죠."라고 대답했다.

"하지만 드레반헬과 진행할 연구는 마목으로 만든 종이의 사용법인걸요. 종이 제작법을 그쪽에 가르쳐주는 것도 아니니까 핵심 산업과 그렇게 관련이 있지는 않아요……."

"그런 거야?"

"네. 일크너의 마목으로 만든 독특한 종이의 쓰임새라든가, 품질을 높일 방법을 연구하려는 거예요. 종이 제작법은 우리한테도 중요한 비장의 카드니까 영주 회의에 꺼낼 안건이죠. 귀족원 연구 소재로 쓸 생각은 없어요."

나는 이그나츠와 마리안네를 보며 말했다.

"제조법이 간단한 린샴조차도 스크럽을 넣는 부분까지 다른 영지들은 완전히 똑같이 베끼지 못했어요. 과정이 복잡하고 도구도 많은 종이 제조라면 더 어렵겠죠. 무엇보다 마술구와 같은 효과가 있는 종이를 평민이 만들고 있다는 생각은 아마 못 할 걸요?"

"그건 확실히 그렇습니다. 마술구는 귀족만이 만들 수 있으니까요."

이그나츠와 마리안네에겐 공방에서 일반 종이와 마목 종이가 같은 제조법으로 만들어진다는 사실이 믿기지 않는 모양이었다. 원래 마력을 띠는 마술구는 조합으로 만들어지니까.

"식물 기름의 수요와 공급의 균형을 잡으려고 영주 회의에서 린샴

제조법을 팔았듯이, 에렌페스트의 나무들을 과하게 벌목하지 않으려면 언젠가는 종이 제조법도 각 영지에 보급해야 할 날이 오겠죠. 하지만 최대한 비싸게 팔아야 하지 않겠어요?"

나는 눈을 번뜩이며 빌프리트와 샤를로테를 보았다.

"이 공동 연구는 드레반헬을 이용해서 에렌페스트지의 가치를 높여주는 연구가 될 거예요. 평민이 만든 종이를 어떤 마술구로 쓸 수 있나, 어떻게 사용해야 효과적인가, 품질이 높은 마술구로 만들려면 어떻게 해야 좋은지 연구해주세요. 연구 성과가 좋으면 종이 제조법의 가치가 올라가서 가격도 확 올릴 수 있거든요."

"로제마인, 너, 지금 표정 엄청 사악해."

'아차. 너무 몰입했나?'

살짝 질린 듯한 표정을 한 빌프리트의 지적에 나는 '합' 하고 입을 다문 후 씨익 웃었다. 상인 모드가 된 머리를 전환해야 할 듯하다.

"에렌페스트의 가치를 높이기 위해서도 중요한 연구다, 이 말이죠."

"하지만 거기까지 생각한다면 언니가 중심이 되어 연구를 해야 하지 않나요?"

"연구 자체만 따지면 그렇게 해야겠지만, 난 군돌프 선생님과 엮이고 싶지 않아요."

"왜요? 선생님이 괴롭히기라도 했어요?"

샤를로테의 표정이 변하는 것을 보고, 나는 서둘러 부정했다.

"아뇨. 그게 아니라 그쪽에서 종이 제조법을 물어봐도 이그나츠와 마리안네라면 대답을 못 할 테니까 안전하잖아요."

보고서 같은 서류를 읽는다면 제조법을 글로 기억하고 있을지도 모른다. 하지만 그 제조법은 실제로 만들어보지 않으면 남이 이해하도록 설명하기가 여간해서는 쉽지 않다.

"안전하다니 무슨 의미야?"

"모르는 내용이라면 누설할래야 할 수도 없지만, 만약 내가 군돌프 선생님과 같이 연구하다가 무심코 내뱉으면 어떡해요. 그런 사태는 다들 피하고 싶잖아요."

나는 멍청하게 말실수해 버리는 스스로의 버릇을 아주 잘 알고 있다. 또 생각이 얕고, 말발에 잘 현혹되는 것도 알고 있다. 지금은 냉정하게 판단할 수 있지만, 노회한 군돌프와 대치했다간 그의 말발에 말려 중요한 말을 꺼내버릴 게 틀림없다. 그러니 애초에 가까이 하지 않으면 그만이다.

'신중함이 용기보다 낫다는 말은 이럴 때 써야지! 나 좀 성장한 것 같은데? 후후훗.'

"그럼 만약에 군돌프 선생님이 종이 제조법을 캐내려고 하면 어떻게 하면 될까요?"

"이 공동 연구는 마술구 쓰임새에 관한 연구니까 군돌프 선생님에게 종이 제조법을 알려줄 의무는 없어요. 이건 영주 회의 안건이니까 그렇게 궁금하면 스스로 연구하시라고 하세요."

"알겠습니다."

연구 범위와 공유해도 되는 정보의 범위 등의 의견을 맞춘 후, 에렌페스트에 공동 연구 범위를 보고하면서 일크너의 마목으로 만든 종이를 보내달라는 부탁도 넣었다.

나는 문관 코스 시험을 차례차례 합격했다. 놀라운 것은 시험을 치러 갈 때마다 대영지와 공동 연구를 하게 된 것에 대해 선생들의 질문세례를 받았다. 아무래도 소문이 쫙 퍼진 모양이다. 나는 '아직 서로의 아우브에게 승인을 받기 전이라 결정된 건 없다'라고 대답했지만, 다들 의심을 눈초리로 나를 보았다. 그도 그럴 것이, 그들의 정보원이 전부 사감이기 때문이다. 우리가 딴말할 경우를 대비해 루펜과 군돌프가 아주 작당하고 소문을 퍼트린 것이다.

그런 와중에 프라우렘한테서 '내일 오전 중이라면 비어있습니다.'라는 답장이 날아왔다. 꽤 늦은 답장이었지만, 무시하거나 시간이 없다고 거절할 줄로 예상했던지라 깜짝 놀랐다.

'프라우렘 선생님의 언행을 내가 너무 나쁘게만 봤나 봐. 죄송합니다.'

다소 귀찮기는 해도 선생으로서 최소한의 의무는 하려는 모양이다. 마음속으로 사과하면서 나는 알겠다는 답장을 보냈다. 그 직후 힐쉬르가 보낸 올도난츠가 날아왔다.

"대영지와 에렌페스트가 공동으로 연구한다는 소문이 돌고 있는데, 로제마인 님의 스승인 페르디난드 님이 있는 아렌스바흐와는 그런 얘기가 나오지 않는 건 사감의 행실 때문일까요? 라고 프라우렘에게 말해뒀으니 조만간 답장이 올 겁니다."

아무래도 프라우렘이 답장을 보낸 건 힐쉬르 덕분인 모양이다. 나는 올도난츠로 시험 일정이 정해졌다고 보고하고 감사의 말을 전했다.

그러자 또 올도난츠가 날아왔다.

"프라우렘의 시험을 칠 때 아렌스바흐와의 공동 연구를 미끼삼아 합격을 쟁취하세요. 라이문트의 연구를 공동 연구라고 발표하는 거예요. 라이문트가 설계한 것을 로제마인 님이 만들면 공동 연구 요건에 충족합니다."

라이문트는 마력이 적어서 본인이 설계한 것을 만들려면 시간이 걸린다. 그 제작 부분을 내가 담당하면 도서관 마술구도 여러모로 연구해볼 수 있다고 한다. 거기에 "내 연구실에서 진행하는 연구니까 이 건은 사감의 허가가 필요하다고 하고, 적당한 타이밍에 날 불러요. 채점 감시를 해줄 테니까."라고 말해주었다.

'힐쉬르 선생님이 이렇게 의지가 될 줄이야!'

힐쉬르와 올도난츠로 상의한 덕분에 프라우렘에게 합격을 따낼 가능성이 어렴풋이 보이기 시작했다. 안도의 한숨을 내쉬면서 나는 측근들을 쳐다보았다.

"그나저나 프라우렘 선생님이 위기감을 느낄 정도로 우리와 대영지의 공동 연구가 그렇게 화제예요? 선생님들한테만 그런 게 아니라?"

나는 영주 후보생 코스도 끝났고, 문관 코스도 개인적으로 시험을 보러 가면 된다. 다른 영지 학생과 마주칠 일이 없어서 귀족원에 어떤 소문이 도는지 잘 몰랐다.

"그럼요. 사감이 적극적으로 퍼트릴 줄은 몰랐지만, 공동 연구를 한다는 정보를 아는 학생은 많아요. 완전히 결정된 분위기던데요?"

리젤레타가 그렇게 말하자, 견습 문관으로 전문동에 드나들게 된 필린노도 고개를 크게 끄덕였다.

"성과를 발표하면 훌륭한 연구라고 다들 극찬할 거예요. 우리 공동 연구에 참여하게 해달라고 힐쉬르 선생님께도 여러 영지의 제의를 받으셨대요."

하지만 대영지나 왕족과 인연을 만들려는 의도거나, 연구 성과에 발만 담그려는 꼼수가 훤히 보여서 연구 샘플에 적합하지 않다며 거절했다고 한다.

'지금까지 움직이지 않아서 몰랐을 뿐이지, 힐쉬르 선생님, 진짜 유능하긴 하구나.'

"군돌프 선생님한테도 드레반헬과의 연구에 흥미를 드러내는 영지가 많다고 합니다. 그쪽은 군돌프 선생님이 알아서 연구 성과나 능력이 없는 자를 끊어내실 테니 그렇게 걱정은 하지 않으셔도 됩니다."

"오히려 이그나츠 님이나 마리안네 님의 능력을 선생님이 만족하실지가 걱정이에요. 로제마인 님을 기어코 밖으로 끌어내려는 의도가 손바닥 보듯이 훤하니까요."

측근들의 평가로 보건대 역시 군돌프에겐 위험한 냄새가 난다.

'역시 군돌프 선생님은 멀리해야지.'

귀족원 상황의 정보를 모으면서 나는 시험을 치르러 문관 전문동에 있는 프라우렘의 연구실에 들어갔다. 문관의 연구실이라면 힐쉬르와 군돌프 연구실처럼 자료들이 수북하게 쌓여 있고, 소재나 도구로 넘쳐날 줄 알았는데, 그렇지 않은 연구실도 있는 모양이다. 깔끔하게 정돈된 연구실의 모습에 감탄이 흘러나왔다.

'우와! 정리정돈이 진짜 잘 되어 있어! 역시 정보 수집과 자료 정리 수업을 담당할 만하네.'

본인만의 규칙이 있고, 살짝 튀어나온 부분조차 없는 칼 같은 느낌이 왠지 프라우렘다웠다.

"단도직입적으로 로제마인 님께 묻겠습니다. 에렌페스트가 단켈페르거와 드레반헬과 공동 연구를 한다는 소문이 돌던데, 그게 정말인가요?"

힐쉬르의 말대로 그것이 제일 궁금했던 모양이다. 나는 여유롭게 웃어 보였다.

"그러고 싶은 마음은 있지만, 두 곳 모두 아우브의 허가가 아직 떨어지지 않아 확실히 말씀드리기가 어려워요. 두 사감의 의욕이 대단하시니 시간문제이겠지만요."

그것보다 시험을 시작했으면 하는데요, 라고 말하자, 프라우렘은 "어쩜!" 하고 눈꼬리를 치켜 올렸다.

"로제마인 님은 아렌스바흐와의 관계를 좀 더 생각하셔야 하지 않을까요? 당신의 스승이 디트린데 님과 결혼하면 두 영지의 관계도 더욱 깊어질 텐데, 이렇게 아렌스바흐를 무시하면 안 되죠."

"저도 아렌스바흐와의 관계를 고려하고 싶은 마음은 간절하지만, 글루크리테트의 축복을 받지 않으면 페르디난드 님은 오르도스넬리를 받아들여주지 않으시는걸요. 저도 난처해요."

시험에 합격하지 않으면 상담도 할 수 없다고 가볍게 흘려 넘기자, 프라우렘은 아주 잠깐 분한 표정을 보이더니, 시험 문제를 내주었다. 작년처럼 일부러 꼰 문제도 없어서 답을 술술 써서 제출했다.

"그럼 힐쉬르 선생님을 부르겠습니다."

뭔 말이냐는 듯 눈을 크게 뜬 프라우렘 앞에서 나는 과장되게 눈을 동그랗게 뜨고 뺨에 손을 가져갔다.

"어라? 이제 견습 문관 수업도 통과했으니 아렌스바흐와의 공동 연구 얘기를 하시려는 거 아니었어요? 제가 뭐 잘못 말한 것 있나요?"

"아, 아뇨. 공동 연구에 관한 얘기를 해야죠. 그런데 힐쉬르 선생은 왜 부른다는 거죠?"

설마 내가 쉽사리 공동 연구 얘기를 꺼낼 줄은 몰랐는지, 프라우렘이 눈을 끔뻑였다. 이 선생은 자기 예상에서 벗어나면 정말 쉽게 당황했다.

"힐쉬르 선생님은 에렌페스트의 사감이시니까 이런 얘기에 참여해야 아우브께 보고를 올릴 수 있잖아요."

앞선 공동 연구의 합의 자리에는 동석하지 않았다는 말은 숨기고, 나는 싱긋 웃은 후 곧바로 올도난츠를 날려 보냈다.

"힐쉬르 선생님, 프라우렘 선생님과 공동 연구 얘기를 나누려고 하는데, 시간 괜찮으세요?"

"그럼요."

기다리고 있었는지, 올도난츠가 돌아오고 얼마 안 있어 힐쉬르가 찾아왔다. 나와 프라우렘을 보더니 가벼운 한숨을 내쉬었다.

"잘 지냈나요, 프라우렘. 그나저나 로제마인 님? 공동 연구 얘기를 한다는 건 수업을 전부 통과했다는 뜻이겠죠? 수업을 끝내기 전까지 연구실에 못 온다면서요."

"오늘 프라우렘 선생님 수업으로 끝이에요. 아아, 아직 다 안 끝났네요. 채점이 끝날 때까지가 수업이니까. 그럼 채점을 부탁드려도 될까요?"

힐쉬르도 왔으니, 프라우렘에게 채점을 부탁했다. 제삼자가 지켜보는데 채점에 손을 대지는 못할 터이다. 프라우렘이 인상을 팍 찡그리고 힐쉬르를 쳐다보면서 자기 책상에서 채점하기 시작했다. 부정행위를 하는지 지켜보던 힐쉬르가 어이없는 표정을 지었다.

"프라우렘, 당신……."

"어머, 나도 참, 시험 문제를 잘못 냈나 보네요. 오호호……."

"……그래도 로제마인 님이 잘 푸셔서 다행이네요."

"네? 뭐라고요?!"

프라우렘이 눈꼬리를 찢으며 시험용지를 빤히 들여다봤다.

"뭐가 잘못됐어요?"

"……5학년생이 풀 만한 시험내용이었어요. 이걸 로제마인 님은 어떻게 푸신 거죠?"

"어떻게 풀다니요. 최종학년의 수업 범위까지 페르디난드 님에게 배워서 어느 학년의 문제든 풀 수 있어요."

졸업 직전까지의 내용을 한꺼번에 배워서 솔직히 어디서 어디까지가 3학년 과정인지는 모른다. 문제도 그렇기 어렵지 않아 쉽게 풀었고 말이다.

"페르디난드 님도 참 독하네요……. 그걸 따라가는 로제마인 님도 대단하시고요."

이마를 짚는 힐쉬르의 뒤에서 프라우렘이 "비상식적이야."라는 말만 되풀이했다. 비상식적인 건 다른 학년 문제를 낸 프라우렘과, 거기에 대항할 만큼 공부를 시킨 페르디난드이지, 내가 아니다.

"그럼 수업은 통과한 거죠? 아니면 3학년 내용으로 다시 칠까요?"

"프라우렘, 공동 연구에 관해 얘기한다면서요. 시험을 다시 치르겠다고요?"

나와 힐쉬르가 동시에 묻자, 프라우렘은 얼굴을 붉으락푸르락하며 "시험은 됐습니다!" 하고 히스테릭하게 소리쳤다. 그리고 협상 분위기를 만들려고 조금 거칠게 털썩 의자에 앉았다. 저렇게 앉으면 엉덩이 아플 텐데, 라는 생각이 들 정도로 그녀의 분노와 불쾌함이 노골적으로 전해져왔다.

하지만 나는 일부러 모른척했다. 프라우렘이 불쾌감을 내비치든 말든, 나와 힐쉬르는 눈치 없는 척 공동 연구에 관한 이야기를 진행했다.

"힐쉬르 선생님 연구실에 라이문트가 있어서 아렌스바흐와 공동 연구를 하는 건 그렇게 어렵지 않을 거예요. 라이문트는 페르디난드 님의 제자인데, 지금은 측근이 되었을 거거든요. 그와 제가 마술구 연구를 해서 발표하면 그게 바로 공동 연구죠."

내 말에 "아이고!" 하고 프라우렘이 소리쳤다.

"그러면 힐쉬르의 연구가 되어 버리잖아요! 그걸 아렌스바흐와의 공동 연구라고 할 수 없어요!"

"아니요. 원래 라이문트의 주도로 진행된 연구니까, 영지 대항전 때 아렌스바흐에서 발표하게 될 거예요. 하지만 힐쉬르 선생님은 페르디난드 님과 라이문트의 스승이고, 전 페르디난드 님의 제자니까 연구 장소로는 힐쉬르 선생님의 연구실이 최적이에요."

그렇게 말하며 나는 프라우렘을 향해 싱긋 웃었다.

"그런데 참 난처한 것이, 힐쉬르 선생님과 라이문트는 연구에 푹 빠지면 보고를 빼먹을 가능성이 아주 크거든요. 그 점은 프라우렘 선생님도 잘 아시죠?"

"알다마다요. 연구에 정신이 팔린 힐쉬르가 정확한 보고를 할 리가 없고말고요."

연구에 몰두한 힐쉬르에게 된통 당한 적이 있는지, 프라우렘은 인상을 찌푸리며 고개를 저었다. 반면에 힐쉬르는 웃으며 시치미를 툭 뗐다.

"그래서 공동 연구를 하게 된다면 아렌스바흐에 계시는 페르디난드 님과 비신(飛信)의 여신 오르도스넬리가 나서주시기를 바라고 있어요."

공동 연구를 스승에게 상담한다는 모양새를 취하면 아렌스바흐에 있는 페르디난드와 쉽게 연락을 주고받을 수 있다. 또 프라우렘의 체면을 세워주는 척 그녀를 통해 아렌스바흐와 연락을 취하면 페르디난드와의 연락 경로가 하나 더 늘어나게 되는 셈이다. 당연히 감시와 검열을 거쳐야 하니 민감한 정보를 보내지는 못하겠지만, 라이문트 외에 경로가 하나 더 생겼다는 것에 큰 의미가 있다.

"페르디난드 님이 계시는 아렌스바흐와 에렌페스트의 관계를 돈독히 만들어줄 공동 연구를 성공시키기 위해, 아렌스바흐의 사감이신 프라우렘 선생님께서 오르도스넬리가 되어 주시지 않겠어요?"

모든 보고를 검열할 수 있고, 두 영지의 관계를 깊이 이어주는 역할이 썩 마음에 든 모양이다. 내 권유에 프라우렘이 입꼬리를 올리며 씩 웃었다.

"좋습니다. 사감의 역할을 다해 내가 보고를 해드리죠. 그런데 말이죠, 로제마인 님. 언행을 조심하지 않으면 아렌스바흐와 에렌페스트의 관계에는 금이 가고, 결과적으로 페르디난드 님께 폐가 갈 겁니다. 부디 주의하시길."

힐쉬르가 "이걸로 얘기는 성립되었네요." 하고 자리에서 일어나더니 나를 재촉해 방을 나가려고 했다. 함께 방을 나가려고 할 때 문득 프라우렘이 내게 물었다.

"로제마인 님, 요즘 몸은 어떠세요? 무슨 변화가 있나요?"

느닷없는 질문의 의도를 몰라 나는 고개를 갸웃거렸다. 프라우렘은 억지로 걱정하는 듯한 표정으로 말을 덧붙였다.

"너무 허약하시니까요. 공동 연구와 사교를 잘 하실지 조금 걱정이 되어서 물어봤어요."

"……변화는 약간 있습니다. 뭐, 썩 좋지 않은 쪽으로……."

뭘 확인하려는 걸까. 나는 끝말을 흐리고는 웃었다. 거짓말은 하지 않았다. 음악으로 축복 테러를 일으켰고, 봉납가무에서 빛을 뿜는 등 여러 가지 의미로 좋지 않은 방향으로 변화가 있기는 했으니까.

"그런가요."

어렴풋이 미소를 지은 프라우렘의 눈빛이 살짝 번뜩였다. 그렇게 좋은 느낌은 아니었다.

힐쉬르 연구실의 전속 사서

문관 코스의 시험을 끝낸 나는 얼른 단켈페르거와의 다과회 일정을 정하기 위해 의견을 구했다. 레스티라우트나 한넬로레는 물론이고, 동석했으면 싶은 클라리사의 수업 진행 상황, 공동 연구에 관한 아우브의 답변 등, 상대편도 여러모로 고민할 것들이 있다. 급하게 답장하지 않아도 된다, 라고 브륀힐데에게는 전하게 했다.

"아직 아우브 단켈페르거로부터 답을 듣지 못했다고 합니다. 영지에서 답장이 오는 대로 빈 일정을 알려주시겠답니다."

그날 저녁 식사 후, 브륀힐데가 단켈페르거의 회신을 가져와주었다. 나는 곧바로 다과회를 열 수 없음을 깨닫고, 리젤레타를 쳐다보았다.

"내일부터 난 힐쉬르 선생님의 연구실에 갈 거예요. 준비를 부탁해도 되겠죠?"

"맡겨주세요. 특히 청소도구는 꼭 챙겨놓겠습니다. 그 연구실에 로제마인 님이 들어가셔야 하니까요."

손이 근질근질하네요, 라며 리젤레타가 청소도구를 고르기 시작했다. 레오노레는 바로 호위 기사의 일정을 물어보러 방을 나갔다. 참으로 든든한 측근들이다.

"내일 준비는 여러분에게 맡길게요. 난 편지를 써야 해서 비밀의 방에 있을게요."

나는 페르디난드 앞으로 보낼 편지를 쓰기로 했다. 사라지는 잉크를 써야 하는 내용이 어찌나 많은지, 시종들이 돌아다니는 방에서는 도무지 쓸 수가 없었다. 나는 비밀의 방에 들어가, 페르디난드에게 받은 잉크로 몇 장에 걸쳐 빽빽하게 써넣었다. 시간순으로 내가 저지른 짓과 상담할 내용들을 썼는데, 다시 읽어보니 완전히 막장이었다.

"가호를 받는 의식에서 최고신이 계시는 높은 곳으로 이어지는 계단을 올랐습니다. 그곳에서 무슨 일이 있었는지 힐쉬르 선생님이 궁금해하고 있어요. 제단 위에서 본 마법진을 옮겨 그렸는데, 양아버님께 보여드려야 할까요? 그리고 가호가 너무 많이 늘어서 슈타프의 허용 범위를 넘어 버린 바람에 까딱하면 멋대로 축복이 튀어나와서 미치겠어요. 해결방법으로 마력 압축을 줄이고, 최대한 마력을 많이 쓰려고 노력 중입니다만, 무슨 다른 방법은 없을까요?…… 하아. 이게, 이해가 되려나? 아냐, 페르디난드 님이라면 분명 이해할 거야!"

괜찮겠지, 하고 스스로를 설득하며 책상 위에 편지지를 펼쳐서 잉크를 말렸다. 그 동안에 프라우렘의 경유로 보낼 편지에도 사라지는 잉크를 써야겠다는 생각이 스쳤다. 라이문트와 프라우렘, 각자에게 넘겨준 편지가 도착하기까지 얼마나 차이가 날지, 애초에 페르디난드에게까지 가기나 할지, 실험을 하고자 '이건 프라우렘 선생님 경유로 보내는 편지입니다. 제대로 받으셨나요?'라고 써보았다. 잉크가 말라 글씨가 지워지면 그 글 위에 무난한 내용을 써야 했다.

'프라우렘 선생님이 읽어도 상관없는 내용이, 대체 뭘까? 어렵네.'

"그럼 샤를로테. 나 연구실에 다녀올게요."

다음 날 나는 다목적 홀에 있는 샤를로테에게 말을 걸었다. 샤를로테는 아직 실기가 남았지만, 오늘은 수업이 없는지 마목의 종이 연구로 마리안네와 얘기를 나누는 중이었다.

"······아무리 봐도 연구실에 가져가는 준비물들이 아닌 것 같은데요, 언니."

샤를로테는 리젤레타가 준비한 짐을 보더니 눈을 끔뻑였다. 도서관에서 출장 다과회를 열 때처럼 왜건에 짐들이 수북이 쌓여 있다. 연구 준비물이라기엔 지나치게 많은 짐을 보며 나는 씁쓸하게 웃었다.

"청소도구와 힐쉬르 선생님한테 줄 디저트예요."

그곳 연구실 사람들은 폐인 같은 생활을 한다. 내가 샤를로테에게 힐쉬르네 연구실의 참상을 설명하자, "책에 빠지면 폐인처럼 사시는 공주님이 할 말은 아닌 듯합니다만." 하고 리카르다가 한숨을 푹 쉬었다.

나는 웃어넘기며 기숙사를 나왔다. 이미 수업이 시작했을 시간이라 복도는 인기척이 없어 횅했다. 오늘의 동행자는 시종인 리젤레타와 리카르다, 견습 문관인 로데리히, 호위 기사는 마티아스와 테오도르 두 사람이다.

"문관 전문동에 들어가는 거 처음이에요."

두 호위 기사가 그렇게 말하며 문관의 전문동을 올려다보았다. 안에 들어가자, 마티아스가 "기사 전문동과 달리 개별 방이 많네요."라고 중얼거렸다. 문관 전문동은 소재를 관리하는 창고와 같은 방도 많고, 개별 연구실이 있어 문이 많았다. 훈련 시설 집합소인 기사 전문동은 모든 전문동 중에서 가장 크고 넓고, 외진 곳에 있다. 대부분 시설이 큼지막하고, 선생들이 쓰는 방 말고는 개별 방이 없다고 한다.

"······윽, 뭔가 이상한 냄새 안 납니까?"

테오도르가 콧잔등을 찡그리며 주변을 두리번거렸다. 호위 기사라서 코를 틀어막지는 않았지만, 끔찍한 냄새를 맡은 표정이었다.

"테오도르는 조합 실기를 아직 안 해봐서 처음 맡는군요. 이건 약초와 소재 냄새예요. 여러 가지를 섞으면 악취가 나는데, 곧 익숙해질 거예요."

내가 키득키득 웃으며 그렇게 말하자, 테오도르가 "정말 익숙해질까요?"라며 의심스럽게 주변을 둘러보았다.

"걱정 말아요. 회복약을 직접 만들고, 훈련 중에 회복약을 물처럼 먹게 되면 익숙해질걸요? 필요하다면 이것보다 더 고약한 약도 먹어야 할거예요. 이 정도 냄새야 페르디난드 님이 주는 약에 비하면 껌이죠."

테오도르의 얼굴이 굳었다. 대체 뭘 먹고 계신 겁니까?! 라는 생각이 표정에 고스란히 드러났다. 배려심이 한 방울 들어가도 샤를로테가 기겁하던 약이다. 원액은 더 끔찍하리라.

힐쉬르의 연구실 앞에 도착하자, 리젤레타가 한발 먼저 청소용 마술구를 실은 왜건을 밀며 안으로 들어갔다.

"로제마인 님은 잠시 뒤에 들어오십시오. 들어오셔도 되는 상태인지 아닌지 확인하겠습니다."

처음 힐쉬르의 연구실에 왔을 때, 바닥에 나뒹구는 잡동사니들을 무조건 빨아들이는 마술구를 리젤레타가 작동하려고 하자, 우왕좌왕하던 힐쉬르와 라이문트의 모습을 떠올렸다.

"……중요한 물건까지 싹 없애버리지 않아야 할 텐데."

"어젯밤에 올도난츠로 청소하시라고 권고해 뒀으니, 중요한 물건은 치워두셨겠죠."

그렇게 말하는 리카르다의 등 뒤에서 "리젤레타, 잠깐만요!" 하는 힐쉬르의 당황한 목소리가 들려왔다. 권고를 받아놓고도 연구에만 빠져 있었던 모양이다. 리카르다가 한숨을 푹 쉬며 고개를 저었다.

"로제마인 님, 이제 됐습니다."

활짝 웃는 리젤레타가 문을 열어주어서야 나는 연구실로 들어갈 수 있었다. 조합용 책상 위에 수북이 쌓여 있는 자료더미가 보였다. 분명 힐쉬르가 허겁지겁 바닥에서 살려낸 자료일 터이다.

"힐쉬르 선생님, 라이문트는요?"

"수업을 받으러 갔어요. 공동 연구에 관한 자세한 얘기는 라이문트가 오면 그때 합시다."

라이문트도 하나둘 수업을 통과하고 있어 조금씩 여유가 생긴 모양인지, 가끔 연구실에 얼굴을 내민다고 한다.

"그동안에 이 자료를 읽어보세요. 공동 연구에 관련된 자료입니다. 내용을 이해해 두면 이야기도 빨라질 거예요."

그것은 설계도와 메모였는데, 지금부터 만들 물건에 관한 자료인 듯했다. 책상 위에 대충 쌓아서 툭 건드리면 와르르 쏟아질 것 같은 자료더미와 연구실 책꽂이에 깔끔하게 정리된 자료를 번갈아본 나는 힐쉬르에게로 고개를 홱 들었다.

"힐쉬르 선생님, 자료를 읽기 전에 우선 정리 좀 하고 싶은데, 괜찮을까요? 저 책꽂이처럼요."

"저기에 꽂혀 있는 건 전부 연구가 끝난 것들이고, 페르디난드 님이 다 정리하신 거예요. 들어오자마자 정리부터 꺼내다니, 누가 사제지간 아니랄까 봐. 이 책상에 있는 재료는 정리하시든가 마음대로 하세요."

"……예? 페르디난드 님이 정리했다는 말은 10년이나 이대로 방치해뒀다는 뜻이에요?!"

"작년 이맘때쯤에도 오셨잖아요. 자기 마술구를 챙겨가려고."

그때 마술구뿐만 아니라, 두고 가면 안 된다고 판단한 설계도와 연구 결과 등의 자료도 몽땅 가져가는 김에 유스톡스와 에크하르트를 시켜

책꽂이를 정리하게 했다고 한다.

'와우. 이런 스승의 뒷바라지를 했었다니, 페르디난드 님도 참 고생이 많았겠어.'

나는 페르디난드의 분류 방식대로 정리할 수 있게 책꽂이에서 자료 몇 가지를 꺼냈다. 연구마다 목패에 정리되어 있고, 내용은 시간 순이다. 군데군데 정리되어 있는 양피지는 페르디난드의 연구 자료였다. 글씨체로 금방 알아보았다.

'어? 이거 스무 가지 불가사의에 관한 연구다.'

유스톡스가 모아온 불가사의의 내용이 쭉 적혀 있고, 그 뒤에 간략한 지도가 붙어 있었다.

'이거 귀족원 지도 맞지? 호오, 거의 원형이구나.'

추운 날씨 속에서 기수를 타고 돌아다닌 적이 거의 없어서 귀족원의 부지가 어떤 모양인지 잘 몰랐다. 보물뺏기 디터가 존재했을 땐 모두가 귀족원 지형을 파악했었다, 라고 리카르다와 보니파티우스에게 들은 적이 있었다.

'분명 이게 스무 가지 불가사의가 있었던 곳들일 거야.'

스무 가지뿐일까. 그보다 더 많은 점들이 찍혀 있다. 뭘 검증한 것인지, ○과 ×가 표시되어 있었다. 십년도 전에 그린 지도여서일까. 낡은 느낌이 마치 보물지도 같다. 그런데 스무 가지 불가사의 연구는 너무나 부자연스러운 부분에서 끊겨 있었다.

"선생님, 이건 페르디난드 님이 한 연구죠? 어디에도 결과가 안 보이는데……."

"그 분의 연구는 발표할 것이 아니면 대체로 중단한 게 많아요."

"그래요?"

"네. 결과를 알고 본인만 납득하면 끝이니까요. 자료로 남기지 않았거나, 안 남기는 편이 좋다고 판단해서 일부러 기록하지 않았거든요."

영지의 지원금으로 연구하면 반드시 보고를 올려야 하지만, 자기 돈으로 취미로 한 연구는 자료를 남기지 않는 경우도 허다하다고 한다.

'재미있어 보여서 마지막까지 보고 싶었는데.'

입술을 삐죽인 나는 분류 방법과 철 방법을 확인하고, 자료를 덮었다.

"자, 페르디난드 님의 정리 방법도 파악했으니 바로 이쪽 자료도 정리해 볼까요?"

똑같은 방식으로 정리하는 것이 가장 좋다. 힐쉬르와 라이문트도 헤매지 않고 자료를 찾기 쉽다. 나는 허리끈을 하나 풀어서 팽팽하게 잡아당겼다.

"공주님, 뭐 하시려는 거죠?"

"……소매가 거치적거려서 걷어 올리려고요."

"그런데 꼭 그런 식으로 걷어 올리셔야 하나요?"

리카르다가 의아하게 쳐다보는 가운데, 나는 얼른 거추장한 소매를 끈으로 흘러내리지 않게 정리했다. 완벽하다며 흡족해하자, 리카르다가 "공주님, 이렇게 맨팔을 드러내면 보기에 좋지 않습니다."라며 당장에 끈을 풀어 버렸다.

"공주님은 앉아서 지시만 내리시면 돼요. 저와 리젤레타가 정리할 테니까요."

결국 나는 리카르다가 마련한 의자에 앉아 조합 책상 위에 쌓인 종이와 목패를 분류해야 했다. 쭉 훑어보고, 누구의 어떤 연구인가로 나눈

다. 그것을 리카르다와 리젤레타가 분담해서 상자에 담거나, 철을 하고 책꽂이에 꽂아 넣었다.

"이 자료는 힐쉬르 선생님이 지금 진행하는 연구 자료 아닌가요?"

"예. 한참 안 보여서 찾고 있던 거네요."

"라이문트의 자료도 이 책꽂이에 넣으면 되나요? 자기 기숙사에 안 가지고 가요?"

"졸업할 때 본인이 판단하겠죠. 시간이 지나면 쓸모없어지는 자료도 많거든요."

하나둘 정리가 끝날수록 연구별로 자료가 차곡차곡 꽂혔고, 조합용 책상 위가 깨끗해졌다.

"로제마인 님, 여기에도 자료가 남아 있네요. 이것도 같이 정리해주세요."

"맡겨주세요."

힐쉬르에게 자료를 건네받고, 들어갈 자리에 집어넣었다.

'이거, 힐쉬르 연구실의 전속 사서 같지 않아?'

아무도 인정해주지 않아도 기분만큼은 연구실 소속 사서다. 도서 위원이 되어서 한 일이라고는 마력 공급뿐이었다. 귀족원에 온 이래로 오늘이 가장 사서다운 일을 하고 있는 것이 아닐까. 콧노래가 절로 나왔다.

'어떡해. 나 지금 너무 신나!'

내가 들뜬 기분으로 자료 정리에 몰두하는 사이에 네 점 종이 울렸다. 그러자 조금 뒤 라이문트가 "힐쉬르 선생님, 큰일났……." 하고 비틀거리며 연구실에 들어왔다. 그 직후, 눈이 휘둥그레지더니 "죄송합니다. 잘못 들어왔습니다!" 하고 후다닥 나가 버렸다.

"……잘못 들어온 거 아니죠?"

나와 리젤레타가 얼굴을 마주 보자, 힐쉬르가 키득키득 웃었다.

"연구실이 너무 깨끗해서 착각했나 보네요. 금방 돌아올 거니까 식사 준비나 하죠. 거기에 음식 가져온 거 맞죠?"

힐쉬르가 기쁜 듯 입꼬리를 올리며 왜건을 가리켰다. 마침 배가 고플 시간이다. 깔끔하게 정리한 조합용 책상 위를 닦은 뒤 리젤레타와 리카르다가 식사 준비를 시작했다.

식사 준비가 끝날 때쯤 노크 소리가 나고, 문이 열리며 라이문트가 슬그머니 얼굴을 내밀었다. 여전히 옷은 지저분하고 검은머리는 부스스했다. 순간 리젤레타가 가져온 음식 냄새에 라이문트의 배에서 소리가 울렸고, 창피한지 시선을 피했다.

"라이문트, 들어오기 전에 바셴을 쓰던지 해서 깨끗한 몸으로 들어오세요. 그런 꼴로 로제마인 님 앞에 서면 혼날 줄 알아요."

리젤레타가 웃으며 라이문트를 떠밀어 내보내고 문을 닫았다. 라이문트가 문 밖에서 바셴을 쓴 후 다시 들어왔다.

"실례가 많았습니다."

라이문트가 겨우 들어오면 점심식사다. 음식을 먹으며 힐쉬르가 공동 연구에 관한 화제를 꺼냈다. 라이문트는 힐쉬르가 먹고 넘긴 음식을 먹으며 어깨를 떨궜다.

"역시 제가 잘못 들은 게 아니었군요."

어젯밤 디트린데의 호출을 받고, "아렌스바흐의 대표로서 부끄럽지 않게 페르디난드 님과 자주 연락해서 연구하여야 할 거예요."라는 신신당부를 들었다고 한다.

"지금까지 디트린데 님과 일절 접촉한 적이 없어서 깜짝 놀랐는데,

본인의 약혼자의 제자니까 신경이 쓰이셔서 그러는 줄 알았거든요.”

라이문트는 영지 대항전의 연구 발표 얘기라고 착각하고 “성심을 다해 노력하겠습니다.”라고 대답했다. 그랬더니 오늘 아침에는 수업에 가려다 사감인 프라우렘에게 불려가서는 “공동 연구 개요가 정해지면 보고하세요.”라는 말을 듣고 당황했다는 것이다.

“대체 뭔 일인가 싶어서 힐쉬르 선생님께 상담하려고 여기에 온 거였어요.”

힐쉬르는 라이문트의 접시에 음식을 덜어주며 그간의 과정을 설명했다.

“에렌페스트가 단켈페르거, 드레반헬과 공동 연구를 하게 되었거든요. 둘 다 주목도가 높은 연구예요. 아마 프라우렘은 중앙에 보고할 공적이 필요한 거겠죠. 페르디난드 님을 통해 관계가 깊어진 아렌스바흐도 공동 연구에 발을 담그려고 생각했던 모양이에요.”

‘응? 힐쉬르 선생님이 부추긴 거 아니었나?’

문득 그런 생각이 스쳤지만, 내가 문관 코스 시험을 무사히 통과하도록 손을 써준 고마움에 굳이 지적하지는 않았다. 라이문트도 우리가 부추긴 쪽보다 자기네 사감이 꺼낸 제안이라고 생각하는 쪽이 받아들이기 쉬우리라.

“두 사람 다 페르디난드 님의 제자잖아요. 라이문트가 설계 부분을, 로제마인 님이 제작 부분을 담당하면 이대로도 훌륭한 공동 연구가 아니겠어요?”

“……시제품을 로제마인 님께서요? 영주 후보생에게 제작을 부탁하다니 말도 안 됩니다.”

라이문트가 파란 눈동자를 크게 뜬 채 힐쉬르를 보았다. 부들부들 떠는 그와 달리 힐쉬르는 "로제마인 님이 적합자예요."라고 태연하게 말했다.

"로제마인 님은 페르디난드 님께 철저히 배웠기 때문에 실천적 조합에도 익숙하고, 시간 단축 마법진도 쓸 줄 알아요. 또 마력이 넘쳐나는 영주 후보생이라 조합을 여러 번 할 수 있어요. 다만 발상이나 조합 실력에 비해 마법진 설계 실력은 평범하죠. 수업은 평범하게 따라와도 연구자로서는 부족해요. 그러니까 두 사람이 팀을 이루면 좋은 결과를 낼 수 있을 거예요."

듣자하니 내게는 라이문트와 페르디난드와 같은 마법진 설계 센스가 없는 모양이다.

"그리고 이 공동 연구를 성공시킨 두 사람이 제자라는 사실이 알려지면 페르디난드 님에게도 도움이 되겠죠."

스승 덕분에 공동 연구가 성공했다는 식으로 소문이 나면 아렌스바흐에서 그의 중요도가 높아질 거라고 한다. 처우 개선을 위해서라는 말을 들으면 어찌 노력하지 않을 수가 있겠는가.

"페르디난드 님의 입지를 탄탄히 하고, 중급 귀족인 라이문트가 영주 일족의 측근으로 인정받고, 또 제 도서관 마술구를 만들기 위해, 함께 힘내보아요."

"주변에서 저렇게 의욕을 보이는데 이제 와서 거절하기도 어렵겠네요……. 거절하면 디트린데 님과 프라우렘 선생님한테 밉보이겠지요?"

라이문트가 질렸다는 얼굴로 말한 뒤 공동 연구 제안을 받아들여 주었다.

"그럼 점심을 먹고 나서 바로 작품을 만들게요. 설계도랑 설명을 해 주세요."

"알겠습니다. 잘 부탁드립니다."

점심식사 후, 나는 오전 중에 정리한 책꽂이를 안내했다.

"여기서부터 여기 선반까지가 라이문트의 연구 자료예요. 최대한 날짜순으로 정리했어요."

"연구실 자료가 이렇게 깔끔하게 정리된 적은 처음입니다."

감동한 라이문트에게 사서의 실력을 칭찬받아 기분이 좋아진 나는 오후 수업을 받으러 가는 라이문트를 배웅한 뒤, 오로지 조합에만 집중하며 시간을 보냈다. 라이문트가 두고 간 설계도를 보면서 하나둘 마술구를 만들고, 힐쉬르에게 불려가는 족족 마술구에 마력을 쏟았다. 부족한 완력은 신체 강화로 키우고, 부족한 체력은 체력만 회복시키는 약으로 보충하고…….

'응, 이 연구실은 지옥이야. 이렇게 살다간 약에 쩔겠어.'

수업을 끝내고 돌아온 라이문트에게 나는 자신만만하게 시제품을 선보였다.

"어때요? 주문한 대로 나왔나요? 내가 힘 좀 썼거든요."

칭찬을 받으려고 의욕을 불태웠던 나는 라이문트의 앞에 시제품들을 나열했다. 두근거리는 마음으로 반응을 지켜봤더니, 오히려 그의 어깨와 고개가 힘없이 축 늘어졌다.

"……그렇게 실망할 정도로 별로예요?"

"아닙니다. 마력의 격차를 직접 보니, 조금 아찔해져서 그런 겁니다."

마력이 적은 라이문트는 시제품을 조합하려면 회복약을 먹어야 하는데, 그래도 하루에 하나 만들까 말까라고 한다. 네 개의 마술구가 나열된 순간 세상의 불공평함에 통감했다고 했다.

"이거로 페르디난드 님께 합격 여부를 여쭙겠습니다."

"그럼 내일 보내줄래요? 편지도 같이 보내고 싶거든요. 프라우렘 선생님 경유로 페르디난드 님에게 보내는 편지도 있고…….''

이 연구실 멤버는 보고를 깜빡할 가능성이 아주 높으니 내가 보고의무를 지겠다고 하자, 안심한 듯 라이문트의 표정이 밝아졌다.

"그래주시면 정말 감사하겠습니다. 이미 프라우렘 선생님이 보고하라고 당부하셨거든요…….''

다음 날, 나는 마술구 제출과 함께 페르디난드에게 보낼 편지와 프라우렘 경유로 보낼 편지까지 라이문트에게 맡기고, 비신의 여신 오르도스넬리에게 기도를 바쳤다.

'부디 페르디난드 님한테 제대로 편지가 가게 해주세요.'

왕족의 의뢰

페르디난드의 답장은 없었다. 대신 에그란티느의 초대장을 브륀힐데가 가져왔다.

"로제마인 님, 왕족이 책벌레 다과회를 여신대요."

"……아직 에그란티느 선생님께 문관 코스를 수료했다는 연락을 안 넣었는데, 왜 다과회 초대를 한 걸까요? 혹시 브륀힐데가 알렸어요?"

내가 눈을 끔뻑이자, 브륀힐데가 가벼운 한숨을 쉬었다.

"선생님들 사이에서는 로제마인 님이 벌써 수업을 끝냈다는 소문이 났어요."

"……생각보다 선생님들의 정보 공유가 활발한가 보네요."

"여러 중요한 공동 연구를 발안하신 로제마인 님은 선생님들 사이에서도 주목의 대상인걸요."

대체 언제부터 어떻게 시작하는가, 누가 얼마만큼 관여하는가, 다들 궁금한 모양이다. 내 정보가 선생들로부터 왕족인 에그란티느의 귀에까지 흘러가는 건 어찌 보면 당연했다.

"에그란티느 님께서 책벌레 다과회를 주최하신 건 도서관 관계자들을 한자리에 모으기 위해서인 것 같네요. 두 사서를 모두 초대한 건 도서관 이용자가 늘면 하기 어려워지니까 최대한 빨리 열고 싶다고 하세요."

아마 관리자가 한넬로레로 바뀌어 버린 문제를 얘기하려고 도서관 관계자들을 모은 것이다. 다과회의 형식을 띠지만, 이건 왕족의 호출이나 다름없었다.

"어디서 연대요?"

"에그란티느 선생님이 지내시는 별궁이라고 합니다. 참가 인원수를 고려하면 도서관 집무실은 좁으니까요. 그리고 일반적으로 주최자의 다과회실을 사용합니다. 사서가 도서관을 벗어나지 못한다고 도서관 집무실에서 다과회를 열려는 분은 로제마인 님뿐일 거예요."

브륀힐데가 씁쓸하게 웃으며 참가 예정자를 알려주었다. 사서 두 사람과 도서위원 세 사람. 그리고 개최자인 에그란티느와 아나스타지우스라고 했다. 왕족이 셋이나 있는 데다가 각자의 측근까지 줄줄이 따라온다고 생각하면 확실히 도서관 집무실로는 턱없이 좁으리라.

'하긴 슈바르츠와 바이스의 관리자를 변경하자는 얘기를 할 때도 바글바글했었지.'

"그런데 아나스타지우스 왕자님도 온다고요? 바빠서 귀족원에 올수 없으니까 입학도 하기 전인 힐데브란트 왕자님을 보낸 것 아니었어요?"

왕자의 역할을 거절해놓고, 다과회에만 쏙 참여하다니. 마치 에그란티느를 에워싼 에이비리베 같다. 그렇게 생각하게 되는 건 음악 선생님들의 다과회에 난입한 인상이 강하게 박혀서일까?

'결혼도 했는데, 에그란티느 님한테 붙어 다니지 말고 남자답게 쿨하게 가면 될 텐데 말이야.'

하지만 힐쉬르 선생의 말대로라면 아나스타지우스가 단켈페르거와의 공동 연구에 조언을 줬다고 하니, 고맙다는 말은 해야 할 듯했다. 알고는 있지만 그래도 귀찮다는 마음을 감추기는 어려웠다.

"한넬로레 님도 초대받으셨고, 왕족이 초대한 다과회를 빠질 순

없죠."

연락 부족으로 한넬로레는 본의 아니게 관리자가 되고 말았다. 에그란티느에게 사정 설명을 할 때 불안해하던 그녀를 혼자 놔둘 순 없었다. 하지만 보호자들이 '되도록 가까이 가지 말라'고 신신당부하던 왕족의 호출이 오고야 말았다. 나도 모르게 우울해졌다.

"너무 그렇게 울적한 표정 짓지 마세요, 로제마인 님. 아나스타지우스 왕자님께서 책벌레 다과회를 위해 왕궁 도서관에서 책을 빌려주시겠답니다."

'왕궁 도서관의 책?! 어쩜 좋아, 가슴이 뛰네!'

깍지 낀 손에 힘을 준 나는 오늘 중 최고의 미소로 브륀힐데를 올려다보았다.

"역시 에그란티느 님의 부군이시네요. 훌륭하신 분이세요!"

"참가 의향이 생겨서 다행입니다. 그럼 로제마인 님은 어떤 책을 준비하시겠어요? 다른 분들께 빌려드릴 약속도 하셨지요?"

"아무래도 어머님이 만든 연애 소설이 낫지 않을까요? 에그란티느 님이 관심이 많으시거든요."

왕족의 호출일지라도 서로의 책을 주고받는다 생각하니 흥이 돋는다. 나는 들뜬 마음으로 책을 골랐다. 시종들은 왕족의 다과회에서 내가 과하게 흥분해서 쓰러지지 않을 대책을 세우기 시작했고, 호위 기사들은 누가 동행할지 회의를 열었다. 문관들은 왕족에게 다과회 초대가 왔음을 알리는 보고서를 쓰기 시작했다.

에렌페스트에도 보고하고, 가져갈 디저트와 책을 고르면서 힐쉬르의 연구실에 드나드는 사이에 금방 책벌레 다과회 날이 되었다. 다과회는 대체로 다섯 점 종에 울릴 때 열리는데, 오늘은 네 점 반 종에 오라는 지정이 있었다. 나는 오후 수업이 시작되어 조용해진 복도를 지나 에그란티느의 별궁으로 향했다.

"기다리고 있었습니다, 로제마인 님."

에그란티느의 별궁에 왔는데, 아나스타지우스의 수석 시종인 오스빈이 맞아주는 것을 보고, 정말 두 사람이 결혼했음을 실감했다.

들어간 방에는 아나스타지우스와 에그란티느와 그의 측근들만 보일 뿐, 다른 참가자의 모습은 없었다. 아직 도착하지 않은 듯했다. 장황한 인사를 나누고, 나는 출입문 쪽으로 시선을 돌렸다. 인사가 끝나도 아무도 오지 않았다. 시종들이 디저트와 책을 주고받는 모습을 보면서 나는 꺼림칙한 느낌에 방 안을 둘러보았다.

"……제가 너무 빨리 온 걸까요?"

"아니, 너한테 할 얘기가 있어서 일부러 빨리 부른 거다."

아나스타지우스가 내게 자리를 권했다. 할 얘기가 있다는 말만으로 불길한 예감이 들었다. 묻지 않고 넘어가고 싶지만 그럴 수도 없는 노릇이다. 나는 한 번 크게 심호흡하고, 싱긋 웃었다.

"하실 말씀이 무엇인가요?"

'내가 화려하게 저지른 일이 있었나? 최근엔 마력 압축을 줄여서 마력 제어도 잘 되는데…….'

아나스타지우스의 따가운 눈초리에 나는 '과한 행실'에 들어맞는 행동을 떠올리려 애썼다. 아나스타지우스의 정보원이 에그란티느라면 그녀와 관련된 얘기임이 틀림없었다.

"……아! 봉납가무 연습 때 마석을 빛내버렸을 때 얘기지요?"

확실히 그건 과한 행동이긴 했다. 겨우 짐작이 가는 사건을 떠올리

고, 무심코 손뼉을 짝 치자, 아나스타지우스의 얼굴이 단번에 굳었다.

"틀렸어. 단켈페르거, 드레반헬, 아렌스바흐와 공동 연구를 진행하게 된 얘기다. 갑자기 에렌페스트가 적극적으로 움직이게 된 이유를 들어 보고 싶군."

"네? 공동 연구를 적극적인 움직임이라고 보시면 곤란해요. 에렌페스트로서는 거절할 입장이 안 되잖아요."

내 말에 에그란티느가 느긋하게 웃었다.

"로제마인 님, 거절하지 못한 이유를 말씀해주실 수 있겠어요?"

"네. 단켈페르거는 아나스타지우스 왕자님의 지시고, 대영지 드레반헬의 권유는 영지의 순위상 거절하기 어려운 데다가, 저희의 이득도 커서 받아들였습니다."

"그럼 아렌스바흐는?"

아나스타지우스의 질문에 말이 턱 막혔다.

"……제 문관 코스 합격이 걸린 문제였거든요."

"무슨 의미지?"

"프라우렘 선생님이 절 눈엣가시처럼 보는 건 알고 계실 거예요. 문관 코스는 개별 시험을 치러야 하는데, 그걸 방해하려고 하셨어요."

어머나, 하고 에그란티느는 눈을 크게 떴고, 아나스타지우스는 "그런 보고는 못 들었어." 하고 분개했다.

"이미 끝난 일이에요. 내년에도 방해공작을 해올 것 같으면 상의할게요. 하지만 그 연구는 원래 힐쉬르 선생님의 연구실에서 아렌스바흐 출신의 견습 문관과 계속 해왔던 연구인데, 그걸 공동 연구로 발표만 할 뿐이에요. 엄청난 작업은 아니에요. ……그리고 아나스타지우스 왕자님과도 약속했잖아요."

내 말에 에그란티느가 "무슨 약속을 했나요?" 하고 고개를 갸웃거리자, 아나스타지우스가 "너와 내가 약속을 한 적이 있었나?" 하고 눈을 가늘게 뜬 채 기억을 더듬었다.

"다음 영지 대항전 때 놀랄 만한 연구를 하라면서요……. 이런 전개는 생각지도 못해서 저 역시 놀라긴 했는데, 아나스타지우스 왕자님도 놀라셨나요?"

내가 약속 내용을 설명하자, 아나스타지우스는 마치 페르디난드의 약을 마신 사람처럼 인상을 찌푸리며 이마를 짚었다.

"……생각만 해도 머리가 지끈거릴 정도로 놀랐지."

"다행이네요. 왕자님과의 약속을 지켜내서."

나는 훗훗 웃었다. 에그란티느도 "그런 약속을 할 정도로 두 사람이 사이가 좋았군요." 하고 쿡쿡 웃었다.

"사이가 좋긴 무슨. 힐쉬르 말고도 조금은 가치 있는 연구 성과를 내라고 말한 것뿐이다."

아나스타지우스는 흥 하고 콧방귀를 뀌며 나를 째려보았다. 에그란티느의 입에서 '사이가 좋다'라는 말이 나와서 삐친 건 이해하지만, 날 째려보면 어쩔 건가.

"어쨌거나 에렌페스트는 대영지 세 곳과는 공동 연구를 한다면서 클라센부르크와 연구할 예정은 없나?"

아나스타지우스의 질문에 나는 클라센부르크 출신인 에그란티느에게로 시선을 보냈다. 균형 있게 하려면 클라센부르크와도 연구를 하는 편이 좋을지도 모르겠다는 생각이 들었다.

"클라센부르크 쪽에선 드레반헬만큼 적극적으로 제안하지 않았고, 단켈페르거처럼 공동으로 할 연구거리도 없어요. 아렌스바흐처럼 이 전부터 같이 연구했던 내용이 있는 것도 아니라서 예정도 없고요. 왕족께 드릴 말씀은 아니지만, 공동 연구에 투입할 견습 문관도 더는 없거든요."

견습 문관이 아예 없지는 않다. 하지만 대영지와 공동 연구를 해낼 만큼 실기 성적과 마력이 우수한 자가 그렇게 많지 않았다.

내가 '왕족에게 드릴 말씀은 아니다'라고 운을 떼면서 이유를 언급한 것이 '클라센부르크 쪽에서 제안하지 않게 해 주세요'라는 뜻임이 통한 걸까. 아나스타지우스가 고개를 까딱했다.

"에렌페스트 쪽의 의향은 얼추 알겠다. 하지만 세 가지 연구를 동시에 진행할 거면 실수 없게 단단히 주의해. 가치가 높은 연구일수록 쉽게 빼앗기는 법이지. 누군가가 항상 눈독을 들이고 있다고 생각해."

모처럼의 충고라서 고분고분 고개를 끄덕였지만, 내 연구를 뺏고 싶어 하는 사람이 과연 있을까 싶었다.

우선 신들에게 기도를 올리는 것과 가호의 관계에 관한 연구를 빼앗아봤자, 기도라는 행동이 뒤따르지 않으면 의미가 없다. 중요한 건 개인의 행실이다. 또 신전을 중시하고 있다고 공언해준다면 우리에게는 고마울 따름이다.

다음으로 에렌페스트의 특산품에 부가가치를 심는 연구를 빼앗아봤자, 우리 쪽에는 전혀 타격이 없다. 드레반헬을 적으로 돌리면서까지 연구할 의향이 있다면, 오히려 그 연구 결과의 발표가 기대될 정도다.

마지막으로 마력 절감형으로 도서관 마술구를 재현하는 연구는, 다른 것에 비해 중앙에 대한 공헌도가 현저히 낮다. 만약 페르디난드의 엄격한 선별을 뚫고 제자가 되어 더 멋진 도서관을 만들어주기 위해 함께 연구하려는 열의 넘치는 사람이 있다면 나는 두 팔 벌려 환영할 생각이다.

'고생해서 빼앗아봤자 실망만 할 텐데.'

그렇게 생각하고 있는데, 아나스타지우스가 헛기침을 하더니 "듣고 있나?"라며 나를 째려보았다. 여기서 솔직하게 '안 듣고 있었어요'라고 하면 혼만 날뿐이라는 건 이미 습득했다.

"네 축복 얘기다. ……우리 졸업식 때 축복을 보낸 게 너지?"

"……무, 무슨 말씀이신지…….'"

갑작스러운 화제 전환. 그것도 내게는 상당히 난감한 화제에 심장이 펄떡 뛰었다. 아나스타지우스가 나를 보며 쓸데없이 예쁜 미소를 띠며 입을 열었다.

"입장과 동시에 어디선가 쏟아진 축복 덕분에 차기 왕에 걸맞은 건 나와 에그란티느라는 말들이 나왔는데, 그 사실은 알고 있나?"

"으…….'"

완전히 확신하는 말투다. 이대로 시치미를 뚝 뗄까 말까 고민하는 사이에도 아나스타지우스는 내 축복이 중앙에 얼마나 큰 파문을 일으켰는지를 설명했다.

"내가 왕위에 오르는 걸 포기했던 측근들까지 내가 왕이 되어야 한다고 열을 올리고, 형님의 측근들은 역시나 에그란티느 님이 차기 왕의 비가 되어야 마땅하니 빼앗자고 큰소리치질 않나, 발을 빼겠다고 한 내 선언이 아무 짝에도 소용없게 되었다. 그 뒷수습을 하느라 아버님과 형님과 내가 참 애를 먹었지.'"

왕족들 사이에서 일어난 소동의 일말을 들으니, 그 소동의 원흉인 나는 이곳에서 도망치고 싶을 정도로 안절부절못했다. 물론 그럴 수도 없지만 말이다.

속으로 허둥대는 나를 바라보던 아나스타지우스의 얼굴이 돌연 진지해졌다.

"그러니 다음 영주 회의에서 열릴 형님의 성결식에서 네가 신전장으로 나와 줬으면 한다."

"나도 부탁할게요. 진정한 축복을 차기 왕과 그 비에게 내려줬으면 해요."

"음악 실기에서 한곡이 끝날 때까지 축복을 흘릴 정도로 퍼주는 게 네 특기잖아."

나는 선뜻 대답하지 못했다. '왕족에게 가까이 가지마라'라는 신신당부도 있었고, 중앙 신전 신전장의 체면을 깎는 도발행위는 하고 싶지 않았다. 하지만 동시에 '왕족을 거스르면 안 된다'라는 말도 들었다. 어떻게 해야 좋을지 몰라 우왕좌왕했다.

"……그건 왕명인가요?"

"아니, 이건 내 개인적인 부탁이다. 형님이 왕이 되는 것에 주변인들이 불만을 갖지 못하도록 축복을 내려줬으면 해. 다음 왕으로 정해져도 형님의 입지는 불안하다. ……왜인지 알아?"

'구르트리스하이트가 없으니까.'

대답은 곧바로 떠올랐다. 하지만 이걸 말해도 될지 어떨지 모르겠다. 아나스타지우스의 회색 눈동자가 내 반응을 살피는 것이 느껴졌다. 입 속이 바짝바짝 타들어갔다.

"작년 영지 대항전 때 습격이 있었지. 그때 그들이 뭐라고 했는지 들었을 텐데?"

"구르트리스하이트를 가지지 못한 가짜 왕, 이라고 들었어요."

내 대답에 아나스타지우스가 천천히 고개를 끄덕였다.

"그래. 구르트리스하이트를 계승한 2왕자가 살해되고, 그와 함께 구르트리스하이트가 사라지면서 정변이 시작되었다. 2왕자가 살던 별궁과 살해된 장소, 왕궁이며 2왕자와 교류했던 귀족의 저택까지 샅샅이 뒤졌지만 찾지 못했지. 현재도 발견되지 않고 있어. 결국 아버님은 구르트리스하이트를 가지지 못한 왕이 된 거야."

나는 듣고 있다는 의미로 고개를 끄덕였다. 그런데 왜 이런 이야기를 꺼낸 건지 알 수가 없었다. 꽤 깊은 사정까지 밝히고 있는 듯한 느낌이다. 깊은 곳으로 서서히 끌려들어가는 느낌을 지울 수가 없다.

"구르트리스하이트가 없으면 왕이어도 나라의 중대사에 마술을 쓰지 못하고, 평생 마력을 쏟는다고 해도 이전 상태를 유지하는 것이 한계다. 누군가 왕으로서 온 나라에 마력을 쏟지 않으면 유르겐슈미트는 돌아가지 않아. 결국 왕이 된 아버님이 스스로를 희생하듯 마력을 쏟아내고 있어. ……형님도, 나도 마찬가지이고."

주추의 마술 없이 영지를 통치해야 하는 아우브와 같은 셈이라고 들었다. 영주 후보생의 수업을 들었던 나는 그것이 얼마나 힘든 일인지 잘 알았다.

"그런 와중에 하늘에서 쏟아져 내린 축복에 얼마나 많은 사람이 열광했는지 알아?"

나는 입술을 꽉 다물었다.

"또다시 에그란티느를 둘러싸고 분쟁이 일어나려고 하자, 형님은 나와 에그란티느의 결혼은 이미 정해졌다고 선언하여 자신의 측근들 앞에서 우리를 축하해주셨어. 그러니 나는 형님 주변의 잡음만이라도 줄여드리고 싶어. 그러니 수많은 신들의 가호를 받은 에렌페스트의 성녀가 성결식 때 축복을 내려줬으면 해."

가족을 생각하는 아나스타지우스의 마음이 가슴에 박혔다. 이 모든 일들이 내 축복 때문이라면 내가 책임을 져야 마땅하다. 그리고 또 하나. 페르디난드와 디트린데의 성결식도 볼 수 있지 않을까, 하는 흑심도 생겼다.

"그럼 아우브 에렌페스트와 왕, 그리고 중앙 신전의 신전장에게 허가를 받아주세요. 중앙 신전의 체면을 살리고, 제 신변의 안전을 위해 단상에 호위 기사를 세울 수 있는 특례를 허락해주신다면 아나스타지우스 왕자님의 부탁을 들어드릴게요."

"……고맙다."

아나스타지우스가 안도의 한숨을 내쉬었다. 에그란티느도 그 옆에서 진심으로 기쁜 미소를 보였다. 그때 오스빈이 손님의 방문을 알렸다. 한넬로레가 도착한 모양이었다.

"비록 제가 몰라서 저지른 일이지만, 대단히 죄송……."

"네가 사과할 건 없다, 한넬로레."

인사가 끝나자마자 사과하려는 한넬로레의 말을, 아나스타지우스가 도중에 끊었다.

"에그란티느가 말했지 않았나. 연락을 미처 하지 못한 도서관 측 책임이라고. 나도 그렇게 인식하고 있다. 오히려 너희, 도서위원에게 협력을 부탁할 일이 있어 다과회를 연 것이다."

"협력이요?"

한넬로레의 눈이 휘둥그레졌다. 혼날 줄 알고 왔는데 협력하라고 하니 놀랄 만도 하지.

'이해해, 왕족이 부탁한다고 하면 누가 안 불안하겠냐구.'

그렇게 생각하면서도 내 시선이 향하는 곳은 한넬로레의 견습 문관들이 옮기고 있는 책이었다. 단켈페르거의 큼지막하고 두꺼운 책이 옮겨지고 있었다.

'이번엔 어떤 책일까? 너무 기대돼.'

"로제마인, 남 일처럼 듣고 있지만, 네 협력도 필요해."

"네? 하지만…… 전 슈바르츠와 바이스의 관리자가 오르텐시아 선생님으로 되기 전까지 도서관에 오지 말라고 솔랑쥬 선생님이 그러던데요?"

아나스타지우스가 나를 내려다보며 훗 하고 웃었다.

"슈바르츠와 바이스 건과는 다른 일이다. 책을 좋아하는 도서위원들이 기꺼이 협력해줄 수 있게 왕궁 도서관에서 책을 가져왔지. 흔쾌히 협력해주길 바란다."

"맡겨 주세요! 제 힘이 닿는 데까지 협력하겠습니다!"

주변에서도 왕족의 청을 거절하지 말라고 했다. 나는 웃으며 흔쾌히 승낙했다. 한넬로레도 "왕족의 요청이니 하겠습니다." 하고 고개를 끄덕였다.

"뭘 하면 되나요?"

"힐데브란트가 언급한 '열리지 않는 서고'에 관한 일이다. 왕족에게 이게 얼마나 중요한 정보인지, 알고 있지?"

조금 전까지 구르트리스하이트가 없는 폐해에 관해 설명을 들었던 참이다. 왕족이 얼마나 구르트리스하이트를 간절히 원하는지 모를 수가 없다. 귀족원에 떠도는 소문일지라도 지푸라기라도 잡는 심정인 건 심히 이해가 되었다.

'힘이 닿는 데까지 협력하겠다고 해버렸어. 내가 너무 성급했나?'

빠르든 빠르지 않든 결국엔 왕족의 명령에서 도망칠 수 없지만, 나는
무심코 머리를 싸맸다.

책벌레 다과회

"저, 왕족께 사과드리려고 일찍 기숙사를 나왔는데, 설마 로제마인 님께서 이미 와 계실 줄은 몰랐네요."

한넬로레가 그렇게 말하자, 나는 어색한 미소를 지었다. 빨리 올 의도는 전혀 없었다. 그저 상대측이 지정한 시간에 왔더니 왕족의 호출이었다, 라고는 말할 수 없었다.

"저도 왕족께 드릴 말씀이 있었거든요."

"설마 제가 방해를 한 건……."

또 실수를 한 게 아닐까, 하고 안절부절못하는 그녀를 안심시키려고 나는 싱긋 웃으며 고개를 저었다.

"다과회 전에 에그란티느 선생님의 머리 장식을 납품하려고 한 것뿐이에요."

"그래요. 이왕이니 한넬로레 님도 함께 봐요."

내 변명에 에그란티느가 미소를 지으며 동조해 주었다. 내가 눈짓을 보내자, 브륀힐데가 곧바로 머리 장식을 담은 상자를 아나스타지우스의 시종에게 넘겼다. 시종 사이에서 상자와 내용물의 복잡한 확인 과정을 거친 후, 아나스타지우스는 만족스럽게 웃으며 "사랑하는 아내에게 주는 선물이다."라며 에그란티느의 앞에 상자를 내려놓았다. 깨가 쏟아지는 두 사람의 모습을 보며 한넬로레가 안심한 듯한 미소를 지었다.

"아나스타지우스 왕자님께서도 새로운 머리 장식을 주문하셨군요. 제 오라버니도 에렌페스트에 주문을 해두었는데, 받을 날만을 고대하고 있어요."

"중앙, 단켈페르거, 그리고 아렌스바흐에서도 주문이 들어왔어요. 페르디난드 님이 보내는 선물이라는 형태로 디트린데 님께서도 주문해 주셨고요. 꽃 자체는 아돌피네 님과 비슷하지만, 크기가 작고, 색깔이 다른 것으로 다섯 개를 준비했어요."

예상대로 "어머, 다섯 개나요?" 하고 에그란티느가 깜짝 놀라자, 이때다 싶어 나는 디트린데의 머리 장식에 관해 설명했다. 적어도 왕족에게는 그것이 페르디난드 님의 센스가 아니며, 어떻게 매치하느냐에 따라 촌스러워질 수 있다는 것을 이해시켜야 했다.

"때와 장소, 의상에 맞춰 자유자재로 조합할 수 있는 디자인이에요. 디트린데 님께서 고안하신 디자인이랍니다. 그게, 에렌페스트의 센스를 믿지 못하겠다고 하셔서……."

"어머, 난 에렌페스트의 디자인에 정말 만족하는데요? 오늘 꽂고 온 머리 장식도 정말 훌륭하고요."

"감사합니다. 만족스러워하셨다고 제 전속에게도 그리 전할게요."

머리 장식을 공개하는 사이에 솔랑쥬와 오르텐시아가 찾아왔다.

'이 사람이 중앙 기사단장의 첫째 부인이구나.'

"에렌페스트는 우리에게 하고 싶은 말이 있겠지만 참고 들어주세요."

느닷없는 발언에 내가 눈을 끔뻑거리자, 오르텐시아가 슬퍼 보이는 미소를 지었다.

"왕족의 상황이 불안할 때 힐데브란트 왕자님께서 에렌페스트의 영주 후보생에게 들었다며 '열리지 않는 서고'를 언급하셨죠. 제 남편인 기사단장이 그 서고를 확인하러 갔더니, 졸업식이 끝나 사람이 없는 도서관 집무실에 에렌페스트 영주 후보생이 있었고, 옛 사서의 일지를 가지고 있었다는 겁니다. 일지에는 도서관을 방문한 왕족에 관한 내용이 있지요? 제 남편은 귀족원에 있는 왕족의 물건을 에렌페스트가 노리고 있다고 의심했습니다."

'그래서 그 기사단장이 페르디난드 님이 아달지자의 열매이고, 왕족의 핏줄이라는 사실을 알았다는 거야? 하긴 의심스러울 만하지.'

운이 나빴다. 도서관에서 딱 마주치지만 않았다면 이상한 의심을 살 일도 없고, 페르디난드가 아렌스바흐로 가지 않아도 되었을지도 모른다.

"제 남편은 직업상 뭐든 의심부터 하고 시작합니다. 그렇다고 아무런 경계도 하지 않으면 기사단장으로서 실격이지요. 남편이 원한을 사기 쉬운 자리에 있다는 건 알고 있지만, 최대한 원만하게, 서로 좋게 마무리되도록 조율하고 있으니 부디 이해해주셨으면 해요."

오르텐시아의 설명에 나는 억지로 미소를 지었다. 그녀의 말처럼 페르디난드가 왕족의 핏줄이고, 의심스러운 행동을 했다고 해서 묻지도 않고 잡아간 건 아니다. 명령을 받은 건 신전을 나와 대영지로 장가를 가라는 것이었다. 주변 사람들 눈에는 부럽기 그지없는 출세였다.

'······그곳이 아렌스바흐만 아니었다면 좋았겠지만.'

기뻐하는 척해라, 라고 페르디난드가 말해두었기에, '조율하면 뭐해. 우리 쪽엔 아무 이득이 없는데'라는 말은 할 수 없었다. 나는 싱긋 웃었다.

"각자 여러 사정이 있고, 저희의 개인적인 감상과 주변 의견이 같지만은 않은 일들도 더러 있기 마련이죠."

이렇게 오르텐시아와 대화가 끝났을 때 힐데브란트가 입장했다. 수석 시종인 아르투르에게 슬쩍 떠밀려 나온 그와 인사했다. 작년보다 인사에 익숙해졌는지, 성장한 모습에 괜히 흐뭇해졌다.

"3학년이 되면 아무리 로제마인이라도 금방 수업을 통과하긴 어려울 테니 만날 기회가 거의 없을 거라고 들었는데, 이렇게 만나서 기뻐요."

"저도 만나 뵙게 되어 기쁩니다. 힐데브란트 왕자님이 어떤 책을 추천해주실지 너무 기대하고 있었거든요."

나와 힐데브란트가 대화하는 옆에서는 한넬로레가 두 사서에게 사과를 받고 있었다.

"미처 연락을 못 드려서 정말 죄송해요. 설마 관리자가 바뀔 정도로 한넬로레 님께서 빈번히 도서관에 방문하고 계셨을 줄 꿈에도 모르고……."

"이제는 오르텐시아 선생님으로 관리자가 바뀌었으니 안심하세요, 한넬로레 님."

관리자가 바뀌었다는 솔랑쥬의 말에 한넬로레가 진심으로 안심한 듯한 미소를 보였다. 꽤 속앓이를 했던 모양이다. 나도 안심의 한숨을 내쉬며 오르텐시아에게 의문스러웠던 점을 물었다.

"에그란티느 선생님께도 물어보긴 했지만, 상급 사서가 매일 슈바르츠와 바이스에게 마력을 공급했더라면 관리자가 한넬로레 님으로 바뀔 일은 없었을 텐데, 왜 한넬로레 님으로 바뀐 걸까요?"

"다른 데에 마력을 써야 했기 때문이에요. 그래서 아직 마력에 여유가 있는 슈바르츠와 바이스는 다음 차례로 미뤄뒀거든요."

"도서관에 슈바르츠와 바이스보다 중요한 마술구가 있어요? 대출 작업이나 무단 반출 등록 등 일상 업무에서 슈바르츠와 바이스보다 쓸

모 있는 마술구는 없을 텐데."

내 의문에 오르텐시아는 곤란한 듯한, 도움을 구하는 듯한 시선을 아나스타지우스와 에그란티느에게 보냈다.

"일상 업무로 따지면 슈바르츠와 바이스는 중요한 마술구지. 하지만 오르텐시아는 왕족의 명령을 받고 있어서 그 외에도 해야 할 일이 있다."

"솔랑쥬 선생님에게 빌린 책을 읽어보셨다면 로제마인 님도 알고 계실 거예요. 상급 사서의 열쇠로만 열 수 있는 서고가 있다는 것을요."

열리지 않는 서고를 열어서 구르트리스하이트나, 혹은 그와 관련된 실마리가 있는지 조사하는 것이 오르텐시아의 업무 중 하나였다고 한다.

"열쇠를 손에 넣으면 바로 마력 공급을 할 생각이었어요. 그런데 상급 사서의 방을 새로 등록할 때도, 열쇠 관리자가 되는 데에도 마력이 필요해서, 도저히 슈바르츠와 바이스에게 마력을 줄 여유가 없었답니다. 일지에 나와 있는 내용이나 솔랑쥬의 말에 의하면 열쇠는 세 개가 있는데, 전부 모여야지만 서고를 열 수 있다더군요. 그래서 열쇠 세 개를 손에 넣으려고 했더니, 한 사람이 하나밖에 가질 수 없는 구조였어요."

다시 말해 열쇠가 세 개 모이면 되는 것이 아니라, 열쇠를 가진 마력이 있는 자가 세 사람 필요하다는 말이다. 오르텐시아가 두 번째 열쇠의 관리자로 등록한 순간, 첫 번째 열쇠의 관리자 자격을 잃었다고 한다. 또 솔랑쥬는 마력과 가문이 낮아서인지, 열쇠의 관리자로 등록되지 않았다고 했다.

"그래서 도서 위원 여러분이 열쇠의 관리자가 되어 주셨으면 해요."

"중앙에서 사서를 새로 부르지 않고요?"

"그러고 싶은 마음은 굴뚝같지만, 정말 중요한 자료가 있을지 확실치 않은 서고를 열려고 상급 문관을 세 사람이나 귀족원에 보낼 수는 없는 노릇이라."

학생을 상대하면 되는 일상 업무라면 슈바르츠와 바이스로도 해결이 된다. 거기에 상급 문관을 셋이나 파견해, 빈손으로 끝나도 납득할 만큼 인재에 여유가 없다고 한다. 왕족도 '엄청난 발견이 없는 이상 오르텐시아 혼자 해결해라'라고 했다는 것이다.

"평소 열지 않아도 전혀 문제가 없던 서고입니다. 슈바르츠와 바이스에게 마력 공급을 하는 것보다 영주 후보생 여러분의 부담도 적을 거라고 생각하는데, 어떠실까요?"

솔랑쥬가 나와 한넬로레를 보면서 그렇게 말하자, 아나스타지우스가 고개를 끄덕였다.

"슈바르츠와 바이스의 마력 공급은 중앙에서 관리하니, 앞으로 오르텐시아와 힐데브란트가 도맡아 할 거다. 한넬로레와 로제마인은 재학 중에 오르텐시아처럼 열쇠의 관리자가 되어 서고를 여는 데 도와줬으면 해."

열쇠는 도서관에서 보관해두고 있어, 서고를 열 때만 부를 예정이라고 한다.

"학년이 올라가서 수업이 바빠져도 문을 열기만 하면 되니 큰 부담은 아닐 거다. 슈바르츠와 바이스에게 대량의 마력을 공급하는 건 수업 내용에 따라서 부담이 되기도 하잖아."

일단 우리의 부담이 적도록 배려해주는 듯했다. 아나스타지우스의 말에 나와 한넬로레는 서로의 얼굴을 마주 본 후, 제안을 수락했다.

"알겠습니다. 받아들이겠습니다."

우리가 수락하고, 사서 두 사람과 아나스타지우스가 고개를 끄덕이는데, 힐데브란트가 쭈뼛거리며 입을 열었다.

"그런데 로제마인과 한넬로레만 하나요? 도서 위원이면 저도 열쇠 관리자가 되는 것 아닌가요?"

"넌 슈바르츠와 바이스에게 마력 공급을 하고 싶다며."

아나스타지우스의 말에 힐데브란트는 슬픈 듯 눈을 내리깔았다.

"그건 그런데…… 저만 빠지게 될 줄은 몰랐습니다."

"네가 서고에 들어간다고 해서 무슨 책이 있는지 판단할 수는 있겠냐."

힐데브란트의 고개가 푹 수그러졌다.

"아나스타지우스 왕자님, 그럼 전 서고에 있는 책을 읽어도 되나요?"

"도서위원은 문만 열고, 그 안을 확인하는 건 사서의 일이다. 무엇이 있는지 알 수 없는 곳이라 출입은 허락할 수 없어."

'모처럼 새 서고에 들어가나 했더니, 쳇.'

내가 문을 여는 사람 중 한 사람이고, 그곳에 처음 보는 책이 있는데도 읽지 못하는 건 고문이나 다름없는 처사가 아닌가. 하지만 구르트리스하이트가 그곳에 있을 경우를 생각하면 수많은 의혹이 쏠려 있는 에렌페스트 사람인 내가 무턱대고 접근하지 않는 편이 낫다는 건 심히 이해되는 바였다.

"바, 바로 들어가는 건 최대한 참겠지만, 제가 읽어도 되는 책이나 자료가 있으면 읽게 해주세요."

"확인한 후에 그렇게 하마."

진지한 이야기는 거기서 끝내고, 온화해진 분위기에서 다과회를 시작했다. 각자 가져온 디저트가 차려지자, 각자 기미 겸 한입씩 먹은 후 음식을 소개했다.

"이건 에렌페스트에서 산 카트르 카르 레시피에 단켈페르거의 특산물인 로우레를 첨가한 겁니다. 작년 영지 대항전에서 로제마인 님이 주셨을 때 정말 맛있어서, 단켈페르거에서도 요리사에게 연구하게 했어요."

로우레를 담근 술도 단켈페르거의 특산물이어서인지, 풍미가 완전히 달랐다.

"술이 달라서 그런가? 에렌페스트에서 만든 로우레 카트르 카르와 다른 풍미인데도 맛있네요. 이렇게 각 지역에 맞춘 맛을 즐길 수 있어 너무 좋아요."

"전 로제마인 님이 이번엔 또 어떤 새로운 디저트를 가져와주실까 매년 기대하고 있답니다."

솔랑쥬가 쿡쿡 웃으며 내가 가져온 요구르트무스 타르트를 집어 들었다. 하얀 요구르트무스 위에 루토레베 잼으로 예쁘게 꾸민 요구르트무스 타르트는 모양도 화려해서 겨울이 물씬 느껴지는 디저트다.

"이 하얀 부분은 요구르트 맛이니까 취향에 따라 단맛을 조절하세요."

중앙에서 내온 디저트는 겉보기엔 귀여웠지만, 역시나 심각하게 달았다. 열심히 먹었지만, 전부 세 입이 한계였다.

차와 디저트를 한 차례 즐긴 뒤에는 서로 책의 감상을 나눴다.

'이래야 책벌레 다과회지! 너무 재밌어!'

"기사 소설은 귀족원 입학 전인 저한테도 잘 읽히는 책이어서 정말 재미있게 읽었어요."

힐데브란트에게 기사 소설은 공부의 진도와도 맞아 적당한 읽을 만했던 모양이다. 조금 내용이 어렵긴 했지만 가슴 졸이는 전개에 다음 내용이 궁금해서 푹 빠져 읽었다고 한다.

"저도 마음에 둔 공주에게 아름다운 마석을 바칠 수 있도록 전력을 다할 겁니다."

살짝 흥분한 얼굴로 어느 기사 이야기가 좋았는지를 설명하는 힐데브란트의 보라색 눈동자는 반짝반짝 빛이 났다. 마수를 쓰러뜨릴 만큼 강해지고 싶다는 그 모습에는 남자다움이 느껴졌다. 모두가 그를 흐뭇하게 바라보는 것이 보였다.

"레티치아 님은 정말 사랑스러운 분이니까 힐데브란트 왕자님처럼 멋진 분이 마석을 선물하시면 정말 좋아하실 거예요."

"……레티치아, 님이요?"

그게 무슨 말이냐는 듯 힐데브란트가 얼이 나간 얼굴로 눈을 끔뻑였다. 영주 회의 때 약혼이 발표되었을 텐데, 하고 생각하며 나는 고개를 갸웃거렸다.

"힐데브란트 왕자님의 약혼녀가 아렌스바흐의 레티치아 님이시잖아요. 페르디난드 님이 아렌스바흐로 떠날 때 경계문까지 마중을 나와주셨거든요. 짧게 대화를 나눴는데, 정말 사랑스러운 분이셨어요."

"그렇… 군요. 하지만 저는…….''

힐데브란트의 목소리 톤이 낮아졌다. 그 모습에 설마 영주 회의에서 발표만 하고, 당사자들은 아직 만나지 못해 실감이 없을지도 모른다는 데에 생각이 미쳤다. 그때 문득 상기해냈다.

'힐데브란트 왕자님이 샤를로테를 마음에 두고 있었다는 걸 깜빡했다!'

부모가 정한, 얼굴도 본 적 없는 약혼녀 화제를 꺼냈으니, 그의 풋풋한 첫사랑을 짓밟는 짓을 해 버린 걸까. 나는 내심 동요했다.

'그치만 여기서 뜬금없이 샤를로테 얘기를 꺼내도 이상하고, 첫사랑이 주변에 알려지면 힐데브란트 왕자님도 곤란하겠지? 아아아아아, 어떡해?! 진짜 미안해. 첫사랑을 짓밟을 생각은 없었어! 어머님한테 말해 주면 좋아하겠다는 생각은 일절 안 했어!'

"저, 로제마인 님. 저는……."

"약혼 소식은 저도 들었어요. 축하드려요."

힐데브란트의 말과 한넬로레의 축하 인사가 동시에 겹쳤다. 한넬로레의 말에 모두가 축하한다는 말을 꺼내기 시작했고, 힐데브란트는 "감사합니다." 하고 조그맣게 웃었다. 아무래도 실감이 없을 뿐, 약혼 자체를 싫어하지는 않는 모양이다. 그렇게 생각하자, 한넬로레가 자리에 있는 모두를 둘러보며 장난스럽게 미소를 지었다.

"여러분들은 모두 멋진 짝이 있으시네요. 왠지 저만 동떨어진 느낌이에요."

그 말마따나 그녀 외에는 다들 기혼자이거나 약혼자가 있었다. 오르텐시아가 쿡쿡 웃었다.

"한넬로레 님은 아직 3학년이시잖아요. 이제부터가 가장 즐거울 나이랍니다. 어디 마음에 두고 있는 분, 안 계세요?"

"아니요. 하지만 글쎄요. ……로제마인 님께서 차고 계시는 것처럼 멋진 보호구를 선물해주는 분께 고백 받아보고 싶어요. 에렌페스트의 사랑 이야기처럼."

한넬로레가 부끄러운 듯이 웃으며 그렇게 말하자, 나의 무지개색 마석 비녀에 시선이 쏠렸다. 나는 살짝 머리를 흔들어 무지개색 마석을 만졌다.

"이건 저를 걱정한 제 보호자들이 마석을 준비하고, 페르디난드 님이 디자인하고, 빌프리트 오라버니가 선물해준 보호구예요."

여기서도 페르디난드의 센스는 나쁘지 않음을 어필하고, 빌프리트에게 선물 받은 것임을 강조했다.

"……그렇게 많은 마석을 준비해 주다니, 에렌페스트는 로제마인 님을 정말 아끼는군요."

눈을 반짝이며 무지개색 마석 비녀를 보는 에그란티느의 말에 나는 미소를 지으며 고개를 끄덕였다.

"정말 아껴주시는 것 같아요. 제 억지 부탁도 잘 들어주고, 이렇게 영지 내에서 제가 좋아하는 책도 만들게 해주고, 도서관도 주고요."

나는 그렇게 말하며 모두에게 빌려주려고 가져온 책을 가리켰다.

"올해도 신간이 있어요? 에렌페스트의 연애 소설은 저도 읽어봤는데, 군데군데 아는 이야기도 있어서 정말 재미있더군요. 이 이야기는 그분 얘기일까? 하고 생각하면 제 귀족원 시절의 추억이 떠올라 그리움이 밀려오는 거 있죠."

"솔랑쥬 선생님께서 좋아하셨다니 다행이에요. 올해 가져온 귀족원 연애 소설은 다른 영지의 견습 문관들이 모아준 이야기로 구성되어서 이전 내용과 다르게 누구 이야기인지 특정하기 어려울 거예요."

지금까지는 엘비라와 그 친구들 세대의 이야기가 중심이어서 에렌페스트에 비중이 쏠려 있었다. 그렇지 않은 경우는 귀족원에서 전해 내려온 유명한 이야기가 많아서 비교적 당사자를 특정하기가 쉬웠다. 그러나 견습 문관들이 사례금 목적으로 모아온 이야기는 조금이라도 더 높은 값을 받으려고, 내용이 겹치지 않는 마이너한 것이 많아, 영지나

시대가 제각각이어서 특정하기가 어려워졌다.

"연애 소설뿐만 아니라 남성들을 위한 책도 준비했어요. 보물뺏기 디터로 우정을 키우는 이야기예요. 아나스타지우스 왕자님도 관심 있으시면 빌려드릴게요."

"관심은 있다만, 힐데브란트를 기다리게 하면 불쌍하잖아."

아나스타지우스가 척하고 힐데브란트를 가리켰다. '기다려'라고 명령받은 강아지처럼 힐데브란트가 풀이 푹 죽어 있었다. 보통 책은 한 권뿐이라 신분을 따져 아나스타지우스에게 빌려주게 되면 힐데브란트는 다음 차례를 기다려야 했다.

'하지만 걱정 마시라!'

"두 분 동시에 빌려드릴 수 있으니까 걱정 마세요. 브륀힐데, 리카르다, 귀족원 연애 소설과 디터 소설을 나눠드리세요."

"알겠습니다."

브륀힐데가 로데리히의 디터 소설을, 리카르다가 신작인 귀족원 연애 소설을 나눠주었다. 디터 소설은 단켈페르거의 다과회에서 공개할 예정이었지만, 아나스타지우스와 힐데브란트가 좋아할 만한 신작이 이것뿐이라 예정을 변경했다.

'첫 작부터 왕족에게 읽히다니 대단해, 로데리히!'

힐끔 쳐다보니, 로데리히가 매우 감격에 겨운 얼굴로 방 한구석에 서 있었다. 모두의 반응이 궁금하면서도 아닌 척하는 얼굴이다.

"……로제마인 님, 이거 전부 같은 책이에요?"

나눠주는 책을 손에 든 에그란티느가 주황색 눈동자를 반짝였다.

"네. 똑같은 책을 만드는 기술을 인쇄라고 하는데, 앞으로 에렌페스트의 주요산업으로 삼을 예정입니다. 단켈페르거의 역사책도 이렇게 판매하기로 결정되었어요. 내용 검수를 해야 해서 바로 낼 수는 없지만요."

내가 인쇄에 관해 설명하자, 솔랑쥬와 오르텐시아가 서로 손에 든 책을 비교하며 "정말 그림까지 똑같군요." 하고 탄성을 질렀다.

"글자를 깔끔하게 맞춘 내용물은 그렇다 치고, 표지는 어떻게 안 되나?"

책장을 파라락 넘기던 아나스타지우스가 인상을 찌푸렸다. 역시 과한 장식 표지에 익숙한 귀족에게는 에렌페스트의 표지가 영 거슬리는 모양이다.

"일단은 이 꽃을 박은 종이가 표지예요. 이런 종이 표지를 쓴 건 각자 좋아하는 가죽 표지를 끼울 수 있기 위해서거든요. 아나스타지우스 왕자님과 한넬로레 님만 봐도 각자 표지 취향이 다르잖아요? 하지만 이건 끈으로 엮어놔서 쉽게 풀리는 구조라 공방에 가져가서 표지를 만들 때도 시간이 많아 안 걸려요."

"흠……."

책을 보는 아나스타지우스는 여전히 불만스러워 보였다. 표지가 없는 책을 본 적이 없으니 그런 것이다.

"책 속지만 판다고 생각하시면 돼요. 표지 가공 과정이 빠져서 제작이 용이하거든요. 하급 귀족과 중급 귀족도 저렴하게 구매할 수 있도록 고민한 결과예요."

중급 귀족인 솔랑쥬는 "너무 감사한 배려네요."라며 기뻐했다. 한넬로레도 에렌페스트의 책을 손에 들고 싱긋 웃었다.

"에렌페스트의 책은 가벼워서 들고 다니기에도 편하고, 책장도 쉽게 넘겨서 좋아요. 문관이나 시종의 도움 없이 읽기 어려운 책보다 훨씬 편해요."

두꺼운 단켈페르거의 책을 힐끗 쳐다본 한넬로레의 말에 힐데브란트도 동의했다.

"동감이에요. 독서대 앞에 서서 읽지 않으면 안 될 만큼 거대하고 두꺼운 책보다 훨씬 다루기 편해요."

'서서 읽지 않으면 안 될 만큼 큰 책이라니, 뭐야, 읽고 싶어!'

저절로 앞으로 나가려는 내 몸을, 뒤에 있는 브륀힐데가 슬쩍 잡아 눌렀다. 나는 목걸이의 마석이 바뀌지 않았는지 확인한 후 다시 앉았다.

"그럼 저희는 어느 분께 빌려드릴까요?"

에렌페스트는 모두에게 같은 책을 빌려줄 수 있지만, 다른 사람들은 영지에서 책을 몇 권이나 가지고 나올 수가 없다. 순서를 정해서 서로 빌려주기로 했다. 내 앞에 온 건 솔랑쥬가 폐가(閉架)서고에서 가져와 준 책이었다.

"로제마인 님은 마력이 많으시지요? 이건 낡아서 폐가서고에 보관하려고 옮겨놨던 책인데, 신기한 마법진이 여러 개 실려 있습니다. 꽤 오래전에 슈바르츠와 바이스를 연구했던 선생이 쓴 책이라고 하네요. 로제마인 님께 공부가 될 것 같아서요."

"감사합니다."

이것을 필사해서 페르디난드나 힐쉬르와 연구하면 내 도서관 전용 슈바르츠와 바이스를 제작할 수 있지 않을까? 당장 읽고 싶지만, 여기서 갑자기 책을 펼칠 수 없었다. 책은 측근끼리 주고받는 물건이지, 내가 직접 받는 물건이 아니기 때문이다.

"저기, 로제마인. 어려운 책 좋아하죠?"

아주 조심스러운 말투로 힐데브란트가 아르투르의 손에 있는 책으로 시선을 옮겼다. 힐데브란트가 오르텐시아에게 빌리게 된 책이 그 손에 있었다.

"전 이렇게 어려운 책은 시간이 걸리는데, 로제마인이 먼저 읽어도 돼요."

무려 자신이 빌릴 예정인 책을 빌려주겠다고 한다. 나는 달려들고 싶은 충동을 억누르며 시종인 아르투르를 올려다보았다.

"그래도 되나요? 그…… 제가 왕자님의 책을 빌려도……."

"힐데브란트 왕자님은 에렌페스트의 책을 좋아하셔서 몇 번이나 되읽고 계십니다. 이 책은 왕자님껜 다소 어려우니 재미있게 읽으실 수 있는 로제마인 님께 양보해드리는 게 맞겠지요. 에렌페스트의 새 책이 또 나오면 빌려주십시오."

나는 두말없이 승낙했다.

"감사하게 생각합니다, 힐데브란트 왕자님."

"로제마인이 좋아해주니 제가 더 기쁘네요."

'힐데브란트 왕자님, 진짜 착한 애야!'

이렇게 하여 나는 열쇠 관리자가 되어준 보수로 왕궁 도서관의 책과 솔랑쥬가 가져온 책, 힐데브란트에게 양보 받은 책을 빌리게 되었다. 세 권이나 빌리다니 매우 훌륭한 성과였다.

돌아가서 책을 읽을 생각에 한껏 들뜬 나와 달리, 아나스타지우스는 에렌페스트의 책과 나머지 책을 비교하며 복잡한 얼굴을 했다.

"로제마인, 에렌페스트에는 이렇게 얄팍한 책밖에 없나? 아무리 봐도 변변찮은데. 표지를 붙이지 않을 거라면 좀 두껍게 만들어."

"끈으로 엮는 거라 두께에 한계가 있어요. 그러니 개수로 승부를 봐야죠."

나는 브륀힐데를 돌아보았다. 고개를 끄덕인 브륀힐데가 리카르다와 함께 또 하나의 책을 나눠주기 시작했다. 엘비라의 최신작 《페르네스티네 이야기》다. 페르디난드의 결혼이 정해졌을 때 어지러운 감정을 쏟아부은 소설인데, 그대로 쓰면 큰일 나겠다 싶어 주인공의 성별을 바꿨다.

어릴 적 모친을 잃고, 부친이 붙여준 시종과 함께 숨죽여 살고 있던 페르네스티네. 세례식을 앞두고 부친이 그녀를 데려간 곳은 영주의 성. 놀랍게도 페르네스티네는 영주 후보생이었던 것이었습니다.

그렇게 시작된 양어머니의 집요한 괴롭힘. 귀족원에 입학한 페르네스티네는 뛰어난 미모와 우수한 성적으로 모두의 주목을 받게 되었습니다. 그녀를 질투한 다른 영주 후보생들이 짓궂게 굴기도 했지만, 양어머니에게 당한 것에 비하면 별 것 아니었습니다.

양어머니가 없는 귀족원에서, 태어나 처음으로 자유를 느낀 페르네스티네는 왕자님과 사랑에 빠졌습니다. 그러나 그녀는 모친이 없는 영주 후보생. 왕자와는 격이 맞지 않았습니다.

주변은 둘을 반대했고, 왕자에게서 떼어놓기 위해 어느 대영지로 시집을 가라는 왕명까지 받게 된 페르네스티네. 그 대영지는 양어머니의 출신지였고, 혼인 상대는 양어머니를 쏙 빼닮은 난폭한 아이였습니다.

왕명을 거스를 수 없어 억지로 시집을 가려는 페르네스티네를 왕자는 포기하지 않았습니다. 수단 방법 가리지 않고 그녀를 구하려고 했습니다. 처음에는 왕자에게 폐가 될까 싶어 거부했던 페르네스티네였지만, 끈질기게 왕을 설득하여 결혼 허가를 받은 왕자의 손을 잡았습니다.

대체로 이런 내용이다. 아무리 기회주의자라도 히로인은 구해져야 하는 모양이었다.

질베스타는 페르디난드가 모델이란 것을 눈치채고 "엘비라가 겁이 없네." 하고 폭소했지만, 웬만큼 친한 사람이 아니면 모를 것이라고 했다. 에렌페스트에서도 페르디난드가 모델임을 눈치채는 사람은 거의 없었다.

덧붙이자면 이 페르네스티네 이야기와 로데리히의 디터 이야기는 장편이다. 지금까지의 단편집과 달리 시리즈물이다. 물리적으로 한 권에 다 담을 수 없거니와 인쇄에 시간이 너무 걸려서 집필된 부분을 조금씩 찍어서 내기로 했다.

모두가 기대에 찬 표정으로 책을 든 모습을 보고, 나는 씨익 웃었다. 이것은 다음 권을 구하려고 발버둥 칠 사람들을 유르겐슈미트 전역에 퍼트릴 방대한 계획의 첫걸음인 셈이다.

'여러분도 나처럼 뒷내용이 궁금해서 미치는 병에 걸리세요! 나의 책벌레 바이러스, 모두에게 퍼져라!'

왕족이 주최한다고 하여 긴장했던 책벌레 다과회는 예상 외로 즐겁게 끝이 났다.

단켈페르거와의 다과회

"정말 재미있었다는 걸로 끝날 게 아닙니다. 기절하지 않고 다과회를 끝낸 건 칭찬해드릴 일이지만, 빌린 책을 읽기 전에 아우브 에렌페스트에 보고할 일들이 많아요."

기숙사로 돌아오자마자 책을 집으려 했더니 리카르다에게 혼이 났다. 이왕이면 즐거웠던 기억만 남기고 싶은데, 그렇게 두질 않았다.

"비밀의 방에서 써 올게요."

나는 한숨과 함께 일어나, 비밀의 방으로 향했다. 보고서를 쓰는 김에 페르디난드에게 보낼 편지도 쓸 생각이었다. 중요한 건 1왕자와 아돌피네 님의 성결식 때 신전장으로 서 달라고 부탁받은 것과, 도서위원 활동이 열쇠 관리자 활동으로 변경된 사실을 알려야 했다.

페르디난드에게 보낼 편지에는 사라지는 잉크로 내가 중요하다고 생각하는 내용을 썼다. 마지막에는 '잠겨 있는 서고문을 열면 거기 있는 책을 읽어도 되는지 사서가 확인한 후에 읽게 해주겠대요, 우후훗.' 하고 써넣었다.

잉크를 말리는 사이에 보고서도 썼다. 내용은 똑같다. '아우브의 허가를 받으라고 대답해놨으니 왕족에게 은혜를 베풀어 드리세요.'라고 끝맺은 것만 다를 뿐이다.

그 사이에 먼저 쓴 편지의 잉크가 말랐다. 그 위에 일반 잉크로 다과회에 낸 디저트와 빌린 책에 관한 화제 등 지극히 평범한 내용을 두서없이 써내려갔다.

그러다 잠시 생각하고, 빌린 책 얘기는 빼기로 했다.

"⋯⋯이러면 페르디난드 님한테 혼날 요소는 없겠지? 좋아."

내용을 여러 번 확인한 후 봉한 편지와 보고서를 들고 비밀의 방을 나갔다.

책벌레 다과회가 끝난 다음 날, 단켈페르거의 다과회 일정이 날아왔다. 공동 연구 허가가 떨어진 모양이다. 브륀힐데가 초대장을 가져왔다.

"이틀 후 오전에 연다고 합니다. 그리고 레스티라우트 님이 참가하시니 빌프리트 님도 참가하셨으면 좋겠다고 합니다."

머리 장식 납품과 공동 연구 회의도 예정되어 있어 일찍이 레스티라우트의 참석은 정해져 있었지만, 남자 혼자서는 뻘쭘하다고 한다. 나는 다목적 홀에서 같이 이야기를 듣고 있던 빌프리트를 쳐다봤다.

"오라버니도 수업은 없죠? 어떻게 하실래요?"

"여자만 있는 다과회에 남자 혼자 있으면 어색하지. 그리고 공동 연구에는 나도 협력해야 하니까 같이 갈게."

1학년 때 봉납식 때문에 귀환해야 했던 나를 대신해 빌프리트가 여성들의 다과회에 혼자 참석한 적이 있었다. 그때의 어색함이 떠올랐는지, 레스티라우트에게 동정심이 생긴 모양이다.

"그리고 단켈페르거의 기사가 디터 소설에 아주 큰 관심을 보인다고 합니다. 괜찮다면 책을 빌릴 수 있겠냐는 부탁이 있었습니다."

원래 단켈페르거에 제일 처음 공개할 생각이었다. 나는 승낙했다.

이리하여 단켈페르거의 다과회 날까지 나의 시종은 빌프리트의 시종과 함께 다과회에 가져갈 디저트나 순서, 세세한 신호 등을 정하며 지냈고, 나는 드레반헬과 연구하게 될 견습 문관들을 군돌프 연구실로 데려가 소개하거나, 답장을 재촉하는 편지를 써서 힐쉬르의 연구실에 있는 라이문트에게 전달하며 지냈다.

"초대해주셔서 대단히 감사합니다."

나와 빌프리트는 각자의 측근들을 데리고 단켈페르거의 다과회실로 향했다. 공동 연구 회의 때문에 오늘은 문관 비율이 좀 더 높다. 아직 이름을 바치지 않은 뮤리엘라도 있다.

"빌프리트 님, 로제마인 님. 기다리고 있었습니다. 들어오세요."

문 앞으로 마중 나온 한넬로레와 레스티라우트와 장황한 인사를 나누고, 권해준 자리에 앉았다. 마침 내 자리에서 클라리사의 모습이 보였다. 내가 로데리히를 돌아보며 고개를 끄덕이자, 로데리히가 하르트무트의 편지를 그녀에게 건넸다.

'귀족원 안에서 편지를 전달하는 데도 며칠이 걸리는걸. 페르디난드 님의 답장이 오려면 아직 멀었겠지.'

"자, 바로 주문한 머리 장식을 보도록 할까?"

레스티라우트가 나를 찌릿 노려보며 가볍게 헛기침을 했다. 이상하게 짜증이 난 것처럼 보였다. 속으로 의아해하는데, 한넬로레가 못 말리겠다는 듯 한숨을 푹 쉬었다.

"오라버니, 기다리다 지친 건 알겠는데요. 다과회를 시작한 후에 하면 안 될까요?"

레스티라우트의 짜증이 난 듯한 저 거만한 태도가, 들떠서 그렇다는 것을 알고 웃음이 나올 뻔했다. 나는 배에 힘을 꾹 줘서 웃음을 참아냈다.

"브륀힐데, 머리 장식을."

그렇게 기대하고 계신다면 먼저 드려야지. 브륀힐데가 머리 장식을 담은 상자를 그의 시종에게 건네자, 시종은 상자와 내용물을 확인한 후 자신의 주인에게 가져갔다. 귀찮고 답답해 보이지만, 꼭 밟아야 하는 절차였다. 독살의 위험성을 나는 이미 아니까.

하지만 확인이 끝날 때까지 따분해서 레스티라우트를 바라보고 있었다. 짜증나고 매우 언짢아 보이는 저 얼굴이 들뜬 얼굴이라니 가족이 아니고서야 누가 알겠는가. 레스티라우트도 인사할 때는 귀족다운 거짓 미소를 지을 수가 있다. 그래서 들뜬 감정이 매우 짜증이 난 것처럼 보이는 것이다.

겨우 수중에 들어온 머리 장식을 레스티라우트는 미간을 찌푸린 험악한 얼굴로 살펴보았다.

꽃을 가을 귀색에 맞춰달라는 주문이었다. 그래서 빨간 중심부가 가장자리로 갈수록 노랗게 바뀌는 달리아 같은 꽃이 한가운데에 있고, 그 주변에는 박달목서 같은 자그마한 꽃과 이파리, 그리고 가을 열매로 보이는 알록달록 동그란 열매가 장식되어 있다.

주문 받은 일러스트대로 완성되긴 했지만, 과연 이것이 예술에 조예가 깊은 레스티라우트의 눈에 찰까. 나는 그를 빤히 관찰했다. 험악한 얼굴로 머리 장식을 뜯어보던 레스티라우트가 순간 눈매를 좁히며 피식 하고 만족스럽게 웃었다.

"흥. 그저 그렇군."

"오라버니의 그저 그렇단 말은 지적할 데가 없다는 뜻이에요, 로제마인 님."

한넬로레의 해설이 없어도 레스티라우트의 표정만 보면 만족했다는 것을 알 수 있었다.

"레스티라우트 님께서 지정하신 꽃과 열매가 에렌페스트에는 없는 것들이라 공부가 되었다고 장인에게 들었어요. 센스가 훌륭하다고 하더라구요."

"호오, 본 적도 없는 꽃과 열매를 재현해 내다니, 생각보다 솜씨 좋은 장인을 데리고 있군."

이쪽을 빤히 쳐다보는 빨간 눈을 보건대 '그 장인이 마음에 드니 나한테 넘겨'라는 뜻일 터였다. 나는 싱긋 웃었다.

"칭찬 감사합니다. 저의 자랑스러운 전속 장인인데, 제 머리 장식은 전부 그 사람에게 맡기고 있어요."

'아무리 원해도 투리는 내 전속이야. 안 넘겨줄 거라고요.'

레스티라우트가 평소의 눈초리로 나를 째려보았다. '시건방지다'라고 생각하는 게 느껴졌지만, 양보할 게 따로 있지. 미소를 유지한 채 나는 화제를 넘기기로 했다.

"머리 장식은 만족하신 모양이니 이제 단켈페르거의 역사책을……."

"잠깐, 로제마인. 네가 책 얘기를 꺼내면 쓸데없이 길어져. 먼저 공동 연구 얘기부터 해."

책 화제로 옮기려다가 제동이 걸렸다. 나는 그 말을 꺼낸 빌프리트를 쳐다봤다. 그는 마침 컵을 내려놓던 참이었다. 나와 레스티라우트가 대화하는 동안 한넬로레가 차를 권한 모양이다. 빌프리트와 한넬로레는 이미 둘이서 차를 즐기고 있었다.

"단켈페르거의 역사책 얘기도 중요하거든요?"

"그건 아는데, 책 얘기를 꺼내면 넌 항상 옆길로 새잖아. 나중에 해."

지금까지의 경험을 근거로 말리는 빌프리트에게 반박할 수가 없었다. 나는 공동 연구 얘기부터 꺼내기로 했다. 그 전에 차와 디저트를 먹고 싶었다. 한넬로레가 권해주는 단켈페르거의 디저트를 입에 넣었다. 술에 담근 로우레와 크림을 두른 갈레트였다. 소박한 맛이 끝내줬다.

"예전에 로제마인 님이 로우레를 이렇게 해서 먹고 싶다고 하셔서요."

로우레가 있으면 이런 디저트를 만들 텐데, 라는 푸념 섞인 정보를 한넬로레는 잘 써먹은 모양이다.

"별 생각 없이 툭 내뱉은 제 말을 기억해 주시다니 감격이에요."

"……로제마인이 그런 디저트를 좋아한다더니 정말이었군."

귀족원 다과회에 어울리는 디저트가 아니라고 레스티라우트는 반대했다고 한다. 그것을 한넬로레가 '손님이 좋아하는 디저트를 준비하려는 거다'라며 강행했다고 한다.

"넘치는 배려에 정말 감사드려요."

"음. 나도 설탕으로 굳힌 중앙의 디저트보다 단켈페르거의 디저트가 더 맛있어."

"좋아해주시기 기쁘네요. 로제마인 님, 빌프리트 님."

한넬로레가 싱긋 웃으며 좋아하자, 레스티라우트는 "단켈페르거는 재료가 좋으니까." 하고 콧방귀를 뀌었다.

"그나저나 공동 연구는 어떻게 진행할 셈이지? 우리 견습 기사들 중엔 확실히 앙리프의 가호를 받은 자가 많긴 하지만, 전부 그렇지는 않아."

"이미 가설을 세워 둬서 단켈페르거와 견습 기사분들의 이야기를 듣고 증명하면 돼요. 예를 들어서 이론이 싫어서 실기로 여러 번 신에게 기도드린 뒤에 가호를 받는 의식을 한 사람과, 이론이 뛰어나 바로 의식을 치른 사람에게 차이가 있는지. 의식 때 마법진 전체에 마력을 채운 상급 귀족과 마력을 채우지 못한 하급 귀족에게 차이가 있는지. 어떤 의식을 어느 정도의 빈도로 행했는지를 질문하려고 해요."

내 말에 레스티라우트가 자신의 문관을 불러 뭔가를 건네받았다.

"우리가 디터 전후에 하는 의식을 보여주는 건 아버님에게 허가를 받았어. 대신 두 가지 조건을 붙이셨지. 하나는 진지하게 디터를 겨룰 것. 디터 없이는 의식을 하지 못하니까. 신에게 승리를 비는 이상, 디터 경기를 안 할 수는 없어."

"단켈페르거의 영주 후보생은 경기 후에 의식을 치르기 때문에 아무것도 하지 않고 마력을 봉납하는 건 어려워요."

이쪽의 눈치를 보고 있는 듯했지만 한넬로레도 의식을 하려면 디터가 필수라고 생각하는 듯했다. 나는 그들이 하는 말을 이해할 수 없어 눈을 깜빡거렸다.

'생각도 못했어! 공동 연구에 디터가 필수라니!'

단켈페르거와의 공동 연구에 그 점을 예측하지 못한 내가 너무 안일했다. 연구에 디터가 필수일 거라고 어느 누가 생각이나 했겠는가.

"……우리 쪽에서 제안한 공동 연구니까 받아들여야지 어쩌겠어."

빌프리트의 말에 다과회실에 있는 단켈페르거 견습 기사들의 얼굴이 밝아지는 것을 보고, 나는 고개를 푹 숙이고 싶어졌다.

"견습 기사들도 그렇고, 공동 연구에 참여할 견습 문관들이 어느 정도 수업을 끝내야 디터 경기를 열 수 있겠지. 당분간은 질문만 해서 연구를 진행하면 되겠군."

"루펜 선생님이 이번 공동 연구에 아주 의욕적이세요. 올도난츠로 연락을 주면 기사동 출입도 허가해 주고 질문에도 응하시겠대요."

두 사람의 말에 나는 고개를 끄덕이고, "다른 조건은 뭔가요?"라고 물었다. 디터보다 더 성가신 조건은 없을 터였다. 이젠 될 대로 되라는 심경이었다.

레스티라우트가 헛기침을 한번 하고, "네 의식도 보이라고 하셨다." 라고 말했다.

"제 의식이요?"

"그래. 신전 의식을 통해 가호를 받을 수 있다면 너도 의식을 하고 있을 거 아니야. 수많은 신의 가호를 받은 에렌페스트의 성녀가 어떤 의식을 하는지도 연구 내용에 포함하고, 나와 한넬로레의 앞에서 그 의식 과정을 보여줘."

단켈페르거에서도 역사 깊은 의식을 공개하니, 에렌페스트의 의식도 공개하라는 뜻이었다. 공개하는 것이야 상관은 없지만, 뭘 보여줘야 할까.

"신전 의식이라고 해도 종류가 많아요. 세례식, 성인식, 성결식 등등이 있죠. 어떤 의식이 좋을까요? 축하 의식이면 축복할 상대가 있어야 하고, 나머지는 농촌에 가서 풍작을 비는 의식이에요. 귀족원에서 하기엔 적절치 않아요."

"거하게 할 필요는 없어. 네가 어떻게 비는지만 알면 돼."

'귀족원에서 할 만한 의식이라. 자주 하는 것 중에 딱 떠오르는 건 채집터 재생 의식 정도인데, 이걸 보여주긴 좀 그렇지. 음, 너무 어렵네.'

"어떤 의식을 보여드릴지는 생각해볼게요."

"그래. 조금은 성녀다운 모습을 보여줘 봐."

"오라버니!"

한넬로레가 노려보자, 레스티라우트는 "쓸데없는 소리 하지 마." 하고 시치미를 뗐다.

"그런데 이번 공동 연구는 단켈페르거 측의 견습 문관의 협력도 받고 싶은데, 그중 한 사람으로 클라리사를 지명해도 될까요?"

기대감에 눈을 반짝이며 연신 고개를 끄덕이는 클라리사가 보였다. 그 모습을 힐끗 쳐다본 레스티라우트는 "이유는?" 하고 물었다.

"클라리사가 제 측근인 하르트무트의 약혼녀라서 에렌페스트와 관계가 깊은 것이 가장 큰 이유예요. 그리고 신전의 이미지를 개선하기 위해 진지하게 연구에 임해줄 거라는 확신이 있어요. ……하르트무트는 지금 신관장이 되었거든요."

"뭐?! 신전에 들어갔다고? 대체 무슨 짓을 저질렀기에?!"

역시 귀족 입장에서는 신전에 들어가는 것이 치욕적인 오점이 되는 모양이다. 아무리 그래도 뜬금없이 '무슨 짓을 저질렀냐?!'라는 말이 나올 줄은 몰랐다.

"하르트무트는 아무 짓도 저지르지 않았어요. 페르디난드 님이 떠나서 그런 거예요."

레스티라우트가 무슨 소리냐고 말하고 싶은 듯 얼굴을 찌푸리기에 나는 이어서 설명했다.

"지금까지는 후견인인 페르디난드 님이 신관장으로서 실무 면에서 신전장인 저를 도와줬었어요. 그런데 아시겠지만 혼인 때문에 아렌스바흐로 떠나시면서 신관장 자리가 비었고, 제 측근인 하르트무트가 대신 신전에 들어오게 된 거예요."

내 설명에 레스티라우트와 주변 학생들은 "지은 죄가 없는데 신전에 들어가 신관장이 된단 말이야?"라며 쑥덕거렸다.

"단켈페르거와 같은 대영지의 신전이 어떤 곳인지는 모르겠지만, 부끄럽게도 에렌페스트 신전은 청색 신관의 숫자가 현저히 적습니다."

빌프리트가 레스티라우트를 보면서 그렇게 말했다.

"작은 성배를 채울 인원이 부족해서 마력이 많은 로제마인과 숙부님 같은 영주 일족이 신전장이나 신관장으로 취임해 의식을 치르고 있어요. 직할지를 도는 기원식이나 수확제 때는 영주 후보생인 저와 샤를로테도 돕고 있고요. 우리 신전은 영주 일족도 평범하게 드나드는 곳이죠."

레스티라우트는 여전히 복잡한 표정을 지으면서도 "그렇군." 하고 중얼거렸다.

"기도하는 빈도, 내용, 진지함의 정도에 따라 신들의 가호를 받을 확률이 높아진다는 연구가 성공하면 신전을 보는 시각도 조금은 바뀔 거라 기대하고 있어요. 그러니 신관장에 취임했다는 이유로 하르트무트와의 약혼을 깰 생각이 없다면 꼭 클라리사의 도움을 받고 싶어요."

"어쩔래, 클라리사? 영지도 다르고, 신전에 들어간 약혼자라고 설명하면 약혼을 깨는 건 아주 쉬워."

레스티라우트의 말에 클라리사는 바로 고개를 저었다. 등 뒤에 늘어뜨린 땋은 머리가 함께 흔들렸다.

"주인을 위해 망설임 없이 신전에 들어간 그가 자랑스러우면 자랑스러웠지 싫어하지 않습니다. 오히려 제가 에렌페스트에 있었다면 하르트무트와 신관장 자리를 두고 경쟁했겠죠."

싱긋 웃는 클라리사의 미소가 어쩜 그렇게 하르트무트와 닮아 보이는지, 나는 눈을 끔뻑끔뻑했다.

"로제마인 님, 제게 꼭 공동 연구를 시켜주십시오."

파란 눈동자를 반짝이며 클라리사가 주먹을 불끈 쥐었다. 그 손에 쥐여진 하르트무트의 편지가 꾸깃꾸깃했다.

"이런 사과의 편지도 필요 없습니다. 친족이 뭐라고 하든, 전 제 길을 갈 거고, 결혼할 겁니다. 그리고 제사를 치르는 에렌페스트의 성녀를 꼭 이 눈에 담고 말 겁니다!"

'하르트무트랑 비슷한 대사를 들은 것 같은데 내가 잘못 들은 거지?'

나는 멍하니 클라리사를 보다가 단켈페르거 사람들 쪽을 힐끔 보았다. 평소에도 이러는지, 놀라는 사람이 하나 없었다. 레스티라우트는 아주 귀찮아 죽겠다는 듯이 그녀를 보았다.

"그 녀석은 너희 쪽에서 알아서 제어해. 이쪽은 감당 못하니까."

"잠깐만요. 클라리사는 단켈페르거 학생이잖아요!"

그렇게 버리는 식의 발언은 삼가해 주세요, 라고 내가 말했더니 어째서인지 클라리사는 쑥스러운 건지, 멋쩍은 건지 모를 미소를 지었다.

"지금은 제가 단켈페르거 소속이지만, 마음은 완전히 로제마인 님의 신하입니다."

양손으로 뺨을 감싼 클라리사의 표정은 흡사 사랑을 고백하는 여자아이였다. 어떻게 반응해야 좋을지 곤란했다. 나는 브륀힐데와 레오노레에게 도움을 구하는 시선을 보냈다. "하르트무트가 둘로 늘어나겠네요." 하고 브륀힐데가 어색하게 웃으며 중얼거렸다.

"어이, 로제마인, 어서 이 녀석 좀 말려봐."

클라리사의 열변을 무기력하게 듣고 있던 레스티라우트가 휘휘 손을 저었다.

'엑? 그걸 왜 내가 해?! 단켈페르거의 견습 문관인데?'

클라리사의 폭주를 말리라는 지적에 나는 곤란해하며 주변을 둘러보았다.

"마음은 이미 네 신하라잖아. 주인이 말려야지 어쩌겠어?"

빌프리트의 말에 나는 미간을 찌푸렸다. 다과회 중에 클라리사와 대화하는 건 초대해준 단켈페르거 측에 미안했지만, 그쪽에서 말리라고 하니 하는 수 없었다.

"……그럼 클라리사와 얘기할 시간을 좀 주시겠어요?"

"정말 죄송하지만 로제마인 님께 맡길게요. 클라리사가 저런 상태가 되면 저희 얘기는 듣지도 않아서요……."

한넬로레도 곤란한 기색으로 클라리사를 보았다. 클라리사는 단켈페르거 기숙사에서 항상 저런 식으로 열변을 토하는 걸까? 조금 무서워졌다.

나는 몸을 돌려 브륀힐데에게 말을 걸었다.

"브륀힐데, 클라리사에게 그걸 주세요."

"알겠습니다."

클라리사가 혼인을 포기하지 않았다면 전해달라고 한 머리 장식이 있다. 헤어스타일을 정하거나 의상과 맞추려면 졸업식 당일보다 일찍 전하는 편이 상대도 준비하기 편할 거라고 여성진의 조언을 받아서였다.

사실은 다과회가 끝나면 몰래 주려고 했는데, 클라리사가 열변을 멈출 생각이 없어 보이니 이 자리에서 주고 '방에서 확인해라'라고 잠깐 다과회장에서 내보내면 어떨까. 지금까지는 조용히 서 있었으니 잠깐 자리를 비우면 진정되리라. 진정되어야 한다.

브륀힐데가 의자를 끌어주었고, 나는 자리에서 일어나 천천히 클라리사의 앞으로 걸어갔다. 내 움직임을 주시하며 파란 눈동자를 크게 뜬 클라리사가 입이 닫혔다. 방 안에 정적이 감돌았다. 모든 시선이 내게 집중되는 것이 느껴졌다.

내가 "클라리사." 하고 부르며 손을 뻗자, 그녀는 화들짝 놀라며 얼른 무릎을 꿇었다.

"당신의 마음은 충분히 알겠어요. 하르트무트가 신전에 들어가도 변함없이 그를 자랑스럽게 생각해줘서 정말 고마워요."

"로제마인 님……."

"신관장이 된 하르트무트를 아직 짝으로 생각하고 있다면 이걸 받아줘요. 하르트무트가 졸업식을 위해 준비한 머리 장식이에요."

브륀힐데에게 넘겨받은 나무상자를 클라리사에게 내밀었다. 클라리사는 감격에 겨운 듯 눈동자를 글썽이며 나무상자를 받았다.

"상자를 열어볼 거면 본인 방에 가서 해주세요."

거기서 나는 한넬로레와 레스티라우트를 힐끗 보았다. 바로 시선의 의미를 알아챈 건 레스티라우트였다.

"클라리사, 물러나도 된다."

"……아닙니다. 마지막까지 이곳에 남아 로제마인 님의 모습을 이 눈에 새기겠습니다."

"그럼 조용히 저기 서 있어. 방해돼."

레스티라우트는 능숙하게 클라리사를 방 한구석으로 쫓아내고, 한숨을 쉬었다. 무사히 클라리사를 진정시키는 데 성공했다. 나도 안도의 한숨을 내쉬며 자리로 돌아왔다.

"꽤 훌륭한 솜씨였어."

"……과찬의 말씀입니다. 그럼 공동 연구로 더 할 이야기가 없다면 단켈페르거의 역사책 얘기로 넘어가도 될까요?"

"예. 오라버니도, 아버님도 역사책을 정말 기대하고 있었어요."

한넬로레가 싱긋 웃으며 뒷말을 재촉했다. 빌프리트가 문관들이 서 있는 곳으로 시선을 돌려 "이그나츠." 하고 자신의 견습 문관을 불렀다. 이그나츠는 역사책 견본을 단켈페르거 견습 문관에게 건넸다. 몇 가지 확인을 거치고, 그것이 레스티라우트의 손에 넘어갔다.

레스티라우트가 파라락 책장을 넘겼다. 꽤 진지한 얼굴로 확인하고 있지만, 에렌페스트에 필요한 건 아우브 단켈페르거의 합격이다. 빌프리트는 책에 집중하느라 듣지 못할 것 같은 레스티라우트에서 한넬로레로 상대를 바꿔 입을 열었다.

"이거로 문제가 없다면 견본과 같은 형태로 판매할 겁니다. 아우브 단켈페르거의 회답은 영주 회의 때 주셔도 됩니다."

"알겠어요. 아우브께는 그렇게 전할게요."

한넬로레는 싱긋 웃으며 떠맡아주었다. 책을 검수 중인 레스티라우트를 일별한 뒤, 차를 갈아달라는 지시를 내리고, 우리에게 더 마실 것을 권했다. 천천히 차를 마시며 우리는 한넬로레에게 역사책에 얽힌 이야기를 들었다.

"로제마인 님의 현대어 역이 우리 단켈페르거에 큰 충격을 주었어요."

"어머, 어떤 충격이요?"

"아시다시피 귀족원에서는 유르겐슈미트의 역사를 가르쳐도, 자령의 역사는 자세히 가르쳐주지 않잖아요. 영주 일족이 아니면 자령의 역사를 자세히 아는 사람은 많지 않아요. 그런데 이렇게 읽기 편하고 이해하기 쉬운 역사책이 나와 준 덕분에 어른뿐만 아니라 아이들까지 자령의 역사를 깊이 알게 되는 기회를 얻게 되었어요."

'몰랐어. 일반 귀족들은 자령의 역사를 잘 모르는구나.'

영주 후보생에겐 필수로 자령의 역사를 가르친다. 영주 일족의 방계

이며 상급 귀족이라면 조부나 부모에게 듣기도 하고, 젖형제처럼 영주 일족과 관계가 깊은 또래 아이라면 배울 기회가 있다고 한다. 나는 페르디난드에게 집중 교육을 받아서 자령의 역사라면 상식적으로 누구나 다 아는 줄 알았다.

"그리고 단켈페르거의 역사는 아주 오래되어서 역사서에 나와 있는 글도 어렵거든요……. 어린 학생들뿐만 아니라 혼인으로 들어온 영주 일족의 배우자도 공부하기 어려워요."

"……아무도 현대어 역을 하지 않았던 거예요?"

그렇게 어렵다면 자령의 문관이 현대문으로 고쳐도 이상하지 않은데 말이다.

"영주 일족은 전부 그렇게 하고 있어요. 하지만 글로 남기지 않아요. 옛말을 그대로 기억하고 전하는 것도 영주 일족의 의무라고 하면서요."

"그건 중요한 마음가짐이라고 생각해요. 옛말이란 건 의식해서 배우지 않으면 쉽게 잊혀지고, 쇠퇴하기 마련이니까요. 그래서 기도 의식도 맥맥이 전해져 내려오고 있었던 거겠죠."

내 말에 한넬로레가 "고맙습니다." 하고 어딘가 어정쩡한 미소를 지었다. 그리고 뭔가 떠올린 듯 손뼉을 쳤다.

"왕의 셋째 부인이 단켈페르거 출신인 거 알고 계세요? 그분이 로제마인 님의 번역이 훌륭하다고 칭찬하셨어요. 정말 읽기 쉬워서 살 수 있다면 꼭 사고 싶으시대요."

'왕의 셋째 부인이라면 힐데브란트 왕자의 어머니에 해당되나? 역시 대영지. 왕족과 뿌리가 깊게 얽혀있네. 에렌페스트에서 선전하는 것과는 반응부터가 차원이 달라.'

"왕족이 읽어주시다니 영광이에요. 만약 공식적으로 판매하기 전에 걸리는 부분이 있다면 고칠 테니 바로 얘기해주세요."

그만큼 긴 역사다. 다른 영지에 숨기고 싶은 부분이 하나둘은 있지 않을까. 나는 왕족에게 책을 주는 것을 고려해서 미리 물어보았다. 그 순간 레스티라우트가 고개를 들었다.

"무슨 말이야? 에렌페스트는 어떨지 몰라도 우리에겐 숨기거나 부끄러운 역사 따위 없어."

솔직히 없을 리가 없다. 하지만 그것을 숨기지 않는 점이 대단하기도 하고, 영주 후보생이 저렇게 단호하게 말하는 모습이 도리어 보기 좋았다.

'예술파지만 역시 레스티라우트 님도 뼛속부터 단켈페르거 남자구나.'

내가 감탄하고 있는데, 빌프리트가 "견본은 어땠습니까?"라고 물었다.

"그저 그래. 네가 줬던 번역과 다르게 군데군데 그림이 들어가 있어서 좋네. 여기에 화사하게 다양한 색깔을 넣었다면 더 좋았겠지. 하지만 처음부터 흑백으로 표현하는 것을 전제로 그린 거니 크게 거슬리진 않아."

그때부터 그림에 관한 평가만 내내 이어졌다. 듣자하니 레스티라우트는 본문이 아니라 빌마의 삽화를 찬찬히 감상했던 모양이다.

"제 전속이 그렸어요. 칭찬해주셔서 영광입니다."

"네 전속……? 그럼 네 그림도 그려?"

예술파 레스티라우트는 빌마의 그림에 상당한 관심을 보였다. 질문을 받은 나는 고개를 갸웃거렸다. 빌마의 방에 들어 간 건 딱 한번. 온통 페르디난드의 그림으로 넘쳐났다. 내 그림도 몇 점은 있었던 것 같기도 하다.

"몇 년 전이긴 한데, 제가 노래를 부르는 모습을 담은 그림을 본 적이 있어요. 페슈필을 연주하는 그림도 있었던 것 같기도 하고……. 최근에는 삽화 일로 바빠서 제 그림을 그릴 여유가 없을 거예요."

그러자 조금 아쉬운 듯 레스티라우트가 "……그렇군." 하고 삽화로 시선을 떨궜다. 어지간히 빌마의 그림이 마음에 들었나 보다. 역시 내 시종이다.

"디터 소설도 보시겠어요?"

그 순간, 기분 탓인가, 견습 기사들 사이에서 불안한 기운이 느껴졌다. 혹시 레스티라우트의 표정이 험악해진 것과 같은 이유가 아닐까?

"이건 보물뺏기 디터를 소재로 쓴 이야기예요. 단켈페르거 분들의 감상을 꼭 들어보고 싶어요."

맡겨주십시오, 하고 단켈페르거 학생들의 목소리가 겹쳤다. 기사뿐만 아니라 문관과 시종까지. 디터가 그들의 삶에 얼마나 침투해 있는지 생각하고 싶지도 않았다.

"글쓴이는 페르디난드 님의 디터 활약을 기록한 문서를 참고해서 썼다고 하는데, 보물뺏기 디터를 모르는 세대니까 조금 이상한 부분이 있을지도 몰라요."

나도 원고를 확인하고, 비문이나 명백한 모순점을 지적해서 고치게 했다. 하지만 귀족원 부지 전체를 사용해 실시되는 보물뺏기 디터를 모르니 완벽하다고 하기엔 어려웠다.

'페르디난드 님의 혼인과 숙청 준비로 바쁘지 않았다면 보호자들에게 체크를 부탁했을 텐데.'

"어디…… 여기엔 삽화가 없나?"

견습 문관에게 건네받은 디터 소설책을 본 레스티라우트가 가장 먼저 지적한 건 일러스트의 유무였다. 로제마인 공방에서 만들어지는 책의 삽화는 전부 빌마가 맡고 있지만, 디터 소설만큼은 예외였다. 얼핏 의아하겠지만, 이건 어쩔 수 없는 일이었다.

"제 전속 화가는 평민이라 귀족원이 무대이고 귀족밖에 못 하는 디터의 모습을 그릴 수가 없었거든요."

"그랬군. 귀족원의 모습도, 디터도, 귀족이 아니면 그릴 수가 없지."

레스티라우트는 납득한 듯 고개를 끄덕였지만, 내 입장에서는 상당히 절실한 문제였다. 이야기는 쉽게 모으지만, 화가를 구하기가 여간 쉽지 않았다. 어떻게 제안하고, 어떻게 모아야 할지 도통 알 수 없었다.

"그림을 잘 그리는 귀족이 계시면 삽화를 의뢰하고 싶은데, 에렌페스트에는 괜찮은 인재가 없어서……."

후우, 하고 내가 한숨을 내쉬며 화가 육성에 관해 상담하자, 레스티라우트가 나를 언짢게 쳐다보았다.

"……왜 그러세요?"

"저기, 로제마인 님. 오라버니가 그림을 잘 그리시잖아요."

한넬로레가 조심스럽게 그렇게 말한 순간, 나는 레스티라우트가 화가에 입후보했음을 느낌으로 깨달았다.

"머리 장식 디자인화를 봤을 때 레스티라우트 님의 그림 실력이 훌륭하단 건 알았어요. 그려주신다면 모두의 관심을 한층 더 끌어낼 수 있을 거예요."

사실적인 훌륭한 삽화가 될 테고, 단켈페르거 영주 후보생의 삽화가 들어가면 선전 효과도 톡톡히 하리라. 의뢰하고 싶은 마음은 굴뚝같은데, 레스티라우트는 영주 후보생이다.

"하지만 레스티라우트 님께 어떻게 부탁하겠어요. 곧 졸업하시니 귀족원에서 납품받을 수도 없고, 영주 후보생이셔서 졸업 후에 에렌페스트에 오실 수도 없고요."

하급이나 중급 귀족 중에 그림 실력이 괜찮은 학생이 있다면 졸업 후에 스카우트하면 되지만, 영주 후보생인 레스티라우트는 혼인 외에는 이동할 수 없을뿐더러 차기 영주라면 더더욱 어렵다.

내가 "아쉬워요." 하고 고개를 숙이자, 레스티라우트는 또다시 짜증난 표정을 짓더니, 사교적인 얼굴로 돌아갔다. 엄청 실망했거나 화가 났거나 둘 중 하나다.

"로제마인, 한넬로레 님을 통해서 그림을 납품받으면 우리 졸업 전까지 부탁드릴 수 있지 않을까? 디터 소설 삽화만 부탁드리면 그렇게 긴 시간이 걸리진 않잖아. 그리고 레스티라우트 님의 그림에 자극받아 화가 발굴이 쉬워질지도 몰라."

빌프리트의 말에 레스티라우트가 홱 하고 고개를 들었다. 미간을 찌푸린 채 "그 제안 나쁘지 않군." 하고 붉은 눈을 반짝였다.

'의욕 만땅이잖아! 미간에 주름이 져 있지만, 저건 들뜬 얼굴이야, 장담해.'

"적어도 아우브의 허가를……."

"네가 이야기를 사 모으는 것과 뭐가 달라. 그 대상이 그림이 될 뿐이야."

"빌프리트 오라버니!"

소리치며 말렸지만, 이미 늦었다. 레스티라우트가 먹잇감을 잡은 맹수처럼 입술을 비틀었다.

"뭐야. 이미 그쪽이 해오던 일이잖아. 그럼 아무 문제 없지."

이야기를 모으는 일은 돈이 궁한 하급 귀족들의 아르바이트다. 영주 후보생이 할 일이 아니다. 그림도 마찬가지로 중급이나 하급 귀족에게 사들일 생각이었는데, 레스티라우트가 끼면 곤란해진다.

"저기, 로제마인 님. 오라버니의 그림을 보고나서 구매를 고민해보면 어떨까요? 이야기에 맞는 그림체인지 보지 않고는 모르잖아요……."

한 번 한숨을 내쉰 뒤 한넬로레가 조그맣게 "이젠 못 말려요."라고 중얼거리고, 레스티라우트와 빌프리트를 곁눈질했다. 이미 두 사람은 디터 소설책을 보면서 어느 장면에 일러스트를 넣을지 얘기하고 있었다. 레스티라우트의 뒤에 서 있는 시종과 호위 기사가 발꿈치를 살포시 들어 책을 들여다보는 것이 보였다. 내 머릿속에서는 이미 질베스타가 '잠깐만! 일이 왜 그렇게 된 거야?!'라며 소리치고 있지만, 이미 벌어진 이상 각오하는 수밖에.

'힘내요, 양아버님! 이번엔 내 잘못 아니거든요. 해냈구나, 로데리히! 다른 영지의 첫 독자가 왕족이고, 첫 삽화가가 대영지 영주 후보생이야! 필명을 써넣길 잘했어!'

"삽화는 한 권당 다섯 장까지 부탁드려요. 그 이상은 사지 않겠어요."

"다섯 장이라……. 어렵군."

진지한 얼굴로 레스티라우트가 책장을 넘겼고, 이미 내용을 아는 빌프리트는 추천 장면을 꼽기 시작했다. 디터 얘기로 잔뜩 흥분하는 두 남자의 모습에 나와 한넬로레는 서로 시선을 교환하고 어깨를 으쓱했다.

"단켈페르거의 역사책부터 이 디터 소설까지 관심을 보여주실 정도로 두 분 모두 책을 좋아하시는군요."

"아, 그럼요. 저도 귀족원의 연애 이야기는 정말 재미있게 읽고 있어요."

호호호, 하고 웃은 한넬로레가 어느 이야기의 어떤 장면이 좋았는지 재잘거리기 시작했다. 주인공이 사랑에 빠진 순간의 감동에 관해 얘기하는 것을 듣고, 나는 엘비라가 쓴 신의 묘사가 무엇을 나타내는 것이었는지 아주 조금 이해가 되었다.

'발아의 여신 블루안파가 나오면 사랑의 시작이라. 음, 좋아. 기억했어.'

엘비라의 연애 소설에 빈번히 등장하는 여신이다. 대체 무엇을 표현하려는 것인지 잘 몰랐었는데, 사랑의 시작이었던 모양이다.

'그런데 블루안파가 하나의 이야기에 다섯 번 넘게 등장할 때도 있는데, 정말 사랑의 시작이 맞을까? 혹시 다른 해석이 있나?'

약간의 의문을 품으며 한넬로레의 말에 맞장구를 치고 있는데, 빌프리트가 의아한 듯한 표정으로 이쪽을 보고 있었다.

"빌프리트 오라버니, 왜 그러세요?"

"아니, 한넬로레 님은 꽤 책을 심도 있게 읽으시는구나 싶어서."

나와 한넬로레가 동시에 눈을 깜박이자, 빌프리트가 피식 웃었다.

"로제마인은 새로운 책을 닥치는 대로 읽긴 하지만, 한 작품을 그렇게 깊이 있게 얘기하는 적이 없어서 아주 신선하게 느껴져서요."

'말하고 싶어도 심도 있게 말할 정도로 묘사를 이해하지 못한 걸 어떡해! 게다가 공감도 못하겠어!'

이 꽃이 피면 사랑의 열기에 황홀하다는 뜻이고, 가을바람이 불면 실연을 뜻하는 등, 표현은 일단 문학 수업 때 배운 거라 대충 이해는 된다. 하지만 그것에 공감하느냐는 별개의 문제다.

생각해 보라. 가을의 여신들이 춤추기 시작하면 머리카락이 날리고 갑자기 주인공이 울음을 터트린다. 나의 경우, 공감해서 슬퍼지기보다 얼떨떨해지고, 몇 초 뒤에 '아, 그래. 가을바람이구나. 실연한 거야. 근데 갑자기? 그런 조짐이 있었나?' 하고 상황을 바로 이해하지 못해서 몇 번이나 그 부근을 다시 읽어야 했다. 그리고 어떻게 해석해야 옳은지, 독해 문제나 추리물을 읽는 마음으로 연애 소설을 읽고, 다과회에서 모두의 감상을 들으며 정답인지 아닌지 확인해야 했다. 그렇다 보니 도무지 주인공의 심정에 공감하기가 어려웠다.

"여러분의 감상을 듣는 게 재미있기도 하고, 사람마다 느끼는 감정이 달라서 흥미롭고 공부도 되는데…… 전 하나의 이야기를 심도 깊게 읽는 것보다 얼른 다른 책을 읽고 싶어지거든요."

결코 이해를 못하는 것이 아니다, 라는 예방선을 쳐뒀다. 많이 읽을수록 이해도도 높아질 터이다. 일단은 내게 많은 책과 독서 시간을 좀 줬으면 좋겠다.

'이제는 기도도 자연스럽게 나오게 됐는걸. 사랑 이야기도 조만간 자연스레 공감하게 될 거야. 그치? 그렇겠지?'

"로제마인 님은 정말 책을 좋아하시네요. 아 참, 지난번에 빌렸던 페르네스티네 이야기를 조금 읽어 봤는데요……."

"벌써 읽으셨어요?"

나는 연구실에 드나드느라, 빌린 책을 펼쳐보지도 못했다.

"아직 초반부예요. ……페르네스티네는 로제마인 님을 모델로 한 인물 아닌가요?"

"예? 아니에요. 페르네스티네는…… 다른 사람이에요."

그렇다고 '페르디난드 님이다'라고 할 수는 없어 말끝을 흐렸다. 왜

페르네스티네의 모델이 나라고 생각한 걸까? 한넬로레가 눈을 깜빡깜빡했다.

"그래요? 등색 눈동자에 바람에 사라락 날리는 파란머리라는 묘사와 어릴 적부터 아름답고 영리했다는 점이나, 아우브에게 납치되어 자랐다는 성장 배경이 비슷한 것 같아서요."

'그렇게 요소요소를 뜯어보니 꼭 나 같잖아?!'

진짜 모델을 알고 있어서일까. 읽을 때는 나와 비슷하다는 느낌을 전혀 받지 못했는데, 엘비라의 이상적 미소녀의 모델이 나라고 착각하면 큰일이다. 나는 서둘러 부정했다.

"전 아우브에게 납치된 것이 아니라 양녀예요. 세례식은 양부모 밑에서 받았고, 양아버님과 양어머님도 정말 잘 대해주고 계세요. 그리고 그 주인공의 모델이 된 분처럼 아버님의 첫째 부인에게 세례식을 거부당하거나, 평소에 목숨을 위협받느라 식사까지 신경 쓰면서 지낸 적은 없어요."

이야기에 나오는 양어머님과 플로렌치아를 동일시하면 안 되니 열심히 부정했다.

"……로제마인, 그 말투……. 설마 실화야? 그런 비참한 생활을 하는 자가 에렌페스트에 실존한다고?"

의혹에 찬 레스티라우트의 시선을 받은 빌프리트가 '그런 사람이 있나? 잘 모르겠는데.'라며 고개를 갸웃거렸다. 빌프리트는 페르네스티네 이야기의 모델이 베로니카에게 박해받은 페르디난드라는 것을 모르는 듯했다.

"실화는 아니에요, 레스티라우트 님. 이 이야기는 허구이고, 등장하는 단체 및 인물 또한 전부 가공한 거예요. 비슷해 보여도 다른 사람이고, 만든 이야기랍니다."

"……그래도 로제마인 님은 주인공의 모델이 된 분을 알고 계신 거지요?"

한넬로레의 시선에 의혹의 빛이 더욱 강해졌다. 단켈페르거 영주 후보생의 시선을 받은 나는 하는 수 없이 고개를 끄덕였다.

"아, 예, 뭐……. 하지만 여러 사람을 섞어서 만들었다고 작가가 말했으니 명확하게 이분이다, 콕 집어 말하긴 어려워요. 이 이야기는 이분인가? 라고 어림짐작하는 정도거든요."

"정말 로제마인 님의 이야기가 아닌 것이지요?"

한넬로레가 나를 걱정해주는 것이 느껴졌다. 나는 크게 고개를 끄덕였다.

"전 이런 대우를 받고 있지 않아요. 그쵸, 빌프리트 오라버니?"

"응. 로제마인의 호위 기사에는 친오빠도 있어. 그런 취급을 당하도록 놔둘 환경이 아니야."

"그렇군요."

안심하며 가슴을 쓸어내린 한넬로레가 방긋 웃었다. 그녀가 납득한 것에 안도하면서도 나는 앞으로 귀족원에서 이런 비슷한 설명을 몇 번이나 하게 될 것임을 깨닫고, 핏기가 싹 가셨다.

'페르네스티네와 나한테 공통점이 있을 줄은 몰랐어! 어머님! 2권 빨리 만들어서 보내 줘요! 왕자와의 연애 파트가 나오면 오해하는 사람이 없어질 테니까!'

에렌페스트에 보고해야 할 사항이 단숨에 늘어나 버린 다과회였다.

답장

　피로가 몰려온 탓일까, 단켈페르거와 다과회를 끝내자마자 나는 발열로 짧게 앓아누웠다. 오랜만에 열이 오르는 감각이 반가울 정도로 몸이 건강해진 모양이다. 혼자 침대 속에서 좋아하고 있는데, "아파 누웠으면서 건강해졌다고 좋아하시면 어떡합니까."라며 리카르다가 어이없어했다.

　다과회의 보고는 문관들에게 맡기고, 나는 침대에서 뒹굴뒹굴하며 책을 읽었다. 아나스타지우스, 솔랑쥬, 오르텐시아에게 빌린 책이 이 방에 있다. 아직 읽지 않은 책들이 많아 행복했다.

　"여기부터가 슈바르츠와 바이스 연구에 관한 내용인가? ……아, 이 자료는 페르디난드 님이 절대 안 읽었겠네. 페르디난드 님의 자료에는 생명의 속성이 들어간 부분은 없었으니까."

　슈바르츠와 바이스를 제작하려면 생명의 속성이 들어간 마법진이 있어야 하지 않나, 라는 논의가 영지 대항전 때 있었지만, 결국 어떤 마법진이 새겨져 있는지 판명되지는 않았다. 그 생명에 관한 마법진이 새겨져 있고, 다른 마법진 부분은 비어져 있었는데, '여기까지는 판명했으나 이 다음은 알아내지 못했다. 이는 후세에 맡긴다.'라는 메모가 함께 쓰여 있었다. 군데군데 페르디난드의 연구 성과와 겹치는 데가 있었다. 이 자료와 맞추어보면 연구에 진전이 생길지도 몰랐다. 서둘러 알려야 했다.

　"리젤레타, 지금 비밀의 방에서 편지를……."

"로제마인 님, 편지는 열이 떨어지면 쓰세요."

"하지만 급해요……. 슈바르츠와 바이스의 제작법을 알아낼 수 있을지도 모른단 말이에요."

스밀을 좋아하는 리젤레타를 어떻게든 회유해보려고, 나는 내 도서관에 슈바르츠와 바이스 같은 마술구를 두려는 계획을 열심히 설명했다. "스밀을 만든다고요."라고 중얼거리며 그녀의 움직임이 멈췄다. 승리를 확신한 다음 순간, 리젤레타는 숨을 내뱉고는 싱긋 웃었다.

"우선은 몸부터 나으세요. 그러지 않으면 편지를 쓰셔도 라이문트에게 주지도 못하고, 좋아하는 스밀 제작 연구도 못하시잖아요."

침대로 돌아가세요, 라며 리젤레타가 이불 속에 나를 밀어 넣었다.

어쩔 수 없이 편지를 쓰는 건 뒤로 미뤄야했다. 침대에서 뒹굴뒹굴 책을 읽고 있는데, 캐노피 너머에서 한껏 들뜬 리젤레타의 콧노래 소리가 들려왔다. 업무 중에 감정을 드러내는 일이 결코 없는 그녀였다. 스밀 연구가 진척되는 게 어지간히 기쁜 모양이다.

'리젤레타, 정말 기대되나 봐.'

열은 일단 가라앉았지만, 상태를 지켜봐야 하므로 외출은 금지였다. 내가 갈 수 있는 곳은 식당과 다목적 홀 난로 앞뿐이었다. 지금은 책이 있으니 방에서 지내도 괜찮은데, 남성 측근의 연락을 받기가 어려워 하루에 한 번은 다목적 홀에 얼굴을 내밀어 달라는 말을 들었다. 저녁을 먹고 나면 그곳에 가서, 하루의 보고를 들어야 했다.

"에렌페스트에서 답장이 왔습니다. 빌프리트 님과 샤를로테 님은 이미 확인하셨어요."

나는 로데리히에게 건네받은 목패를 슥 훑었다.

"모든 공동 연구에 허가가 떨어졌네요."

귀족원 내에 이뤄지는 연구는 학생들의 영역이다. 웬만해서는 허가가 떨어진다고 한다. 목패에는 세 대영지와 공동 연구를 진행해도 된다고 쓰여 있었다. 단켈페르거의 연구는 왕족의 지시라서 거절할 수 없고, 드레반헬의 연구는 에렌페스트에도 가치가 있다. 아렌스바흐의 연구는 원래 내가 할 예정이었으니 반대할 이유가 없었다.

그리고 드레반헬과의 연구를 빌프리트와 샤를로테의 측근에게 맡긴 것을 칭찬해주었다. 세 가지 연구를 동시에 진행하기는 어려운 탓에 부하의 공적을 주인이 전부 빼앗아간다는 의심을 받을 우려가 있었다고 한다.

"그리고 이건 에렌페스트에서 보낸 연구용 종이입니다."

일크너의 마목으로 만든 종이가 도착했다. 하지만 상자에 에이폰지, 난세이브지와 같이 마목의 이름만 쓰여 있어, 문관들은 이게 어떤 종이인지 모르는 듯했다.

"이 난세이브지는 감합지라고 부르는데, 에렌페스트가 거래를 허가한 영지에 나눠준 종이와 같아요. 실제로 나눠준 종이에는 각 영지의 망토와 똑같은 색깔로 물들였어요. 큰 조각에 모이는 습성이 있어요. 이건 에이폰이라는 마목으로 만든 종이니까 아마 소리를 내는 데 적합해요."

나는 그 마목의 특성을 설명하며 연구팀에 전달했다. 이그나츠와 마리안네가 진지한 얼굴로 메모했다.

"모르는 게 있으면 물어보세요. 드레반헬로 정보가 새어나가지 않게, 난 군돌프 선생님의 연구실엔 가지 않을 거예요. 인사와 대면은 끝냈으니 연구 소재를 가져가면 군돌프 선생님이 알아서 거기에 몰두하실 거예요."

종이 설명을 끝내자, 필린느가 다른 목패를 내밀었다.

"로제마인 님, 이건 지기스발트 님과 아돌피네 님의 성결식에 관한 답장입니다. 중앙 신전의 관계와 신변의 안전을 고려해서 신전장으로 모습을 드러내지 말고, 예전처럼 멀리서 축복을 주는 편이 낫지 않겠냐고 쓰여 있습니다."

"사람들 앞에 나가지 않고 축복만 내릴 수 있으면 가장 좋겠지만, 솔직히 그러기가 어려워요. 지금까지는 감정이 넘쳐서 저절로 축복이 되어나갔는데, 의도적으로 멀리서 축복을 내린 적이 없거든요."

얼굴조차 가물가물해 아무런 감정이 없는 1왕자에게 아나스타지우스와 에그란티느보다 더 많은 축복을 쏟아야 하는 셈이다. 그의 옆에 선 아돌피네에게 축복이 치우치는 정도라면 다행인데, 자칫 지기스발트를 무시하는 꼴이 될 수 있었다.

축복의 유무와 불균형이 문제시되는 상황에서 성공할지도 애매하고, 타이밍도 못 맞추면 그 뒤가 무서웠다. 과연 이번에도 우연이 작용할까? 할 수만 있다면 실패하지 않게 연습하고 싶지만, 연습한다며 여기저기 축복을 날리면, 신의 기적이 흔해져서 감동이 줄어들지 않을까.

"실패를 피하려면 꼭 그 자리에 서야 한다고 답장하세요."

지기스발트에게 확실히 축복을 선물하려면 신전장의 위치가 제일이다. 만약 중앙 신전의 신전장이 앞에 있는데, 다른 방향에서 축복을 날리면 이건 완전히 시비를 거는 의도로 받아들일 수 있다. 수많은 귀족의 앞에서 중앙 신전 신전장의 체면을 구기는 것보다, 왕족의 의뢰로 축복을 내리는 것이라고 보여주는 쪽이 온당하다.

나는 에렌페스트 측의 걱정을 써내려가며 '중앙 신전과의 조율은 제안자인 아나스타지우스 왕자님에게 일임하겠으니 이 이상 에렌페스트가 불이익을 당하지 않게 해 주세요'라는 취지의 편지를 브륀힐데에게 넘겼다.

"이것을 에그란티느 선생님께 전해주세요."

성결식 안건 외에 도서위원 활동 내용이 열쇠 관리자로 변경되었다는 일도 상담했었는데, 이 일에 관해서는 '왕족의 요구에 따라라.'라고만 쓰여 있었다. 업무 내용을 정확히 모르니 일단 시키는 대로 하는 게 낫다는 보호자의 생각이 전해져왔다.

"일단은 호출 전까지 왕족과 엮이지 않는 방침을 고수해야겠네요."

"그리고 로제마인 님의 요청대로 페르네스티네 이야기 2권을 시급히 인쇄하시겠다고 합니다."

어차피 봉납식 전에 마석을 신전으로 옮겨야 하니, 원고도 함께 옮기기로 했다고 한다. 그것이 도착하면 조금은 페르네스티네가 나라는 오해도 풀리겠지. 나는 안도하며 가슴을 쓸어내렸다.

그 다음 날에는 뮤리엘라와 그레티아가 이름을 바치는 돌을 가져왔다. 나는 별실에서 그것을 받기로 했다. 이번에 이름을 바치는 건 여학생 두 명이라 호위와 입회인도 모두 여학생이다.

"레오노레, 이제 됐나요? 문제가 없으면 두 사람을 불러주세요."

"문제는 없습니다, 로제마인 님. 필린느, 뮤리엘라를 들여보내세요."

필린느가 데려온 뮤리엘라에게 이름을 받았다. 최대한 괴롭지 않게, 나는 단숨에 마력을 흘려 넣어 이름을 바치는 돌을 변화시켰지만, 역시나 괴로워하는 건 마찬가지였다.

"괜찮아요, 뮤리엘라?"

"괜찮습니다. 아직 조금 괴롭긴 하지만, 정말 기뻐요. 제가 로제마인 님께 이름을 바치기로 한 덕분에 단켈페르거 다과회에도 동행했고, 한 넬로레 님의 감상도 들을 수 있었는걸요."

"한넬로레 님의 감상이요?"

"단켈페르거 다과회에서 연애 소설의 감상을 들었을 때 온몸으로 공 감하고, 밤새 수다를 떨고 싶은 기분이었어요. 같은 책을 똑같이 즐기는 분이 계시다는 행복감에 저는……."

타인의 마력으로 속박되는 고통에 숨을 헐떡이면서도 어느 부분에 감동했고 두근거렸는지, 녹색 눈동자를 반짝이며 말하는 뮤리엘라는 한넬로레보다 엘비라의 모습을 방불케 했다.

'본인이 이름을 바치고 싶었다고 한 만큼 어머님과 죽이 잘 맞겠어.'

"그래서 저, 로제마인 님과 엘비라 님께 바칠 사랑 이야기를 온 힘을 다해 모으고 싶습니다."

"뮤리엘라, 이야기를 수집하는 건 필린느의 일이에요. 당신은 우선 제지업과 인쇄업 지식을 배우세요. 영지로 돌아갔을 때 어머님 밑에서 일을 잘 해줘야 하거든요."

엘비라처럼 사랑 이야기를 앞에 두고 폭주할 것 같은 뮤리엘라를 일 단 제지했다. 그러자 그녀는 눈을 재차 끔뻑인 뒤 "그러네요." 하고 진 지한 얼굴로 납득했다.

'응. 어딜 봐도 어머님 부하 기질이야.'

"필린느, 제지업과 인쇄업을 뮤리엘라에게 가르쳐줘요. 그리고 보고 서 작성법도요. 여유가 있으면 이야기 수집 방침이나 방법도 가르쳐서 두 사람이 같이 모으세요."

영주 후보생의 견습 문관은 페르디난드의 기준에 합격하는 수준의 보고서를 쓸 줄 알아야 한다. 페르디난드와 하르트무트 양쪽에서 2년 이상 지도를 받은 필린느는 아직 신참에 속하는 로데리히보다 보고서 작성에 능숙하다.

"뮤리엘라, 나는 측근을 계급에 따라 상하로 나누고 있지 않아요. 귀족원에서는 상급 귀족인 레오노레가 구심점 역할을 하지만, 성에 돌아가면 하급 귀족인 다무엘이 구심점이 되어 업무를 분담하고 있어요. 그와 같이 로데리히보다 계급이 낮지만, 업무 숙련도와 정확성을 따져서 당신의 지도담당으로 필린느를 붙여줄게요. 당신이 지금까지 배운 귀족의 상식과 아주 다르겠지만, 이제는 내 방식에 익숙해져야 할 거예요."

"알겠습니다."

필린느에게 뮤리엘라의 지도를 부탁한 후 축객령을 내렸다. 이번에는 리젤레타와 그레티아를 불러 그레티아의 이름을 받았다. 마찬가지로 괴로울 텐데도 그레티아는 살짝 인상을 찌푸릴 뿐, 신음 한번 없이 의식을 마쳤다.

"괴로웠지요? 괜찮아요?"

그레티아는 눈을 가리는 앞머리를 흔들며 그 뒤에 있는 청록색 눈을 가늘게 떠 눈웃음 지었다.

"걱정해주셔서 감사합니다. 이 정도는 아무렇지 않습니다. 이름을 받아주신 주인을 위해, 편안하고 안락한 방을 유지하도록 전력을 다하겠습니다."

"기대할게요. 그 지도는 리젤레타가 해줄 겁니다."

브륀힐데는 상위 영지와의 조율로 바쁘기 때문에 리젤레타가 전면적으로 그레티아의 지도를 담당할 예정이다. 내가 좋아하는 차를 끓이는 법이나 방 정리 등을 세세하게 가르칠 것이라고 한다. 또 상위 영지와의 협상자리에 나가지 않더라도, 다과회의 보조 역할을 톡톡히 해야 한다는 점도 설명한다고 한다. 리젤레타가 앞으로 나오며 싱긋 웃었다.

"로제마인 님의 시종은 힐쉬르 선생님의 연구실 청소도 업무 범위에 들어가요. 방법을 가르쳐줄 테니 잘 외우세요."

"힐쉬르 선생님의 연구실이요?"

예상하지 못했는지, 그레티아의 눈이 휘둥그레졌다.

"그 연구실에 드나드는 사람은 대부분이 중급 귀족이고, 낯선 사람은 거의 들어오지 않으니 비사교적인 업무에 해당해요. 그리고 로제마인 님은 앞으로 슈바르츠와 바이스 연구로 바빠지실 거라 자주 가실 테고요. 주인이 가는 곳을 깨끗하게 하는 것이 시종의 일이니 그레티아도 익숙해져야 해요."

그레티아가 살짝 굳은 표정으로 고개를 끄덕였다.

'어라? 난 공동 연구 때문에 슈바르츠와 바이스의 연구는 나중으로 미뤘는데?'

아무래도 리젤레타는 슈바르츠와 바이스 연구를 위해 힐쉬르의 연구실에 올인할 예정인 모양이다. 마음은 든든했다.

겨우 몸을 회복한 나는 그제야 힐쉬르의 연구실에 갈 수 있었다. 라이문트에게 단켈페르거의 다과회 상황과 슈바르츠와 바이스의 마법진에 관해 쓴 편지 2탄을 넘겼고, 대신 페르디난드의 답장을 받았다.

라이문트에게서 리젤레타에게 넘어간 편지는 여러 확인을 거친 끝에 내 손에 왔다.

"꽤 두툼하네요."

"편지 두 개를 합친 답장이라고 합니다."

내가 라이문트와 대화하는 동안, 그레티아는 편지를 넘겨받는 절차에 관해 리젤레타의 설명을 듣고, 호위 기사인 라우렌츠와 함께 독을 확인하는 순서를 배웠다. 그동안 유디트가 내 호위로 붙었다.

"로제마인 님께서 제작에 협력해 주신 덕분에 저도 녹음 마술구의 합격을 받았습니다."

"녹음 마술구 설계도는 내게 파세요. 직접 만들어보고 싶어요. 지금은 빈손이지만 리카르다에게 말해서 다음번엔 꼭 돈을 가져올게요. 그러니까 절대 딴 사람에게 팔지 마세요. 내가 예약했으니까."

내가 그렇게 말하자, 라이문트가 "이걸 누가 원하겠어요." 하고 쓰게 웃었다. 그럴 리가. 다들 아직 라이문트의 가치를 잘 몰라서 그럴 뿐이지.

"난 방에 가서 페르디난드 님의 편지를 읽고 싶으니 오늘은 이만 실례할게요. 힐쉬르 선생님과 라이문트의 식사는 두고 갈게요. 꼭 드신 후에 연구하세요. 그리고 페르디난드 님한테 편지 보내는 거, 잊지 마시고요."

"알겠습니다."

라이문트의 앞에 식사 세트를 놓아두고, 나는 측근들을 데리고 기숙사로 돌아갔다.

내 쪽에서 빛나는 잉크로 편지를 써 보냈다. 페르디난드의 답장 역시 빛나는 잉크로 쓰여 있을 가능성이 컸다. 눈이 많은 곳에서 편지를 열지 않는 편이 좋았다.

나는 편지를 들고 비밀의 방으로 뛰어 들어갔다.

"와, 답장이다, 답장."

마술구로 주변을 밝히면 빛나는 글자는 보이지 않고, 평범한 글자만 보인다. 대충 읽어본 나는 고개가 기울어졌다.

"……왠지 표면상에도 온통 잔소리네. 왜?"

잔소리는 빛나는 잉크로 쓰일 때가 많았는데, 이번엔 평범한 문면에도 잔소리가 많았다. 그렇게 화낼 만한 짓은 저지르지 않았는데, 어찌된 일일까? 힐쉬르의 연구실을 청소하고, 페르디난드의 몸을 걱정했을 뿐이다. '괜한 짓 하지 말라'고 하니 쉬이 납득이 가지 않았다. 그 연구실을 청소한 것도, 페르디난드의 몸을 걱정한 것도 쓸데없는 짓이란 말인가?

"잠깐만 있어 봐. 이거 잔소리로 문제를 바꿔치기 한 거 아냐? 이곳은 문제가 없으니 괜한 걱정은 하지 말라는 말은, 건전하지 못한 생활을 보내고 있다는 뜻이 아닐까?"

끝없이 나열된 잔소리의 의미를 파악하려고 자세히 읽어 보니, 첫날 합격한 내용에 관해서는 '매우 훌륭하다'라는 칭찬이 있었다.

"해냈다! 매우 훌륭하대!"

우후훗, 하고 콧노래를 흥얼거리며 조명을 껐다. 그러자 빛나는 글자가 서서히 떠올랐다.

"이것도 잔소리네. ……어디 보자. 이 짧은 시간에 잘도 여기까지 문제를 만들었구나……. 내가 만들고 싶어서 만든 건 아니지만, 미안합니다."

가호 의식에서 높은 곳으로 올라간다는 표현은 쓰지 마라. 그대라면 정말 그럴 것 같아 섬뜩하다고 쓰여 있다. 그리고 예상대로 페르디난드는 가호 의식 후에 슈타프를 취득했기에 마력 운용에 곤란했던 적은 없었다고 한다. 슈타프를 갖기 전에 마력 조절로 고생했을 때의 대처법을 써주긴 했지만, 그건 질베스타에게 들은 것과 같았다.

「몸속 마력이 한계치를 넘으면 성장이 느려진다고 한다. 그대의 마력은 슈타프로 제어할 수 있는 범위만 있어도 충분하니 다른 대처법을 찾기 전까지 마력 압축 밀도를 낮춰서 몸의 성장을 키우는 편이 좋지 않겠는가.」

"유레베로 몸이 조금 건강해졌으니, 마력만 희석시키면 키도 잘 크나보구나."

평균보다 작은 몸 때문에 고민이었던 나는 마력 성장보다 몸 성장이 더 중요했다. 마력 부족에 시달리는 형국이라 귀족원에서는 최대한 마력을 압축해 키우자는 분위기가 팽배했다. 그래서 마력을 희석시켜야 하는 상황에 초조함을 느꼈는데, '지금 마력으로 충분하다'라는 페르디난드의 글에 마음이 한결 편해졌다.

그리고 역시나 힐쉬르에게 제단 안쪽에서 벌어진 일까지 상세히 알려줄 필요는 없다고 한다. '잠자코 있어라.'라고 쓰여 있었다. 가호를 받는 마법진에 관해서는 에렌페스트에 돌아오기 전까지 필요 없다고 한다.

가호 의식을 주제로 한 공동 연구와 에렌페스트에서 성인에게 재시도 해보는 연구에 관해서는 '성인이 되어도 늘어날 수 있다. 난 신전에 들어온 이후로 늘었다.'라며 이미 실험 완료라고 한다. 덧붙이며 실험할 때의 주의점도 쓰여 있었다.

'대체 신전에서 얼마나 실험한 거예요, 페르디난드 님?!'

다만, 피험자가 자신뿐이어서 이름을 바쳐 전 속성이 된 로데리히와 같은 결과를 유스톡스나 에크하르트에게서 얻지는 못했다고 한다. '나도 에렌페스트에서 실험을 하고 싶군.' 하고 웬일로 솔직한 문장이 쓰여 있었다. 별 것 아닌 것처럼 쓰여 있긴 하지만, 이건 매드 사이언티스트 영혼의 외침이 분명했다.

그리고 힐쉬르와 질베스타가 대화를 통해 서로에게 한발 다가갔다는 소식에는 조금 안심했다는 의미의 표현이 에둘러 쓰여 있고, 숙청 결과에는 '이미 끝난 일이지만 그렇다고 안심할 순 없다. 에렌페스트에 돌아가면 더욱 조심하도록.'이라는 주의사항이 적혀 있었다.

드레반헬과의 공동 연구에 관해서는 '영지 대항전 때 발표할 결과를 기대하고 있겠다.'라고 하고, 아렌스바흐와의 공동 연구에 관해서는 '라이문트에게 전달받은 편지로 알았지만, 아직 프라우렘에게서는 편지를 받지 못했다.'라고 했다.

'역시 전달에 시간이 걸리는 건지, 아니면 또 뭔가 꾸미고 건지 둘 중 하나겠지?'

공동 연구에 관련해서 더 자세히 써달라는 요구가 있었지만 '페르디난드 님 때문에 힐쉬르 선생님이 진지하게 대응하는 사람만 바보가 될 거래요. 대체 무슨 짓을 했던 거예요?'라는 질문에 대한 대답은 '그대만큼 저지른 적은 없다.'라는 한 문장이 전부였다.

"흠흠. 그러니까 페르디난드 님도 이것저것 저질렀단 거네. ……어? 잠깐만. 두 사람이 내 제자라는 이름으로 공동 연구를 한다면 좀 더 난도를 높여야 한다고? 이 사람은 어디에 라이벌 의식을 느끼는 거야 대체?!"

세 대영지와의 공동 연구에 더해서, 나와 라이문트가 '그 페르디난드의 제자'라는 간판을 등에 업고 연구 발표를 한다는 것이 지기 싫어하는 페르디난드의 경쟁심에 불을 붙인 모양이다. 앞으로 연구가 지금보다 더더욱 힘들어지게 생겼다.

"……나야 익숙한데, 라이문트는 괜찮을까? 뭐, 페르디난드 님의 제자니까 괜찮겠지."

답장의 제일 마지막에는 조그맣게 '그나저나 게두르리히의 노래는 연가로 착각하게 놔둬라. 그래야 편하다.'라고 쓰여 있었다.

'으아, 무슨 뜻인지 하나도 궁금하지도 않아.'

빛나는 글자를 눈으로 좇느라 눈이 시큰거릴 때쯤에야 첫 번째 답장을 다 읽었다. 나는 마술구 조명을 켜고 눈두덩을 꾹 눌렀다. 눈꺼풀 안쪽에서 아직도 글자가 번쩍거리는 듯하다.

'페르디난드 님도 이렇게 시큰거리는 눈으로 내 편지를 읽었을까?'

얼굴을 찌푸리며 읽고 있는 페르디난드의 모습이 떠올라, 나는 조그맣게 웃으며 두 번째 편지를 손에 들었다.

"이것도 꽤 두툼하네. 어디 보자."

우선은 평범한 잉크로 쓰인 부분을 읽어 내려갔다. 눈이 따가운 쪽은 이 다음이다.

내가 써 보낸 건 '힐쉬르 선생님의 연구실에서 라이문트의 설계를 토대로 시제품을 만들기로 했습니다. 자세한 내용은 프라우렘 선생님 경유로 보내는 보고서를 확인해주세요.'라는 내용이었다. 검열자에게도, 프라우렘을 통해서 보내는 편지가 하나 더 있음을 알 수 있도록 표면에 써보았다.

그것에 대한 페르디난드의 대답은 '프라우렘 선생의 보고서는 아직 받지 못해 자세히는 모르겠지만, 재미있는 연구라면 그걸로 충분하다. 단, 그대는 측근을 여럿 데려가야 하니, 너무 연구실에 폐가 되지 않게 주의하라.'라는 잔소리로 마무리했다. 이로서 다음 보고서를 프라우렘에게 전할 때 '페르디난드 님이 보고서를 아직 못 받았다던데요?'라고 한소리 할 수 있게 되었다.

"두 사람한테 밥도 가져다주고, 연구실도 깨끗하게 해주니까, 민폐가 아니라 도움이 되고 있거든요?"

시종들 덕분에 최근 힐쉬르의 연구실은 놀랄 정도로 깨끗해졌다. 영지 대항전 때 한번 와 보면 이전과의 차이를 한눈에 알 수 있을 터이다.

"그럴 여유가 있을지 모르겠지만."

왕족 주체의 책벌레 다과회에 관해서는 무난하게 디저트와 빌린 책을 화제로 꺼냈다. 디저트에 관해서는 '단켈페르거에서는 카트르 카르에 특산물인 로우레를 넣은 디저트를 만들 수 있게 됐대요. 각지의 특산을 활용한 카트르 카르가 나와서 기뻐요. 귀족원 재학 중에 종류가 더 늘면 다과회도 더욱 즐거워지겠지만.'이라고 썼다.

거기에는 '영주 회의에서 레시피를 샀다고 하니, 아렌스바흐의 특산 과일을 넣어보라고 이쪽 요리장에게 물어봐야겠군.'이라고 쓰여 있었다. 요리장이 노력해 준다면 페르디난드도 아렌스바흐에서 조금은 고향의 맛을 먹을 수 있지 않을까.

책 얘기는 아직 읽기 전에 쓴 것이라 '중앙의 책과 왕궁 도서관 책을 빌리게 되었어요. 솔랑쥬 선생이 빌려주신 폐가서고의 책에는 슈바르츠와 바이스의 연구에 관한 내용이 있을 거래요. 새로운 발견이 있으면 그때 알릴게요. 두꺼워서 읽을 보람이 있겠어요.'라고 정말 표면적인 내용만 썼다.

그래도 페르디난드에게는 흥미가 당기는 화제였던 모양이다. '도서관에 가지 않아도 재미있는 일이 생겨 다행이군. 새로운 발견이 있다면 알려다오. 그 편지만 읽어도 조금은 연구하는 기분이 느낄 수 것 같군.'

하고 쓰여 있었다.

'일벌레도 이런 일벌레가 없어. 완전 연구에 굶주려 있나 봐.'

조금은 취미에 시간을 썼으면 했지만, 디트린데가 귀족원에 있는 동안 지반을 다져놓느라 정말 시간이 없는 건지도 모른다.

표면적인 책벌레 다과회 화제는 '이번에는 기절하지 않고 무사히 다과회를 끝냈어요. 많이 성장했죠? 페르디난드 님이 약을 만들어주신 덕분이에요.'라는 글로 끝맺었다. 페르디난드도 '그대가 별 탈 없이 귀족원 생활을 즐기고 있다 하니 다행이군. 이곳 생활도 순조롭다'라는 무난한 대답을 썼다.

그 다음 페르디난드의 편지에는 레티치아의 교육에 관한 내용이 이어졌다. 어떤 커리큘럼으로 어떻게 진행 중인지, 상당히 자세히 나와 있었다. 빌프리트와 샤를로테도 이해할 법한 요령으로 쉽게 가르치고 있다고 하지만, 내가 보기엔 꽤 스파르타 교육으로 느껴졌다. 그러나 '잘 따라오고 있다'라든지 '예상보다 진도가 빠르다'라고 하니, 레티치아는 상당히 우수한 학생이라고 느꼈다.

"……은근히 레티치아 님 칭찬이 많네. 부럽다……. 나도 뭐, 매우 훌륭하다고 했는걸."

포상으로 어떤 디저트를 줬더니 레티치아가 정말 좋아하더라는 둥, 이걸 정말 페르디난드가 썼나 싶을 정도의 내용까지 쓰여 있었다. 레티치아와 꽤 친해졌구나, 라고 생각하면서 나는 조명을 끄고 빛나는 글자를 읽었다.

'으아. 어쩐지 너무 세세하다 했어. 무난하게 칸을 채울 이야기가 레티치아 님 얘기밖에 없어서 그랬구나.'

작은 글자로 빽빽하게 채워 넣은 빛나는 글자를 보고, 나는 표면을 꾸역꾸역 채우려고 했을 페르디난드의 노력에 웃음이 새어나왔다. 영지 대항전 때 만나면 '고생 좀 시키지 마라'라고 한소리 듣게 생겼다.

'남이 들으면 안 되니까 한소리 하고 싶은 것도 참으려나?'

또 나는 빛나는 잉크로 '왕족 성결식 때 신전장 역할을 맡게 되었어요. 아나스타지우스 왕자님과 에그란티느 님께 날아갔던 축복의 범인이 저라는 걸 그쪽이 알아냈거든요. 그 축복 때문에 차기 왕을 누구로 삼을지 분쟁이 생겼고, 그 분쟁을 잠재우기 위해서라도 지기스발트 왕자님께 축복을 내려달라고 했어요.'라고 사정을 설명했었다.

여기에 페르디난드는 '왕에게 정식으로 의뢰를 받았으면 거절할 방법이 없지'라고 썼다. 저번처럼 전날 갑자기 의뢰한 것도 아닐뿐더러 여러 의혹을 받고 있는 이상, 거절하기 어렵다고 한다. 페르디난드의 판단으로도 받아들이는 게 맞는다는 답변을 받으니 조금은 안심이 되었다.

마찬가지로 '호위 기사는 곁에 둘 것. 그리고 중앙 신전과의 관계는 왕족의 책임으로 하도록 부탁했어요. 달리 또 부탁할 만한 일이 있을까요?'라는 질문에는 '익숙지 않은 곳에서 의식을 치러야 하니 하르트무트를 보좌로 데려가라. 그리고 왕족이 신전의 설득부터 호위 기사 배치까지 우리 쪽 의견을 받아줬으니 가장 중요한 그대는 그동안 아프지 않게 부디 조심하도록.'이라는 답변이 돌아왔다.

그 말마따나 내 몸 상태가 가장 걱정이다. 당일 취소하는 불상사가 없도록 조심해야 했다. 최악의 경우, 약물에 절어서라도 축복을 내려야 하리라. 지옥맛 약은 꼭 가져가야 할 것 같다.

마지막으로 짧게 덧붙였던 '사실 페르디난드 님과 디트린데 님의 성결식을 두 눈으로 보고 싶었다.'라는 문장에는 '내 성결식에는 축복이 없어도 된다. 그대는 감정에 따라 축복에 큰 기복이 있지. 왕족보다 우리에게 축복이 더 쏠리는 사태는 피하고 싶다. 내가 무엇 하러 에렌페스트를 떠났는데.'라며 꾸짖었다. 아달지자의 열매로서 왕위를 노린다고 의심을 받고, 현재 상황을 받아들였는데 내 축복이 그쪽으로 쏠리면 큰일이다.

'하지만 페르디난드 님한테 축복을 주지 않는 게 더 어려워.'

입술을 삐죽이며 나는 다음 문장을 읽었다. 성결식 얘기는 거기서 끝이었고, 도서관 화제로 넘어가 있었다.

[슈바르츠와 바이스의 관리자가 중앙 상급 사서로 바뀌었어요. 앞으로 도서 위원은 서고의 열쇠 관리를 맡게 되었어요. 서고는 세 명이 있어야 열리는데, 사서의 확인만 받으면 책을 읽을 수 있게 해주겠대요.]

그렇게 쓴 것에 대한 페르디난드의 답변은 뜻밖의 것이었다.

[사서가 확인한 후에 준다고 하지만, 그 서고에 들어갈 수 있는 건 왕족으로 등록된 자, 주주의 마술 공급자로 등록된 영주 후보생, 그리고 도서관 마술구뿐일 거다. 서고 정리는 사서가 아니라 마술구가 맡았고, 사서는 그저 열쇠만 관리한 것으로 기억하고 있다.]

페르디난드가 힐쉬르의 연구 자료를 찾으려고 도서관에 빈번히 드나들던 시기에 아무 생각 없이 찾고 있는 자료를 중얼거렸더니 슈바르츠와 바이스가 서고의 존재를 알려줬다는 것이다.

[아무리 그래도 부자연스러울 정도로 왕족이 모르는 정보가 많은 것 같군. 누군가가 정보를 제한하거나, 존재를 감추는 정보가 있을지도 모르겠다. 열쇠 세 개가 필요한 서고는 옛 자료와 정보를 보존하는 마술이 걸려 있는 보관서고인데, 왕과 차기 왕이 알아야 할 정보가 가득 있다. 그대가 아니라 왕족과 영주가 사용하기 위한 서고다.]

아주 오래 전 영주 후보생의 수업 참고서나 옛 의식과 관련된 자료가 보관되어 있고, 하르덴첼의 의식에 관한 자료도 있다고 한다. 가능하면 작년 영주 회의 때 들어가려고 했는데, 사서가 없어 못 들어간다며 슈바르츠와 바이스가 질베스타와 페르디난드의 입장을 거절했다고 한다.

"흠흠. 다시 말해서 나는 마력 공급을 하는 영주 후보생이고, 관리자로 임명받아 열쇠 세 개를 모으면 들어갈 수 있다는 거지? 신난다!"

좋아한 다음 순간, '왕족이 이 정보를 모른다면 알려주는 편이 좋겠지만, 그대는 서고에 가까이 가지 말도록. 또 일이 커질 것 같으니까.'라는 문장을 발견하고 나는 "싫어어어!" 하고 머리를 싸맸다. 이럴 줄 알았다는 생각이 듦과 동시에 질투가 일어났다.

'자기는 학생 때 보관서고에 들어가서 자료를 봤으면서 나만 금지하다니 치사해! 나도 새로운 책을 읽고 싶다구!'

내 앞으로 쓴 답변 말고는 아렌스바흐의 현재 상황에 관한 내용도 있었다. 게오르기네의 영향력이 생각보다 크다는 점, 죽은 전 신전장이 봉납식으로 들여왔던 작은 성배가 알고 보니 구 베르케슈토크의 것이었으며, 지원을 끊은 에렌페스트에 앙심을 품은 영민들이 의외로 많다는 점, 레티치아가 왕명으로 차기 영주로 정해진 사실을 모르는 자가 꽤 많다는 점, 디트린데는 자신이 대리 영주라는 걸 모를 가능성이 크다는 점 등이 자세히 쓰여 있었다.

이 내용은 질베스타에게도 전하라는 글도 덧붙여 있었다. 하지만 이것이 사실이라면 레티치아의 교육 담당인 그의 입장이 매우 위험하다는 의미가 아닐까.

[그리고 여름에 란체나베에서 사자가 왔는데, 공주를 헌상하려는 움직임이 있었다더군. 다음 영주 회의 때 아우브 아렌스바흐가 왕에게 아뢰겠지. 왕이 승인하면 아달지자의 별궁에 공주를 보내게 될 거다.]

자신과 비슷한 처지에 놓일 사람이 생기게 되는 것을 알면서도 자기 손으로 공주를 그곳에 보내야 한다. 페르디난드에게는 마음이 무거운 일이 아닐까.

"란체나베의 창구가 하필이면 아렌스바흐일 줄이야……. 페르디난드 님이 혼인하러 간 곳이 아렌스바흐가 아닌 다른 곳이었으면 좋았을 것을."

답장을 끝까지 읽은 나는 질베스타에게 보고하는 편지를 쓴 후 비밀의 방을 나왔다.

"뮤리엘라, 이걸 아우브 에렌페스트에게 보내주세요. 그리고 리카르다. 왕족에게 이런 내용을 전하고 싶은데요……."

도서관 서고 얘기를 얼추 설명하고, 힐데브란트와 에그란티느, 어느 쪽에 연락을 넣어야 할지를 물었다. 귀족원에 있는 왕족 대표는 힐데브란트지만, 에그란티느 쪽이 아나스타지우스와 지기스발트에게 더 빨리 연락이 갈 것 같아서.

"급한 소식이니까 도서관과 힐데브란트 왕자님과 에그란티느 선생님 모두에게 올도난츠를 날려 보내고, 자세한 설명은 한 번에 하겠다고 하면 자리를 마련해주실 겁니다."

자리를 마련하는 수고를 중앙에 떠넘길 수 있을 것 같다. 나는 얼른 올도난츠를 날렸다.

"상급 사서는 서고문을 열 수만 있고, 왕족 영주 후보생 일부, 그리고, 슈바르츠와 바이스만 출입할 수 있다고 합니다. 안에는 왕족이 꼭 읽어야 하는 자료가 있다고 해요."

"자세한 이야기를 듣고 싶군. 사흘 후, 세 점 종에 내 별궁으로 와라."

에그란티느에게 보냈는데, 어째서인지 아나스타지우스 왕자에게 답장이 왔다. 어딘가 석연치 않아 팔짱을 낀 내 앞에서 측근들은 행동을 개시했다.

"사흘 후면 아직 여유가 있네요. 선물로 뭘 가져갈지 요리사와 상의하고 오겠습니다."

브륀힐데는 곧장 몸을 돌려 방을 나갔다. 그레티아가 "왕족의 호출이라니……."라고 몸을 떨며 놀라워했다. 그 모습을 보니 신참과 고참 측근의 숙달도 차이가 참 크구나 싶었다.

"로제마인 님, 별궁으로 가실 때 종이와 펜 외에 필요한 물건이 있습니까?"

"이번엔 없어도 돼요. 왠지 바빠질 것 같으니 사본부터 빨리 준비하죠."

사본을 뜨라 정신없는 필린느의 질문에 내가 대답하자, 다른 책을 필사 중이던 뮤리엘라가 피로 섞인 한숨을 내쉬었다.

"로제마인 님의 문관은 생각보다 업무량이 많네요. 조금 놀랐어요."

아무래도 뮤리엘라는 책을 읽을 시간이 더 많이 있을 거라 생각한 듯하다. 엘비라의 연애 소설을 즐기기는커녕 어려운 책을 필사하게 될 줄은 몰랐던 모양이다. 그 말에 필린느가 어리둥절한 얼굴로 뺨을 괴었다.

"귀족원 생활이 끝나고 로제마인 님과 신전에 돌아가면 더 일이 많은데요? 수집한 이야기부터 정보 분류, 사본, 다과회 동행에다가 신전 업무, 인쇄와 제지업 보좌 업무까지 늘어나거든요. 아, 하지만 보람은 있어요."

싱긋 웃는 필린느와 반대로 뮤리엘라는 굳은 미소를 보였다. 새삼 측근들의 업무량을 들으니, 빌프리트와 샤를로테의 문관보다 부담이 훨씬 크겠구나 싶었다.

"뮤리엘라는 어차피 내 어머님께 이름을 바칠 거니까 귀족원 업무만 해도 괜찮아요."

"……괜찮습니다. 저도 로제마인 님의 측근인걸요."

뮤리엘라는 기합을 넣은 얼굴로 펜촉을 잉크병에 넣었다. 그런 측근의 모습을 흐뭇하게 바라보며 나는 앞으로의 일정을 세웠다. 내겐 깊이 엮일 생각이 없는 왕족의 조언보다 페르디난드의 명성과 입지를 단단하게 할 공동 연구가 더 중요했다.

'우선은 루펜 선생님한테 답장을 해야겠지?'

단켈페르거와의 가호 연구에 관련해 견습 기사들에게 몇 가지 질문을 하고 싶다고 부탁했더니 루펜에게서 기사동으로 오라는 답장이 왔었다. 여기에 답장을 보내야 했다.

'언제가 좋을까? 준비에 시간이 걸리겠지?'

어떤 질문을 할지 미리 질문지를 만들고, 질문지뿐만 아니라 인터뷰를 기록할 종이도 필요할지 모른다. 복사기 같은 편리한 기계가 없으니 나의 견습 문관들이 일일이 작성하게 해야 하는 것이다.

'음, 인터뷰를 기록하는 방법도 연습시키는 편이 좋겠지?'

나는 왕족에게 가야 하는 날까지 온 힘을 쏟아 부어 일했다.

에필로그

　단켈페르거 기숙사의 다목적 홀에서 내부가 훤히 보이는 책상 자리를 점유한 레스티라우트는 눈앞의 종이에 디터 소설에 들어갈 삽화의 구도를 생각나는 대로 휘갈기고 있었다. 가능하다면 방에서 집중해 그리고 싶었지만, 영주 후보생인 그에겐 학생들을 감시할 의무가 있었다. 요 며칠 단켈페르거의 역사서와 디터 소설을 둘러싸고 시끄러워진 학생들이 많아진 탓이다. 곧 인기가 많아질 것이 뻔한데 읽지 못하게 할 수도 없는 노릇이었다.

　"우리가 사교에서 유리하려면 그 전에 반드시 읽어둬야 한다구요."

　"책을 빌린 건 문관이잖아요. 당연히 우리가 먼저 읽어야죠."

　"문관은 주인에게 넘겨도 되는지 확인만 하면 되는데, 내용이랑 무슨 상관입니까."

　학생들이 언쟁하는 목소리가 점점 커졌다. 레스티라우트는 종이에서 시선을 들었다. 그곳에는 우선순위의 정당성을 주장하는 견습 시종과 견습 문관들, 그들 사이에 견습 기사까지 끼어들려고 간을 보고 있었다.

　"공동 연구를 하게 된 이상, 여러 가호를 얻은 우리가 제일 먼저 봐야지."

　"너희는 훈련장에서 디터나 해!"

　'흥. 저대로 놔둬도 별 문제 없겠군.'

　쟁점이 된 책은 다과회날 에렌페스트가 빌려준 책이다. 책에 흠집이

나서는 안 되었다. 그래서 처음에는 순서 다툼을 일일이 중재하려 했다. 그러나 레스티라우트는 성미가 급한 성정이었다. 똑같은 말다툼을 매일 중재하기도 귀찮아졌고, 점점 짜증이 올라왔다. 그는 "이긴 사람이 책을 받으러 와라."라고 단언하고, 그 사람이 다 읽기 전까지 다목적 홀에서 감시하기로 했다. 빌린 책에 흠집이 나지 않으면 그거로 충분했다.

"한넬로레가 오려면 아직 멀었나?"

지금은 레스티라우트가 감시하고 있지만, 조금 뒤면 수업이 끝난 여동생이 다목적 홀에 도착할 시간이다. 그러면 그는 방으로 돌아가 그림을 그릴 수 있다. 옆에 서 있는 측근들에게 물었더니 "아직 멀었습니다."라는 적당한 답변만 돌아왔다. 어서 방에 돌아가고 싶은 조바심에서 눈을 감기 위해 레스티라우트는 여전히 투덕거리는 자들을 펜으로 가리켰다.

"아무리 그래도 이상하지 않아? 견습 기사가 디터 훈련보다 책을 원한다니 말이야."

"조금 독특한 광경이긴 합니다만, 그 디터 소설을 읽으면 고양감이 엄청납니다. 그리고 레스티라우트 님께서 이렇게 삽화를 그리실 정도로 재미있다고 하면 기대감이 안 커질 수가 없죠. 자업자득입니다."

4학년 견습 문관인 켄트립스가 주변에 어질러진 종이들을 주워 모으면서 쓰게 웃었다. 영주 후보생의 측근들은 에렌페스트와의 다과회에서 곤란해지지 않게 누구보다 먼저 읽었다. 그들에게 홀 내의 다툼은 강 건너 불구경과도 같았다.

"디터 소설을 읽으니까 보물뺏기 디터가 하고 싶어지더라구요. 자연히 훈련에도 힘이 들어가고요. 어쩌면 이건 에렌페스트의 디터 초대장이 아닐까요?"

디터 소설 얘기가 나오자, 호위 견습 기사인 라잔타르크가 눈을 반짝이며 열변했다. 평소에는 책보다 훈련을 중시하던 그가, 디터 소설은 홀린 듯이 읽고 있었다.

"진정해, 라잔타르크. 에렌페스트 쪽에서 부탁한 건 묘사에 이상한 부분이 없는지 확인해달라는 거였어. 디터 결투신청이 아니야."

켄트립스가 말리자, 라잔타르크는 혼난 강아지 같은 표정으로 갈색 눈동자를 내리깔았다. 한넬로레와 같은 학년인 라잔타르크는 레스티라우트의 눈에도 아직 철없어 보이는 구석이 많았다. 그래서일까, 밝은 주황색 머리카락을 마구 헝클어트리고 싶어질 때가 있다.

"그렇게 침울할 것 없어. 네가 흥분하는 것도 이해는 돼. 견습 문관과 협력해 승리를 노리를 이야기는 나도 처음 읽었으니까. 신선하긴 하지."

레스티라우트는 자신이 그린 그림을 내려다보았다. 요즘 수업에서는 속도를 겨루는 디터가 기본이라 보물뺏기 디터를 해보지 않은 학생들이 대부분이다. 당연히 문관과 시종과 협력한 적도 없다. 기사들이나 디터 소설을 읽었다. 단켈페르거에는 무예파 문관과 시종도 있어서 다른 영지보다 디터 화제에 민감한 편이다. 그러나 그들과 협력하는 상황은 도무지 상상할 수가 없었다. 그런 의미에서 이 소설책은 앞 세대 기사들에겐 당연했던 보물뺏기 디터를 향한 동경심을 부추기는 이야기였다. 적어도 레스티라우트는 자극을 받았다.

"하긴 역사적인 기사 전설은 있어도 현대의 귀족원을 배경으로 한 이야기는 거의 없으니까요. 에렌페스트에서 나온 귀족원의 연애 소설과, 개인 연구 일지 정도일까요."

켄트립스의 말에 레스티라우트는 고개를 끄덕였다. 매우 중요한 내용이라면 모를까, 굳이 평범한 일상 소재를 책으로 만들지는 않는다. 얄팍한 싸구려 티 나는 에렌페스트의 책이니까 가능한 일이다.

"디터 소설책에는 그림이 들어가 있지 않아서 아쉽네요. 레스티라우트 님도 에렌페스트의 화가가 그린 그림이 보고 싶으시죠?"

이전 책의 삽화가 워낙 훌륭했기에, 비슷한 그림을 보게 되는 것을 레스티라우트도 기대했었다. 그러나 이상하게 디터 소설에만 삽화가 없었다. 그 점이 너무 아쉬웠다.

"에렌페스트의 화가는 평민이라 디터를 그리지 못한다더군."

"그래서 레스티라우트 님이 그리게 되신 거군요?"

라잔타르크가 달뜬 얼굴로 켄트립스가 주워모은 종이를 손에 들고 넘겨보았다. 거기에는 레스티라우트가 디터 소설을 읽고 인상 깊었던 장면 몇 가지가 그려져 있었다.

"그래, 기대해."

레스티라우트는 좋아하는 장면을 전부 그린 후, 그 중에서 다섯 개를 엄선해 로제마인에게 보여주고, 그녀의 입에서 '이 그림을 꼭 책에 넣고 싶어요'라는 말이 나오게 만들 생각이었다.

"기대되는 건 다음 내용이죠! 어중간하게 거기서 딱 끊어버리니까 뒷내용이 궁금해서 미칠 것 같다구요. 저자인 슈볼트 님을 당장 찾아내서 어서 써달라고 졸라야 해요!"

주먹을 쥐는 라잔타르크의 모습에 레스티라우트는 어이가 없었다.

"그 사람은 에렌페스트 귀족이잖아. 게다가 보물뺏기 디터를 주제로 쓴 사람이다. 지금 학생일 턱이 없지. 다른 영지의 성인 귀족은 찾기가 어려워."

"에렌페스트에 부탁해서 영주 회의 때 데려오게 할 수는 없습니까?"

"물어볼 수는 있겠지만, 어차피 넌 미성년자라 못 만나. 난 다음 영주 회의부터 참가할 수 있지만……."

올해로 귀족원을 졸업하는 레스티라우트는 다음 영주 회의부터 출석이 가능해졌지만, 라잔타르크는 아직 3학년이다. 그가 "아아!" 하고 머리를 쥐어뜯는 모습을 지켜보며 측근들이 피식피식 웃음을 흘렸다.

"마음은 이해합니다. 슈볼트 님을 만날 수 있다면 디터 소설 같은 작품을 계속 써달라고 나야말로 부탁하고 싶어요. 이전 책들과 노선이 달라서 재미있었거든요."

라잔타르크를 달래는 켄트립스의 말을 듣고, 레스티라우트는 팔짱을 꼈다. 듣고 보니 이전에 읽었던 에렌페스트의 책과 비교해 봐도 디터 소설은 그 성질이 매우 달랐다.

기사 소설은 신화와 전설로, 현실 이야기가 아니다. 전투 중심이든, 연애 중심이든 하나둘 신선한 소재가 들어가 있을 뿐, 거의 알고 있는 내용들이었다. 내용은 크게 나쁘지 않았는데, 그보다 아름다운 삽화가 진가를 발휘한다고 느꼈다.

귀족원 연애 소설은 현대, 그것도 자신들이 체류 중인 귀족원에서 일어나는 이야기다. 그래서인지, 한넬로레를 포함한 여학생들이 중독되듯 읽더니, 다과회에 감상을 나누는 등 다음 내용도 잔뜩 기대하는 듯했다. 그러나 레스티라우트는 그림 외의 가치를 느끼지 못했다. 소문내기 좋아하는 여자들의 수다를 내내 듣고 있는 듯한 착각만 들뿐, 내용 자체는 지루했다.

그에 비하면 단켈페르거의 역사책은 훌륭했다. 성에 보관되어 있는 원본은 귀중한 자료라 다른 영지에 빌려줄 물건이 아니다. 또 고어로 쓰여 있어 읽을 수 있는 사람이 거의 없었다. 그래서 영지의 역사는 기본적으로 입으로 전해져 내려온다. 화자마다 조금씩 내용과 세세한 부분이 달라지기도 한다.

그런데 로제마인이 가져온 번역판은 현대어로 이해하기 쉽게 나와 있고, 원본에 충실하여 쓸데없는 해석이나 틀린 내용이 거의 없었다. 분권으로 제작되는 구조라서 두께가 얇아 읽기도 편했다.

"……그 역사서는 단켈페르거에서 만들어야 해."

다른 영지에서 책으로 만들고 싶다고 부탁할 정도로 자령 역사의 훌륭함을 깨닫지 못한 탓인지, 지금까지 책으로 역사를 읽을 기회가 하급 귀족에게 없어서였는지, 역사책을 읽은 학생들은 자령을 자랑스러워하기 시작했다.

"가능하다면 그러고 싶네요. 사본과 다르게 똑같은 책을 만드는 기술이 아주 훌륭합니다. 이 다목적 홀의 다툼도 사라질 테고요."

켄트립스가 순서 다툼에 열을 올리고 있는 이들 쪽을 가리켰다. 에렌페스트가 앞으로 보급하려는 새로운 기술을 쓰면 똑같은 책을 여러 권 제작할 수 있다고 들었다. 실제로 자신들 외에도 왕족과 클라리사가 디터 소설을 동시에 빌렸다.

"로제마인 님의 측근과 혼인할 클라리사를 벌써부터 다들 부러워하는 눈치입니다."

하도 폭주를 자주해서 레스티라우트는 귀찮기 그지없었는데, 로제마인은 그런 그녀를 잘 타일렀다. 그녀의 폭주 행보가 단켈페르거의 기준으로 보여지는 건 싫지만, 에렌페스트에서는 미래의 측근으로 나름 그녀를 신용하는 듯했다. 로제마인의 측근이 디터 소설을 그녀에게도 빌려주는 걸 보면 말이다.

"……클라리사도 그렇고, 어머님도 그렇고, 여성의 감과 미각은 무시무시하군."

1학년이었던 로제마인의 디터를 본 순간, 클라리사는 '모시고 싶다'라고 결심해 행동에 옮겼고, 레스티라우트의 모친인 지크린데는 1학년 막바지에 한넬로레가 빌려온 책을 본 이후로 로제마인을 주목했다. 그건 하위에 가까운 중영지인 에렌페스트를 레스티라우트가 시건방지다고 생각하던 무렵이었다.

"무서운 건 오히려 로제마인 님이죠. 책에 그림을 넣는 결정권은 차기 영주인 빌프리트 님이 아니라 로제마인 님에게 있는 것 같고요."

켄트립스의 말에 레스티라우트는 다과회에서 빌프리트와 로제마인이 삽화를 두고 의논하던 모습을 떠올렸다. 확실히 주도권은 로제마인에게 있었다.

'그러고 보니 작년 영지 대항전에서 디터에 걸었던 출판권도 로제마인의 의견을 중요시하는 분위기였다고 아버님이 말씀하셨지.'

출판권을 바란 것도 로제마인이었고, 현대어로 번역하는 데 사용된 대금화 열여덟 닢도 그녀가 스스로 번 돈이라고 했다. 아우브 에렌페스트는 허가만 내릴 뿐, 아우브 단켈페르거의 협상 상대는 로제마인이라는 것이다.

'영지의 산업이라기보다 로제마인의 개인적인 취미를 영지가 빼앗은 것 아닐까?'

몇 가지 사실로 추론된 의혹에 레스티라우트는 미간을 찌푸린 채 팔짱을 꼈다.

새로운 요리와 디저트 레시피, 머리 장식, 책……. 에렌페스트의 유행이라며 퍼져나간 상품은 전부 로제마인이 고안했다고 들었는데, 정말 로제마인 본인이 원해서 영지의 유행으로 만든 것일까. 양녀라는 지위 때문에 거절하지 못했을 가능성은 없을까.

레스티라우트의 의식이 좋지 않은 방향으로 흐른 계기에는 페르네스티나 소설의 영향도 있었다. 첫째 부인의 친딸이 아니라는 이유로 구박을 받는 영주 후보생의 이야기는 로제마인을 연상케 했다. 그리고 그 토대가 된 인물을 양녀인 로제마인은 알고 있는데, 빌프리트가 모른다는 것도 왠지 찜찜했다.

"많이 기다리셨죠, 오라버니. 교대해요."

"……늦었군, 한넬로레."

그림을 끄적거렸던 종이도 떨어지고, 할 일이 없어 따분해져도 레스티라우트는 방으로 돌아갈 수 없었다. 빨리 오라고 문을 향해 하염없이 염을 보내느라 한넬로레가 수업을 마치고 돌아오는 시간이 더 늦어진 듯한 착각에 저도 모르게 짜증 섞인 표정과 말이 나와 버렸다.

오빠의 저조한 기분을 눈치채고 움찔하는 그녀를 보고, 라잔타르크가 레스티라우트의 어깨를 톡톡 두드렸고, 켄트립스는 낮은 목소리로 "한넬로레 님께 화풀이하지 마십시오." 하고 등 뒤에서 속삭였다. 사촌 지간인 그들은 나이가 적지만 충고할 땐 인정사정없었다.

"미안. 빨리 그림을 그리고 싶은 마음에 조급해져서 그랬어."

"로제마인 님의 봉납가무 그림이요?"

"그래. 책 대여 상황과 순서는 시종한테 묻고."

정보 교환을 시종 한 사람에게 떠맡기고, 레스티라우트는 다른 측근을 이끌고 얼른 방으로 돌아왔다. 문관인 켄트립스에게 그림도구를 준비시키고, 화필을 잡았다. 다목적 홀에서 시간을 보낼 때 그린 건 디터 소설의 일러스트였지만, 방에서 집중해 그리는 건 봉납가무를 추는 로제마인이었다.

레스티라우트는 가볍게 눈을 감고 심호흡했다. 그러자 머릿속에 똑똑히 그 모습이 그려졌다. 한넬로레를 지켜보려다 열 명 이상이 춤추는 가운데 로제마인에게 시선을 빼앗겨버린 순간이. 그러나 그건 자신만이 아니었다. 그때의 로제마인은 그 자리에 있는 모두의 시선을 빼앗을 정도로 압도적인 존재감을 뿜어댔다.

긴장감 넘치는 팽팽한 공기, 진지한 금색 눈동자, 손끝까지 신경이 집중된 느낌은 받았지만, 왜 그렇게 시선이 끌리는지 스스로도 알 수 없었다. 그런데 그 순간, 로제마인이 빛을 내기 시작했다. 정확히는 포화한 마력과 같은 옅은 빛이 그녀의 몸을 감쌌다. 착각인 줄 알고 더욱 응시했다. 그녀의 몸에 찬 마석이 잇달아 빛을 내는 것이 아닌가.

제일 먼저 빛을 낸 건 반지의 마석이었다. 손가락 움직임에 맞춰 파란 빛이 너울거렸다. 다음은 손목에 찬 마석이 빛을 냈고, 연습용 의상 군데군데에 색을 입히기 시작했다. 다음은 목걸이. 마지막으로 머리 장식이 빛을 밝혔다. 흔들림 없이 빙그르르 도는 로제마인에 맞춰 각 마석이 빛을 뿜었다.

마석이 번쩍이며 몇 가지 귀색이 봉납가무를 장식했다. 레스티라우트는 숨 쉬는 것도 잊은 채 그저, 그저 그 모습에 넋이 빠져 있었다.

에렌페스트의 성녀라는 호칭에 걸맞은 모습.

신들에게 봉납하는 가무란 바로 이런 것이라고 보여주는 듯한 성스러움.

가만히 있을 수 없는 충동에 휩싸인 레스티라우트는 기숙사에 돌아오자마자 미친 듯이 펜을 휘갈겼다. 그 그림은 아직 완성되지 않았다.

"슬슬 완성인가요?"

화필을 놓은 순간, 라잔타르크가 물었다. 며칠 내내 방에 박혀 그림만 그리느라 훈련과 디터가 하고 싶은 호위 기사들에겐 지겨운 나날이었을 터였다. 레스티라우트는 그것을 알았지만, 그림의 완성도와 타협하고 싶지 않았다.

"빛에 색조가 부족해. 아직 멀었다."

"……이렇게까지 힘을 쏟으실 정도로, 로제마인 님을 첫째 부인으로 삼고 싶으신 거예요? 설마 연모하시는 건…….".

걱정하듯 회색 눈을 가늘게 뜨며 켄트립스가 물었다. 레스티라우트는 흥 하고 콧방귀를 꼈다.

"우습군. 마력 감지도 발현하지 않은 어린애를 상대로 연모는 무슨."

"그건 그렇지만…….".

납득하지 못한 듯한 켄트립스가 로제마인의 봉납가무 그림으로 시선을 옮겼다. 그 시선에 담긴 의미를 깨달은 레스티라우트는 "이건 연모가 아니야."라고 반복했다.

"오감이 집중된 모든 아름다움을 그림에 담고 싶은 마음에 심장이 떨리고 손이 멈추질 않아. 단지 그뿐이야."

레스티라우트의 말에 측근들이 얼굴을 마주 보았다. 잠시 생각에 잠겨 있던 켄트립스가 한숨을 섞으며 연녹색 머리카락을 긁적였다.

"연애 감정이나 연모와 같은 감정은 차치하고, 우선 설득해보심이 어떤가요? 영지에 많은 이익을 가져다주는 분인 건 명백합니다. 로제마인 님이 첫째 부인이 되신다면 다들 환영할 겁니다."

"무슨 소리야? 로제마인은 이미 약혼했어."

레스티라우트의 모친은 이미 그녀에게 약혼자가 있다는 사실에 분통을 터트렸었다. 그런 로제마인을 첫째 부인으로 삼기는 어렵다.

"하지만 이대로는 왕족에게 빼앗깁니다. 어차피 에렌페스트는 빼앗기는 입장일 텐데 그 상대가 왕족이든 단켈페르거든 똑같지 않겠습니까. 설득해서 신부뺏기 디터를 열면 왕족도 더는 참견하지 못할 겁니다."

확실히 지금의 약혼은 왕의 허가를 받았지만, 로제마인은 왕족의 사람이 될 가능성이 컸다. 그녀는 제사를 치르면 신의 가호를 받을 수 있다는 가설을 세웠고, 올해 귀족원에서 그것을 증명하려고 하고 있다. 아마 성인을 포함한 현 귀족 중에서 가장 많은 가호를 가지고, 제사에 정통한 인물이다. 로제마인을 차지하려고 가장 벼르고 있는 건 왕족이고, 자칫하면 왕 스스로가 내린 약혼 허가를 취소할 가능성도 충분히 있었다.

'영지 대항전에서 가호를 얻는 방법이 알려지면 난리가 나겠군.'

"1왕자는 대영지 드레반헬에서 첫째 부인을 들이기로 결정되어 있어. 가령 왕족이 로제마인을 차지하려 한다면 셋째 부인 정도일까……."

왕족의 셋째 부인이 되면 웬만한 일이 아닌 이상 모습을 드러내는 일이 없다. 그러나 영향력에 따라서는 지위 역전을 우려한 자의 손에 비명횡사할 수도 있는 입장이다. 귀족원에서 학년이 올라갈수록 영향력을 키우고 있는 로제마인이라면 왕족의 셋째 부인이 되었을 경우, 항시 위험이 도사리는 삶을 살아야 한다.

"2왕자의 둘째 부인이 될 가능성은 없습니까?"

"아나스타지우스 왕자가 왕위를 노리는 게 아니라면 쓸데없는 의심만 사겠지. 에그란티느 님을 얻으려고 왕좌까지 포기한 왕자가 그런 위험을 무릅쓸 것 같진 않군."

왕좌보다, 형제 관계보다 에그란티느를 선택했다. 만약 로제마인을 차지하기 위해 둘째 부인으로 삼는다 해도, 에그란티느를 위해서라면 망설임 없이 로제마인을 희생할 수 있는 사람이다.

"그럼 주의할 사람은 1왕자뿐이군요. ……그나저나 레스티라우트님. 설득하실 수 있겠어요? 설득을 못하면 애초에 불가능합니다. 뺏어와야 해요."

고개를 갸웃거리는 켄트립스의 회색 눈동자가 '절대 못할걸'이라고 말하고 있었다. 레스티라우트는 울컥했지만 틀린 말이 하나 없었기에 건방진 견습 문관만 노려보았다.

분하게도 레스티라우트가 로제마인에게 접근할 수 있는 건 올해가 마지막이다. 졸업하면 내년엔 귀족원에 올 수 없다. 하물며 공동 연구 결과로 왕족에게 빼앗길지도 모른다니. 단켈페르거와 같은 대영지라면 몰라도, 에렌페스트는 왕족의 명을 거절할 수 없다. 또 지금까지 자신의 언행을 되돌아보면, 로제마인이 좋은 인상을 가졌을 턱이 없었다. 압도적으로 시간이 부족하다. 그 정도는 그 역시 알고 있었다.

"……그녀가 에렌페스트에서 받는 대우를 추측해보면 아예 승산이 없진 않아."

연정이니 연모 따위의 감정을 내려놓고 보니, 머리가 차갑게 식었다. 요컨대 에렌페스트에서 영주의 꼭두각시로 평생을 사는 것보다, 왕족의 소유가 되어 위험한 삶을 살아가는 것보다, 단켈페르거에 시집을 오는 편이 그녀에게 이롭다는 것을 보여주면 된다.

"기회를 노린다. 당장 정보를 모아. 단, 한넬로레에겐 알리지 마라."

레스티라우트의 지시에 측근들의 눈이 번뜩였다. 단켈페르거가 에렌페스트와 협상이 가능했던 건 한넬로레의 협력 덕분이었다. 적어도 여태껏 로제마인을 '가짜 성녀'라며 무시했던 레스티라우트의 공적은 아니었다. 여동생의 협력 없이는 다과회에 참석할 수조차 없는 어려운 상황이다.

"로제마인 님과 가장 친한 한넬로레 님께 협력을 구하는 게 낫지 않을까요?"

"아니, 한넬로레가 엮이면 도리어 일이 귀찮아질 수 있어."

한넬로레에게 악의는 없지만, 그녀는 뭐든 운이 나빴다. 여동생이 엮이면, 하지 않아도 될 고생을 사서 한 적이 셀 수도 없이 많았다. 사촌이라 한넬로레와 친분이 깊은 켄트립스와 라잔타르크도 레스티라우트의 말뜻을 이해한 듯했다. 그녀 모르게 일을 진행하는 것으로 의견이 일치했다.

몇몇 영지와 진행한다는 공동 연구, 제사로 인한 가호 증가, 끝없는 유행 전파……. 로제마인의 가치는 영지 대항전에서 더욱 높아질 것이다. 왕족과 다른 영지를 제칠 기회는 지금뿐이다.

"다른 영지가 약혼을 포기하고 있는 사이, 왕족이 녀석의 이용 가치를 깨닫고 지금의 약혼을 파기하기 전에, 단켈페르거가 차지한다."

"예!"

책의 세계와 현실

"뮤리엘라 님은 이럴 때에도 책을 읽는 거야?"

다목적 홀에서 귀족원 연애 소설의 세계에 흠뻑 빠져 있던 저는 어깨를 잡고 흔드는 바르톨트 님 때문에 미간을 팍 찡그렸습니다. 모처럼 달콤한 세계에 젖어 있었는데, 요 며칠 동안 책만 읽으면 그가 방해를 한 탓입니다.

책 속에는 제가 모르는 세계가 가득합니다. 가슴을 뛰게 하는 이야기 덕분에 보고 싶지 않은 현실에서 눈을 돌려, 잠깐의 휴식을 취하는 이 소중한 시간을 방해하지 말아줬으면 좋겠습니다.

'하지만 무시하면 더 귀찮아져요.'

바르톨트 님은 구 베로니카 파의 중급 견습 문관입니다. 모친끼리 사이가 좋고, 내게는 약혼자 후보 중 한 사람입니다. 하지만 그는 항상 무리의 중심이 되고 싶어 하며 지배적인 면모가 있습니다. 무조건 자신의 의견만 내세우려고 하는 그가 저는 좀 불편합니다.

"책을 읽기 전에 앞일을 고민해보는 게 어때?"

나는 하는 수 없이 책에서 고개를 들었습니다. 불쾌감을 숨기며 바르톨트 님께 싱긋 웃었습니다.

"앞일도 생각하고 있어요. 로제마인 님께 이름을 바치기로 결심했거든요……."

"왜 로제마인 님이야? 넌 견습 문관이니까 빌프리트 님으로 해."

이름을 바쳐야 연좌를 피할 수 있다는 얘기가 나왔을 때, 베로니카 님을 숭배했던 그는 누구보다 먼저 빌프리트 님께 이름을 바치기로 결정했습니다. 자신의 모친을 투옥시킨 아우브는 믿지 못하겠고, 빌프리트 님 말고는 부모를 잃은 자신들의 마음을 이해해줄 영주 일족은 없다고 하면서요.

'아우브도 수습해줄 수 없는 죄를 저질러 몇 년 전에 투옥된 베로니카 님을, 빌프리트 님이 평생 그리워할 것 같진 않은데요.'

상황이 바뀌면 사람의 마음 따위 쉬이 바뀐다는 것을 저는 이미 경험으로 알고 있습니다. 그 때문일까요. 저는 친족들의 애정을 믿지 않습니다. 허구의 이야기라면 모를까, 현실 사람의 마음 따위 신용할 수 없습니다.

"걱정해주셔서 감사합니다만, 저는 이런 훌륭한 책을 만들어주시는 로제마인 님을 모시고 싶거든요."

사실은 집필하신 엘비라 님을 모시고 싶지만, 연좌를 피하기 위해 이름을 바칠 수 있는 사람은 영주 일족뿐입니다. 엘비라 님께 이름을 받칠 수 없는지 아우브께 물어봐주겠다고 하셨지만, 큰 기대는 하고 있지 않습니다.

"흥. 부모가 처형될지도 모르는 이 상황에서 헤실거리며 책이나 읽다니 믿을 수 없군."

"지금이 괴로우니까 현실도피 정도는 하게 해주세요."

싱긋 웃은 뒤 저는 다시 책으로 시선을 돌렸습니다. 더는 바르톨트 님과 말을 섞고 싶지 않았습니다. 뭐라고 말을 거는 소리가 들렸지만, 저는 책의 세계로 도망쳤습니다. 그곳에는 바르톨트 님 같은 난폭한 사람은 없고, 멋진 사람들만 있거든요.

영주 부부가 기숙사를 방문하셨습니다. 기숙사 내의 회의실로 불려간 학생은 마티아스, 라우렌츠, 바르톨트, 카산드라, 저, 이렇게 다섯이었습니다. 이 멤버만 보면 알 수 있습니다. 부모의 죄에 인한 연좌와, 이름을 바쳐야 구제된다는 설명을 하려고 하는 것이겠지요.

로제마인 님은 "죄는 개인에 국한되어야 해요."라고 말씀하셨습니다. 하지만 그것이 어렵다는 것쯤은 제 자신이 가장 잘 압니다. 죄를 조작하여 연좌를 거들먹거리며 라이제강 계 귀족을 몰아낸 베로니카 파의 행위에 가담한 파벌이니까.

회의실 안의 분위기는 삼엄했습니다. 영주 부부의 호위 기사들은 경계하며 우리의 일거수일투족을 놓치지 않으려는 듯 주시했습니다. 영지로 돌아가면 다른 귀족들도 우리는 이런 눈으로 쳐다보게 될까요.

'벌써부터 기분이 우울해지네요.'

다른 영지의 첫째 부인에게 이름을 바친 귀족의 존재가 얼마나 위험한지, 아우브 에렌페스트는 설명해주었습니다. 그리고 기베 게를라흐를 중심으로 한 집단이 무언가를 꾸미던 현장에 기사단이 출동하여 붙잡았다고 말해주었습니다.

"마티아스, 네 덕분에 영지 내의 피해 없이 반역자를 잡아냈다. 고맙구나. 원래라면 너희는 연좌 대상으로 처벌되었을 대상이다. 하지만 영주 일족에 이름을 바쳐 충심을 맹세한다면 살려줄 생각이야. 영주 후보생들에게 들었겠지만, 어쩌고 싶으냐?"

이미 다 함께 대화를 끝냈기에 우리는 침착하게 영주 일족에 이름을 바쳐 모시겠다는 의향을 전했습니다. 이미 영주 후보생에게 보고를 들어서일까요. 영주 부부는 특별히 놀라는 기색 없이 받아들여주었습니다.

"소재를 모으기가 어려우니 당장에 이름을 바치긴 어렵겠지요. 하지만 최대한 빨리 영주 일족의 측근으로 대우하도록 할게요. 여러분을 담당하는 시종들도 불안할 테니 그들의 생활도 보장하려고 합니다."

영주 부인은 우리가 데려온 시종들의 처우까지 설명해주셨습니다.

우리를 따라온 시종과는 마티아스의 고발로 인해 골이 생긴 것처럼 긴장감이 감돌고 있습니다. 하지만 영주 일족의 측근이 되면 무시할 수 없습니다. 또 영주 일족의 주시 속에서 애쓰는 모습을 보인다면 가족의 죄를 감형해줄 수도 있다고 합니다. 우리의 생활이 급변하지 않게 여러모로 신경 써주는 마음이 전해져와 안심이 되었습니다.

"……그리고 귀족원을 마친 뒤의 일이긴 한데, 기베가 소유하는 여름의 저택, 그곳의 정보를 얻으려면 너희의 협력이 필요하다."

"알겠습니다."

"우리가 해줄 이야기는 여기까지다. 뮤리엘라만 남기고 나머진 퇴실하도록."

'네?'

모든 일의 발단인 마티아스라면 몰라도, 왜 저만 남으라는 걸까요? 생각지 못한 전개에 놀란 저는 멀어져가는 모두의 뒷모습을 바라보면서 불안해지기 시작했습니다.

모두가 퇴실하고, 문이 다시 굳게 닫히자, 아우브 에렌페스트가 입을 열었습니다.

"뮤리엘라……. 말하기 곤란한 얘기지만, 네 모친은 다른 영지의 첫째 부인에게 이름을 바친 죄로 앞으로의 위험성을 고려하여 처형되었다."

남동생이 아직 어려서 제 어머니는 게오르기네가 방문했을 당시에도 접촉하지 않았습니다. 이번 기베 게를라흐의 모임에도 참가하지 않았고, 아무런 범죄에도 엮이지 않았다고 들었습니다.

"아직 죄를 지은 것도 아닌데 불합리하다고 생각하겠지. 하지만 다른 영지 사람의 명령에 따라 움직이는 귀족을 방치할 수는 없었다. 이건 영주로서의 결단이다. 미안하구나."

아우브가 말하길, 처형된 다른 귀족과 달리, 어머니는 아무런 죄가 없었습니다. 그래서 앞날의 위험성을 고려해 어머니만 처형하고, 다른 가족은 연좌 대상에 포함하지 않겠다고 합니다.

"너도 원래라면 이름을 바치지 않아도 되는 쪽이었는데……."

"아버님이 남동생만 데려가고, 저는 거부한 거군요."

"……그래. 네 부친은 네가 자기 아이가 아니라 기베 베셀의 자식이라며 데려가길 거부하더군. 혈족에게 보내겠다는구나. 기베 베셀은 이름을 바친 데다 이번 반역 모임에도 참여한 자다. 그래서 그들의 가족은 모두 연좌대상이야. 세례 전인 손녀딸과 너 말고는 모두 처형되었다. 넌 모친이 아닌, 기베 베셀의 죄를 이어받게 된 것이지."

아우브는 괴로운 표정으로 말씀하셨습니다. 하지만 제 머릿속에 떠오른 건 '역시'라는 감상뿐이었습니다.

제 생모는 기베 베셀의 셋째 부인이었다고 합니다. 기베 베셀의 여동생인 모친에게 자식이 생기지 않자, 갓난아기인 저를 입양하였고, 생모가 1년 정도 유모로 있었다고 들었습니다. 남동생이 태어난 이후로, 그 집안사람들은 존재하지 않은 사람처럼 저를 대했습니다. 아버님이 친자식이 아니라는 이유로 저를 거부해도 전혀 이상하지 않았습니다.

"아우브 에렌페스트께선 가슴 아파해주고 계시지만, 저는 그렇게 충격을 받지 않았습니다. 언젠가 부친이 기베 베셀과의 관계를 완전히 끊으려고 한다면 저까지 내쫓을 거라는 예상은 이미 하고 있었으니까요."

"예상은 했을지 몰라도 상처를 안 받았을 리가 있나."

안쓰러운 표정으로 그렇게 말씀하시는 아우브에게 저는 왠지 위로받는 느낌을 받았습니다. 정이 많은 분이라고 느꼈습니다. 그것이 나쁜

쪽으로 움직이면 베로니카 님을 막지 못한 과거로, 반대로 좋은 쪽으로 움직이면 양녀인 로제마인 님께서 친자식인 빌프리트 님이나 샤를로테 님과 대등하게 협력하며 지낼 수 있는 현재로 이어지는 거겠지요.

"걱정하실 필요는 없습니다. 로데리히 님이 측근으로 지내는 모습을 보면 집에 돌아가는 것보다 행복해질 거라 믿거든요."

"……아직 조정이 필요하겠지만, 어른의 사정으로 이름을 바치게 된 너에게는 적어도 스스로 원하는 주인 밑에 들어갈 수 있게, 성인이 되면 엘비라에게 이름을 바칠 수 있게 허락할 생각이다."

"과분한 배려에 감사드립니다."

이리하여 영주 부부와의 대화를 끝내고, 저는 성인이 되기 전까지 로제마인 님의 측근으로 행동하게 되었습니다. "라이제강 계 귀족이 쓴 책 따위 갖다버려!" 하고 분노하는 부모님의 눈치 때문에 귀족원에서 엘비라 님의 책을 몰래 읽지 않아도, 언제든 마음대로 책을 읽을 수 있게 된 것입니다.

"내일 로제마인 님께 인사를 드리겠지만, 측근이 되기 전에 알아둬야 할 주의사항을 설명하겠습니다."

영주 부부의 귀환 후, 로데리히는 새로이 측근이 될 학생들을 모아놓고 설명을 시작했습니다. 아직 이름을 바치기 전이지만, 주변에서는 이미 우리를 측근 예정자로 봅니다. 신입 측근은 구 베로니카 파뿐이라서 조금 더 마음이 편하고 물어보기 쉬운 로데리히가 설명 역할을 맡았다고 합니다.

"앞으로 우리는 동료로서 서로를 이름으로 불러야 해요. 상급 귀족들에게도 경칭을 빼고 부를 수 있게 노력하세요."

로데리히는 측근으로 들어올 당시, 좀처럼 하르트무트의 이름을 부르지 못해 가슴이 자주 철렁거렸다고 합니다. 그 마음은 충분히 이해가 되었습니다. 저도 익숙해질 수 있을까요? 하르트무트가 귀족원을 졸업해 다행이라는 생각이 들었습니다.

"현재로서는 빌프리트 님과의 약혼으로 로제마인 님의 입지가 탄탄해졌다고 볼 수 있고, 영주 일족의 사이도 매우 좋아 보일 겁니다. 그러나 상황이 변하면 어떤 입장이 될지 아무도 알 수 없습니다. 영주의 양녀로서 계속해서 가치를 증명해야만 하는 것도 사실이에요."

귀족이 뭐 다 그런 것이죠. 가족애 따위 환상에 불과합니다. 상황이 바뀌면 순식간에 부서지는 허무한 관계. 바르톨트 님 같은 사람과 서로 이해하는 관계가 될 것 같지는 않지만, 평생 가치를 증명해야 하는 로제마인 님의 삶에는 공감을 느꼈습니다.

'분명 책 감상을 공유하기도 하겠죠? 로제마인 님과는 좋은 주종 관계를 맺을 수 있을 것 같아요.'

"로제마인 님은 주변에 폐를 끼칠까 봐 다과회 참가를 유보하실 때가 종종 있습니다. 그래서 혹여나 다과회에서 쓰러지시면 견습 시종들의 준비 부족으로 간주해 감점이 된다는 것이 알려지지 않게 주의하세요."

로데리히는 진지한 얼굴로 그렇게 말했습니다. 브륀힐데와 리젤레타는 로제마인 님께서 더는 마음의 부담을 느끼지 않도록 세심하게 주의를 기울이고 있다고 합니다.

"이건 견습 문관과 호위 견습 기사도 마찬가지입니다. 후견인을 잃고, 영지 내에서는 숙청이 일어나고, 아이들 보호에 힘쓰는 로제마인 님의 고민거리가 늘어나는 것을 시종들이 그냥 두고 보지 않아요."

"그 말투로 보면……, 로데리히도 뭔가 실수를 한 것 같은데요? 설마 시종들에게 엄청 혼이 났다던가?"

웃음 섞인 라우렌츠의 지적에 로데리히의 진갈색 눈에서 빛이 슥 사라지더니 단숨에 표정이 어두워졌습니다. 풀 죽은 어투로 말하기 시작했습니다.

"로제마인 님께서 물어보시기에 견습 시종들이 왜 로제마인 님을 모시고 싶어 하지 않는지 이유를 설명하려고 했더니, 리젤레타가 바셴을 써서 강제로 제 입을 틀어막더군요. 그리고 브륀힐데에게 질질 끌려나가서 상급 귀족의 위압을 받으며 측근의 마음가짐에 관한 설명을……."

'혼이 나는 로데리히의 모습이 눈앞에 아른거리네요.'

우리는 로제마인 님의 측근이 1학년생을 슈타프의 빛의 띠로 포박하고, 영지로 강제송환 하려고 한 자초지말을 목격했습니다. 주인을 상심케 하는 자를 엄격 대응하는 건 파벌 상관없이 동료에게도 마찬가지인 모양입니다. 그런 기세로 설교를 들으면 얼마나 무서울까요.

"넌 옛날부터 흥분하면 항상 실수하더니, 그런 건 왜 나아지지가 않냐."

"윽……."

마티아스의 지적에 로데리히의 어깨가 축 늘어졌습니다. 원래 구 베로니카 파 안에서도 존재감이 약했던 로데리히는 마티아스와 라우렌츠에게 보호받는 입장이었습니다. 그 시절의 편안함이 보여서일까요. 저도 모르게 웃어버리고 말았습니다.

"로데리히의 실수담은 도움이 좀 되겠네요. 또 없어요?"

제가 키득키득 웃으며 재촉하자, 로데리히는 "있어요, 엄청." 하고 뾰로통한 얼굴이 되었습니다.

"지금까지의 상식과 괴리가 있어서 이해하기 어렵지만, 이건 상당히 중요합니다. 로제마인 님은 신분을 따지지 않아요. 귀족원의 호위 견습 기사의 필두는 레오노레지만, 영지에서는 다무엘이 필두입니다."

하급 기사가 지시를 내린다는 사실에 놀랐지만, 로제마인 님의 측근들 사이에서는 당연하다고 합니다.

"그리고 인쇄업과 새로운 유행에 관해선 귀족의 의견보다 현장에서 일하는 평민 장인과 실제로 상품을 파는 상인의 의견이 더 중요시되고 있어요."

"하급 기사가 필두이고, 귀족보다 평민의 의견을 중시한다라. 그랬구나. 거기에 우리 부모님들이 반발해서 로제마인 님을 무시한 거야."

에렌페스트보다 상위인 대영지 아렌스바흐 출신임을 명예롭게 생각하는 가브리엘레 님. 그 핏줄을 이어받아 영주의 첫째 부인인 것에 자부심을 느끼고, 라이제강 계 귀족을 멸시했던 베로니카 님. 그녀의 측근이 되어 신분을 올리려고 발악한 귀족들⋯⋯. 하급 귀족과 평민의 의견을 존중하는 로제마인 님과 구 베로니카 파 귀족의 관계는 상극인 모양입니다.

"여러분도 신전에 출입하게 될 겁니다. 한 번 들어가 보면 소문처럼 끔찍한 곳이 아니라고 깨닫게 되겠지만⋯⋯."

"이복동생이 고아원에서 보호받고 있다니까 한 번은 보러 갈 생각이긴 한데⋯⋯. 지금 인식으로는 첫걸음을 내딛는 데에도 용기가 필요해."

어렵게 꺼낸 로데리히의 말에 라우렌츠가 쓰게 웃었습니다. 신전은 귀족이 되지 못한 낙오자가 가는 저속한 장소라고 들었습니다. 로제마인 님은 그곳에서 자랐다는 이유로 '영주의 양녀에 부적합하다'라거나

'라이제강 계 귀족의 억지 강행으로 맺은 영자결연이다'라며 구 베로니카 파 귀족들의 악평을 심하게 들어야 했다고 합니다.

"걱정되는 건 신전의 상태보다 우리의 태도입니다. 신전에서 로제마인 님을 모시는 회색 신관이나 회색 무녀를 무자비하게 다루거나 차별하면 용서받지 못해요."

"용서받지 못한다는 건 또 뭐야……. 평민이잖아. 그냥 무시하면 안 돼?"

"……저도 라우렌츠의 생각처럼 그들과 거리를 뒀어요. 이전의 편견에 구속되어 있었고, 신나게 고아원에 가는 하르트무트나 필린느를 이해할 수 없었습니다. 딱히 막 대한 것도 아니라서 혼나지도 않았고, 억지로 교류하라고 시키지도 않아요."

로데리히는 "하지만……." 하고 후회를 드러내는 표정으로 한숨을 내쉬었습니다.

"교류 없이는 회색 신관들의 신뢰를 얻을 수 없다며 긴급 사태가 일어났을 때 로제마인 님께선 저만 고아원 출입을 못하게 막으셨어요. 로제마인 님을 진심으로 모시고 싶다면 평민과 신전 사람을 대등하게 대해야 합니다."

하르트무트는 '신전 사람과 평민은 로제마인 님의 손발과 같다'라고 말했다고 합니다. 유행을 만드는 건 평민, 퍼트리는 건 귀족. 평민들 없이는 아무것도 할 수 없다며.

"로제마인 님은 평민이나 회색 신관들처럼 범죄자의 혈족도 돌봐 주십니다. 하지만 우리가 신분을 들먹이며 권력을 휘두르면 분노하실 거예요. ……하르트무트가 말하길, 로제마인 님이 트라우고트 님을 자른 건 다무엘을 하급 기사라고 무시하고, 영주 일족의 호위 기사에 걸맞지 않는다고 했기 때문이래요.”

“네가 먼저 측근으로 들어가서 다행이야. 일반상식으로는 도무지 통하지 않겠는걸?”

마티아스의 말대로 우리가 아는 상식과 너무나도 동떨어져 있습니다. 마력이 없는 평민은 귀족의 마력에 기생하는 짐짝이고, 돌봐줘야 하는 존재라고 부모님에게 배워왔습니다. 밖에 나와 보니 모르는 것들 천지입니다. 신전 출신인 영주의 양녀가 얼마나 특수한지……. 직접 인사하기 전에 알아둬서 천만 다행인 것들뿐이었습니다.

이름을 바친 후 본격적인 측근 업무가 시작되었습니다.

‘이제야 겨우 좋아하는 책을 읽을 수 있겠어.’

이왕이면 귀족원 연애 소설을 제일 먼저 읽을 수 있는 로제마인 님의 측근들과 감상을 나누고 싶었습니다. 저는 측근의 방에서 곧바로 그레티아에게 물어봤습니다.

“전 귀족원 연애 이야기를 좋아하는데, 그레티아는 어떤 이야기를 좋아하나요?”

“미안해요. 전 아직 못 읽었어요. 측근이 되었으니 빨리 읽어봐야 할 텐데 새로운 업무를 익히느라 정신이 없어서…….”

신입끼리 소통을 하고 싶었는데, 하는 수 없지요. 다른 분에게 물어보기로 했습니다. 저는 그레티아의 지도를 맡고 있는 리젤레타와 브륀힐데에게 같은 질문을 했습니다.

“모든 이야기가 다 훌륭해요. 푹 빠져 읽었어요.”

“다과회에서 화제가 되기도 해서 전부 읽고 있는데, 상대에 따라 취향을 바꿔보기도 해요. 뮤레엘라는 어떤 이야기를 좋아하나요?”

리젤레타와 브륀힐데가 미소를 지었습니다. 그 대답에서 두 사람은 귀족원 연애 이야기에 별다른 감상이 없다는 것을 깨달았습니다.

"······상대에 따라 취향을 바꾼다니, 상급 견습 시종은 수완이 뛰어나네요."

"어머, 초대를 받았으면 당연히 그래야죠. 뮤리엘라도 상위 영지의 다과회에 동행하게 될 테니, 귀족원의 사랑 이야기 말고도 에렌페스트에서 인쇄되는 모든 책을 읽도록 하세요. 친구들과 수다할 때도 그렇고, 다과회에서는 너무 취향을 드러내지 말 것. 손님의 얘기를 띄워주는 쪽에 주력해야 한답니다."

두 사람은 귀족원의 사랑 이야기가 아닌, 다과회를 임하는 자세에 대해 주의를 주기 시작했습니다. 그럴 생각은 아니었는데, 실패했습니다.

그레티아와 함께 견습 시종의 마음가짐을 들은 뒤, 저는 호위 견습 기사인 유디트와 레오노레에게 물어보기로 했습니다.

"귀족원의 사랑 이야기요? ······내용이 진행될수록 주인공의 사랑이 결실을 맺을 확률이 올라가는 거 말이죠? 그만큼 제 명중률도 좀 올랐으면 좋겠어요."

"예?"

"아, 아뇨······. 난 귀족원의 사랑 이야기보다 연애 요소가 있는 기사 이야기를 더 좋아해요."

유디트가 귀족원의 사랑 이야기에 전혀 관심이 없다는 건 잘 알았습니다. 저는 레오노레를 바라보았습니다. 그녀는 코르넬리우스와 연애 중이라 조금은 통하는 데가 있을 겁니다. 어쩌면 연인과의 밀회에 이 이야기를 참고하고 있을지도 모릅니다.

"뮤리엘라는 귀족원의 사랑 이야기를 좋아해서 후에 엘비라 님을 모실 거죠?"

"그렇습니다만……."

"그럼 반드시 조심하세요. 자기도 모르게 귀족원 사랑 이야기를 즐기기는커녕, 당신이 등장인물이 되어 있을 거니까."

"……예?"

진지한 표정으로 조언해주었지만, 책 감상은 하나도 없었습니다. 휙하고 등을 돌린 레오노레와는 감상을 공유하는 관계가 되기는 어려울 듯합니다.

'이게 어찌된 일이에요. 여성 측근인데 이렇게 귀족원의 사랑 이야기에 관심이 없다니…….'

"로데리히와 필린느는 문관이잖아요. 귀족원의 사랑 이야기가 얼마나 훌륭한지 잘 알죠? 그 봄의 여신님들의 멋진 가무와 빛을 가리키는 묘사, 정자에서 어둠의 신이 망토를 펼치는 두근거림……."

저는 마지막 희망인 견습 문관에게 감상을 물었습니다.

"문체 같은 건 참고를 하는데, 연애에는 그렇게까지 관심이 없어서……. 그건 여성 독자를 위한 책이라고 생각해요. 오히려 뮤리엘라에겐 디터 소설의 감상을 듣고 싶은데요."

"……디터 소설이요? 확실히 남성은 그쪽을 좋아하겠네요."

로데리히에겐 미안하지만, 디터 소설은 아직 읽지 못했습니다. 저는 대체로 좋아하는 이야기를 여러 번 반복해서 읽는 습관이 있는데, 그렇지 않은 책에는 좀처럼 손이 가지 않습니다.

"이 책은 필린느가 모은 이야기들이잖아요. 당신은 관심이 있죠?"

"연애 이야기도 좋아하지만, 저는 그것보다 어머님이 들려주셨던 설화와 비슷한 이야기를 찾고 있어요. 뮤리엘라만큼 푹 빠져 읽지는 않거든요. 그리고 로제마인 님도 매상이라고 하는 것 때문에 좋아하시지, 이야기 자체에 몰두하지는 않는 것 같더라구요. 단켈페르거의 역사서 쪽을 더 좋아하시는 것 같았어요."

로제마인 님의 측근이라면 연애 소설에 관해 대화를 나눌 수 있을 줄 알았습니다. 설마 대화 자체가 되지 않을 줄은 꿈에도 생각지 못했어요.

"왠지 실망이에요. 귀족원의 연애 소설로 뜨겁게 얘기를 나눌 수 있을 줄 알았거든요……."

"그렇다면 얘기가 통할만한 상대를 소개해드릴까요?"

한탄하는 저를 보고, 필린느가 고개를 갸웃거렸습니다.

"제가 다른 영지의 이야기 수집을 부탁하는 분들 중에 견습 문관을 몇 분 알고 있어요. 뮤리엘라처럼 연애 이야기를 좋아하는 분이 계셨던 것 같아요."

"그렇다면 영주 후보생들의 측근인가요? 꼭 소개해주세요."

나는 필린느의 제안에 크게 고개를 끄덕였습니다. 지금까지는 구 베로니카 파였기에 영주 후보생이 참석하는 모임에는 나가지 못했습니다. 제가 아는 다른 영지의 견습 문관은 귀족원의 사랑 이야기책을 빌려달라는 분이나, 어떤 내용인지 궁금해하는 분들만 있어서 감상을 주고받을 분이 거의 없었거든요.

"필린느 님, 올해도 로제마인 님의 문장 찍힌 과제가 있나요?"

저와 필린느가 도서관에 갔더니, 요스브레너의 크림색 망토를 단 여학생이 기다렸다는 듯이 다가왔습니다. 그녀가 말한 문장 찍힌 과제란 학생이 돈을 벌기 위해 하는 개인적인 과제를 말합니다. 과제를 받을 때 지불에 차질이 없도록 과제와 이름과 문장이 찍힌 발주서를 받게 되면서 그렇게 불리게 되었습니다.

"예, 뤼라디 님. 올해도 로제마인 님이 이야기를 모으고 계세요. ……
아 참, 먼저 소개해 드릴게요. 이쪽은 이번에 로제마인 님의 측근이 된
뮤리엘라이고, 귀족원의 연애 소설을 정말 좋아하세요."

뤼라디 님은 노란색에 가까운 주황색 머리카락을 흔들며 제 쪽을 보
더니 "어머나." 하고 기쁜 듯 소리를 지르며 연녹색 눈동자를 반짝이면
서 저를 바라보았습니다.

"뮤리엘라, 이쪽은 요스브레너의 상급 견습 문관인 뤼라디 님이세요.
저와 로제마인 님과는 학년이 같아서 친하게 지내고 있어요. 요스브레
너에서 문장 찍힌 과제를 한데 모아서 전달해주고 있어요."

필린느가 소개해주는 동안 저는 뤼라디 님과 서로를 바라보았습니
다. 이제 처음 만나 아직 아무 말도 하지 않았지만, 이상하게 동질감이
느껴졌습니다.

'뭐라고 해야 하나요. 동족? 동지? 동료? 그런 분위기가 강하게 느껴
져요!'

"……저기, 뮤리엘라 님은 어떤 이야기를 좋아하세요?"

"뮤리엘라는 약혼 과제에 맞서는 돈켈른의 이야기를 정말 좋아한대
요. 뤼라디 님과 대화가 잘 통하지 않을까요? 모처럼의 기회잖아요. 뮤
리엘라에게 귀족원 연애 소설을 읽은 감상을 얘기해줘요."

필린느에게 열람실 밖으로 떠밀린 저는 뤼라디 님과 문관동을 향해
걸어갔습니다.

'어떤 얘기를 꺼내야 할까? 시작부터 뜨겁게 얘기해도 괜찮을까요?
연애물을 좋아해도 취향이 다르면 어쩌죠……?'

하고 싶은 말은 가슴속에 휘몰아치는데, 로제마인 님의 측근들의 반

응을 떠올린 탓인지, 묘한 긴장감을 느끼고 머리가 새하얘졌습니다.

"……뮤리엘라 님, 저, 저기! 돈켈른 이야기는 저도 좋아해요. 당신은 어느 부분이 좋았나요……?"

뤼라디 님도 마찬가지로 긴장했었는지, 조금 격양된 목소리로 제 눈치를 살피듯 말을 꺼냈습니다. 돈켈른 이야기를 좋아한다는 말에 조금 긴장이 풀렸습니다. 저도 뤼라디 님의 반응을 살피며 그녀의 취향을 탐색했습니다.

"전 부모가 반대해도 포기하지 않는 사랑 이야기를 좋아해요. 돈켈른 이야기는 연인인 헤르셴과의 약혼을 인정받으려고 방해를 극복해나가잖아요. 뤼라디 님은 어떤 부분을 좋아하나요……?"

"영주 일족의 호위 기사가 되기 위해 불의 신 라이덴샤프트에게 기도를 올리며 노력하는 부분이요. 그 묘사가 너무너무 좋아요. 저자인 에란툴라 님은 정말 묘사가 아름다워요……."

"저도 그래요!"

저는 무심코 강하게 동의하고 말았습니다. 에란툴라란 엘비라 님의 필명입니다. 이름을 바치고 싶다고 느낄 정도로 저는 그분을 존경하고 있습니다.

"성장을 촉구하는 여름의 신들이, 싸움이 아닌 장면에서 그만큼 믿음직스럽게 느껴진 건 처음이었어요. 돈켈른을 육성의 신 안박스가 파란 불꽃으로 휘감았을 땐 정말이지 심장이 떨렸어요."

"그리고 유일하게 헤르셴과 함께할 수 있었던 귀족원에서 두 사람이 헤어져야 할 때의 그 애절함. 무심코 저까지 생명의 신 에이비리베께 빌고 말았어요."

뤼라디 님의 감상에 연신 고개를 끄덕였습니다. 그 장면은 정말 훌륭해서, 저는 돈켈른의 대사까지 달달 외고 있을 정도입니다.

"아아, 나의 권속이여. 눈과 얼음으로 모든 것을 가려다오. 나의 힘이 닿는 데까지, 게두르리히를 뒤덮어다오. 플류트레네를 조금이라도 멀리 물리쳐다오…… 이거죠?"

"네, 정말 너무 멋졌어요!"

그 이후로 우리의 수다는 더욱 과열되었습니다. 문관동의 한 방에서 한참을 이야기를 했었는데, 퇴실을 재촉하는 여섯 점 종소리를 듣고 깜짝 놀랄 정도였습니다.

"설마 벌써 여섯 점 종이 울리다니……. 시간의 여신 드레팡아의 실 잣기가 너무 원활했었나봐요."

"예. 뤼라디 님, 다음 시간의 여신의 인도가 언제쯤 있을까요?"

"……저는 내일모레 오후라면……."

"어머, 우연이네요. 저도 내일모레 오후에……."

우리는 서로의 얼굴을 마주 보고 싱긋 웃었습니다. 내일모레도 이곳에서 수다를 떨기로 하고, 서둘러 기숙사로 돌아갑니다.

"저도 빨리 새 책을 읽고 싶어요. 멋진 이야기가 가득하겠죠?"

"그럼요. 올해 나온 책은 어둠의 신이 망토를 펼치는 묘사가 정말 멋져서……. 읽다가 도중에 왠지 부끄러워져서 저도 모르게 책을 덮어버렸어요."

제가 새로운 귀족원 연애 소설에 관해 얘기를 꺼내자, 뤼라디 님은 "호오." 하고 뺨을 괴며 한숨을 내쉬었습니다.

"로제마인 님의 측근이라니, 뮤리엘라 님이 정말 부럽네요.."

"저도 행운이라고 생각해요. 원래라면 이런 기회가 찾아오지 못했을 거예요."

비슷한 감상을 가진 사람과 마음껏 대화를 나누는 것이 이토록 즐겁
고 행복한지 몰랐습니다.

항상 책을 읽을 때만 즐거웠었습니다.

오랜 시간 그렇게 생각해 왔는데, 그 내용을 공유할 친구가 생긴 순
간, 저의 책 속 세상과 현실이 갑자기 탁 이어진 겁니다.

'이런 일이 있을 수 있다니……! 저, 정말 로제마인 님을 모시길 잘했
다고 생각해요.'

로제마인 님의 측근이 되지 않았다면 다른 영지의 상급 귀족인 뤼라
디 님과 접점이 없었을 겁니다. 필린느가 처음에 '귀족원의 연애 소설을
좋아하는 동지'라고 소개해주지 않았다면 이렇게 뜨겁게 대화를 주고
받기까지 긴 시간이 걸렸겠지요.

언젠가 엘비라 님께 이름을 바치고, 책 제작에 본격적으로 들어가면
제 세상은 지금보다 더 넓어지지 않을까요?

눈앞이 기대와 희망으로 넓어지는 듯한 느낌에 몸을 맡긴 채 그날 기
숙사로 돌아온 저는 지금까지와 다른 마음가짐으로 책을 손에 들었습
니다.

자
신
의

임
무
와

지
식
의

파
수
꾼

"오르텐시아, 당신이 귀족원 도서관에 취임하게 된 건 기사단장인 나뿐만 아니라, 왕의 바람이기도 해. 미안하지만, 당신이 맡아줘."

"기사단장의 아내로서, 왕을 섬기는 중앙 귀족으로서 전력으로 임무를 다하겠어요."

남편인 라오블루트 님을 통한 왕의 부탁으로 저는 시종과 함께 둘이서 귀족원 도서관에 오게 되었습니다. 제 임무는 행동이 수상쩍은 에렌페스트 영주 후보생, 로제마인 님을 감시, 경계하고, 그녀가 흘린 '왕족밖에 들어갈 수 없는 서고'를 찾아내는 것이었습니다.

"중급 사서인 솔랑쥬입니다. 시간의 여신 드레팡아의 실이 엮이어 이렇게 만나 뵐 수 있게 되었네요. 함께 일하게 되어 기쁩니다, 오르텐시아."

"솔랑쥬 님. 아직도 귀족원 도서관에 계셨군요? 정말 오랜만이에요."

솔랑쥬는 제가 귀족원에 재학 중에도 있었던 중급 사서입니다. 상급 문관인 제가 중급 사서와 대화할 기회는 많지 않았지만, 같은 클라센부르크 출신이라 귀족원 내에서 몇 번 대화한 적이 있습니다. 지금은 서로 나이를 먹었지만, 그녀는 그 당시와 변하지 않은 온화한 미소로 저를 맞이해 주었습니다.

"솔랑쥬, 누구야?"

"슈바르츠, 바이스. 이분은 도서관 사서로 함께 일하게 된 오르텐시아 님이세요."

귀족원 도서관이라고 하면 슈바르츠와 바이스를 빼놓을 수 없습니다. 사서의 일을 돕는 커다란 스밀 마술구는 지금도 건재하게 솔랑쥬의 옆에 서 있었습니다. 그래서일까요, 왠지 학생 때로 돌아온 듯한 기분이 들었습니다.

'이러면 안 되지. 정신을 바짝 차려야 해.'

저는 남편과 왕족을 위해 왔습니다. 반가움에 젖어 있을 때가 아니었습니다. 정신을 바짝 차리자, 솔랑쥬는 슈바르츠와 바이스를 데리고 걷기 시작했습니다.

"우선은 사서 기숙사를 안내할게요."

집무실 안쪽에 있는 사서 기숙사에는 솔랑쥬의 측근인 카트린이 기다리고 있었습니다. 그녀와도 인사를 나누고, 제 시종인 이데리나를 소개했습니다. 아무래도 '귀족원에는 무조건 시종 한 사람만'이라는 규칙이 직원에게도 적용되는지, 제가 데려온 시종도 이데리아뿐입니다. 기숙사 내에 두 사람뿐이라, 시종끼리도 협력을 해야겠지요.

"시종이 방을 정리하는 동안, 우린 집무실에서 계약을 하죠. 사서 임명 증명서는 가지고 계시죠?"

"예, 물론이죠."

집무실에서 저는 증명서를 건넸고, 사서로 근무하기 위한 고용 계약을 맺었습니다.

"이거로 당신은 상급 사서가 되었네요, 오르텐시아."

"잘 부탁드려요, 솔랑쥬."

동료가 된 우리는 경칭을 뺀 이름으로 서로를 부르고, 슈바르츠와 바이스도 저를 이름으로 부르게 되었습니다.

"오르텐시아, 잘 부탁해."

"오르텐시아, 같이 일한다."

"어머나, 제 이름을……. 저야말로 잘 부탁해요, 슈바르츠, 바이스."

제가 감격하며 손을 뻗으려고 하자, 솔랑쥬가 서둘러 말렸습니다.

"사서로 인식은 되었지만, 아직 슈바르츠와 바이스를 만질 권리자로 등록하지는 않았으니까 지금은 만지지 마세요. 둘의 주인인 로제마인 님이어야 등록할 수 있어서요."

"아, 학생이 둘의 주인이라는 말이 사실이었군요. 얘기는 들었는데, 그러면 너무 불편하지 않나요? 업무에 지장은 없어요?"

제 말에 솔랑쥬의 눈썹이 팔자로 처졌습니다.

"지금까지는 사서가 저 혼자여서 지장은 없었답니다. 어렵게 상급 사서가 오신걸요. 수업 첫날에 로제마인 님께 연락을 넣어서 둘의 주인을 오르텐시아로 변경할게요. 왕족께도 연락을 드려야 하는데……."

"그럼 어째서 학생인 로제마인 님이 주인이 된 거죠? 당사자가 아니라서 그런지, 아니면 그냥 관심이 없었던 건지 모르겠지만, 제 남편의 설명만으로는 도무지 이해가 되지 않아서……."

평소에는 간결하고 쉽게 설명하는 남편이 이상하게 로제마인 님이 도서관에서 축복을 내렸더니 주인으로 등록되어 버렸다는 황당무계한 얘기를 하는 겁니다. 전 이해할 수가 없었어요.

당사자에게 자세히 들을 생각이었는데, 솔랑쥬의 입에서 나온 건 남편과 똑같은 설명이었습니다. 남편의 설명이 아니라, 로제마인 님의 언행이 이해 불가능이었던 모양입니다. 저는 속으로 조용히 남편에게 사과했습니다.

"저기, 솔랑쥬. 로제마인 님은 어떤 분이세요?"

"건드리지도 않았는데 축복으로 등록 변경할 정도로 로제마인 님은 특별해요. 분명 지혜의 여신 메스티오노라의 각별한 사랑을 받고 계시는 걸 거예요."

중앙 기사단장인 남편이 매우 의심하고 있는 로제마인 님이지만, 솔랑쥬의 눈에는 여신의 총애를 받는 것처럼 보이나 봅니다.

"이제 간단하게 도서관 내부를 안내할게요. 지금은 슈바르츠와 바이스를 만질 수 없으니 본격적인 업무는 아직 어렵잖아요."

솔랑쥬가 집무실과 열람실을 잇는 문을 열자, 슈바르츠와 바이스가 깡충깡충 움직이며 들어옵니다.

"이곳은 제2 폐가서고예요. 정변 전 수업에 사용했던 참고서와 옛 자료를 보관하고 있죠. 원하는 사람이 있으면 대여해줄 수 있고, 학생들도 출입이 가능하답니다."

오래되고 사용 빈도가 낮은 것들을 넣어뒀지만, 아주 가끔 읽고 싶어 하는 사람이 있나 봅니다. 그곳에 진열된 자료를 보며, 저는 반가움에 슬며시 미소가 지어졌습니다.

"이 수업은 저도 들은 적이 있어요. ……어머, 이 참고서는 제 친구가 만든 거네요. 그녀가 만든 그리젤다 선생님의 참고서는 정말 평가가 높았었거든요. 그리젤다 선생님의 자료는 여기에 없나요?"

"그리젤다 선생님은 정변의 숙청으로……. 그래서 이곳엔 자료가 남아있지 않아요."

"아……. 책과 자료에 무슨 죄가 있다고……."

그건 처음 알게 된 사정이었습니다. 숙청으로 얼마나 많은 책이 상실되었을까요. 한숨을 내쉬며 책장을 보다가 변색이 되어 버린 은사의 책을 발견했습니다.

"이 도서관은 보존 마술구가 있어서 책 보관이 잘 되어 있을 거라고 들었는데……."

"저 혼자서는 그걸 작동시킬 마력이 없었어요. 지금이라면 복원 마술구로 보수할 수 있을 거예요."

"마술구, 창고."

저는 바이스의 재촉에 제2 폐가서고를 나왔습니다. 열람실을 가로질러 계단 쪽으로 가자, 슈바르츠가 계단 아래에 있는 문을 열어주었습니다.

"여기, 마술구 가득."

"업무에 사용하는 마술구를 보관하는 창고예요."

학생 때도 들어간 적이 없는 곳입니다. 입장이 바뀐 사실에 아주 살짝 흥분을 느끼며 저는 그곳으로 발을 내디뎠습니다. 쓰임새가 확실치 않은 마술구가 가득했습니다.

"도서관에 이렇게 많은 마술구가 있었군요."

"예. 정변 이전에는 상급 사서가 셋, 그들을 보조하는 중급 사서가 둘은 있었어요. 도서관은 그만한 인원수가 있어야 돌아가는 셈이죠. 마력 부족이 얼마나 심각한지 피부에 와 닿는답니다."

정변이 있은 지 약 십 년, 중급 귀족인 솔랑쥬 혼자서 운영하느라 얼마나 힘들었을까요.

"증원을 요청하지 그랬어요."

"그래서 오르텐시아가 와주셨잖아요. 왕족이 도서관을 신경 쓰고 계신다는 뜻이겠지요? 아니면 로제마인 님이 슈바르츠와 바이스를 작동시켜서 왕족들께 호소해준 덕분일까요?"

솔랑쥬는 온화한 미소로 그렇게 말했습니다.

'제가 파견된 건 기사단장이 의심하고 있기 때문이에요.'

남편의 경계심을 입 밖에 낼 수는 없어, 저는 입을 꾹 닫았습니다. 솔랑쥬는 제 반응을 눈치채지 못하고, 마술구 설명을 해주었어요.

"여기서부터 저 선반까지는 자료 보관에 필요한 마술구이고요. 저건 복원 마술구예요. 도서관엔 꼭 필요한데, 저 혼자서는 마력이 턱없이 부족했거든요. 오르텐시아 덕분에 앞으로는 조금씩 자료 복원에도 손을 댈 수 있게 됐네요."

솔랑쥬가 기쁜 듯 미소를 지었습니다. 마술구를 보고 있던 저도 그리워져서 고개를 끄덕였습니다.

"복원 작업이라. 옛날에는 가끔 주인이 개인적으로 소유하는 책을 복원했었죠. 이런 작은 마술구가 아니라, 왕궁 도서관에 있는 오래되고 커다란 마술구를 사용했지만요."

"오르텐시아는 어떤 업무를 했었나요?"

솔랑쥬의 물음에 저는 복원 마술구를 살짝 쓰다듬었습니다. 귀족원에 있어서일까요. 최근에는 생각나는 일도 거의 없는 과거가 하나씩 떠오릅니다.

"……라오블루트 님과 결혼하기 전엔 왈디프리드 님을 모시고 있었어요."

솔랑쥬가 놀라서 숨을 삼키는 것이 느껴졌습니다. 저의 옛 주인, 왈디프리드 님은 정변의 계기가 되었던 2왕자입니다.

"저는 집무에 관련된 서류나 별궁의 책장을 관리하고 있었어요. 가끔 개인 소유의 책을 보수하거나, 왕궁 도서관에 자료를 찾으러 가기도 했죠. 사서의 업무와 조금 비슷하죠? 당시에는 일에 몰두하느라 결혼도 완전히 포기하고 있었어요. 정확하게는 제겐 필요 없다고 생각했었거든요. 이대로 왈디프리드 님을 모시고 평생을 살려고 마음을 먹었었는데……."

하지만 일벌레로 살겠다는 제 희망은 이루지 못했습니다. 왈디프리드 님과 그 가족들은 1왕자의 방문으로 눈을 감으셨으니까요.

"주인이 세상을 뜨면, 측근은 해임이에요. 당시에는 정말 살아갈 희망도 없었다고 해야 하나……. 모든 것이 암흑이 된 것처럼 뭘 해야 할지 눈앞이 깜깜했었죠…….”

그때 덮쳐왔던 절망감을 떠올리고 눈을 질끈 감자, 솔랑쥬가 살짝 제 손을 잡고, 어두운 창고에서 빛이 들이비치는 열람실로 이끌어주었습니다.

“혹시 그때 라오블루트 님이 구해주신 건가요?”

밝은 곳에서 남편과의 만남을 화제로 돌리려고 하는 솔랑쥬의 의도를 깨닫고, 저는 조그맣게 웃었습니다. 그런 소설 같은 만남은 아니었거든요.

“아니요, 절 구해주셨던 건 선대 아우브 클라센부르크예요.”

“정말요?”

“정세가 안정되면 왈디프리드 님의 동복동생인 3왕자를 소개해주겠다고, 아우브께서 제안해주셨거든요. 덕분에 1왕자와 3왕자가 싸우는 동안, 왈디프리드 님을 애도하고, 별궁을 정리하면서 조용히 지낼 수 있었어요.”

“하지만 3왕자도…….”

솔랑쥬의 날카로워진 목소리에 저는 조그맣게 고개를 끄덕였습니다.

“네. 아시다시피 독살되었죠.”

그 후, 당시 5왕자였던 트라오크발 님이 왕위에 오르셨습니다. 원래 트라오크발 님은 신하가 될 예정이어서 왕자 중에서 측근의 수가 가장 적었습니다. 차기 왕으로 부족함이 없도록, 선대 아우브 클라센부르크는 2왕자와 3왕자의 측근들, 방계 왕족의 측근을 설득해 끌어 모았습니다. 그중에 라오블루트 님도 계셨던 겁니다.

"저는 클라센부르크와 5왕자의 측근 관계를 강화해야 하니 라오블루트와 결혼하라는 소리를 들었어요. 주인을 잃고, 스스로 무엇을 하며 살아야 좋을지 몰랐던 시기였거든요. 저는 새로운 임무를 받았다는 생각에 오히려 그 말이 기뻤어요."

"오르텐시아……."

"기대했던 연애 얘기가 아니어서 미안해요. 하지만 솔랑쥬, 그런 표정 짓지 마세요."

쿡쿡 웃으며 저는 열람실 안을 천천히 걸었습니다. 라오블루트 님도 연모하던 분을 잃은 터라 결혼 기회를 놓쳤다고 합니다. 그래서 우리는 아주 늦은 결혼을 하게 되었습니다. 자식도 없어서 아내로서 남편의 도움이 되지 못한 것이 괴로웠습니다.

"이대로 일생이 끝나는 것이 아닐까 생각하던 차에 왕족과 남편에게 도움이 될 임무가 찾아왔어요."

남편은 상급 사서 세 사람의 열쇠가 없으면 열리지 않는 서고가 왕족만이 출입하는 서고가 아닐까 생각하는 듯했습니다. 구르트리스하이트의 실마리가 될 가능성이 있고, 왕이 된 트라오크발 님께 충실하면서 동시에 은밀하게 움직일 수 있는 상급 문관으로서 제가 발탁되었습니다.

"이 임무를 받게 되어 정말 기쁘고 뿌듯해요. ……그리고 이렇게 책장 사이를 걷고 있으면 과거에 2왕자님 집무실의 책장을 관리하고, 왕궁 도서관에 드나들던 시절이 떠올라 가슴이 뛰어요. 결코 슬프기만 한 추억은 아니었죠."

솔랑쥬도 저와 마찬가지로 슬픈 듯한, 반가운 듯한, 또 그리운 듯한 미소로 열람실을 천천히 둘러보았습니다.

"저도 그 마음 정말 이해해요. 절대 슬프기만 하진 않았죠."

도서관의 사정이 어땠는지는 잘 모르지만, 아마 솔랑쥬도 그 정변으로 많은 것을 잃었을 겁니다. 그것이 전해져왔습니다.

제가 귀족원의 사서 기숙사에 들어오고 이틀 후에 귀족원 수업이 시작되었습니다. 점심시간에 주인 등록 변경을 무사히 끝내고, 우리는 오후 수업을 들으러 가는 로제마인 님과 왕족을 배웅했습니다.

"드디어 슈바르츠, 바이스와 접촉하게 됐으니 사서 업무를 본격적으로 할 수 있게 됐네요."

"예, 어제는 기숙사 안내와 왕족을 모실 준비로 정신이 없었으니까요."

저는 슈바르츠와 바이스를 살짝 쓰다듬었습니다. 손이 튕겨나가지 않으니, 이곳 사서가 되었다는 실감이 샘솟았습니다.

"오르텐시아, 잠깐 괜찮을까요? 제가 느끼기에 당신이 로제마인 님을 대하는 목소리나 태도가 꼭 거부하는 것 같았어요. 혹시 라오블루트 님께 무슨 얘기를 들은 건 아닐까 하는 생각이 들어서요."

"그랬군요. 맞아요. 라오블루트 님은 에렌페스트를 의심하고 있어요. 정변의 상처가 다 낫지 않은 유르겐슈미트에 또다시 분쟁이 생겨선 안 돼요. 목적이 무엇이고, 무엇을 아는지 알 수 없는 로제마인 님을 경계하면서 서고를 찾아달라고 하더군요."

"라오블루트 님께서 궁금해하시는 일지까지 빌려드렸는데, 대체 또 무슨 의심을 하신다는 건가요? 그렇게 경계할 만한 거리가 있었어요?"

짚이는 게 없다는 듯 솔랑쥬가 고개를 갸웃거렸습니다. 그녀는 일지만 넘겨주면 의심이 풀릴 줄 알았던 모양입니다.

"사서의 옛 일지를 빌린 로제마인 님이 왕족밖에 들어갈 수 없는 서고에 대해 힐데브란트 왕자님께 물어봤죠? 아나스타지우스 왕자님과 에그란티느 님이 아닌, 어린 왕자에게 정보를 뜯어내려는 자세가 수상쩍어 보였나 봐요. 또 왕족밖에 들어갈 수 없는 서고라는 곳에는 어쩌면, 구르트리스하이트의 실마리가 있을지도 모른다고 생각하고 있어요."

"아……. 그건 라오블루트 님이 지나치게 생각하시는 겁니다."

솔랑쥬는 살짝 쓰게 웃으며 알려주었습니다.

"로제마인 님께서 힐데브란트 왕자님께 물어본 이유는 다과회 화제에 나왔기 때문이에요. 시간의 여신이 장난치는 정자나 움직이는 신상 이야기, 귀족원의 불가사의한 소문을 하나쯤은 알고 계시지요? 그 중에 왕족밖에 들어갈 수 없는 서고 이야기가 있었거든요. 트라오크발 님 주변에서 구르트리스하이트의 실마리를 찾고 싶어하는 마음은 이해합니다만……."

솔랑쥬가 무슨 말을 하고 싶은지 저는 이해했습니다. 사정을 들어보니 로제마인 님의 행동에 수상쩍은 느낌은 들지 않았습니다.

"다과회 화제에 나온 불가사의 얘기였다고요……. 고작 그런 이유로 에렌페스트를 경계하며 눈을 부릅뜨고 뒤졌다니, 너무 예민하다고 할까, 헛수고로 끝나겠네요."

"그래도 조사해야 하는 것이 라오블루트 님의 일이잖아요. 중앙 기사단장인걸요. 조금이라도 의심스러우면 조사하셔야죠."

김이 빠진 제게 솔랑쥬는 동정하듯 미소 짓더니 바로 웃음을 거두었습니다. 진지한 파란 눈동자가 저를 똑바로 바라봅니다.

"하지만 당신은 중앙 기사가 아니에요. 귀족원의 사서입니다. 의심하는 눈으로 학생들을 보거나 조사하는 게 당신의 일인가요?"

남편의 도움이 되려고 한 나머지, 저는 제 입장을 이해하지 못했던 모양입니다. 기사에게는 기사, 문관에게는 문관의 역할이 있는데 말입니다.

"그러네요. 남편과 왕의 도움이 되고는 싶지만, 전 수상한 사람을 조사하는 중앙 기사가 아니라 귀족원 도서관을 관리하는 사서지요. 제 의식과 태도를 고쳐야겠네요. 공정한 입장에서 로제마인 님의 언행을 지켜볼게요."

"예. 책을 대여해주거나 대화를 하시면서 로제마인 님에 대해 아셨으면 좋겠어요."

교류 중에 그 사람의 됨됨이를 알아가는 건 중요합니다. 그렇기에 저는 솔랑쥬에게도 물어봤습니다.

"그럼 솔랑쥬. 과거에 귀족원 도서관을 방문한 왕족이 여기서 무엇을 했는지, 상급 사서가 아니면 열 수 없는 서고에 무엇이 있는지 알려줄 수 없나요? ……라오블루트 님은 당신도 뭔가를 숨기고 있을 거라고 의심하고 있어요. 정변의 숙청을 이유로, 일부러 숨기고 있는 건 아니지요?"

솔랑쥬의 말 한 마디 한 마디에서, 죽은 사서들을 향한 그리움과 적막감이 전해져왔습니다. 동시에 그 말의 이면에는 정변 후 숙청을 거행한 왕족에게 원한을 감추고 있는 듯한 느낌이었습니다.

"영주 회의에서 라오블루트 님에게 왕족이 도서관을 방문했다는 얘기를 들었을 때 생각이 났어요. 왈디프리드 님이 차기 왕으로 책봉된 후, 왕과 함께 도서관에 갈 예정이었다는 것을요. 그때는 책봉 의식의 일환이라고 생각했었는데, 다른 깊은 의미가 있었던 거죠?"

왈디프리드 님은 차기 왕으로 책봉되기 직전에 1왕자에게 살해당했기 때문에 저는 도서관에 동행한 적이 없습니다. 하지만 방문을 받는 입장이었던 솔랑쥬라면 뭔가 알고 있을 겁니다.

"제가 아는 건 아주 미미한 것뿐이지만, 이쪽으로 오세요. 왕족밖에 들어갈 수 없는 서고에 관해서는 잘 모르지만, 상급사서가 아니면 열 수 없는 서고라면 알고 있습니다."

솔랑쥬는 쓸쓸해 보이는 미소를 띠며 제2 폐가서고로 향했습니다. 서고 안쪽에 있는 문을 가볍게 두드렸습니다.

"……영주 회의 때 도서관을 방문하신 왕족은 이 안쪽 서고로 들어가셨지요. 이 계단 끝에 있는 문은 상급 사서 세 사람의 열쇠가 없으면 열지 못한다고 들었어요. 중급 귀족은 이 문을 넘어갈 수 없어서 저는 이 안에 들어간 적이 없어요."

왕족의 측근이라도 중급 귀족은 이 앞을 넘어가지 못했다고 합니다.

"……여기가 왕족만이 들어갈 수 있는 서고인 건 아니고요?"

"아니에요. 아주 오래전 기억인데, 영주 후보생도 출입했었으니까 그 서고가 아닐 거예요. ……그리고 일부러 숨긴 적은 없어요. 오히려 영주 회의 때 방문해달라고 왕께 간청을 드렸어요."

저는 놀라서 눈이 휘둥그레졌습니다. 그런 부탁을 드렸다는 얘기는 남편에게 듣지 못했거든요. 그는 솔랑쥬가 고의로 숨기고 있다고 생각하고 있었습니다.

"영주 회의는 바빠서 도서관에 들릴 시간이 없다고 거절하셨습니다. 3년 만에 포기했어요. 그런데 이제 와서 의심하면 곤란해요."

대체 왕족과 그 주변에는 왜 이렇게 이해가 엇갈리고 있는 걸까요. 저는 중앙 기사단장의 아내라서 당시 왕족이 얼마나 힘들었는지 알고 있습니다. 그와 동시에, 거절만 해대는 상사, 그것도 숙청을 일으켜 직장 환경을 악화시킨 장본인에게 계속해서 부탁을 드려야 하는 공허함을 잘 알고 있습니다.

"듣고 보니 솔랑쥬를 비난할 순 없겠네요. ……하지만 전 상급 사서이니 이 서고를 열어서 안에 무엇이 있는지 확인해야겠어요. 열쇠는 어디에 있나요?"

"이 문의 열쇠는 집무실에 있는데, 이 안쪽 문을 여는 열쇠는 상급 사서의 방에 있어요. ……다만, 그 방 열쇠를 얻기가 쉽지 않아요."

어디에 있는지는 아는데, 열쇠를 얻기가 어렵다니, 무슨 의미일까요? 제 의구심을 눈치챈 것이겠죠. 솔랑쥬는 익숙하게 설명하며 제2 폐가서고를 나왔습니다.

"사서 기숙사에는 지혜의 여신 메스티오노라와 계약한 지식의 파수꾼만에게만 열쇠가 주어지는 특별한 방이 있어요. 숙청된 상급 사서들은 전부, 지식의 파수꾼이었습니다."

"지식의 파수꾼……?"

"예, 왕이 아닌, 지혜의 여신 메스티오노라에게 충심을 바쳐 계약한 자를 말해요. 저도 지식의 파수꾼으로 계약했지만, 상급 귀족이 아니다 보니 제한이 많아서……."

솔랑쥬는 땅이 꺼지도록 한숨을 쉬었지만, 그런 존재가 있다는 얘기는 들어보지 못했습니다. 저는 가만히 이야기를 들으며 그녀를 뒤따라 걸었습니다.

"라오블루트 님은 숙청이 끝난 뒤, 숙청된 사서의 방을 조사한 기록이 없는 걸 이상하게 생각하지 않으시던가요?"

"재조사해야 한다고 하긴 했어요. 하지만 중앙에 일손 부족이 심각해서요."

올해는 영지 대항전에서 일어난 습격과 귀족원에 출몰한 타니스베팔렌 조사 때문에 남편은 타 영지에 장기 출장을 갔었습니다. 그때 십년쯤 전에 숙청된 상급 사서의 방과, 존재 자체가 애매한 서고를 탐색할 인원이 충원되지 않았다고 들었습니다.

"몇 번을 와도 소용없습니다. 기사는 들어갈 수 없으니까. 숙청이 끝났을 당시 중앙기사단이 증거를 찾으려고 했지만, 문관이 아닌 기사는 계약을 할 수 없고, 중급 귀족인 저도 들어가지 못했어요."

"그럼 상급 문관을 데려오면 되잖아요……."

"예. 당연히 중앙기사단도 똑같은 생각을 했었죠. 상급 문관을 사서로 데려와 지식의 파수꾼으로 계약을 시키려고 했어요. 하지만 계약 내용은 왕이 아닌 여신에게 충심을 맹세하고, 충심으로 움직이는 것. 숙청당시에 그것이 어떤 의미를 갖는지, 알고 계시죠?"

그 무렵, 숙청에 당한 1왕자와 4왕자에게 가담했던 구 베르케슈토크출신 중앙 귀족들은 혹독한 문초를 당해야 했습니다. 지식의 파수꾼들도 새로이 왕이 된 트라오크발 님께 충성을 맹세하라 강요당했을 것이 분명합니다.

"그들은 이미 지혜의 여신 메스티오노라에게 충심을 맹세했다고 거절했죠. 계약 마술이 얽혀 있어서 그 외에는 말씀드릴 수가 없네요. 하지만 그걸 용납하는 정세가 아니었어요. 그 결과 그들은 온갖 트집을 잡혀 처형되었습니다."

지식의 파수꾼으로 계약했다고 처형되었는데, 그들의 방을 조사해야 하니 새로 계약하라고 한다고 누가 할까요. 그리고 거부하는 사람에게 억지로 계약을 시킨다고 될 리가 만무합니다. 그러니까 여태까지 그들의 방을 건들지 못한 것이겠지요.

"지식의 파수꾼의 방에 라오블루트 님이 찾는 서고의 열쇠가 있는 거죠?"

"서고의 열쇠는 있지만, 그 서고가 정말 라오블루트 님이 찾고 계시는 곳인지 저로서는 잘 모르겠군요."

오랜 세월 귀족원 사서로 있는 솔랑쥬도 들어가지 못하는 서고와 방. 그곳에 출입이 가능한 건 상급 귀족인 지식의 파수꾼뿐……. 중앙 기사단장이든 왕족이든, 지식의 파수꾼으로 신과 계약한 상급 사서가 없으면 들어가지 못합니다.

"중앙기사단이 조사하지 못하는 이유와, 제가 상급 사서로 임명된 이유를 알겠네요. 지식의 파수꾼이 되기 위해서였어요."

"잠깐만요, 오르텐시아. 지금 그 사정을 들어놓고 계약하겠다고요? 일상 업무는 꼭 지식의 파수꾼이 되지 않아도 할 수 있어요. 지금 왕궁 도서관에 있는 사서들도 계약하지 않았어요."

솔랑쥬가 저를 바라보며 말립니다. 전 잠시 눈을 감고 생각해보았습니다. 남편의 말, 왕의 바람, 역할이 주어져 기뻤던 일, 문관 업무에 몰두하며 살고 싶었던 자신…….

"제가 사서로 취임하게 된 건 왕께서 바라셨던 일이에요."

지식의 파수꾼이 되어, 도서관을 파악하는 것이 남편과 왕의 바람입니다. 지금은 숙청 때와 정세가 바뀌었습니다. 이 계약을 했다고 해서 남편과 왕의 앞날이 방해되는 일은 없을 겁니다.

"전 기사단장의 아내로서, 중앙 귀족으로서 전력을 다할 생각으로 이곳에 왔어요. 그리고 남편을 믿고 있습니다. 모든 서고에 출입할 권한을 가지는 대신, 지혜의 여신 메스티오노라와 계약을 해야 한다면 군말

없이 해야죠."

제가 지그시 바라보자, 솔랑쥬는 두 손 들었다는 듯이 한숨을 내쉬고 집무실 선반에서 하얀 석판을 꺼냈습니다. 그것을 들고 도서관 2층으로 올라갔습니다.

2층 끝에 있는 지혜의 여신상 앞에 멈춰 선 솔랑쥬가 홱 하고 뒤돌아봅니다.

"정말 맹세하실 거예요?"

저에겐 석판을 든 솔랑쥬와 신구 구르트리스하이트를 품에 안은 지혜의 여신 메스티오노라가 겹쳐 보였습니다. 솔랑쥬가 경건한 여신의 사자이며, 지식의 파수꾼임을 알 수 있었습니다.

"맹세하겠습니다."

"그럼 여신의 받침대에 이 문언을 스틸로로 써넣으세요. 한번 쓰면 되돌릴 수 없습니다."

솔랑쥬가 손에 든 하얀 석판에는 고어가 새겨져 있었습니다. 저는 슈타프를 소환해 "스틸로." 하고 왼 후, 펜 형태로 바꾸어 석판을 보며 한 자 한 자 정성들여 써넣었습니다.

나는 지식의 파수꾼.

지혜의 여신 메스티오노라에게 충심을 맹세하는 자.

유르겐슈미트에서 태어난 지식을 지혜의 여신 메스티오노라에게 봉납하는 자.

지혜의 여신 메스티오노라에게 받은 지식을 유르겐슈미트에 널리 퍼트리는 자.

인류의 지혜를 존경하며 지키는 자.

권력에 굴복하지 않고, 두려워 않고, 지식을 구하고, 모으고, 지키고, 봉납할 것을 약속합니다.

글자가 빛을 내더니 지혜의 여신 메스티오노라의 손에 들린 신구에 서서히 흡수되었습니다. 그때 마치 여신상이 웃는 것처럼 보였습니다. 동시에 여신상의 손에 있던 신구에서 열쇠가 나타났습니다. 땡그랑 소리를 내며 받침대 위에 떨어졌습니다. 지금까지 해왔던 계약 마술로 금색 불꽃을 본 적은 있지만, 이런 신과의 계약은 처음입니다.

얼이 나가 버린 제게 솔랑쥬가 미소를 지었습니다.

"그게 당신의 열쇠예요."

저는 그녀의 재촉에 지혜의 여신 메스티오노라에게 받은 열쇠로 손을 뻗었습니다. 피부가 금속 재질에 닿은 직후, 마치 열쇠가 슈타프처럼 제 몸속에 흡수되었습니다.

"새로운 지식의 파수꾼 오르텐시아. 당신을 환영합니다."

후기

오랜만에 인사드립니다, 카즈키 미야입니다.

이번 「책벌레의 하극상~사서가 되기 위해서라면 뭐든지 할 수 있어~ 제5부 여신의 화신 I」를 구매해 주셔서 감사합니다.

마지막 장인 5부가 시작되었네요.

프롤로그는 힐데브란트 시점. 이것은 여기서 처음 공개하는 것이 아니라, 웹 연재판에서 먼저 공개했던 내용입니다. 영주 회의 때 데뷔와 동시에 약혼이 발표된 힐데브란트. 그것을 못마땅하게 생각하던 때에 중앙 기사단장인 라오블루트가 마술구를 건네옵니다.

로제마인은 귀족원 3학년생이 되었습니다. 영지에서는 숙청, 기숙사 내에서는 구 베로니카 파 귀족의 이름을 받는 일, 귀족원 내에서는 신들의 가호를 받거나, 전문 코스 수업에 들어가는 등, 작년과는 또 다른 귀족원 생활이 시작되었습니다. 그때마다 로제마인의 주변에서는 계속해서 사건들이 일어나죠. 보고서를 읽는 플로렌치아가 두통을 느낄 만합니다.

에필로그는 레스티라우트 시점입니다. 슈바르츠와 바이스의 주인 자리로 경쟁하면서 시작된 관계. 디터, 역사책, 머리 장식 주문, 디터 소설, 의식 공동 연구, 봉납가무를 통해 그 관계가 변하고 있네요. 하지만 그 변화가 로제마인에게 기쁜 일인지 어떨지는……. 레스티라우트 시점이라서 그의 측근들의 이름도 등장하는데, 본편과는 크게 관계가 없으니 굳이 외우지 않으셔도 됩니다.

이번 단편은 뮤리엘라 시점과 오르텐시아 시점입니다.

뮤리엘라 시점에서는 이름을 바쳐야만 하는 구 베로니카 파 귀족이 본 로제마인과 측근들의 모습을 써 보았어요. 로데리히의 설명과 그들의 반응으로 로제마인이 얼마나 특수한 존재인지 느껴지셨나요? 그리고 이름을 바친 덕분에 얻게 된 새로운 친구, 뤼라디. 공통으로 좋아하는 책 얘기를 나누는 시간은 눈 깜짝할 새에 흘러가 버리네요. 둘의 대화에 신들의 표현이 많이 나와서 이해하기 어렵겠지만, 그건 귀족원 연애 소설을 읽어도 도무지 감상에 젖지 못하는 로제마인의 기분을 독자 여러분도 느껴보셨으면 합니다. 쉽게 이해하신 분은 어쩌면 유르겐슈미트의 귀족이 될지도?(웃음)

오르텐시아 시점은 그녀가 귀족원 도서관에 온 이유와 과거에 관한 내용입니다. 어떻게 보면 정변의 시작을 알지만, 과도기에는 없었던 사람. 살아갈 목적을 한 번 잃었던 그녀는 남편이나 왕을 위해 새로운 임무를 받습니다. 다시 한번 살아갈 의미를 손에 넣기 위해, 그냥 사서가 아니라 지식의 파수꾼이 되기로 결심합니다. 지식의 파수꾼이었던 이전 상급 사서들에 관해서는 단편집에서도 짧게 나오니, 궁금하신 분은 그쪽도 읽어봐 주세요.

이번 권에서 시이나 님께 새 캐릭터 디자인을 받은 건 오르텐시아, 프라우렘, 뮤리엘라, 그레티아, 이렇게 여성 네 명입니다.

오르텐시아가 너무 미인에다가 상냥해 보여서 제가 이미지했던 클라센부르크 여성다운 여성이 되었어요. 프라우렘은 철사 같은 히스테릭한 느낌이고, 얼굴만 봐도 귀 따가울 것 같은 목소리가 들리는 것 같네요. 뮤리엘라는 창가에서 책을 읽을 것 같은 소박하고 귀여운 느낌을 풍깁니다. 그레티아는 귀엽고 주문한 대로 정말 가슴이 크네요. 남학생들의 시선에 민감해서 경계심이 심해질 만하네요.

새로운 소식입니다.

이번 제5부 1권 BD 한정판에는 OVA의 블루레이 디스크도 포함되어 있습니다. (http://www.tobooks.jp/booklove_ova/index.html) 애니메이션 본편에는 들어가지 않은 외전인데, 〈유스톡스의 평민촌 잠입 대작전〉과 〈코린나 님 자택 방문〉으로, 애니메이션 제15장과 같은 시간대의 이야기입니다. 이 후기를 쓰는 시점에는 아직 자세히 정해지지 않았지만, 전송 서비스도 예정되어 있습니다. 움직이며 말하는 유스톡스와 에크하르트를 기대해 주세요.

4월부터는 애니메이션 2부가 시작됩니다. 새로운 성우진 등, 최신 정보도 하나하나 공개되고 있어요. 2부 방송국이나 인터넷 스트리밍에 관해서는 애니메이션 공식 홈페이지에서 확인해 주세요. http://bookloveanime.jp/

3월 14일에는 공식 앤솔로지 4권이 발매됩니다. 새로운 작가진도 늘었고, 이 권부터 제3부로 범위도 넓어졌어요. 유감 미소녀 안게리카와 귀여운 샤를로테의 원고 확인도 끝났습니다. 많은 기대 바랍니다.

4월 1일에는 애니메이션 방송에 맞춰 코믹 제2부 3권과 주니어문고 3권이 발매됩니다. 이쪽도 꼭 읽어봐 주세요.

이번 표지는 로제마인이 슈타프를 취득한 하얀 광장을 이미지하였습니다. 원래라면 가호를 받은 뒤에 신들의 인도로 제단에 올라가야지만 닿을 수 있는 곳. 5부에 있어서 중요한 이곳을 특별히 표지로 부탁드렸어요.

컬러 삽화는 반짝반짝한 봉납가무로 제작을 부탁드렸습니다. 로제마인의 주관으로는 필사적으로 축복을 참고 있지만, 남들 눈에는 상당히 신비하고 아름다운 춤이 되었네요.

시이나 유우 님, 감사합니다.

마지막으로 이 책을 구매해주신 여러분께 최상급의 감사를 드립니다.

5부 제2권은 6월에 발매될 예정입니다. 그때 다시 만나요.

2020년 1월 카즈키 미야

개가 아니거든요

한넬로레 님이 곤란할 때 레스티라우트 님도 도와주시잖아요

짐도 같이 옮겨주시고, 빌프리트 님은 상냥하시네요

한넬로레, 꾸물거리지 말고 가자

어물 어물

성큼 성큼

어이, 쟤 넘어졌어. 누가 좀 가봐.

파랄

까아

콰당

…뭐, 그렇죠. 아마 시종을 불러주실 거예요

친환경 에너지

마석 충전 중

↓

마력 제어가 안 되니까 대 놓고 유출 중인 로제마인

그래도 이건 너무 심해

뭔가 대책이 없을까?

이 상태가 계속되면 어쩌지?

즉 도서관에 마술구를 잔뜩 배치해놓고 한가운데서 책만 읽으면 된다는 말 아냐?

상시 공급

하지만 이건 가만히있어도 마력이 저절로 공급된다는 거겠지?

괜찮지 않아요 로제마인 공주님

왠지 이대로도 괜찮을 것 같은데!

전자동 도서관!! 완전 친환경 이잖아

파앗

아아아아

매번 등장하는 권말 부록

화기 애애한 가족의 일상

만화: 시이나 유우

이제 다 되셨죠? 자, 청소하러 들어갑니다.

다 안 됐어요!!

초강력 마술구 '빨아 당겨군'

오~

배워야 할 표현

로제마인 님이 신들의 가호로 마력이 넘쳐서 힘들다고 하십니다. 그래서 무상으로 마석에 마력을 제공해 주셨습니다

!!

삐딱

저도 측근이니 로제마인 님의 일상 보고는 들어야죠

직권남용

로제마인 님은 견습 문관에게 쓸데없는 걸 시키지 말라고 하셨지만

대의명분

1년 늦게 태어날 걸!!

신, 신관장 님?

귀족원을 졸업한 걸 이렇게 후회하는 날이 올 줄이야!

크아

아아아악

흠흠

로제마인 님이 수많은 권속의 가호를 받으셨대요. 페슈필 수업에서는 바람의 여신의 축복이 터져 나왔다고 합니다

지난번과 같은 순위!! 영광입니다!

4위 안게리카 553 표

잘 모르겠지만 대단한 거겠죠?

다무엘 515 표 **5위**

8위 프랑 306표

7위 루츠 322표

6위 벤노 418표

10위 빌프리트 256표

9위 투리 289표

순위	이름	표수
11위	유스톡스	241표
12위	한넬로레	229표
13위	코르넬리우스	203표
14위	엘비라	158표
15위	샤를로테	138표
16위	마티아스	133표
17위	리젤레타	119표
18위	레티치아	96표
19위	필린느	92표
20위	질베스타	63표

❋ **카즈키 미야** 선생님으로부터 ❋

제3회 결과가 나왔군요. 이번에는 1위와 2위가 압도적이네요. 로제마인은 중간발표보다 표수가 확 올라 2번째 1위! 페르디난드가 역전하려나, 했는데 역시 주인공의 면모를 보여줬습니다. 하르트무트는 캐릭터도 정해지지 않았던 지난번에도 6위더니 이번에는 3위로 뛰었네요. 안게리카도 지난번 7위에서 순위가 껑충 뛰었고요. 열혈팬이 많군요. 5위는 다무엘. 지난번과 같군요. 엄청 안정적인 게 다무엘답습니다. 6위 이하는 평민 멤버가 많이 차지했네요. 애니메이션 효과를 톡톡히 본 것 같아요. 뜨거운 성원 감사드립니다.

❋ **시이나 유우** 선생님으로부터 ❋

상위 두 명은 끄떡없겠구나 싶어서 3위 아래부터가 궁금했었는데요. 안게리카 양이 4위로 올라왔네요. 골수 근육뇌 미소녀는 저도 정말 좋아해서 기쁩니다. 그리고 지난번 인기투표에서 그림도 없었던 하르트무트가 당당하게 3위! 이번엔 제대로 그림도 들어갔습니다. 잘했네~, 하르트무트.

제3회 책벌레의 하극상 인기 캐릭터 투표결과 발표!

총 응모수 16,300표!

드디어 시리즈 마지막 장 '제5부'가 시작되었습니다!
막대한 캐릭터 수를 자랑하는 《책벌레》의 인기 캐릭터 20명을 발표합니다!
귀족원 멤버들이 대약진!마지막 장!

※2017년 9월 8일~10월 9일까지 공식 홈페이지에서 개최되었습니다.
 (http://www.tobooks.jp/booklove)

2위 신관장 페르디난드 4038표

1위 로제마인 6580표

3위 하르트무트 587표

책벌레의 하극상 [5부] 여신의 화신 I

초판 1쇄 발행   2022년 2월 15일

저자 카즈키 미야

발행인 원종우
발행처 (주)블루픽

주소 (13814) 경기도 과천시 뒷골로 26, 2층
영업부 02-3667-2653   **편집부** 02-3667-2653   **팩스** 02-3667-2655
메일 edit01@imageframe.kr   **웹** vnovel.kr

ISBN 979-11-91225-56-3 04830

Honzukino Gekokujo Shisho ni naru tameni ha Syudan wo Erande Iraremasen
Dai Go-bu Megami no Keshin 1
By Miya Kazuki
Copyright © 2020 by Miya Kazuki
First published in Japan in 2020 by TO BOOKS, Inc.
Korean translation rights arranged with TO BOOKS, Inc.
through Shinwon Agency Co.